Seconde chance pour un mariage

Captive d'un secret

ANDREA LAURENCE

Seconde chance pour un mariage

Traduction française de
ANDRÉE JARDAT

PASSIONS

HARLEQUIN

Collection : PASSIONS

Titre original :
THE BABY FAVOR

Ce roman a déjà été publié en 2018

HARPERCOLLINS FRANCE
83-85, boulevard Vincent-Auriol, 75646 PARIS CEDEX 13
Service Lectrices — Tél. : 01 45 82 47 47 - www.harlequin.fr
ISBN 978-2-2804-9517-2 — ISSN 1950-2761

Composé et édité par HarperCollins France.
Imprimé en juillet 2023 par CPI Black Print (Barcelone)
en utilisant 100% d'électricité renouvelable.
Dépôt légal : août 2023.

FSC
www.fsc.org
MIXTE
Papier issu de sources responsables
FSC® C159065

Pour limiter l'empreinte environnementale de ses livres, HarperCollins France s'engage à n'utiliser que du papier fabriqué à partir de bois provenant de forêts gérées durablement et de manière responsable.

- 1 -

Lorsque Scarlet Spencer franchit les portes du centre médical Cedars-Sinaï, cette nuit-là, elle ne savait toujours pas à quoi s'attendre. Elle avait répondu à l'appel de Mason puis, très vite, alertée par la fébrilité de sa voix, était partie pour l'hôpital. En dépit des tensions qui existaient entre eux, elle pouvait bien lui renvoyer l'ascenseur, pour une fois.

Mason. Son mari, son amour, dont elle vivait séparée depuis deux mois après neuf années de mariage. Bêtement, elle avait espéré qu'il l'appelait pour lui annoncer qu'il renonçait à divorcer.

Tandis qu'elle longeait le couloir qui menait à la salle d'attente, elle se prépara mentalement à cette rencontre. Cela faisait maintenant deux mois qu'ils ne s'étaient pas vus. Comment allait-elle réagir ?

Elle le trouva, effondré sur l'un des bancs qui jalonnaient le couloir, la mine sombre.

Cet air accablé, elle ne le lui avait connu qu'à de rares occasions car, le plus souvent, il restait le dynamique P-DG de Spencer Surf Shops, la société florissante dont il était le fondateur. Un homme séduisant, audacieux et sûr de lui qui n'échouait jamais dans aucun domaine.

La première fois qu'elle l'avait vu flancher, c'était lorsqu'il lui avait annoncé qu'il ne pourrait jamais lui donner les enfants dont elle rêvait. La deuxième, lorsqu'il n'avait pu empêcher le juge des affaires familiales de leur retirer la garde de leur fils adoptif pour le rendre à sa mère biologique. La troisième, lorsqu'il avait franchi le seuil de leur maison, les laissant, elle et leurs neuf ans de vie commune, derrière lui.

Qu'avait-il pu arriver pour qu'il lui donne une nouvelle fois l'occasion de le voir aussi vulnérable ?

— Mason ?

Il sursauta légèrement au son de sa voix, puis posa sur elle un regard rougi de larmes dans un visage empreint de désespoir. Il se leva aussitôt et tenta de se ressaisir. Pourtant, il ne parla pas tout de suite, cherchant sans doute à refouler le flot d'émotions qui le submergeait.

— Qu'y a-t-il ? l'encouragea-t-elle. C'est Jay ?

Jay, le plus jeune frère de Mason, luttait depuis des mois contre un cancer de la peau qui, malheureusement, s'était généralisé et ne lui laissait guère d'espoir. Elle ne serait donc pas étonnée d'apprendre qu'il avait perdu sa dernière bataille contre la maladie. Pourtant, quelque chose dans le visage de Mason l'alarma un peu plus.

— Non, finit-il par répondre. C'est Rachel.

— La femme de Jay ?

Elle sentit un poids lui comprimer la poitrine. Enfant unique, Scarlet avait toujours considéré Rachel comme la sœur qu'elle n'avait pas eue. Elle avait adoré les heures passées à refaire le monde avec elle ou à s'échanger des confidences sur leur mariage. L'idée que Rachel allait devoir se retrouver seule avec une petite Luna d'un an à peine lui broyait le cœur.

— Que s'est-il passé ?

— Elle est morte.

D'un geste machinal elle se couvrit la bouche d'une main. Ça ne pouvait pas être vrai. La vie ne pouvait pas être aussi cruelle. Luna avait déjà presque perdu son père et voilà qu'elle n'avait plus sa mère.

— Comment… ?

Mais les mots s'étranglèrent dans sa gorge, incapables de franchir le barrage de ses lèvres.

— C'est un accident stupide. Elle est tombée dans l'escalier en descendant à la buanderie et s'est brisé les cervicales. C'est sa femme de ménage qui l'a retrouvée, inerte au bas des marches.

Elle resta silencieuse, sans pouvoir proférer le moindre son tant le choc était grand. De toutes les pensées qui lui étaient passées par la tête, le décès de Rachel ne l'avait même pas effleuré. Comment aurait-elle pu imaginer un événement aussi tragique ?

— Jay est au courant ? demanda-t-elle dans un souffle.

Mason opina d'un hochement de tête.

— C'est lui qui m'a prévenu.

Encore sous le choc, elle ferma les yeux. Ce n'était pas ainsi que les choses étaient censées se passer. C'était trop injuste. Son cœur se mit à saigner tandis que des flots de larmes ruisselaient sur ses joues. Elle sentit aussitôt les bras protecteurs de Mason s'enrouler autour d'elle. Au lieu de s'en dégager, elle se blottit un peu plus contre lui pour laisser libre cours à son chagrin. Sa chaleur, son odeur lui manquaient tant !

Pourtant, du fond de sa peine, une petite voix lui soufflait de rester prudente. En la serrant ainsi contre lui, Mason ne cherchait qu'à la réconforter, voire à se réconforter lui-même. Elle s'écarta donc de lui et fit un pas en arrière. Elle vit aussitôt passer dans son regard le regret de la voir rompre si vite ce contact physique. Ne comprenait-il donc pas ? Ne comprenait-il pas à quel point il lui était difficile de rester là, avec lui, alors qu'il ne voulait plus d'elle dans sa vie ?

Pourquoi l'avait-il appelée, elle ? Ils étaient en instance de divorce et s'étaient à peine parlé depuis qu'il avait quitté leur maison de Malibu. Il avait de la famille, des amis. Il devait bien y avoir dans son entourage quelqu'un qui serait plus à sa place auprès de lui.

Il s'éclaircit la gorge et essuya ses yeux encore humides de larmes.

— Je suis désolé de t'avoir fait venir ici en pleine nuit, dit-il comme en réponse à ses pensées, mais Jay a demandé à nous voir.

— Nous deux ?

— Oui. Il veut nous parler. Il nous attend.

Puis, sans doute pour couper court à toute objection, il alla appeler l'ascenseur.

Comme d'habitude, il décide seul, songea-t-elle en lui emboîtant pourtant le pas.

Une fois devant la porte de la chambre, elle inspira profondément pour se donner le courage d'entrer. L'homme qu'elle vit étendu sur ce lit d'hôpital n'avait plus rien de commun avec celui, solaire et pétillant de vie, qu'il était encore quelques mois plus tôt.

— Salut, articula le malade avec peine, tout en esquissant un pauvre sourire. Tu es toujours aussi belle, ma Scarlet.

— Je ne vais pas le rester bien longtemps si tu continues à interrompre mon sommeil, lança-t-elle d'un ton qu'elle voulait dégagé.

— Je suis désolé.

Son regard se perdit un bref instant au loin avant de revenir se poser sur elle.

— Mason t'a appris la nouvelle ?

Elle opina, puis alla s'asseoir sur la chaise qui se trouvait à côté du lit.

— C'est tellement affreux, Jay, murmura-t-elle.

— Si j'ai demandé à vous voir, c'est parce que je n'en ai plus pour longtemps avant d'aller rejoindre Rachel, et je m'inquiète pour Luna.

L'affreuse réalité la frappa de plein fouet. Luna, cette petite fille d'un an à peine, allait bientôt se retrouver orpheline. Il n'y avait donc rien d'étonnant à ce que Jay s'inquiète de son sort au beau milieu de la nuit.

— Je souhaite que vous éleviez Luna, poursuivit-il. Les documents officiels ne mentionnent que Mason comme tuteur légal, mais il est évident que c'est à vous deux que je la confie. Je sais à quel point vous désiriez un bébé. Ce n'était pas ce à quoi je m'attendais, bien sûr, mais j'espère que vous êtes ouverts à l'opportunité de l'adopter comme votre propre fille.

— Elle sera toujours ton enfant, Jay, lâcha Mason, la voix brisée de chagrin. Nous veillerons à ce qu'elle ne l'oublie jamais.

— Elle est trop petite. Elle ne se souviendra pas de nous. Si vous acceptez, je partirai l'esprit en paix, car je saurai qu'elle grandira entourée de tout l'amour et de toute la tendresse que sa mère et moi lui aurions donnés.

Scarlet sentit une boule d'émotion lui nouer la gorge en entendant les deux frères discuter, comme si rien n'avait changé entre Mason et elle. Pour une raison qu'elle ignorait, ce dernier n'avait pas informé sa famille de leur séparation. Qu'était-elle censée répondre ?

Devinant son désarroi, Mason prit sa main dans la sienne et la serra doucement, comme pour faire taire ses inquiétudes.

— Bien sûr, Jay, dit-il. Nous nous occuperons de Luna.

— Promets-le moi.

Mason déglutit avec peine avant d'acquiescer d'un hochement de tête.

— Je te le promets. Luna ne manquera de rien, et nous l'aimerons autant que si elle était notre propre fille.

Les traits de Jay se détendirent un peu.

— Merci, lâcha-t-il dans un souffle. Dès demain, je demanderai à mes avocats d'enclencher la procédure qui fera de toi le tuteur légal de Luna jusqu'à l'adoption.

— Bien sûr, Jay. Tu n'as pas à t'inquiéter.

— Tu n'as pas dit à ton frère que nous allions divorcer ? lui demanda Scarlet aussitôt qu'ils furent dehors.

Mason ralentit le pas. Le moment de la confrontation était venu. Il n'avait plus aucun moyen de reculer à présent.

Estime-toi heureux qu'elle n'ait rien dit devant Jay, songea-t-il alors qu'il pivotait pour lui faire face.

Il avait eu beau se préparer à cette rencontre, il était remué de la revoir. Encore maintenant, après avoir passé une heure avec elle dans ces circonstances dramatiques, il sentait son cœur battre la chamade lorsque son regard accrochait le sien. C'était ainsi. Il existait entre eux un lien indéfectible que ni le temps ni la distance ne pourraient jamais rompre.

Elle était la plus jolie femme qu'il lui ait été donné de rencontrer et Dieu sait si Los Angeles grouillait de beautés divines. Mais à ses yeux, aucune ne soutenait la comparaison avec Scarlet. Lorsqu'ils s'étaient rencontrés, il avait tout de suite été séduit par son regard doux et son sourire désarmant. Par la suite, il avait découvert en elle la femme bourrée de talent, intelligente et sensible qu'elle était, toutes ces qualités qui avaient fait d'elle une mère merveilleuse.

— Non, c'est exact. Je n'en ai parlé à aucun membre de ma famille.

— Pourquoi ?

— Pourquoi ? répéta-t-il en fourrageant nerveusement dans son épaisse tignasse. Parce que mon frère se bat depuis des mois contre un cancer qui va le terrasser et que mes parents sont dévastés par le chagrin. Ils sont tellement malheureux que je me demande même s'ils se sont rendu compte qu'ils ne t'ont pas vue depuis des semaines. Mais de toute façon, qu'est-ce qu'un divorce pour eux quand un de leur fils est en train de mourir ?

— Bien sûr, ce n'est pas comparable, mais notre séparation n'est pas non plus sans importance. Et maintenant, parce qu'il ignore que nous allons divorcer, Jay pense que nous allons former une famille unie avec sa fille.

Les grands yeux de Scarlet reflétaient la panique qu'il avait ressentie un peu plus tôt, lorsqu'il avait envisagé les conséquences qu'impliquait le décès brutal de Rachel.

— Je sais, admit-il. Mais comment aurais-je pu refuser ?

Il se rappela soudain le jour où Jay l'avait appelé pour lui demander d'être le parrain de sa fille. Il avait accepté sans hésiter. Bien sûr, il s'occuperait de Luna en cas de malheur. Simplement, il ne s'était pas attendu à ce que ce moment survienne aussi vite, dans une période de sa vie aussi tourmentée.

Le matin même, il avait reçu les documents relatifs à la procédure de divorce. Une fois que les deux parties seraient d'accord, il ne s'agirait que de formalités. En attendant, il avait laissé à Scarlet la maison de Malibu pour aller s'installer sur les hauteurs de Hollywood, dans une nouvelle demeure plus adaptée à un célibataire qu'à un père flanqué d'une enfant tout juste capable de marcher.

La maison de Malibu, elle, serait tout à fait appropriée avec sa nursery et ses vastes espaces ouverts. Et puis, il y aurait Scarlet, la maman dont la petite Luna aurait désespérément besoin. L'idée d'élever seul la petite fille le terrorisait. Il ne connaissait rien aux bébés, et il ne faisait pas l'ombre d'un doute que Jay ne lui aurait pas confié son enfant s'il avait su que Scarlet et lui étaient séparés.

Il ne lui restait donc qu'à se montrer persuasif, ce qui n'allait pas s'avérer facile, Scarlet ayant juré de ne plus jamais vouloir revivre un jour les affres de l'adoption. Il comprenait. Lui demander de s'occuper avec lui de Luna raviverait sans doute des blessures encore vives. D'un autre côté, il avait fait à son frère une promesse qu'il entendait bien tenir.

— Je sais aussi, poursuivit-il, que je n'ai aucune raison de te demander un tel sacrifice. Mais tu étais là avec moi, dans cette chambre d'hôpital, quand Jay m'a supplié — nous a suppliés — de prendre soin de Luna. Il était déjà tellement inquiet d'imaginer Rachel seule avec elle ! Je sais bien que notre situation est compliquée mais je me sentais incapable de lui parler. J'ai besoin de ton aide, Scarlet.

Elle croisa les bras, dans un geste qu'il savait défensif chez elle.

— Qu'attends-tu de moi au juste, Mason ? Que nous revivions ensemble pour que tu n'aies pas à assumer seul cette situation difficile ?

— Non, bien sûr que non.

En était-il bien certain ? À vrai dire, entre le stress de la séparation et les longues nuits sans sommeil, il n'avait pas vraiment pris la peine de réfléchir de manière objective à la tournure qu'il souhaitait donner à sa vie. Pour l'heure, il ne pensait qu'à rassurer son frère et à mettre Luna à l'abri d'une situation dramatique.

— Pourrais-tu m'accorder deux faveurs, Scarlet ? J'aimerais que tu ne parles à personne de notre séparation jusqu'à ce que…

Il s'arrêta net, incapable de poursuivre. Il n'était pas encore prêt à accepter le fait que son frère n'avait plus que quelques semaines, voire quelques jours, à vivre.

Scarlet riva sur lui un regard qui ne trahissait rien de ses pensées. Il n'avait jamais su lire en elle, deviner ses émotions. Il ne saurait même pas déterminer si elle lui en voulait de ne pas avoir pu lui donner l'enfant qu'elle souhaitait plus que tout au monde. Voyait-elle à travers lui un avenir aussi stérile qu'il l'était ? Le tenait-elle pour responsable du fait qu'on leur ait repris le petit garçon sur lequel elle avait fondé tous ses espoirs d'être mère ? Lui reprochait-elle en silence de ne pas avoir engagé assez d'argent dans la bataille ?

Lui, l'homme à qui tout réussissait — n'était-il pas

parvenu à faire d'une petite boutique de surf de Venice Beach une enseigne nationale dont la réputation n'était plus à faire ? — avait le sentiment que, dès lors qu'il s'agissait de la femme qu'il aimait, il allait d'échec en échec.

— Bien. Ensuite ?

— Je voudrais revenir à la maison.

La voyant ouvrir la bouche pour protester, il s'empressa de lever la main pour l'en empêcher.

— Pas pour toujours. Je ne veux surtout pas que tu croies que je veux m'installer avec toi pour avoir une baby-sitter à demeure. Je voudrais juste donner l'illusion que nous formons encore un couple uni, capable d'assurer à Luna un avenir serein. Je voudrais que Jay parte l'esprit en paix.

— Tu m'as plaquée et maintenant tu voudrais revenir t'installer chez moi ? C'est bien cela ?

Il fit de son mieux pour rester impassible. Certes, c'était lui qui était parti, mais il supportait mal l'idée qu'elle s'était déjà habituée à vivre sans lui.

— Oui, c'est bien ce que je te demande, répondit-il humblement. Je n'ai pas le choix, Scarlet. Crois bien que si je pouvais, je ferais autrement. Mais je te le répète, c'est juste le temps que… que j'aménage une chambre d'enfants dans ma nouvelle maison. Chez toi, il y a déjà une nursery.

À ces mots, le teint déjà pâle de Scarlet devint blême.

— Tu veux installer Luna dans la chambre d'Evan ?

Depuis le départ d'Evan, elle avait gardé sa chambre telle qu'elle était, faisant d'elle un sanctuaire inviolable. S'il comprenait sa peine, en revanche, il trouvait malsain de vouer un culte à quelque chose qui n'était plus.

— Elle ne sert plus à rien, Scarlet, pointa-t-il avec douceur.

Pour lui, cette chambre n'était qu'une pièce où se trouvaient réunis un berceau, une table à langer et quelques jouets qui seraient bien utiles pour la petite Luna.

— Ce ne sera que temporaire, ajouta-t-il pour la rassurer.

Elle pinça les lèvres, puis resta un long moment silencieuse et pensive.

— D'accord, accepta-t-elle finalement. Tu peux venir t'installer chez moi avec Luna, mais ne compte pas sur moi pour m'occuper d'elle. J'ouvre une nouvelle galerie à San Francisco dans deux semaines et, en ce moment, je travaille sur une toile qui doit être très prochainement livrée dans un hôtel de Maui. Compte tenu des événements des derniers mois, inutile de te dire que j'accuse un retard que je dois rattraper.

— Je comprends très bien. Comment vois-tu les choses pour que cela marche le mieux possible entre nous ?

— Je suis d'accord pour jouer la comédie du couple uni auprès de Jay, mais il va te falloir embaucher très vite une nounou. Et si tu peux utiliser la chambre d'Evan, moi-même je n'y remettrai jamais les pieds.

Il vit, impuissant, les yeux de Scarlet se brouiller de larmes. Cela faisait un an maintenant qu'on leur avait retiré la garde d'Evan, pourtant elle n'oublierait jamais.

S'il avait nourri l'espoir insensé que la présence de Luna aiderait Scarlet à panser cette blessure il devait bien admettre à présent qu'il s'était trompé. Cette perspective semblait même lui répugner.

— Je comprends, admit-il. En tout cas, merci. Je me mets en quête d'une nounou dès demain matin.

— Qui s'occupe de Luna en ce moment ?

— Mes parents. Veiller sur elle les distrait un peu de leur immense chagrin. Il est prévu qu'ils la gardent jusqu'aux obsèques de Rachel.

Elle approuva d'un hochement de tête, puis sortit de son sac à main un trousseau de clés qu'elle lui tendit.

— Prends-le. J'ai fait changer toutes les serrures après ton départ. Préviens-moi de ton arrivée un peu à l'avance. Tu n'es plus chez toi, là-bas.

Sur ces mots durs, elle lui tourna le dos et se dirigea d'un pas vif vers sa voiture.

Il la regarda s'éloigner avec un profond sentiment de déception, le même qu'il avait ressenti lorsque le corps médical lui avait appris qu'il était stérile. Il s'était imaginé que, une fois seul, cette frustration immense se dissiperait. En fait, elle n'avait fait qu'empirer.

Scarlet avait accepté sa requête à contrecœur. Elle adorait sa nièce, mais de là à vouloir s'impliquer dans son éducation, il y avait un pas qu'elle ne franchirait pas, c'était certain à présent.

Tous ses rêves de former une nouvelle famille avec la femme qu'il aimait toujours s'écroulèrent d'un coup. Scarlet voudrait un jour porter l'enfant d'un homme qui l'aurait remplacé. C'était la raison pour laquelle il l'avait quittée. Pour lui laisser une chance de concrétiser son rêve.

Ce qui voulait dire que, une fois Jay parti, il se retrouverait seul avec la petite Luna.

Encore une fois, cette perspective fit monter en lui un vent de panique qui le submergea aussi sûrement que la déferlante qui l'avait englouti la première fois qu'il s'était essayé au surf.

- 2 -

— Il faut que tu le fasses, Scarlet. Il faut que tu en finisses avec ça une bonne fois pour toutes.

Scarlet tourna vers April, son agente et amie, un visage agacé.

— Arrête de boire, rétorqua-t-elle en repoussant la bouteille de chardonnay en bout de table.

— Je ne suis pas ivre. Je suis même très sérieuse, Scarlet. Nous allons y aller ensemble. Une fois que tu auras pénétré dans cette chambre, je suis certaine que tu te sentiras mieux.

— J'y réfléchirai, Dr Phil, railla Scarlet. Mais ce n'est pas aujourd'hui que je vais remettre un pied dans cette pièce.

Elle était contrariée. Quel besoin avait-elle eu de se confier à April qui n'avait pas pour habitude de mâcher ses mots ?

— Quelqu'un est déjà entré dans cette nursery ?

— La femme de ménage. Une fois par semaine.

— Et Mason ?

Scarlet tarda à répondre. Les images de cette soirée lui revenaient aussi distinctement que si elle avait eu lieu la veille.

— Une fois. Le jour où ils nous ont repris Evan. Il s'est assis par terre et il a pleuré. Perdre cet enfant a été très douloureux pour lui aussi. Evan était arrivé après tant d'années de lutte contre la stérilité et d'espoirs déçus ! Les quatre mois passés avec lui ont été les plus beaux de ma vie. Et puis, lorsque la mère s'est rétractée…

Dans un geste plein d'affection, April posa sa main sur celle de Scarlet.

— Je sais à quel point ça a été dur. Et je ne vais certainement pas te dire d'aller de l'avant et de l'oublier parce que cela n'arrivera jamais. Tu aimais ce bébé plus que tout au monde, c'est un point indiscutable. Mais en ce qui concerne sa chambre, Scarlet, je pense que tu commets une erreur. Dis-toi que ce n'est qu'une pièce comme une autre, que tu pourrais même redécorer lorsque Mason et Luna seront repartis.

À ces mots, Scarlet dégagea sa main d'un geste brusque.

— Redécorer la chambre d'Evan ?

— C'est bien ce que j'ai dit. Tu pourrais donner les meubles et les vêtements à une famille nécessiteuse ; repeindre les murs ; la transformer en bureau ou en salle de yoga. En faire quelque chose qui ne te rappellera pas à chaque instant ce que tu as perdu.

Scarlet prit une longue gorgée de son vin et se renfonça dans son fauteuil. April avait raison, bien sûr. Sauf qu'elle était incapable de se confronter à la réalité. Dans son cœur, cette pièce resterait à jamais la chambre de son petit garçon et vouloir y changer quoi que ce soit signifierait renoncer à une partie de sa vie.

— C'est cela. Nous verrons lorsqu'ils seront repartis, concéda-t-elle dans le but évident de mettre un terme à cette discussion éprouvante.

April esquissa un sourire satisfait avant de mordre dans la tortilla recouverte de guacamole qu'elle avait apportée en vue de cette soirée entre filles.

— Quand Mason a-t-il prévu d'emménager ?

— Après les obsèques de Rachel. Probablement demain soir ou après-demain, dans la matinée.

— Es-tu prête à partager ton toit avec ton presque ex-mari ?

Scarlet exhala un profond soupir. En fait, elle l'ignorait.

— C'est difficile à dire. Cette situation est tellement compliquée. Et puis cela ne fait pas si longtemps qu'il est parti. En réalité, ça va me donner l'impression qu'il est de retour après un voyage d'affaires prolongé. À cette différence près qu'il va dormir dans la chambre d'amis et pas dans la mienne.

— Pourquoi cela ? pointa April dans un sourire espiègle. Tu pourrais lui ouvrir ton lit de temps en temps.

Scarlet accueillit cette suggestion avec un petit rire nerveux.

— Oh ! ce ne serait pas pour lui déplaire. Cela lui faciliterait même les choses. Cela dit, il faut croire que mon charme n'opère plus, sans quoi il ne m'aurait pas quittée comme il l'a fait.

April feignit d'ignorer le ton sarcastique.

— Je me demande encore comment vous avez pu en arriver là, vous qui représentiez l'image même du couple idéal, répliqua-t-elle. J'aurais donné n'importe quoi pour être à votre place, et voilà que vous êtes sur le point de divorcer. J'avoue que cela me rend sceptique quant à ma propre vie amoureuse. Je ne comprends pas.

— C'est bien la preuve qu'il ne faut pas se fier aux apparences. Nous avons eu notre lot d'épreuves, comme tout le monde, mais nous n'avons pas su les surmonter. Sauf que ce n'est pas moi qui ai jeté l'éponge, April. C'est Mason. Les choses étaient tendues entre nous depuis quelque temps mais de là à envisager qu'il allait demander le divorce…

Cela faisait deux mois maintenant mais le souvenir de ce moment affreux persistait, vivace. Certes, elle avait sa part de responsabilité. Longtemps après le départ d'Evan, elle n'avait plus été tout à fait la même. Mais peu à peu elle avait commencé à remonter la pente, parvenant même à imaginer un avenir sans enfants. Trop tard, sans doute.

— Quelles raisons a-t-il invoquées ?

— Il m'a dit qu'il ne voulait pas m'empêcher de vivre mon rêve d'être mère. C'était prétendument mieux pour moi qu'il me rende ma liberté afin que je me donne une chance de trouver quelqu'un qui soit capable de combler mes attentes.

Un tel sens de l'abnégation laissa April un instant sans voix.

— Je n'ai jamais entendu quelque chose d'aussi romantique, finit-elle par dire.

— Je ne sais pas si c'était aussi altruiste que cela, rétorqua Scarlet. Je connais suffisamment Mason pour pouvoir affirmer qu'il ne supporte pas l'échec. Il préfère renoncer à quelque chose s'il sait qu'il ne réussira pas. Il l'a déjà fait par le passé. T'ai-je dit qu'il était le bras droit de son père avant de démissionner pour monter sa propre affaire ? Qu'il a laissé tomber ses études universitaires parce qu'il savait qu'il ne pourrait pas les mener au bout ? C'est la même chose avec notre mariage. Rester ici avec moi lui rappelait au quotidien qu'il ne pouvait pas me donner d'enfant, et ça le mettait face à ce qu'il considère comme un échec insupportable. Si une voyante m'avait prédit, il y a deux ans de cela, que Mason et moi allions nous séparer, je lui aurais ri au nez. Pourtant, nous en sommes arrivés à vivre comme deux étrangers sous le même toit.

De nouveau, elle accepta sa part de responsabilité dans cet éloignement car, dès lors qu'ils avaient décidé de fonder une famille, cette idée était devenue obsessionnelle chez elle. Fille unique issue de deux enfants uniques, elle n'avait plus eu qu'une idée en tête : créer une grande famille qui ne compterait pas moins de quatre enfants en rattrapant les cinq premières années de leur rencontre où ils n'avaient pensé qu'à faire évoluer leur carrière professionnelle respective. Malheureusement, c'était pile au moment où ils avaient pris la décision d'avoir des enfants que les choses avaient commencé à mal tourner entre eux.

D'étreintes passionnées, ils étaient peu à peu passés à des rapports sexuels exécutés presque machinalement et qui n'obéissaient qu'à la règle des tests d'ovulation auxquels ils devaient se plier. Que de déceptions ils avaient essuyées avant de se résoudre à consulter ! C'était au terme de nombreux examens médicaux que le diagnostic était tombé : Mason était stérile. Si tous les deux avaient été sous le choc, Mason, lui, ne s'en était jamais remis. Elle avait cherché à le réconforter, à le convaincre qu'elle s'en fichait, qu'ils pourraient toujours adopter un bébé. Par la suite, la perte d'Evan avait porté le coup de grâce à leur couple. Lorsqu'il n'y avait plus rien eu à quoi se raccrocher, Mason avait fait ce qu'il faisait toujours : il avait fui.

— Penses-tu que les choses puissent être différentes aujourd'hui ? Maintenant qu'il a la garde de Luna, vous pourriez tenter une réconciliation.

Scarlet ne voyait pas cette hypothèse comme une option envisageable. Tenter de reformer avec Mason le couple fusionnel qu'ils avaient été ne pourrait que se révéler au mieux maladroit, au pire explosif. Elle s'imagina cherchant avec lui un moyen d'insuffler un nouvel élan à leurs neuf années de mariage. Impossible.

— Je crois que cet environnement ne se prête pas à un retour de flamme. Entre Luna et la future nounou…

April reposa son verre vide et regarda Scarlet bien en face.

— Puis-je te demander pourquoi tu tiens à ce que Mason embauche une nounou ?

Scarlet fronça les sourcils. Comment April pouvait-elle lui poser une question aussi stupide ?

— Parce que je suis dans la dernière ligne droite, tiens. L'hôtel doit prendre livraison de mon triptyque la semaine prochaine. Tu devrais quand même le savoir ! Dois-je également te rappeler l'ouverture prochaine de notre galerie de San Francisco ? Comme tu vois, je n'ai pas une minute à moi.

— Tu veux dire que tu ne peux même pas te ménager un peu de temps à consacrer à une petite nièce orpheline qui a désespérément besoin d'une maman ? Ne crois-tu pas plutôt que toute l'énergie que tu veux mettre dans ton travail est une manière de te protéger ?

— Que vas-tu chercher ? objecta Scarlet sans grande conviction.

— Tu étais très attachée à Evan et tu l'as perdu. Ce serait compréhensible que tu veuilles mettre de la distance entre Luna et toi afin de ne pas souffrir de nouveau.

Cette remarque, bien que pleine de bon sens, la dérangeait. Si, en règle générale, elle appréciait la franchise d'April, il y avait des circonstances comme celle-ci où elle aurait aimé un peu plus de diplomatie de la part de son amie.

— Luna n'est pas ma fille, et Mason et moi ne sommes pas réconciliés, objecta-t-elle. Je sais bien que ce coup du sort peut paraître l'occasion idéale de nous réunir et de nous donner l'enfant auquel nous aspirions tant, mais ce n'est pas le cas. D'ailleurs, Mason a été très clair : il s'agit pour nous de jouer le jeu pour rassurer Jay.

Elle se renfonça dans son siège en soupirant.

— Bien sûr Luna est ma nièce, et je l'aime, mais je… Je ne tiens pas à m'investir affectivement alors que Mason est le seul tuteur légal. Au regard de la loi, je n'existe pas. Et lorsque Mason jugera qu'il n'a plus besoin de moi, il repartira sans un regard en arrière. Je serai de nouveau seule, le cœur brisé, parce qu'il aura décidé que je mérite de trouver un homme capable de me faire un enfant. Il n'en est pas question, April. Je veux bien faire ce qu'il me demande, mais je refuse de m'attacher à un autre enfant qui n'est pas le mien. C'est pour cela que j'ai refusé de tenter une nouvelle adoption après que nous avons perdu Evan. Je ne supporterai pas de revivre une telle épreuve.

— Si je comprends bien, il n'y a donc aucune chance pour que Mason et toi éleviez Luna ensemble ?

April fixa sur elle un regard empli d'espoir. Bien sûr, Scarlet comprenait. Tout le monde enviait le couple qu'elle formait avec Mason. Ils avaient démarré leur carrière ensemble. Ils partageaient la même ambition et les mêmes intérêts et, pour finir, ils étaient aussi assortis qu'un couple mythique de Hollywood peut l'être. Perdre Mason lui avait fait comprendre à quel point il lui serait difficile de retrouver un jour une relation comme celle-là.

— Non, April, finit-elle par dire. Il n'y a aucune chance, en effet. Vu que notre séparation est étroitement liée à la parentalité, la venue d'un autre enfant n'arrangera rien. Mason et moi ne nous réconcilierons pas, quelles que soient les apparences.

Mason fit aller son regard du cercueil blanc recouvert de roses à sa femme et sa nièce, qui se tenaient à sa gauche, puis à Jay, de l'autre côté, assis dans un fauteuil roulant. Flottant dans un costume noir datant de l'époque où il était plein de vie, il portait déjà sur le visage les stigmates de la mort. Une infirmière l'accompagnait, veillant à ce qu'il fasse bon usage de la poche à oxygène qui désormais ne le quittait plus.

Chaque fois qu'il posait les yeux sur son frère, Mason pensait à Luna et à un avenir avec elle auquel il n'avait pas été préparé. Il n'avait jamais remis en question l'idée d'être père jusqu'à ce jour funeste où il avait appris sa stérilité. Aussi savoir qu'il allait bientôt avoir la pleine responsabilité de sa nièce le paniquait-il à l'extrême. Comment savoir s'il ferait pour elle les choix qu'aurait opérés Jay ? Allait-il la pousser dans ses ambitions et attendre d'elle la perfection comme ses parents l'avaient fait pour lui ?

Chaque fois qu'il tournait la tête vers Scarlet, il captait les effluves de son parfum qui flottaient dans l'air. C'était le parfum préféré de Scarlet, celui qu'il lui offrait à chacun de ses anniversaires. Cette odeur vivace lui rappela sa chevelure répandue sur l'oreiller et sa gorge où il aimait presser les lèvres, là où il pouvait sentir les pulsations de son cœur.

Il regrettait de lui avoir demandé de jouer la comédie pendant les quelques semaines qu'il restait à vivre à Jay. La quitter la première fois lui avait broyé le cœur, mais il l'avait fait en pensant que c'était le mieux pour elle. Il craignait, en revenant vivre sous le même toit qu'elle, de ne pas avoir ce courage une seconde fois. Pourtant, quel autre choix avait-il ?

Il la vit essuyer d'un geste furtif les larmes qui coulaient sur ses joues tandis qu'elle serrait la petite Luna contre elle. Ils avaient décidé d'un commun accord de paraître ensemble aux obsèques de Rachel de manière à ne pas éveiller les soupçons de Jay. Pour la même raison, il réintégrerait le domicile conjugal aussitôt la cérémonie terminée. Dans cette optique, il avait placé dans son coffre toutes les affaires dont il aurait besoin durant son séjour ainsi que les vêtements et les jouets de Luna qu'il était passé récupérer chez Jay.

Dieu merci, Carroll, la nounou de Luna, avait accepté de poursuivre sa fonction à Malibu, ce qui éviterait à la petite le traumatisme d'une nouvelle séparation à un moment où tout son monde s'écroulait autour d'elle.

Et lui, qui l'aiderait à aller de l'avant lorsque son monde s'écroulerait de nouveau ? se demanda-t-il, au bord du désespoir.

Lorsque le pasteur fit signe à Jay de s'approcher,

l'infirmière le conduisit auprès du cercueil sur lequel il déposa une rose blanche. Ensuite, la foule commença à se disperser, marquant la fin de la cérémonie.

Mason pressa une main sur l'épaule de son frère, dans un geste fraternel plein d'affection.

— Nous t'amènerons la petite dans un jour ou deux. D'accord ?

Jay opina et désigna du menton l'ambulance qui l'avait déposé devant la porte du cimetière.

— Ils m'attendent, dit-il. Prenez bien soin d'elle.

Mason s'assura que son frère ne puisse pas l'entendre avant de glisser à Scarlet :

— Allons-y nous aussi. Il nous reste encore pas mal de choses à faire avant ce soir.

Scarlet essuya de nouveau ses joues humides de larmes et acquiesça. À présent, Luna dormait profondément entre ses bras. Ils marchèrent jusqu'à la voiture, donnant l'illusion de la famille qu'ils n'étaient pas, puis, une fois Luna attachée dans son siège auto, ils prirent la direction de la maison.

Emprunter cette route avec Scarlet à l'avant et un bébé à l'arrière fit affluer des souvenirs pénibles. Tout semblait si parfait, si normal alors que rien dans cette situation ne l'était.

Quel gâchis, songea-t-il. Il avait toujours cru qu'il finirait ses jours avec Scarlet. Ils étaient parfaitement complémentaires, partageaient nombre d'affinités et avaient la même vision du quotidien. Il adorait la gâter. À cette compagne parfaite, il pouvait tout dire sans crainte d'être jugé, contrairement à son père qui le poussait sans cesse à faire mieux, toujours mieux. Avec le recul, Mason avait fini par comprendre que son père pensait bien faire, mais il n'avait réussi qu'à empêcher son fils d'accepter le moindre échec.

Lorsque Scarlet et lui avaient ramené le petit Evan de l'hôpital, il avait à peine quatre jours. Il se revit tenant son fils dans ses bras, pensant qu'à eux trois ils formaient enfin une vraie famille. Leur union parfaite avait donné lieu à une famille parfaite, en dépit du fait que cet enfant n'était pas né de leur sang. Il s'était même autorisé à croire que cette fois, ses efforts n'étaient pas restés vains mais qu'ils avaient porté leurs fruits. Scarlet était heureuse, Evan avait trouvé une famille aimante. Tout allait pour le mieux.

Jusqu'à ce coup de fil du juge leur apprenant que la mère biologique d'Evan avait changé d'avis et qu'elle voulait récupérer son fils.

En fouillant son sac pour en sortir la télécommande du portail, Scarlet interrompit brusquement le fil de ses pensées.

— Je vais coucher la petite, annonça-t-elle aussitôt qu'il eut garé la voiture.

Et tandis qu'elle quittait son siège pour aller détacher Luna, il alla chercher ses affaires dans le coffre. Il avait juste pris le nécessaire : deux valises de vêtements, sa trousse de toilette et son ordinateur portable.

Alors qu'il franchissait le seuil d'entrée, il eut un moment d'hésitation. Jusqu'à cette seconde, il s'était plus ou moins laissé guider par son instinct mais, alors que son regard englobait la pièce, il comprit soudain que ce n'était pas si simple. Il ne lui suffisait pas de revenir dans cette maison pour s'y sentir chez lui.

Son fauteuil préféré de même que son écran plasma géant avaient disparu, remplacés par des meubles neufs. Un énorme bouquet trônait sur la table de la salle à manger dans un vase qu'il ne connaissait pas, et un tapis trop coloré à son goût avait été glissé sous la table basse du salon.

Autant de signes évidents que cette maison n'était plus la sienne et qui le faisaient s'y sentir comme un étranger.

— Où comptes-tu me faire dormir ? se hasarda-t-il à demander.

— Carroll occupera la chambre d'amis puisqu'elle se trouve près de celle de Luna. Comme ma chambre et mon atelier sont à l'étage, j'ai pensé que tu pourrais dormir sur un futon, dans mon atelier, ainsi personne ne saura que tu ne dors pas avec moi.

— Nous ne pouvons vraiment pas partager ta chambre ?

— Non, Mason. J'ai accepté de jouer cette comédie pour Jay, alors si tu t'imagines… je ne sais trop quoi d'ailleurs, eh bien, sache que tu te trompes.

Si la perspective de dormir sur un futon ne l'enchantait guère, il admit en son for intérieur que Scarlet avait raison.

— Pourrai-je quand même utiliser un des placards de ta chambre ainsi que ta salle de bains ?

— Oui, répondit-elle tandis qu'elle déposait doucement la petite Luna dans le parc qu'il avait installé dans le salon. Mais ne mets pas trop de désordre, ajouta-t-elle avec un sourire complice auquel il répondit de bonne grâce.

Des deux, c'était Scarlet la désordonnée. Mason avait été élevé dans l'idée de la perfection, et cela touchait tous les domaines. Il ne laissait jamais rien traîner, suspendant ses vêtements sur des cintres aussitôt qu'il les avait retirés et rangeant ses chaussures par paires sur les étagères prévues à cet effet. Il nettoyait le lavabo lorsqu'il s'était brossé les dents, et il lui arrivait même de faire le lit.

Scarlet, elle, était une artiste. Enfant unique, elle avait été élevée au sein d'une famille libérale qui ne s'encombrait pas de conventions. Elle ne voyait rien d'offusquant à laisser traîner son bol de céréales toute la journée sur la table ou le tube de dentifrice non rebouché sur le rebord du lavabo. Quant à la peinture qui maculait ses mains, son visage et souvent ses cheveux, elle n'en avait cure.

Ils étaient différents, mais c'était ce que Mason aimait chez elle. Il lui enviait même cette désinvolture qui lui faisait tant défaut.

Durant les quelques mois où ils avaient eu Evan, le désordre dans la maison atteignait un tel degré que ça le rendait nerveux.

« C'est bien normal avec un bébé », répliquait alors Scarlet avec un sourire heureux lorsqu'il lui en faisait la remarque. Il avait bien essayé de lâcher prise mais trente ans d'une éducation rigide ne s'effaçaient pas aussi facilement.

Parvenu sur le seuil du premier étage, il passa la tête par la porte de ce qui avait été leur chambre. Son regard s'attarda sur le grand lit qu'ils avaient partagé durant de si longues années. Là aussi, Scarlet avait effectué quelques changements. Les murs avaient été repeints dans une couleur mauve tirant légèrement sur le gris qui donnait à la pièce une touche plus féminine.

Cela n'empêchait pas les souvenirs d'affluer à sa

mémoire, vivaces. La seule vue de la tête de lit suffit à faire jaillir les images des étreintes passionnées qu'ils avaient partagées et que ces changements de décoration ne pourraient éclipser.

En dépit des hauts et des bas qu'ils avaient connus, leur vie sexuelle avait toujours été satisfaisante. De la première fois où ils avaient fait l'amour sur une plage au clair de lune, à la dernière fois, juste avant qu'il ne décide de partir, leurs étreintes avaient été placées sous le signe de la passion. Des images de cette dernière nuit lui envoyèrent des ondes électriques dans tout le corps.

Depuis, ces images revenaient sans cesse le hanter, accentuant chaque fois un peu plus une réalité qui l'affectait profondément : par sa seule faute, il ne toucherait plus jamais Scarlet.

Le manque était si fort, son désir pour elle si intense qu'il inspira à pleins poumons pour tenter de les faire disparaître.

— Carroll est là ! cria Scarlet de l'escalier.

— J'arrive, répondit-il avant d'aller poser ses valises dans l'atelier.

Ils les rangeraient plus tard. Pour l'heure, il lui fallait veiller à synchroniser son corps et son esprit, sans quoi cette cohabitation avec Scarlet allait s'avérer très difficile à vivre.

- 3 -

Scarlet avait beau faire, elle ne parvenait pas à dissiper le sentiment diffus qu'elle était un monstre.

Cela faisait trois jours maintenant que Mason, Luna et Carroll avaient emménagé chez elle et, depuis, elle était tiraillée entre le bonheur de voir de nouveau sa maison vibrer de vie et de gaieté et la nécessité de se protéger pour ne pas avoir à souffrir lorsque tout s'arrêterait.

Elle aimait l'odeur du shampoing de Mason qui flottait dans la salle de bains après sa douche tout comme elle aimait entendre les piaillements de Luna qui lui parvenaient du rez-de-chaussée et lui rappelaient tant les jours heureux. Mais, toujours sur la défensive, elle préférait se tenir à distance d'un bonheur illusoire qui ne pourrait être qu'éphémère.

Malgré l'envie qui la dévorait, elle n'avait pas tenu Luna dans ses bras une seule fois depuis qu'elle l'avait couchée dans son parc après les obsèques de sa mère. Elle ne l'avait ni nourrie, ni baignée, ni n'avait consacré un peu de son temps à jouer avec elle. Encore moins avait-elle franchi la porte de la chambre d'Evan pour aller jeter un coup d'œil sur son sommeil. Luna aurait tout aussi bien pu ne pas être là, les choses n'auraient pas été différentes.

Voilà pourquoi elle était un monstre.

Aussi, pour se donner bonne conscience, cherchait-elle à se persuader que c'était le travail de Carroll. Après tout, c'était bien pour cela qu'elle avait tenu à ce que Mason embauche une nounou.

Elle ne faisait que de la figuration dans cette histoire, son rôle se limitant à apaiser les craintes de Jay. C'était à cette seule condition qu'elle pourrait honorer le contrat moral qui la liait à Mason, puis s'en sortir indemne une fois qu'il serait reparti, la petite Luna sous le bras.

April avait raison. Elle cherchait à se protéger. Mais qui pourrait l'en blâmer ? Quelle femme normalement constituée, à l'écoute d'une horloge biologique impitoyable, ne tomberait pas sous le charme de cette adorable petite fille, la plus jolie que Scarlet ait jamais vue ?

Auréolée d'une cascade de boucles folles, Luna avait hérité de sa mère son petit nez retroussé, de son père sa bouche aux lèvres bien dessinées et de son oncle ses grands yeux bleus. Malgré ce mélange équilibré, Scarlet ne retenait que les traits génétiques de Mason et se demandait à quoi aurait ressemblé leur enfant s'ils avaient pu en avoir un.

Elle avait d'autant plus de mal à rester à l'écart qu'elle était d'une nature empathique et bienveillante. Elle était toujours la première à s'inquiéter pour les gens qu'elle aimait, n'hésitant pas à jouer les infirmières ou les gardes-malades s'il le fallait.

Lorsqu'elle entendait Luna pleurer, elle brûlait d'aller la consoler ; lorsque Mason jurait, elle s'empêchait de se précipiter vers lui, inquiète de voir s'il s'était blessé. Mais toujours, en dépit de ces élans qu'elle avait chevillés aux tripes, elle parvenait à ne pas oublier que

Luna n'était pas son enfant et que Mason n'était plus son mari. Si elle baissait la garde, ne serait-ce qu'un bref instant, elle serait fichue.

D'ailleurs, la présence de Mason dans la maison lui rappelait douloureusement qu'elle n'était pas guérie de lui ni de la blessure qu'il lui avait infligée. Aussi préférait-elle trouver refuge dans son atelier lorsque Mason regardait un match de foot à la télé ou qu'il était occupé à travailler sur son ordinateur dans le salon.

Là, bien à l'abri des tentations, elle se focalisait sur la tâche gigantesque qu'elle avait entreprise : un triptyque immense qui, lorsqu'il serait terminé, serait livré par bateau dans un hôtel de Hawaï, le Mau Loa Maui, où il trônerait en bonne place dans le hall d'entrée.

Elle fit un pas en arrière pour mieux juger de ce qui commençait à prendre forme. Pour l'instant, elle n'avait fait que réaliser l'esquisse de trois baleines à bosse, mais elle serait largement dans les temps si toutefois elle ne se laissait pas trop distraire par le futon de Mason sur lequel était posé, bien plié, son pyjama.

Elle reposa son pinceau et étira les bras devant elle. Cela faisait bien longtemps qu'elle n'avait pas travaillé à un rythme aussi soutenu. Elle jeta un coup d'œil à sa montre : il était 19 heures, et elle ne s'était pas interrompue depuis l'heure du déjeuner.

Il était temps de passer à autre chose, décida-t-elle, rompue de fatigue. Aussitôt qu'elle fut dans le couloir, elle entendit des bruits de télévision provenant du rez-de-chaussée. Mason devait se reposer devant son écran ; quant à Luna, c'était sans doute l'heure où Carroll lui donnait son bain.

Elle descendit à la cuisine, surprise d'y trouver

Carroll en train de boire à petites gorgées une tasse de thé fumant. Son nez était rouge et ses yeux gonflés.

— Bonsoir, madame Spencer, la salua la nourrice d'une voix enrouée.

— Vous n'avez pas l'air d'aller bien, Carroll. Vous couvez quelque chose ?

— Je ne sais pas. J'espère que non. Ce serait malheureux avec ce que vous traversez en ce moment. Vous êtes tellement occupée, et je ne voudrais pas contaminer Luna, sans quoi elle ne pourra pas aller à l'hôpital voir son papa.

Elle n'eut que le temps de reposer sa tasse avant d'être prise d'une quinte de toux qui inquiéta tant Scarlet qu'elle lui mit sa main fraîche sur le front. Il était brûlant.

— Vous avez de la température. Il vaudrait mieux que vous alliez vous coucher. Vous trouverez de quoi vous calmer pour la nuit dans l'armoire à pharmacie. Mais appelez un médecin dès demain matin.

— Et Luna ?

Bonne question. Et Luna ?

Scarlet ferma les yeux quelques secondes, le temps de se résoudre à accepter l'inévitable.

— Mason et moi nous débrouillerons jusqu'à ce que vous alliez mieux. Il n'y a pas de problème, j'ai bien avancé dans mon travail.

— Je peux appeler quelqu'un pour me remplacer si vous préférez.

— Il n'en est pas question. Luna est-elle prête pour la nuit ?

— Non. M. Spencer l'a emmenée jouer dans la

véranda. Je lui avais demandé de s'occuper d'elle pendant que je me préparais un thé.

Scarlet comprit aussitôt ce que cela induisait. Elle ne pourrait pas repousser plus longtemps le moment de pénétrer dans la chambre d'Evan.

— Ne vous inquiétez pas, lui assura-t-elle d'un ton qu'elle voulait dégagé. Mason et moi prendrons soin d'elle. Et maintenant, au lit !

Elle regarda Carroll se diriger d'un pas traînant vers sa chambre, puis elle se prépara mentalement à aller rejoindre les deux personnes qu'elle cherchait à éviter. Mason et Luna ne se trouvaient ni dans la véranda ni à la piscine. Ils devaient être à la plage. Elle descendit les quelques marches qui y menaient et retira ses chaussures aussitôt qu'elle les aperçut.

Le soleil plongeait à l'horizon, mais le ciel demeurait clair sous l'effet de la douce brise venue de l'océan. Elle comprit soudain qu'elle avait passé beaucoup trop de temps enfermée, se privant des privilèges qu'offrait cette propriété qu'ils s'étaient pourtant donné du mal à acquérir.

— Regarde, Luna, entendit-elle Mason dire à la fillette. Ta tante Scarlet vient jouer avec nous.

Le petit minois de Luna s'éclaira d'un large sourire aussitôt qu'elle la vit s'approcher d'eux.

— Je crois que tu lui manques, dit-il.

Elle fixa Luna, brûlant de la prendre dans ses bras et de la serrer contre elle, de s'étourdir de son odeur de bébé qui lui rappelait les nuits passées à bercer Evan pour qu'il s'endorme enfin.

Au lieu de cela, elle s'accroupit pour se mettre hors de sa portée.

— J'en doute, répondit-elle à voix basse, comme pour elle-même. Que faisiez-vous ? s'enquit-elle d'un ton plus léger.

— À vrai dire, nous nous apprêtions à rentrer. Je crois bien qu'il est l'heure de son bain.

— Carroll ne se sent pas très bien. Je l'ai envoyée se coucher. Nous allons devoir nous occuper de cette petite fille à sa place pendant les prochains jours.

En guise de réponse, Luna émit un joyeux babil.

— Tu penses que nous allons nous en sortir sans Carroll ? s'enquit Mason, visiblement inquiet.

— Il ne s'agit pas de dompter une bête sauvage, répondit-elle en souriant. Ça devrait aller.

— Mais… Mais toi ?

Il fixait sur elle un regard éloquent qui en disait bien plus long que les mots.

— T'en sens-tu capable ?

Elle se releva d'un bond et essuya le sable qui collait à ses mains.

— Je suppose que oui.

— Es-tu allée dans la chambre ? demanda-t-il encore en lui emboîtant le pas, Luna bien calée sur la hanche.

Lorsqu'il arriva à sa hauteur et qu'elle tourna la tête vers lui, elle fut frappée par l'image qu'il lui offrait. Le voir ainsi, lui si grand, si fort, tenant contre lui cette toute petite fille, la submergea d'une émotion infinie.

— Non, finit-elle par répondre en détournant le regard.

Elle aperçut alors un ban de dauphins non loin du rivage.

— Regardez ! dit-elle en pointant du doigt les cétacés.

— Regarde, Luna, reprit Mason. Là-bas, des dauphins. Tu vois comme ils bondissent hors de l'eau ?

Luna écarquilla les yeux et arrondit la bouche de surprise autant que d'excitation. Enchantée par le ballet magique qui s'offrait à elle, elle se mit à battre frénétiquement des mains.

— Dau-phin, articula exagérément Mason. Sais-tu dire dauphin, Luna ?

— Da-phin ! s'exclama la petite au comble de l'enthousiasme. Da-phin !

Scarlet esquissa un sourire ému en les voyant tous les deux ainsi, unis dans une belle complicité. C'était la vie qu'elle avait perdue. Un avenir dont Mason l'avait privée car il avait décidé seul de ce qui était le mieux pour elle.

— Je crois que nous avons fait un grand pas en avant, décréta-t-il en affichant un sourire satisfait. Elle aime les dauphins. Il ne nous reste plus qu'à lui acheter un maillot de bain et une planche de surf.

Le sourire de Scarlet mourut sur ses lèvres. Ces promesses, il les avait déjà faites à Evan. Elle se souvint alors que l'idée de voir un jour son petit garçon affronter les rouleaux menaçants du Pacifique l'avait terrorisée.

— Je crois qu'il va te falloir attendre quelques années avant de lui transmettre ta passion.

Il esquissa une moue grimaçante censée exprimer une vive déception.

— Tu as raison. Nous lui ferons d'abord prendre quelques cours de natation. Et crois-moi, elle saura faire le dos crawlé avant ses deux ans.

Scarlet secoua la tête et se remit en marche.

— Ne parle pas de tes projets à Jay, lui conseilla-t-elle. Il pourrait bien croire que tu veux noyer sa fille.

— Mais non, voyons. C'est tout le contraire. C'est bien pour lui éviter d'être en danger que je veux qu'elle apprenne très vite à nager.

Mason se réveilla en sursaut. Il lui fallut un moment pour retrouver ses repères dans l'obscurité de cette pièce inconnue. Le torticolis qui lui vrillait la nuque lui rappela qu'il passait désormais ses nuits sur un futon posé à même le sol dans l'atelier de Scarlet.

Il entendit alors les pleurs de Luna. Il rejeta aussitôt draps et couvertures, s'apprêtant à courir vers la petite, lorsqu'il perçut des bruits de pas précipités qu'accompagnait la voix douce de Scarlet.

« Je viens, Lulu. Je viens, ma chérie. »

Il retint son souffle, attendant la suite. La veille, Scarlet l'avait laissé donner son bain à Luna, puis la coucher. En échange, elle avait préparé le dîner. S'il ne se trompait pas, elle allait pénétrer dans ce qui avait été la chambre d'Evan pour la première fois depuis un an.

Il se leva et se rendit dans le couloir sur la pointe des pieds. Il vit Scarlet prendre une profonde inspiration puis entrer dans la chambre. À peine quelques secondes plus tard, Luna cessait de pleurer, calmée par les mots doux qu'elle lui murmurait. Quelques minutes s'écoulèrent, puis il la vit sortir et se rendre dans le salon, la petite bien serrée contre elle. Il l'imaginait déjà s'installer avec son précieux petit fardeau dans le fauteuil à bascule, comme elle avait coutume de le faire avec Evan.

Il laissa passer dix minutes, puis il descendit les rejoindre, l'air de rien.

— Tout va bien ? s'enquit-il à voix basse.

Scarlet hocha la tête tout en continuant à bercer Luna qui, abandonnée entre ses bras rassurants, dormait à présent d'un sommeil profond.

— Oui, répondit-elle en chuchotant. Elle avait besoin d'être changée. Et de gros câlins aussi.

Il s'assit en silence au bord du canapé. En observant le tableau attendrissant que formaient Scarlet et la petite Luna blottie contre elle, il comprit pourquoi sa femme avait jusque-là choisi de garder ses distances. Elle cherchait à se protéger.

Il avait cru dans un premier temps qu'il s'agissait d'indifférence. Scarlet avait été très claire lorsqu'ils avaient perdu Evan : elle ne se lancerait jamais plus dans un processus d'adoption aussi long que douloureux. Elle ne prendrait plus le risque de s'attacher à un enfant qu'on pourrait lui reprendre à tout instant. Et même si les circonstances étaient aujourd'hui différentes, Scarlet, elle, redoutait sans doute la même issue.

Pourvu que l'amour maternel que la petite Luna venait de rallumer en elle lui redonne envie de fonder sa propre famille avec un homme qui l'aimerait autant que lui l'aimait.

— La maternité te va bien, lâcha-t-il sans réfléchir.

Elle se figea un instant, avant de lancer d'un ton sarcastique :

— Les tenues haute couture de Christian Dior me vont bien aussi, ce n'est pas pour cela que je vais en porter tous les jours.

— Que suis-je censé comprendre ? demanda-t-il en haussant le ton.

Elle lui fit signe de se taire avant de se lever, Luna toujours contre elle.

— Je vais la recoucher et je reviens répondre à ta question.

Lorsqu'elle fut de retour, elle lui intima en silence de la suivre jusqu'à la véranda. Il lui emboîta le pas, heureux de pouvoir contempler tout à loisir ses courbes harmonieuses onduler sous la chemise en coton léger qu'elle portait. Il sentit aussitôt le feu d'un désir incandescent couler dans ses veines. Dieu qu'il avait envie d'elle !

Il leva la tête, cherchant à focaliser son attention sur le ciel étoilé.

— Ce que j'ai voulu dire, attaqua Scarlet d'emblée, c'est que la maternité a beau sembler me convenir, il se trouve que la vie en a décidé autrement.

— Je ne comprends pas pourquoi tu te montres aussi catégorique, rétorqua-t-il. Tu as le temps de devenir mère. Tu es jeune, belle, bourrée de talent… Tu vas rencontrer quelqu'un qui te donnera la famille que tu souhaites avoir.

Elle le regarda fixement, lui donnant l'impression qu'il venait de la gifler.

— Cesse de me dire ça.

— Quoi ? C'est la vérité. C'est bien pour cela que…

Que je t'ai quittée, aurait-il voulu achever. Mais la fin de sa phrase mourut dans un silence pesant.

Scarlet croisa les bras, faisant apparaître la naissance de ses seins ronds dans l'échancrure de sa chemise.

— Je ne sais pas ce qui te donne la conviction que,

parce que tu m'as plaquée, je vais sortir faire la fête et me trouver un homme que j'aimerai autant que je t'ai aimé et avec qui j'aurai envie de faire des enfants. Que crois-tu ? Que je n'ai qu'à choisir parmi une foule de prétendants celui qui me rendra heureuse jusqu'à la fin de mes jours ?

Il préféra ignorer son emploi du passé pour évoquer l'amour qu'elle lui portait. Même si c'était lui qui l'avait quittée, il n'aimait pas l'idée qu'elle l'avait déjà rayé de sa vie amoureuse.

— Scarlet, ne plaisante pas, s'il te plaît. Je suis très sérieux. Je ne veux pas que tu renonces à tes rêves de grande famille. Pas à cause de moi. Évidemment, cela ne se fera pas en un jour, mais tu dois y croire.

— Un jour, peut-être. Mais ce n'est pas avec toi dans les parages que je vais pouvoir aller de l'avant. C'est si difficile de partager le même toit, Mason. Comment veux-tu que je ne pense pas à ce que j'ai perdu ? Au couple que nous formions ? À Evan ? À tout ce gâchis ?

— Tu penses que c'est plus facile pour moi ? Bon sang, Scarlet ! Ces trois derniers jours ont été une véritable torture.

Il la vit tressaillir imperceptiblement.

— Pourtant, c'est bien ce que tu as voulu, non ?

Il fourragea dans son épaisse tignasse puis se passa une main sur le visage.

— Tu n'imagines pas à quel point il m'est pénible de vivre près de toi et de devoir refréner sans cesse le désir que tu suscites en moi, finit-il par avouer. J'en deviens fou. Tu es ma femme, Scarlet.

— J'étais ta femme, le corrigea-t-elle d'un ton amer

chargé de reproche. Je te rappelle que tu m'as quittée. Abandonnée.

— Je t'ai quittée parce que je ne pouvais pas t'avoir tout à fait. Il m'était impossible de continuer à vivre avec toi en sachant que je ne pouvais pas te donner ce dont tu avais besoin pour être heureuse.

Elle plissa les yeux, puis fit un pas vers lui.

— Que sais-tu vraiment de ce dont j'ai besoin, Mason ? Mais c'est bien toi, ça. Tu m'as toujours traitée comme si je t'appartenais, au même titre que la société que tu diriges. De même que tu as toujours pris les décisions à ma place, en pensant pour moi au lieu de me demander mon avis ou d'écouter ce que j'avais à dire.

Il resta un instant silencieux, méditant ces reproches qu'il trouvait injustifiés. Il entendait ce que disait Scarlet. Simplement, il ne la croyait pas. Lorsqu'elle lui soutenait qu'elle pouvait se passer d'enfants, elle mentait, c'était évident. Elle tentait de s'arranger avec la réalité, mais elle était bouleversée. À cause de lui. La seule solution était de lui rendre sa liberté. Il n'avait vu que le seul intérêt de Scarlet quand il avait pris la décision de partir.

— Par exemple, poursuivit-elle, tu as acheté cette maison sans même me consulter.

— Je t'ai offert la maison de tes rêves. Tu ne l'aimes pas ?

— Je l'adore. Mais si ça n'avait pas été le cas ? Idem pour ma voiture. Tu as même choisi seul la destination de notre voyage de noces. Pour prendre un exemple plus récent, tu as embauché Carroll sans me demander ce que j'en pensais.

Elle marqua une pause avant d'ajouter en guise de conclusion :

— Le gros problème, vois-tu, c'est que tu prends toujours seul des décisions qui nous concernent tous les deux. Et ce dans tous les domaines, sans jamais tenir compte de ce que, moi, j'aimerais.

Il s'approcha d'elle jusqu'à ne laisser entre eux qu'une distance si infime qu'il pouvait sentir la chaleur de sa peau se communiquer à la sienne.

— Qu'aimerais-tu Scarlet ?

Elle riva sur lui ses grands yeux sombres qui en disaient long sur ce qu'elle avait en tête. *Pourvu qu'elle n'entende pas les battements de mon cœur*, songea-t-il tout en affichant un visage qu'il voulait impassible. Il serra les poings, s'exhortant à ne pas céder à la tentation violente qui l'envahissait de la prendre dans ses bras.

Ce ne serait pas la chose à faire. Il avait pris ses distances et lancé une procédure de divorce, dans le seul but de leur laisser à tous les deux une chance de redémarrer une nouvelle vie. Malheureusement, lui n'avait pas envie d'aller de l'avant sans elle. En fait, il était perdu dans un flot d'émotions contradictoires où se trouvaient pêle-mêle désir intense, frustration et impuissance. Il brûlait à la fois de rester auprès de Scarlet et de s'en éloigner, ce qui n'était pas vraiment le propre des mariages. Une fois encore, il chercha à se persuader qu'ils seraient plus heureux chacun de leur côté.

Et pourtant, si elle lui offrait ses lèvres, il ne se déroberait pas.

— Si je te répondais que j'aimerais que tu m'embrasses ? finit-elle par dire.

Il ferma les yeux, cherchant à refouler les images de sa bouche tentatrice et de son regard empli de tristesse. Comprenait-elle ses faiblesses ? Ses contradictions ? Pour quelle autre raison lui demanderait-elle la seule chose qu'il était réticent à lui donner ? La seule chose qu'il brûlait de lui donner ?

Il sentit la main de Scarlet passer de son torse à sa joue. Elle lui caressa le visage dans un geste d'une infinie douceur.

— Tu ne dis rien ? insista-t-elle.

— Il ne s'agit pas de ce que je veux dire, mais de ce que je veux faire, Scarlet.

En guise de réponse, elle se plaqua contre lui, écrasant sa poitrine sur son torse. Ses formes épousaient parfaitement les siennes, lui rappelant à quel point ils étaient complémentaires. Cette fois, il ne pouvait lui cacher le désir intense qu'elle suscitait en lui.

— Et que veux-tu faire, Mason ? s'enquit-elle d'une voix suave.

Il avait beau essayer de se fermer au désir, il n'était pas un surhomme. Alors il releva les paupières en même temps que s'ouvraient les vannes d'un désir trop longtemps contenu.

— Ça, répondit-il en prenant sa bouche dans un baiser passionné.

Des semaines de frustration, de larmes et de désirs contrariés se diluèrent aussitôt dans la force de ce contact. La bouche de Scarlet était aussi douce et fruitée que dans son souvenir. Il retrouvait avec bonheur l'odeur de son parfum, la douceur de sa peau, les petits soupirs qu'exhalaient ses lèvres entrouvertes. Il se réappropriait tout ce sur quoi il avait fantasmé au cours de trop longues heures passées seul dans sa grande maison de Hollywood.

À quoi bon ? se dit-il alors que la réalité le rattrapait brutalement.

Ce rapprochement physique ne pouvait que rendre les choses pires encore. Qu'est-ce qui lui prenait ? Ils avaient passé le cap le plus difficile, ce n'était pas pour se laisser de nouveau aller à des pulsions qui ne les mèneraient à rien.

Fort de cette certitude, il rompit leur baiser et s'écarta d'elle.

— Qu'y a-t-il ? s'enquit-elle sans comprendre.

Il secoua la tête.

— Les choses sont déjà tellement compliquées entre nous, Scarlet. Mieux vaut ne pas en rajouter, cela ne servirait pas à grand-chose, de toute façon.

— Parce que mentir à tout le monde en feignant d'être une famille heureuse nous mènera quelque part, peut-être ?

Sans ajouter un mot, elle lui tourna le dos et regagna la maison.

Jurant entre ses dents, il se laissa tomber dans l'un des fauteuils d'extérieur, tout proches. Il se prit la tête entre les mains, priant pour que son corps ne le trahisse plus comme il venait de le faire.

- 4 -

Malgré l'heure tardive à laquelle elle avait trouvé le sommeil, Scarlet se réveilla aux premières lueurs du jour. Elle se laissa aller à revivre le baiser que Mason et elle avaient partagé avant de décider d'oublier cette parenthèse qui n'avait rien eu de magique.

Mason avait raison. En dépit de l'attirance mutuelle qu'ils éprouvaient l'un pour l'autre — et qui ne faiblirait jamais — leur relation était déjà bien trop compliquée pour qu'ils y rajoutent des complications d'ordre sentimental.

Au fil du temps, il paraissait évident qu'être ensemble leur était plus douloureux qu'être séparés. Se retrouver ainsi sous le même toit n'était qu'un rappel permanent de ce qu'ils avaient perdu. Du moins pour Mason, lui semblait-il. Il entendait maintenir une distance qu'il avait lui-même instaurée, et elle devait respecter cette volonté sans tenir compte du désir intense qu'il suscitait en elle. L'attirance indiscutable qui les reliait l'un à l'autre comme des fils invisibles ne résoudrait pas leurs problèmes. Loin de là.

Tout à ses pensées, elle s'enveloppa dans sa robe de chambre en soie et descendit l'escalier aussi silencieusement que possible. Comme elle le faisait tous les matins, elle mit la cafetière en marche et prit son habituel cocktail de vitamines avant d'aller inspecter d'un œil distrait l'intérieur du réfrigérateur. Comme à l'accoutumée, il était vide.

Alors qu'elle se tournait, son regard se fixa sur la porte de la nursery, de l'autre côté du couloir.

La veille, lorsque Luna s'était réveillée en pleurant, elle était parvenue à faire taire l'anxiété qui d'ordinaire la tenaillait à l'idée de pénétrer dans ce sanctuaire. Certes, elle ne s'était pas attardée plus qu'il n'avait fallu, mais elle avait considéré cette avancée comme une petite victoire remportée sur elle-même.

Elle avait sorti Luna de son berceau, l'avait changée et était ressortie de la pièce aussi vite qu'elle avait pu, s'interdisant de laisser son regard errer sur les murs bleu pervenche et les peluches sagement alignées le long des étagères murales. Quatorze mois avaient beau s'être écoulés, il n'en restait pas moins que, cette chambre, elle la connaissait par cœur.

Ce matin, pourtant, aucun pleur, aucun cri ne lui parvenait de cette pièce. Elle n'avait donc nul besoin d'y entrer. Elle ressentit pourtant le désir impérieux d'aller jeter un coup d'œil sur Luna. Elle s'avança devant la porte, tendit une main tremblante vers la poignée. Le cœur battant à tout rompre, elle suspendit son geste. Sans le caractère d'urgence de la veille, faire tourner cette poignée s'avérait plus difficile qu'elle ne l'avait cru.

Dans le silence assourdissant de cette heure matinale, les battements accélérés de son cœur pulsaient à ses tempes avec force. Elle enroula les doigts autour du bouton de porte, hésita encore.

Elle ne comprenait pas pourquoi cette chambre véhiculait toujours autant d'interdits. Pourquoi elle revêtait autant d'importance à ses yeux alors que le petit Evan l'avait déserté depuis de si longs mois. Au lieu de s'en offusquer, n'aurait-elle pas mieux fait d'admettre que Mason avait raison de la voir seulement comme une pièce remplie d'objets de puériculture qui ne servaient plus à rien ?

Quelques mois après le départ d'Evan, il l'avait encouragée à la vider pour la redécorer. Si, comme elle le lui avait affirmé, ils ne se lançaient plus jamais dans une procédure d'adoption, quel était l'intérêt de garder cette chambre dans l'état ? avait-il demandé. Ils pourraient en faire une bibliothèque ou une salle de gym ou encore un débarras. Peu lui importait, pourvu que cette chambre ne reste plus ce sanctuaire qu'il ne fallait profaner sous aucun prétexte.

Scarlet s'était indignée, trouvant cette suggestion cruelle. Ils n'avaient plus jamais abordé le sujet jusqu'à l'arrivée de Luna.

C'est toi qui as raison, Mason.

Elle prit une profonde inspiration et, après avoir enfin tourné la poignée, poussa doucement la porte. Le jour qui filtrait à travers les rideaux tirés lui permit de distinguer tout de suite la petite Luna. Debout dans son petit lit à barreaux, la fillette lui adressa un sourire radieux aussitôt qu'elle la vit.

Visiblement, cette enfant était aussi matinale que sa tante.

— Tu es déjà réveillée, mon bébé ?

En guise de réponse, Luna se mit à babiller en même temps qu'elle agitait frénétiquement ses petites jambes.

Scarlet esquissa un sourire attendri. Depuis sa naissance, Luna était un bébé heureux, débordant de vie et d'entrain. Lorsqu'on la voyait ainsi, on avait du mal à imaginer la tragédie qui venait de la frapper et la frapperait encore d'ici peu de temps. Perdre ses deux parents aussi jeune lui permettrait de n'avoir aucun souvenir de cette tragédie mais, du coup, lui volerait aussi la possibilité de se rappeler l'amour inconditionnel qu'ils lui portaient.

Cette pensée lui insuffla le courage qui lui manquait encore. Elle entra dans la chambre. Lorsqu'elle la vit s'approcher d'elle, Luna lui tendit les bras et s'agita un peu plus. La seconde d'après elle perdait l'équilibre et sa tête allait cogner contre le bois dur des barreaux. Le sourire radieux s'effaça pour céder place à une crispation de douleur.

Scarlet n'hésita pas une seconde. Elle se précipita pour la prendre dans ses bras. À présent, Luna, le visage cramoisi, pleurait en hurlant.

— Ma… Ma ! hoqueta-t-elle entre deux sanglots.

Le cœur de Scarlet se serra à l'étouffer quand elle entendit ce petit être innocent appeler la maman qu'elle ne reverrait jamais.

Elle la serra un peu plus contre elle et lui caressa le dos tout en lui murmurant à l'oreille les mots doux qu'elle susurrait à Evan. Puis, dans un geste d'une infinie douceur, elle palpa l'arrière de son petit crâne pour vérifier qu'il n'y avait aucune plaie. Il y avait eu plus de peur que de mal. Luna s'en sortirait avec une bosse.

Après quelques minutes de câlins, Luna finit par se calmer, et ses pleurs cessèrent. Lorsque Scarlet abaissa le regard sur la petite, elle la vit qui la fixait de ses grands yeux bleus, si semblables à ceux de Mason.

Luna avait hérité de tant de traits physiques de son oncle qu'on aurait pu la prendre pour sa fille.

De nouveau, un poids lui comprima la poitrine à l'idée que leurs enfants, s'ils avaient pu en avoir ensemble, leur auraient ressemblé. Elle fut tirée de ses pensées par la petite main de Luna qui venait de se poser sur son visage. Ce fut le geste qui eut raison de ses dernières réticences.

Les choses n'étaient pas censées se passer ainsi. Elle avait décidé de se tenir à distance émotionnelle de cette enfant afin de ne pas avoir à souffrir d'une nouvelle séparation. C'était Mason, son futur ex-mari, qui devait l'élever seul. Pas elle. Ce qui voulait dire que, en agissant comme elle venait de le décider, elle s'exposait à avoir de nouveau le cœur brisé, à subir des souffrances qu'elle s'était juré de ne plus vivre.

Mais elle se connaissait. Elle était incapable de rester de marbre face à la détresse d'un enfant. Qui le pourrait ? Comment ne pas répondre à la demande d'amour d'un petit être privé trop tôt de ses parents ? Il lui était impossible de résister. Ou peut-être n'avait-elle plus l'énergie de se battre contre l'inéluctable.

Lorsque Luna se fut complètement calmée, Scarlet se rendit compte qu'elle avait passé plus de cinq bonnes minutes dans la chambre et que rien d'extraordinaire ne s'y était produit. Le spectre de l'enfant qu'elle avait perdu n'était pas venu la hanter comme elle s'y était attendue. Elle ressentit un profond soulagement, aussitôt relayé par la crainte de souffrir de nouvelles blessures.

Il lui suffit d'un nouveau regard sur cette petite fille, blottie tout contre elle, pour comprendre que la question ne se posait plus en ces termes. Elle pouvait bien chercher à rester objective, se dire que cette situation n'était que temporaire, elle se mentirait en niant qu'elle brûlait d'envie d'enfouir son visage dans le cou de Luna, de respirer son odeur de bébé, de la bercer jusqu'à ce que, enfin apaisée entre ses bras, elle se rendorme d'un sommeil confiant.

En fait, c'était exactement ce qu'elle allait faire.

D'un pas ferme et décidé, elle alla s'installer dans le fauteuil à bascule, pour la première fois depuis qu'elle avait rendu son petit garçon aux services sociaux venus le lui reprendre.

Elle avait adoré ces moments passés là avec lui, dans ce même fauteuil. Parfois, Mason la forçait à aller coucher Evan dans son berceau, car elle pouvait passer des nuits entières à veiller sur le sommeil de son enfant. Elle retrouvait avec Luna ce même bonheur de tenir un bébé dans ses bras.

La petite dormait depuis un bon moment déjà lorsque Scarlet sentit ses paupières se fermer.

— Scarlet ?

Elle sursauta légèrement avant de se redresser tout d'un coup, comme prise en faute. Mason semblait aussi surpris de la trouver là qu'elle de le voir déjà en costume, visiblement prêt à quitter la maison.

Elle cligna des yeux, éblouie par le soleil qui, à peine quelques secondes plus tôt lui semblait-il, peinait à se lever.

— Quelle heure est-il ? demanda-t-elle d'une voix ensommeillée.

— Un peu plus de 8 heures. Je dois aller au bureau. Carroll est partie voir son médecin. Tu vas pouvoir te débrouiller seule avec Luna ? Veux-tu que je t'envoie quelqu'un pour te seconder ?

Scarlet n'en revenait pas. Luna et elle avaient dormi près de deux heures sans se réveiller. Comment expliquer que le simple fait de tenir un enfant dans ses bras la rende aussi légère, aussi détendue ? Il lui apparut soudain parfaitement inutile de remplacer Carroll. D'ailleurs, le mal était fait : aucune nounou au monde ne saurait la préserver des souffrances inhérentes à une prochaine séparation.

— Non, merci, finit-elle par répondre. Nous n'avons besoin de personne. Nous nous en sortirons très bien toutes seules. N'est-ce pas mon trésor ?

Mason resta un moment silencieux à les contempler, paraissant ne pas croire à la scène qui s'offrait à lui.

— Tu en es bien certaine ? insista-t-il. Je peux appeler ma mère, si tu veux.

Elle secoua vigoureusement la tête.

— Certainement pas. Je ne veux pas que tu mêles ta mère à cette histoire. Allez, va et ne t'inquiète pas. Nous allons commencer par manger un peu puis nous irons jouer sur la plage. Il fait un temps merveilleux, nous pourrons peut-être même patauger au bord de l'océan ou nous baigner dans la piscine s'il fait assez chaud.

— Très bien, acquiesça Mason sans grande conviction.

Ses doutes, il aurait vite fait de les oublier dès qu'il aurait franchi les portes de son bureau, songea Scarlet. On ne dirigeait pas une enseigne nationale les bras ballants.

— À plus tard, alors, reprit-il d'un ton plus léger. Appelle-moi si tu as le moindre problème.

Puis il pivota et disparut dans le couloir.

Luna, parfaitement éveillée elle aussi, enfonçait son petit poing dans sa bouche, signe manifeste que de nouvelles dents allaient faire leur apparition. Scarlet se souvint de vérifier s'il y avait un anneau de dentition à placer dans le réfrigérateur parmi les affaires de la petite.

— Je vois que nous avons faim, dit-elle tout haut. Mais d'abord, nous allons nous changer et nous trouver une jolie tenue. Qu'en dis-tu ?

— Dafin ! répondit Luna.

— Dauphins ? répéta Scarlet, surprise de voir que Luna avait déjà enregistré ce nouveau mot, tout juste appris la veille. Tu veux retourner voir les dauphins ?

Le petit minois de Luna s'éclaira d'un large sourire qui laissa entrevoir quatre ravissantes quenottes. Visiblement, la réponse était oui. Elle se rendit donc dans la chambre pour la changer. Son regard se porta aussitôt sur le large ruban accroché au mur qui portait le nom d'Evan.

Il est grand temps de faire un peu de ménage dans cette pièce, songea-t-elle.

Luna bien calée sur la hanche, elle alla décrocher le ruban qui tomba au sol dans un bruissement léger. Curieusement, au lieu d'avoir envie de pleurer, elle se sentit libérée d'un poids énorme.

Elle recula d'un pas et balaya la chambre d'un regard circulaire. Il y avait encore bien d'autres choses à faire : donner les vêtements d'enfants, de même que les jouets qui n'étaient pas adaptés à l'âge de Luna. Quant au mur… Elle avait une idée.

— Ma chérie, nous allons nous lancer dans de grands travaux de décoration, aujourd'hui.

Semblant comprendre, Luna applaudit de ses petites mains potelées. L'espace d'un bref instant, Scarlet s'autorisa à penser que Luna était la petite fille qu'elle aurait aimé avoir.

La journée parut interminable à Mason. Lui qui avait prévu de ne pas s'éterniser au bureau, non seulement il n'avait pu s'en échapper comme il l'aurait souhaité, mais voilà qu'à présent il était coincé dans les embouteillages monstrueux qui caractérisaient Los Angeles.

Lorsque, enfin, il arriva dans l'allée qui conduisait à la maison, il vit tout de suite que la voiture de Carroll n'était pas là. L'idée que Scarlet avait passé la journée seule avec Luna le rendit nerveux.

Aussitôt garé, il se précipita vers la porte d'entrée, mais une fois à l'intérieur, il s'arrêta net, l'oreille aux aguets. Aucun bruit ne lui parvint. La maison semblait vide. Ce fut alors qu'il entendit les gloussements joyeux de Luna.

Rassuré, il posa sa serviette par terre, près de la porte, puis il ôta sa veste de costume qu'il suspendit au dossier de la chaise la plus proche. Ensuite seulement il se dirigea vers la chambre de Luna.

Il resta saisi sur le seuil. Car si avoir surpris Scarlet dans cette pièce le matin même l'avait déjà étonné, la retrouver au même endroit, qui plus est sur une échelle et avec un pinceau à la main, le laissait stupéfait.

Pour l'occasion, elle avait revêtu un débardeur et un short en jean qui allongeait encore ses jambes interminables. Elle avait rassemblé ses cheveux en un chignon vague dévoilant sa nuque délicate et ses épaules rondes. Comme toujours, l'image de sa femme le captivait.

Il se rappela alors les premiers mois de leur mariage, quand il laissait son travail en plan, incapable qu'il était de résister à l'envie de lui faire l'amour sur-le-champ. Les choses étaient si simples entre eux à cette époque-là. Ils ne songeaient pas encore à avoir d'enfants et profitaient des joies simples que la vie à deux avait à leur offrir.

Une vague de nostalgie le submergea, lui faisant regretter ces jours heureux où, du bout des doigts, il s'amusait à relier entre elles les éclaboussures de peinture qui faisaient à Scarlet comme de petites décorations sur sa peau diaphane.

Les couinements aigus de Luna le ramenèrent brutalement sur terre. Scarlet avait installé la petite dans un transat d'où elle pouvait suivre du regard chacun de ses mouvements. Derrière elle se trouvaient les meubles que Scarlet avaient repoussés là pour libérer le mur qu'elle avait entrepris de repeindre. Ou plus exactement de décorer d'une fresque à la Scarlet Spencer.

L'œuvre, déjà bien avancée, dévoilait un fond marin tapissé d'algues ondulant au gré des courants et ponctué de coraux et de poissons aux couleurs vives qui tranchaient sur le bleu profond de l'eau. Deux dauphins à demi achevés constituaient la pièce maîtresse de la scène.

Si Scarlet avait déjà effectué des fresques marines sur les murs de plusieurs aquariums de la ville, elle avait décliné les propositions qui lui avaient été faites par la suite d'exécuter ce même thème chez des particuliers.

Sans doute se réservait-elle, inconsciemment ou pas, la primeur d'un tel projet.

Il avait toujours aimé la regarder travailler. Rien ne pouvait la distraire de son art qu'elle exécutait presque comme un ballet tant étaient vastes les toiles immenses que représentaient les murs qu'elle peignait : ils l'obligeaient à se mouvoir avec une grâce innée.

Lorsqu'ils avaient eu Evan, elle était passée aux peintures non toxiques et avait installé un purificateur d'air dans son atelier car, ne supportant pas d'être séparée de son fils bien longtemps, elle avait pris l'habitude de l'installer dans un porte-bébé. L'enfant, ainsi blotti contre sa mère, pouvait dormir tranquillement sans qu'elle ait à s'interrompre dans sa tâche. Les voir bouger ensemble était le plus beau spectacle auquel il lui avait été donné d'assister.

Aussi était-il bouleversé à l'extrême de la retrouver de nouveau en train de peindre dans les mêmes conditions. Lui aussi avait souffert de la perte de son fils, bien sûr, mais il avait encore plus souffert de voir sa femme sombrer dans les affres d'une tristesse insondable. Il en avait ressenti une vive culpabilité. Il se sentait seul responsable du malheur qui les avait frappés. En ne lui donnant pas l'enfant qu'elle voulait, il l'avait blessée, détruite même.

Être témoin de ce moment privilégié le remplissait à la fois de bonheur et d'angoisse. Il craignait, en faisant entrer Luna dans sa vie comme il l'avait fait, de ruiner les chances qu'avait Scarlet de continuer à aller de l'avant comme elle semblait le faire jusque-là. Car il n'y avait aucun doute qu'elle allait souffrir de cette nouvelle séparation.

À vrai dire, il n'avait pensé qu'à Jay, son frère mourant, lorsqu'il lui avait demandé de l'aider en sauvant les apparences. Perdu dans sa logique, de même que dans sa propre souffrance, il avait été offusqué de la distance que Scarlet avait tout de suite instaurée entre eux.

Mais maintenant qu'elle avait baissé la garde et qu'il retrouvait la femme aimante et maternelle qu'elle était, il comprenait l'ampleur du sacrifice auquel il lui avait demandé de consentir.

Une nouvelle vague de culpabilité le submergea, mais malheureusement il était trop tard. Tout ce qu'il pouvait faire, c'était espérer que passer quelques semaines avec Luna aiderait Scarlet à guérir de la perte d'Evan. Peut-être même que cette parenthèse lui donnerait l'impulsion nécessaire pour fonder cette famille biologique qu'il était dans l'incapacité de lui donner.

Il la regarda encore plonger son pinceau dans un pot de peinture grise, puis l'appliquer sur les contours d'un des dauphins. Pour l'avoir vu procéder, il savait qu'il y aurait bien d'autres couches à passer avant le résultat final. Cependant, compte tenu du fait qu'elle avait attaqué son travail le matin même, il fallait bien admettre qu'elle avait avancé sacrément vite.

— Waouh ! s'exclama-t-il pour manifester sa présence.

Le pinceau de Scarlet s'immobilisa aussitôt dans sa main. Puis, lentement, elle se retourna vers lui, le visage fendu d'un large sourire.

— Bonsoir, dit-elle. Je ne t'ai pas entendu arriver. Comme tu vois, Luna et moi avons été très occupées aujourd'hui.

— Je vois, en effet. Mais peux-tu m'expliquer ?

Elle descendit de son échelle, puis s'essuya les mains sur son short déjà maculé de peinture.

Elle ouvrait la bouche pour répondre enfin lorsque Luna la devança en pointant la fresque de son doigt minuscule.

— Dafin ! s'exclama-t-elle.

— Oui, ma chérie, c'est ça, la félicita Scarlet qui enchaîna à l'adresse de Mason : Tu as la réponse à ta question. C'est le seul mot qu'elle prononce depuis ce matin. Alors j'ai décidé qu'il était temps de redonner un petit coup de jeune à cette pièce en la décorant d'une fresque murale. Et qui mieux que moi pouvait la réaliser ?

S'il ne s'était pas battu pendant des mois, en vain, pour ramener Scarlet à la raison, il aurait volontiers cru à la désinvolture de son ton, à son apparente légèreté. Son regard se posa sur les sacs entreposés dans un coin de la pièce, comme pour étoffer sa pensée.

— Que comptes-tu faire de tout ça ? s'enquit-il en pointant les sacs du menton.

— Nous allons repartir de zéro. De toute façon, rien de ce qui était ici ne peut servir à Luna, alors je vais tout donner à quelqu'un qui en fera bon usage.

Sur ces mots, elle reporta son attention sur la fillette qui s'était mise à gigoter frénétiquement dans son transat, manifestant ainsi son impatience. Elle alla défaire sa ceinture de sécurité et la hissa hors de son siège. Tandis qu'elle la tenait contre elle, Luna passa sa petite main sur une tache bleue qui lui maculait la joue.

— Dois-je comprendre que j'ai besoin d'aller me passer sous le jet dans le jardin, mon trésor ? demanda-t-elle en riant. Mason, qu'en penses-tu ?

— Les dégâts ne sont pas si importants. Une bonne douche devrait suffire.

Elle alla vérifier dans le miroir placé au-dessus de la commode.

— Menteur, s'insurgea-t-elle. Je suis affreuse.

— Tu n'es pas affreuse. Tu sais bien que j'ai toujours aimé te voir comme ça. Comme toi, tu m'aimais bien avec mes cheveux plein de sel et mon teint hâlé.

Ils se sourirent, replongeant ensemble dans un temps où peindre, surfer sur les vagues de l'océan et faire l'amour étaient le point d'orgue de leurs vies. Le sourire de Scarlet se dissipa aussitôt. Elle se frotta machinalement la joue avant de dire à voix presque basse :

— Je vais prendre une douche.

— Donne-moi Luna. Je vais m'en occuper. Où est Carroll ?

Il vit bien que, en lui tendant Luna, elle évitait soigneusement le moindre contact physique. Comment l'en blâmer après le comportement qu'il avait eu la veille ? Un comportement qui allait à l'encontre du feu qui le dévorait depuis ces deux mois de séparation.

S'il n'avait pas pris l'initiative de rompre ce baiser, ils auraient fait l'amour. Et ensuite ?

— Elle a la grippe. Comme elle sera contagieuse pendant encore vingt-quatre heures, elle est allée chez sa sœur pour ne pas risquer de contaminer la petite. Elle sera de retour demain après-midi ou, au plus tard, après-demain.

Il éprouva un vif soulagement à l'idée que Scarlet entendait veiller avec lui sur Luna. Jeté dans le grand bain de la parentalité par le hasard de circonstances tragiques, il n'avait pas vraiment été préparé à assumer seul une telle responsabilité. Il était reconnaissant à Scarlet d'être la bouée à laquelle il pouvait se raccrocher.

— Que dirais-tu d'aller dîner tous les trois dehors, après ta douche ? Chez Rico, si c'est toujours ton restaurant préféré.

Elle le regarda fixement quelques secondes avant d'opiner.

— Ça l'est. Mais toi, es-tu vraiment certain de vouloir sortir ? Nous pouvons aussi nous faire livrer notre repas à domicile. Si nous sortons, nous allons être obligés de jouer la comédie de la famille idéale au cas où nous tomberions sur quelqu'un de notre connaissance.

— À vrai dire, comme nous avons passé plus de temps mariés que séparés, il devrait nous être facile de donner l'apparence du couple uni que nous avons été. À moins que tu ne souhaites pas qu'on nous voie ensemble ?

— Non, ça m'est égal.

Il esquissa un sourire de soulagement.

— Dans ce cas, va vite te préparer.

Elle lui sourit en retour, puis s'éclipsa en direction du couloir. Il la regarda monter les marches, imaginant ses longues jambes s'enrouler autour de sa taille. Faire l'amour avec elle lui manquait tant. Elle lui manquait tant.

Allons, se reprit-il, il était bien inutile de fantasmer comme il le faisait. Ce n'était pas parce que Scarlet s'était rapprochée de Luna qu'il fallait sérieusement envisager une issue heureuse. Scarlet voudrait toujours porter ses propres enfants dans son ventre. Pour l'heure, et juste pour Jay, ils jouaient la famille recomposée heureuse, mais une fois Luna vraiment orpheline chacun reprendrait le cours de sa vie et donc sa liberté.

La roue du divorce continuait de tourner, les rapprochant inexorablement d'une issue fatale qu'il avait été le seul à vouloir.

Ils ne revivraient pas ensemble, pas plus qu'ils n'élèveraient Luna tous les deux.

- 5 -

— Souhaites-tu prendre un dessert ? s'enquit Mason.

— Non merci. Je n'en peux plus, et cette petite fille que je vois là m'a l'air d'avoir bien sommeil.

En effet, son petit corps ratatiné dans sa chaise haute, de même que sa tête inclinée sur le côté et ses paupières à demi fermées, tout indiquait dans cette posture d'abandon que Luna était recrue de fatigue.

Il n'avait pas pensé une seconde au temps que durerait ce dîner lorsqu'il avait choisi cet établissement. Heureusement, Luna s'était très bien comportée, ne manifestant aucun signe d'impatience.

— Elle dormira profondément avant même que nous n'atteignions la voiture, prédit-il en réglant la note.

Lorsqu'ils furent prêts à partir, il sortit Luna de sa chaise et, dans un geste instinctif, pressa sur son front un baiser plein de tendresse. Il retrouva instantanément la même odeur de bébé qui émanait d'Evan, un mélange distinct de lait et de shampoing.

Il pensa soudain que depuis qu'ils avaient Luna, il ne s'en était pas particulièrement occupé, déléguant cette tâche délicate à Carroll, puis à Scarlet depuis que cette dernière était malade. Qu'aurait-il fait sans elle ? Il se le demandait.

Pourtant, Scarlet ne serait pas toujours là. Il allait

bien devoir s'habituer à se passer d'elle car bientôt, lorsqu'il aurait regagné sa maison, il lui faudrait gérer seul l'éducation de Luna.

Comme toujours, cette perspective suscita en lui une onde de panique car, si faire face à une petite fille heureuse de vivre était une chose, devoir se confronter aux problèmes inhérents à tout enfant en bas âge en était une autre qui le laissait totalement démuni.

Lorsqu'il s'arrêta devant la porte, laissant à Scarlet le soin de l'ouvrir pour lui, elle le fixa d'un regard curieux qui lui fit demander sans trop y croire :

— Qu'y a-t-il ? Elle a bavé sur ma veste ?

— Non, ta veste est parfaite. C'est juste que vous formez un très joli tableau tous les deux. Elle a l'air tellement en confiance, endormie comme ça entre tes bras.

— Que veux-tu, j'ai toujours su m'y prendre avec les femmes.

— Et c'est aussi toi qui vas les coucher ? plaisanta-t-elle.

— Oui, à l'exception de toi. Comme tu savais rester éveillée, je t'ai épousée.

Un sourire aux lèvres, elle lui ouvrit la portière pour lui permettre d'installer Luna dans son siège-auto.

— Je suis déçue, reprit-elle. Moi qui pensais que tu avais été subjuguée par ma personnalité hors du commun.

Il referma la portière et prit le temps de contempler en détail la femme qu'il aimait encore. Avec ses cheveux qu'elle avait laissés flotter sur ses épaules nues, elle avait l'air plus jeune et ressemblait davantage à la fille dont il était tombé amoureux sur la plage. Cette Scarlet-là, il ne la décevait jamais comme il avait déçu par la suite la Scarlet devenue son épouse.

Il se retint avec peine de la prendre dans ses bras pour l'embrasser avec toute la fougue qu'elle lui inspirait. Pourtant, tout à coup, son cerveau sembla ne plus être d'accord avec son corps.

Elle ne t'appartient plus, lui soufflait-il.

— Ta personnalité a aidé, je te le confirme, finit-il par répondre.

Oubliant ses certitudes, il s'approcha d'elle et l'immobilisa contre la portière.

— En plus du fait que tu étais belle, bourrée de talent, intelligente, mais assez stupide pour être attirée par moi. Je ne pouvais pas te laisser m'échapper ni prendre le risque de te laisser succomber au charme d'un autre, tu comprends ?

Pour toute réponse, elle lui sourit et caressa son visage dans un geste qui, s'il était tendre, alluma néanmoins en lui le feu d'un désir intense.

— Tu m'as manqué, Mason.

Touché par tant de sincérité désarmante, il prit le parti de faire montre de la même honnêteté.

— Toi aussi, tu m'as manqué, Scarlet.

Beaucoup plus qu'il ne se l'était imaginé, même. Combien de fois, rongé par le manque et la culpabilité, avait-il failli l'appeler ? Et puis la raison finissait toujours par l'emporter. Scarlet devait l'oublier, et pour cela il fallait qu'il reste à distance.

— Que nous est-il arrivé, Mason ? J'étais prête à jurer à qui voulait bien l'entendre que toi et moi nous vieillirions ensemble. Et nous voilà, même pas dix ans après notre mariage, en train de divorcer. Il m'arrive souvent de déambuler dans notre grande maison vide en cherchant à comprendre comment nous avons pu en arriver là.

— Je t'ai déçue, Scarlet. Voilà ce qui s'est passé.

Les grands yeux sombres de Scarlet s'agrandirent encore, exprimant un étonnement qu'il n'était pas à même de comprendre. C'était pourtant évident, non ? Il était seul responsable du naufrage de leur mariage.

— Tu m'as déçue ? répéta-t-elle d'un air perplexe. Tu ne parles pas sérieusement, Mason.

— Je suis très sérieux, au contraire. Toi et moi, nous savons bien que nos problèmes ont commencé lorsque nous avons appris que je ne pourrais jamais te donner les enfants que tu pensais avoir un jour avec moi.

La main de Scarlet passa du visage de Mason à son torse, qu'elle martela d'un doigt ferme.

— Arrête, Mason. Je ne veux plus entendre un tel discours, répliqua-t-elle. Nous en avons pourtant discuté des dizaines de fois, mais tu n'as jamais voulu croire que je ne t'en voudrais pas pour ça. Oui, je voulais des enfants mais jamais, en aucun cas, tu ne m'as déçue. Qu'y pouvais-tu ? Cela ne dépendait pas de toi. La vie n'est pas toujours telle qu'on voudrait qu'elle soit, et on doit apprendre à encaisser les coups.

— Il faut dire qu'avec l'échec de notre tentative d'adoption en plus, nous avons eu notre lot d'épreuves.

En guise d'assentiment, elle poussa un profond soupir et secoua la tête.

— Nous avons joué de malchance, c'est vrai. J'avoue que j'ai été traumatisée au point de refuser de retenter l'aventure. Mais en quoi es-tu responsable du fait qu'on nous ait repris Evan ? Nous ne pouvions rien faire contre la loi, Mason. Ni toi ni moi. Ensuite, j'ai eu l'impression de parler à un mur. Rien de ce que je pouvais dire n'arrivait à te convaincre. Au contraire, mes tentatives t'éloignaient chaque jour un peu plus de moi.

— Ce ne sont pas tes tentatives qui m'ont éloigné. J'ai décidé seul de partir.

La main de Scarlet retomba inerte, laissant un grand froid à sa place.

— Je sais, lâcha-t-elle d'un ton résigné. Tu as été très clair à ce sujet, mais il n'empêche que je ne comprends toujours pas. Tout cela n'a aucun sens pour moi. Je voudrais tellement connaître la véritable raison qui t'a poussé à me quitter, Mason.

Il la regarda droit dans les yeux, mais son visage exprimait une telle tristesse que les mots s'étranglèrent dans sa gorge nouée d'émotion.

Ses traits, qui lui avaient paru si juvéniles un moment plus tôt, lui semblèrent tout à coup tirés, lui donnant l'impression que le poids de ces dernières années pesait aussi lourd sur ses épaules que sur les siennes.

Elle avait raison. Elle méritait la réponse qu'il ne lui avait jamais donnée, car ils n'avaient jamais discuté sur le fond du problème. Après la perte d'Evan, ils avaient commencé à s'éloigner l'un de l'autre, jusqu'à vivre sous le même toit comme deux étrangers. Leurs discussions se limitaient à des sujets d'ordre général. Bref, ils vivaient une relation qui n'avait plus rien à voir avec un mariage et, face à ce problème, il s'était trouvé désemparé, ne sachant trop quoi faire.

— Je te l'ai déjà dit, Scarlet. Je suis parti pour te laisser une chance d'être heureuse.

— Foutaises.

Elle avait parlé d'une voix si ferme qu'il en resta interloqué.

— Pardon ?

Elle le regarda fixement, le visage cramoisi d'une colère mal contenue.

— Ose prétendre que tu as claqué la porte sur neuf ans de mariage dans le seul but d'assurer mon bonheur. Parce que ce n'était pas ce que je voulais, Mason. Ce n'était pas ce que je demandais. Oui, je souhaitais une famille mais, jusqu'au jour où tu as franchi le seuil de cette maison pour ne plus revenir, tu étais toute ma famille. Aujourd'hui, je n'ai plus rien. Ni bébé ni mari.

— Tu as l'espoir d'avoir un jour ce que je ne peux pas te donner. Dans un mois, un an, peut-être deux, tu auras trouvé l'homme qui pourra combler toutes tes attentes.

— Et si tout ce qu'il me faut pour être heureuse, c'est de vivre avec toi ?

De nouveau, il resta sans voix. Il ne pouvait croire à ce qu'elle affirmait. Ou, si elle le pensait dans l'instant, qu'en serait-il dans dix ou quinze ans, quand il serait trop tard pour qu'elle puisse réaliser son rêve d'être mère ? La réponse, il la connaissait : elle nourrirait à son égard une rancune tenace. Il ne voulait pas de ça. Ni maintenant ni jamais.

— Si je pensais vraiment pouvoir te rendre heureuse, Scarlet, j'interromprais sur-le-champ la procédure de divorce.

Elle resta immobile et silencieuse sous le feu de son regard. Si impassible qu'il n'aurait su dire si elle souhaitait qu'il annule cette procédure ou si, au contraire, elle l'appelait de tous ses vœux.

— Mais je ne le crois pas, reprit-il en la regardant baisser les yeux au sol. Je pense que nous retrouver ensemble dans cette maison avec Luna brouille les choses, perturbe nos pensées. Feindre d'être toujours mariés, d'élever Luna ensemble… Je crains que cette situation ne nous amène à croire à des sentiments qui ne sont plus.

En réponse, elle posa sa main bien à plat sur son torse.

— Alors quand les battements de ton cœur s'accélèrent lorsque je te touche, cela veut dire que je me trompe sur ce que tu ressens ?

— Eh bien, je…

Elle fit doucement glisser sa main plus bas, sur son abdomen puis, plus bas encore, sur son sexe en érection.

— Et ça ? insista-t-elle en le regardant droit dans les yeux. C'est aussi un effet de mon imagination ?

À quoi bon nier l'évidence ? songea-t-il, vaincu.

— Non. Je n'ai jamais cessé de te désirer. Même notre divorce ne changera rien à cela, mais…

— Arrête, l'interrompit-elle. Arrête de débiter des vérités qui n'en sont pas. N'essaie pas de te persuader que tu peux déconnecter à ta guise ton corps de tes émotions. Nous savons tous les deux ce que nous voulons, Mason. Alors, oublie ce divorce, oublie ce que tu devrais ou ne devrais pas faire. Juste pour ce soir, va au bout de ton désir pour moi et embrasse-moi.

En appuyant son propos d'une pression de la main sur son membre gonflé et dur, elle eut raison de ces dernières réticences. Brûlant de désir, il encadra son visage de ses deux mains en coupe et la plaqua contre la voiture. Si le baiser qu'ils avaient échangé la veille avait été une manière de se retrouver en terrain connu, celui-ci était placé sous le signe de la passion.

La façon dont leurs langues s'enroulaient l'une autour de l'autre… La façon dont son corps s'arc-boutait pour mieux se presser contre le sien… La façon dont il la sentait prête à se soumettre corps et âme à ses exigences… Tout cela lui donnait l'impression de regagner son port s'attache.

À présent, porté par le feu intérieur qui le dévorait tout entier, il ne pensait plus qu'à la posséder de nouveau, à retrouver avec elle ces gestes et ces caresses qui lui avaient tant manqué par sa seule faute. Mais son désir avait beau être intense, il se refusait à aller plus loin sur ce parking, avec la petite Luna endormie à l'intérieur de la voiture.

À regret, il rompit leur baiser et s'écarta de Scarlet. Certes, il prenait le risque de rompre la magie et de voir lui échapper une opportunité qui ne se représenterait peut-être pas, mais peu importait.

Elle leva sur lui un regard voilé de désir qu'il connaissait par cœur.

— Rentrons, décréta-t-elle d'une voix étonnamment ferme. Couchons Luna et allons au bout de ce que nous venons de commencer.

Scarlet était soulagée de voir que Luna dormait toujours profondément tandis que, avec Mason, ils la changeaient et la mettaient en pyjama. Même une fois couchée, elle n'émit pas la moindre plainte ni le moindre son.

Ils refermèrent la porte de la chambre derrière eux et se retrouvèrent seuls sur le seuil.

C'était maintenant ou jamais.

Peut-être le regretterait-elle par la suite, mais pour l'heure, elle ne voulait pas y penser. Elle ne se souvenait pas de la dernière fois où Mason et elle avaient fait l'amour. Leur relation était si tendue, depuis si longtemps. Alors, même si c'était la première et dernière fois qu'ils donnaient de nouveau libre cours à leur désir, elle estimait que cela valait le coup de le vivre.

Elle lui prit donc la main et le conduisit jusqu'à sa chambre. Là, elle ouvrit les baies vitrées en grand pour laisser entrer l'air doux qui venait de l'océan. Le ciel était aussi sombre que l'eau, ponctuée à l'horizon des lumières des bateaux qui semblaient clignoter sous l'effet de la houle.

Alors que son regard se perdait au loin, elle sentit le corps de Mason venir se plaquer contre le sien et ses bras musculeux l'envelopper. Elle s'abandonna à lui avec bonheur. Dotée d'un corps bien charpenté et d'une taille au-dessus de la moyenne, elle avait conscience de ne pas être la plus délicate des femmes. Elle n'était pas de ces petites créatures fragiles qu'un homme pouvait soulever de terre et emporter dans ses bras. Du moins jusqu'à sa rencontre avec Mason.

Elle gardait un souvenir ému du moment où il l'avait portée avec une aisance confondante pour lui faire franchir le seuil de leur maison.

Dans un geste plein de douceur, il ramena ses cheveux sur le côté et effleura son cou de son souffle tiède.

— Tu m'as tellement manqué, Scarlet, lui murmura-t-il à l'oreille. Toi… Nos baisers… Nos caresses.

Elle ferma les yeux pour mieux savourer le contact de ses lèvres sur son épaule, puis le long de sa gorge. Elle ressentait ces effleurements comme autant de petites étincelles qui lui parcouraient tout le corps. Elle ne se rappelait pas la dernière fois où il l'avait caressée de cette manière, mais elle se fit la promesse de graver à jamais ce moment dans sa mémoire.

Le cœur battant, elle le sentit faire glisser les bretelles de son débardeur et de son soutien-gorge, puis les faire passer le long de ses hanches et enfin les laisser tomber à ses pieds. Elle retint sa respiration, attendant avec une fébrilité contenue le contact délicieux de ses mains sur ses seins. Elle se laissa aller contre lui, posant sa nuque sur son épaule pour mieux lui offrir sa gorge tendue.

Mieux que personne avant lui, Mason savait jouer de son corps, pinçant sa chair frissonnante, l'agaçant, connaissant parfaitement la limite entre douleur et plaisir qui lui arracherait de petites plaintes de volupté.

Tandis qu'il tenait fermement l'un de ses seins dans une main, l'autre s'aventurait jusqu'à la ceinture de sa jupe. Elle s'immisça ensuite dans sa culotte pour écarter les replis déjà humides de son intimité.

Le souffle court, elle s'arc-bouta un peu plus, exigeant de lui qu'il aille plus loin.

— Mason…, murmura-t-elle.

— Cela fait trop longtemps, répondit-il. Une femme comme toi n'est pas faite pour rester trop longtemps sans les caresses d'un homme. Tu es déjà prête. Nous pourrions garder les préliminaires pour une autre fois.

Son cœur fit un petit bond dans sa poitrine à l'idée qu'il envisageait une autre fois. Cette nuit serait-elle les prémices d'autres nuits ? Mason n'allait donc pas lui faire l'amour juste une fois, en mémoire du bon vieux temps ?

L'heure n'était pas aux interrogations. Il serait bien temps demain de réfléchir aux conséquences. Elle chassa ces pensées qui parasitaient le plaisir intense suscité en elle par les caresses qu'il lui prodiguait savamment.

— Je veux te faire jouir, lui susurra-t-il. Je veux t'entendre crier. Tu as hanté chacune des nuits où tu n'étais pas dans mon lit, Scarlet. Je suis si heureux de te retrouver.

Il lui parlait tout bas tandis que ses doigts s'activaient dans une cadence plus frénétique.

— Oui… Vas-y… Jouis pour moi.

Une vague de volupté déferla sur elle, l'emportant bien loin de la réalité. Son plaisir était si intense qu'elle eut l'impression de se liquéfier. Elle sentit soudain les bras robustes de Mason l'emporter, puis la déposer délicatement sur le lit. Sans attendre, il lui retira sa jupe et fit glisser sa culotte le long de ses jambes.

Elle s'attendait à ce qu'il vienne la rejoindre, mais il resta immobile et silencieux à la contempler.

— Quoi ? demanda-t-elle.

— Tu es si belle.

— Pourtant, je n'ai pas l'impression d'avoir changé, balbutia-t-elle, un peu gênée par son regard pénétrant.

— C'est bien ce que je dis. Tu es aussi belle aujourd'hui qu'hier.

Sans la quitter des yeux, il déboutonna un à un les boutons de sa chemise.

— J'ai bien essayé de me convaincre que tu ne serais pas aussi sexy que dans mon souvenir, que j'embellissais la réalité, mais je me trompais. Tu es même bien plus attirante.

Lorsqu'il fut torse nu, elle braqua les yeux sur son torse puissant et ses bras robustes. C'était la partie de son anatomie qu'elle préférait. Des années de pratique du surf avaient sculpté son corps athlétique.

Elle le revit ce premier jour, alors qu'il sortait de l'eau, sa combinaison roulée jusqu'à la taille. Elle avait été tellement subjuguée qu'elle en était restée sans voix lorsqu'il l'avait saluée.

Les années lui avaient ajouté quelques kilos qu'il portait plutôt bien et qui n'altéraient en rien son pouvoir de séduction. Elle se mordit les lèvres, impatiente de le voir entièrement nu.

À son tour, elle le fixa du regard, ne perdant rien de ses mouvements. Lorsqu'elle le vit s'approcher, elle se plaça au milieu du lit et attendit, comme une jeune mariée fébrile. Mason eut tôt fait de la rejoindre. Appuyé sur ses deux coudes, il s'étendit au-dessus d'elle et pressa les lèvres sur les siennes. La chaleur de son corps se diffusa aussitôt au sien, dissipant la fraîcheur de la brise. Dans un geste qui lui était familier, et pour mieux se plaquer contre lui, elle enroula les bras autour de sa nuque.

Elle ne se lassait pas de ses baisers, de ses caresses, de l'odeur virile qui émanait de lui. Lorsque les choses s'étaient dégradées entre eux au point que Mason avait fini, dans un premier temps, par aller dormir dans la chambre d'amis, elle avait essayé de rester forte. En vain. Car tenter d'assumer le fait que son mari l'avait plaquée, en emportant avec lui un pan entier de sa vie, n'avait pas été chose facile.

Aussi, se retrouver là, dans ce lit, avec cet homme qu'elle aimait toujours plus que tout, la faisait hésiter entre s'agripper à lui, de peur de le voir s'échapper encore une fois, ou écouter la voix de la raison qui lui soufflait de ne profiter que de l'instant présent.

Un instant présent qui pouvait s'arrêter à cette nuit ou bien se prolonger de quelques jours ou quelques semaines. À ce stade de leurs retrouvailles, comment savoir ? Comment voir au-delà des quelques heures de plaisir qu'ils allaient s'accorder ?

Lorsque Jay ne serait plus là, les choses changeraient de nouveau, et elle n'était pas certaine de le vouloir. Pouvait-elle espérer garder Mason et Luna dans sa vie ? La perspective de les perdre tous les deux lui parut soudain insupportable. Elle n'en sortirait pas indemne, c'était sûr.

— Arrête un peu de penser, lui murmura-t-il à l'oreille.

Lui seul la connaissait assez pour deviner ainsi qu'elle était en pleine réflexion. C'était le risque de se donner à quelqu'un qui vous connaissait mieux que vous-même.

Sans lui laisser le temps de répondre, il la pénétra d'un coup de reins. Elle oublia alors ses inquiétudes pour ne penser qu'au plaisir qui déferlait sur elle par vagues successives. Quoi qu'il arrive par la suite, elle se faisait la promesse de garder en mémoire ce moment privilégié et de le chérir comme un précieux trésor.

Elle ramena les genoux de part et d'autre de Mason, l'invitant à s'enfoncer plus profondément en elle. Elle l'entendit jurer tout bas contre la peau nue de son épaule avant qu'il ne se mette à la mordiller doucement. Puis, son besoin de jouissance l'emportant sur le romantisme, il accéléra le rythme. Au comble de l'excitation, elle souleva le bassin puis se mit à onduler en cadence.

— Je veux te voir jouir encore une fois, lâcha-t-il d'une voix rauque qui trahissait sa fébrilité. Je t'en prie, viens. J'ai besoin de t'entendre.

En même temps qu'il parlait, il immisça encore une fois sa main entre eux et se mit à caresser sa vulve gonflée.

— Oui, Mason…, gémit-elle. Oh oui…

Ce fut tout ce qu'elle put hoqueter avant que, dans un ultime coup de reins, Mason la propulse à la cime d'un orgasme explosif.

Elle entendit, à travers ses propres cris de plaisir, les grognements de Mason alors que tout son corps se raidissait, puis qu'il jouissait en elle. Quelques secondes plus tard, ses sens assouvis, il roulait sur le côté, en sueur et pantelant.

Une fois le feu de la passion éteint, la pièce retomba dans un silence pesant. Tous deux semblaient soudain à court de mots. Elle ne savait pas trop quoi faire. En temps normal, elle se serait blottie contre lui pour s'endormir. Mais vu les circonstances, cela lui paraissait trop confortable, trop familier.

C'était le risque de coucher avec un ex-amant. Elle ne voulait rien faire qui puisse rompre la magie du moment tout en sachant qu'il n'y avait aucune perspective d'avenir commun.

Mais déjà l'ambiance semblait avoir changé. Un nuage planait au-dessus de leur tête, prêt à déverser sur eux son lot de regrets.

Les pleurs de Luna déchirèrent soudain la nuit, lui

offrant l'issue providentielle dont elle avait désespérément besoin.

— J'y vais, annonça-t-elle en se levant d'un bond.

Elle enfila sa robe de chambre à la hâte avant de s'éclipser tout aussi hâtivement vers Luna, la seule et unique véritable raison de leurs retrouvailles actuelles.

- 6 -

Mason se réveilla le lendemain matin aux éclats de rire de Luna.

Si Scarlet ne lui avait pas clairement demandé de quitter sa chambre, l'empressement avec lequel elle avait bondi hors du lit avait été plus éloquent que des paroles. Le message était clair : elle avait des regrets.

Aussi n'avait-il pas attendu. Dès qu'il s'était retrouvé seul, il avait rassemblé ses vêtements épars et regagné ce qui lui tenait lieu de chambre. Confirmant ce qu'il pensait, Scarlet n'avait pas cherché à le rejoindre ni à le convaincre de revenir passer la nuit avec elle.

Il fallait qu'il lui parle. Ils étaient adultes et, qui plus est, encore mariés. Pourtant, il n'arrivait pas à se décider. Qu'allait-il bien pouvoir lui dire ?

Une douche s'imposait. Cela lui permettrait de s'éclaircir les idées. Malheureusement, une fois sous le mitigeur, des images de leurs étreintes passionnées affluèrent à sa mémoire, lui rendant Scarlet plus désirable encore. Il ne pouvait se passer d'elle, mais la réciproque était-elle vraie ?

La quitter avait été terriblement difficile. Lorsqu'il s'était retrouvé dehors, sa valise à la main, il avait bien cru ne pas être capable d'aller au bout de sa décision. Il n'aurait jamais pensé se séparer un jour de Scarlet, encore moins être l'instigateur de cette séparation. La seule raison qui l'avait poussé à ne pas rebrousser chemin était qu'il était fermement persuadé agir au mieux des intérêts de Scarlet. Elle ne le croyait pas, mais c'était l'exacte vérité.

Tous deux avaient survécu à la séparation. Mais l'heure était venue de décider s'il préférait continuer sur une voie qu'il pensait sans issue ou si, toujours pour le bien de Scarlet, il allait tourner la page une seconde fois.

Comme si tu avais pu la tourner la première fois ! ironisa-t-il en son for intérieur.

Lorsque, douché et habillé, il descendit au rez-de-chaussée, Scarlet se trouvait dans la chambre d'Evan, occupée à peindre sa fresque. Cette fois, elle avait opté pour un vieux T-shirt qu'il lui connaissait depuis toujours et un pantalon de yoga noir déjà éclaboussé de peinture bleue et orange. Couchée sur le dos au centre de son tapis de jeux, Luna poussait de petits piaillements de joie lorsqu'elle n'était pas occupée à mâchouiller un tigre en caoutchouc.

— Bonjour, le salua Scarlet sans interrompre sa tâche ni se retourner.

Son ton était neutre, ne laissant rien transparaître de ce qu'elle pouvait bien ressentir.

— Bonjour, lui renvoya-t-il sur le même ton. Tu avances bien, on dirait.

— Oui. Je pense terminer aujourd'hui, au plus tard demain si Lulu s'impatiente trop vite.

Une idée lui vint soudain.

— En fait, je pensais l'emmener voir son père avant

de partir pour le bureau. Cela te laisse deux bonnes heures devant toi. Carroll revient aujourd'hui ?

— C'est ce qui était prévu, en effet. Mais je lui ai dit qu'elle pouvait rester un peu plus longtemps chez sa sœur si elle ne se sentait pas encore tout à fait bien. Si elle n'est plus contagieuse, j'imagine qu'elle doit quand même être très fatiguée. Quant à Luna, oui, bien sûr, c'est une excellente idée qu'elle voie Jay. Elle a mangé, elle est propre, tu n'auras qu'à prendre un sac à langer au cas où… Ah, emporte aussi le biberon de lait qui est dans le réfrigérateur.

Mason n'avait pas anticipé un tel scénario. Pour lui, sa proposition se limitait à s'absenter deux heures avec Luna. Point. Du temps d'Evan, il agissait de même, laissant à Scarlet le soin de s'occuper du bébé pendant que lui gérait ses affaires. Mais cette fois Scarlet lui demandait de savoir changer une couche, ouvrir une poussette, bref, de faire ce qu'elle avait toujours assumé.

Cherchant à dépasser la panique qui l'envahissait, il décida qu'il fallait bien qu'il s'y mette un jour ou l'autre. Car même avec l'aide de Carroll, il y aurait bien des moments où il se retrouverait en tête à tête avec Luna. Être père célibataire. Voilà ce qui l'attendait. Cette idée le terrorisait.

Comment un homme comme lui, parti de rien mais aujourd'hui P-DG d'une société florissante pouvait-il bien se laisser déstabiliser par cet être minuscule ? Il n'avait pas la réponse mais il se garderait bien de faire part de ses inquiétudes à Scarlet ou à Jay.

— Merci, marmonna-t-il en cherchant du regard le sac à langer dont Scarlet avait fait mention.

Au bout de quelques secondes, voyant qu'il ne bougeait

pas, elle descendit de son échelle et se dirigea droit vers la table à langer au pied de laquelle se trouvait le fameux sac. Elle fourra trois couches dedans et le lui tendit.

— J'en ai mis plus qu'il n'en faut mais on ne sait jamais… Il y a aussi un paquet de lingettes et une tenue de rechange en cas de désastre.

— De désastre ? répéta-t-il bêtement.

— Oui. Pour le cas où elle se vomirait dessus ou aurait des coliques.

— Ah, je vois…

En fait, il ne voyait rien du tout, ces deux possibilités ne lui ayant pas effleuré l'esprit une fraction de seconde.

— Dans la cuisine, sur le comptoir, tu trouveras une boîte de céréales entamée et, comme je te l'ai déjà dit, un biberon de lait dans le frigo.

Il leva le sac devant lui, affichant une désinvolture qu'il était bien loin de ressentir.

— Merci.

— Ne t'inquiète pas. Tu vas bien t'en sortir. D'ici à quelques jours, s'occuper d'un enfant en bas âge n'aura plus aucun secret pour toi.

Il était heureux de cette marque de confiance qu'elle lui témoignait. Il en avait bien besoin tant il se sentait démuni. Il s'empressa de fourrer le biberon de lait dans le sac à langer qu'il passa en bandoulière sur son épaule, puis il se baissa pour prendre Luna dans ses bras.

— Merci, Scarlet.

Il trouva étrange de l'appeler par son prénom quand il l'avait si souvent surnommée « bébé ». Mais en dépit des étreintes passionnées de la nuit, l'affubler de ce surnom affectueux lui paraissait déplacé.

— Embrasse Jay pour moi, ajouta-t-elle avant de reprendre son pinceau puis de retourner à sa fresque.

— Je n'y manquerai pas.

Quelques minutes plus tard, Luna en sécurité dans son siège-auto, il prenait la direction du centre de soins palliatifs où Jay avait été admis après les obsèques de Rachel.

Trente minutes plus tard, Luna calée sur une hanche, il frappait à la porte de sa chambre.

— Entre, lui répondit une voix faible et chevrotante.

— Regarde un peu qui je t'amène, dit Mason d'un ton qu'il voulait enjoué.

Aussitôt que Jay vit sa fille, son visage décharné s'éclaira. Il tendit ses mains veinées de bleu vers elle.

— Bonjour, ma beauté.

Un large sourire fendit le minois de Luna tandis qu'elle se contorsionnait pour aller dans les bras de son père. Mason l'installa délicatement au creux du lit puis s'assit dans le fauteuil réservé aux visiteurs.

— Merci, Mason, dit Jay après avoir babillé un long moment avec sa fille. Elle vaut tous les traitements de la terre.

— Comment te sens-tu, aujourd'hui ?

Jay poussa un soupir empreint de lassitude et de découragement.

— Je me sens un peu mieux depuis ma dernière séance de chimio, mais je ne me fais guère d'illusions. Le compte à rebours a commencé.

Mason renonça à discuter. À quoi bon tenter de

positiver ? Le cancer avait remporté la bataille, et tous deux le savaient.

— Comment les choses se passent-elles entre Scarlet et toi ? s'enquit Jay.

Pris de court, Mason se redressa dans son siège, cherchant à dissimuler à son frère la panique qui venait de gagner.

— Que… Que veux-tu dire ?

— Luna ne chamboule-t-elle pas trop votre vie de couple ? Vous avez presque toujours vécu tous les deux, alors j'imagine que l'arrivée de ma fille chez vous ne doit pas être simple. D'autant plus que sa présence doit raviver des souvenirs pénibles.

Mason poussa un profond soupir de soulagement en même temps qu'il secouait la tête.

— Je te mentirais si je te disais que nous n'avons pas dû nous adapter. Surtout depuis que Carroll a la grippe et qu'elle est partie quelques jours chez sa sœur pour ne pas contaminer la petite. Scarlet s'est plus vite adaptée que moi, je l'admets volontiers. Mais c'est normal, c'est elle qui s'occupait d'Evan pendant que je travaillais.

— Visiblement, tu ne te débrouilles pas trop mal. Luna a l'air de bien t'aimer.

— C'est une petite fille très facile, et puis elle est avec nous depuis moins d'une semaine. J'avoue que l'idée de devoir vivre l'école, les garçons, les chagrins d'amour, bref les problèmes liés à l'adolescence, tout cela me panique un peu.

Jay baissa un regard attendri sur sa petite fille blottie contre lui.

— Tu t'habitueras, comme tous les pères. Tu

apprendras. Tu commettras des erreurs, bien sûr, mais tu feras de ton mieux, je n'en doute pas. Et lorsque tu la verras s'intégrer dans la société, tu pourras te dire que tu as réussi ta mission.

— Avec toi, cela paraît si simple.

— Parce que c'est simple. Et tellement merveilleux. Je sais, au plus profond de moi, que Scarlet et toi serez des parents formidables. Vous avez attendu un enfant si longtemps !

Accablé de culpabilité, Mason baissa les yeux, incapable de soutenir le regard de son frère. En lui mentant, il avait cru faire au mieux. Mais à présent il comprenait tout ce que cette décision avait d'affreux. Sa seule consolation était de se dire que peu importait ce qui se passerait entre Scarlet et lui. Luna serait de toute façon entre de bonnes mains. Pourtant, il ne pouvait se résoudre à révéler la vérité à Jay. Car s'il lui était impossible de ramener Rachel à la vie ou de guérir son frère, il avait le pouvoir d'apaiser ses inquiétudes quant à l'avenir de sa fille.

Le lendemain après-midi, Scarlet était à la plage avec Luna lorsque son téléphone sonna. C'était April qui cherchait à la joindre.

— Ne mange pas le sable, intima-t-elle à Luna alors qu'elle prenait l'appel.

— Je vais essayer, répondit April.

— Très drôle.

D'une main, elle essuya la bouche puis tendit sa pelle en plastique à la fillette.

— Je t'appelle juste par politesse pour te prévenir

que je ne vais pas tarder à arriver chez toi, précisa April. Et parce que je déteste débarquer à l'improviste chez les gens.

— Tu m'en vois ravie, rétorqua Scarlet avec une pointe d'ironie. Que me vaut un tel honneur ?

— Ne me dis pas que tu as oublié. Sais-tu quel jour nous sommes ?

L'esprit en ébullition, Scarlet passa en revue une demi-douzaine d'options envisageables, mais aucune ne lui parut assez pertinente pour qu'elle la formule tout haut.

— Nous sommes jeudi, finit-elle par répondre. Pourquoi ?

— Scarlet ! Nous sommes mercredi. Et je viens récupérer le triptyque. Tu m'avais dit qu'il serait prêt aujourd'hui. J'espère que tu l'as terminé parce que je dois encore m'occuper de le faire emballer pour qu'il soit livré à temps. Et crois-moi, ce n'est pas une mince affaire.

— Oui, bien sûr. Je l'ai terminé.

En effet, la veille, elle s'était enfermée dans son atelier, soucieuse de ne pas croiser Mason à son retour du centre hospitalier. Malgré les ventilateurs qu'elle avait braqués sur la toile il restait bien quelques zones humides, mais elle avait respecté son contrat : son œuvre était terminée à la date prévue.

— Parfait. Je serai là dans dix minutes.

Scarlet se leva et essuya le sable qui collait à son short.

— Il nous faut rentrer, ma Lulu. Tante April ne plaisante pas avec le travail.

Luna, qui ne l'entendait pas ainsi, se mit à crier aussitôt que Scarlet, après avoir rassemblé ses jouets, la cala sur une hanche avant de regagner la maison d'un pas ferme.

Une fois à l'intérieur, elle installa Luna dans son parc et la petite, entourée de ses joujoux préférés, oublia bien vite sa frustration. Soulagée, elle monta jeter un dernier coup d'œil à son tableau.

Tout bien considéré, elle tenait là son œuvre préférée. Ce triptyque serait parfaitement à sa place au Mau Loa Maui. Elle avait découvert cet hôtel quelques mois plus tôt, alors que, le moral au plus bas, elle avait décidé de quitter la maison pour quelques jours. Sa relation avec Mason s'étant considérablement dégradée, elle avait pensé qu'une petite pause leur ferait le plus grand bien.

Elle s'était trompée.

Le point positif avait été sa rencontre avec le directeur de l'établissement qui, lorsqu'il avait appris qu'elle était artiste peintre, lui avait non seulement passé commande mais lui avait aussi donné carte blanche. Elle avait tout de suite visualisé quel genre de peinture serait le mieux adapté à l'endroit.

Cette brève échappée avait également été inspirante. Voir les baleines à bosse jaillir hors de l'eau depuis l'hôtel lui avait soufflé le sujet de son œuvre future. À la fin de l'hiver et au début du printemps, ces énormes mammifères migrent vers les eaux hawaïennes, plus chaudes, pour donner naissance à leurs petits. Un mâle accompagne toujours la mère et son baleineau, pour les protéger mais aussi dans l'espoir de devenir le prochain géniteur. C'est la raison pour laquelle elle avait choisi de peindre ce triptyque à grande échelle représentant une mère, son bébé et le mâle protecteur.

Alors qu'elle décrochait le premier panneau, la

sonnette de l'entrée retentit. Elle déposa son fardeau contre un mur, puis alla ouvrir à April, comme toujours très chic dans un tailleur en lin et le regard dissimulé derrière de larges lunettes Gucci.

— Tu ne m'as pas menti, Scarlet, n'est-ce pas ? attaqua-t-elle sans préambule. Tu as vraiment fini ?

— Fini, oui. Maintenant… Je ne te cache pas que la peinture n'est pas complètement sèche. Je pense qu'il te faudra attendre un jour ou deux avant de la faire photographier pour les catalogues.

— Je vais quand même la prendre, décida April.

Aussitôt entrée, elle se dirigea droit vers le panneau pour le scruter de son œil critique. Scarlet qui n'avait pas toujours le recul nécessaire se fiait totalement au jugement de son agente. Grâce à cette dernière, elle savait lorsqu'une œuvre était véritablement achevée.

— Comment l'as-tu appelé ? s'enquit April.

— *Nouvelle vie à Maui*.

— Voilà qui me réjouirait assez, lança April d'un ton malicieux. Il y a bien les trois panneaux ?

— Oui.

— Je reviens. Je vais baisser les sièges de ma voiture.

Tandis qu'April se dirigeait vers son SUV Lexus, Scarlet descendit les deux autres panneaux. Quelques minutes plus tard, avec d'infinies précautions et sans la moindre égratignure, elles étaient parvenues à placer le triptyque dans le coffre. Elle s'attendait à ce qu'April reprenne la route aussitôt, mais elle la vit refermer le coffre et la suivre jusque dans la maison.

— C'est l'heure d'un verre de vin, non ?

— Même si ça ne l'est pas, j'ai toujours une bouteille de chardonnay au frais.

— Parfait.

April se servit elle-même tandis que Scarlet allait jeter un coup d'œil à Luna qui, somnolente, semblait prête pour sa sieste quotidienne. Mais tandis qu'elle venait de la coucher, elle entendit la voix rauque d'April s'élever derrière elle.

— Qu'est-ce que c'est ? s'écria-t-elle.

— Chuuut ! siffla Scarlet entre ses dents serrées. Tu vas la réveiller.

Heureusement, Luna, bercée par le son de sa boîte à musique, dormait déjà à demi. Soulagée, Scarlet entraîna son amie dans le couloir et referma la porte derrière elles.

— J'attends, la pressa April d'un ton calme qui exprimait néanmoins une pointe de contrariété.

En réponse, Scarlet la prit par le bras et la conduisit dans le salon où elles s'assirent côte à côte sur le canapé.

— C'est une fresque murale que j'ai peinte pour Luna, répondit-elle évasivement.

— Luna… Tu veux dire la petite fille dont tu voulais te tenir à distance ? Luna, le bébé dont ton futur ex-mari aura bientôt la garde exclusive ? Cet adorable petit ange qui, visiblement, s'est frayé un chemin jusqu'à ton cœur ?

Scarlet opina.

— Peux-tu me dire ce qui a changé depuis la dernière fois où nous nous sommes vues ?

Tout d'abord réticente, Scarlet décida finalement qu'elle avait besoin de confier ses contradictions à quelqu'un. Les choses s'étaient un peu compliquées, ces derniers temps, aussi, quoi de plus réconfortant que l'oreille attentive d'une amie ? Renonçant au verre de vin qui lui aurait facilité la parole — elle ne voulait pas boire d'alcool alors que Luna était sous sa responsabilité —, elle inspira profondément pour se donner le courage qui lui manquait encore, puis commença son récit par le début, sans rien omettre. Les premiers jours passés sur la défensive, puis le premier baiser avec Mason et enfin leurs retrouvailles au lit. Plus elle parlait, plus les yeux d'April s'écarquillaient de surprise.

— Au moment où je te parle, nous en sommes à nous éviter, conclut-elle.

— Je vois, commenta sobrement April avant de prendre une longue gorgée de son vin. J'ai du mal à croire que tu te sois lancée dans la peinture de cette fresque murale alors que tu traverses une période aussi chaotique.

— En fait, lorsque je m'enfermais dans cette chambre, cela me permettait d'éviter Mason.

— Rappelle-moi de le remercier, la prochaine fois que je le verrai.

— Je ne pense pas qu'il mérite d'être remercié pour quoi que ce soit.

— Pourquoi ? Le sexe n'était pas… ?

April accompagna sa question d'un geste de la main significatif.

— Au contraire. C'était… C'était comme avant. Comme il y avait bien longtemps que nous ne l'avions vécu. Non, simplement, je suis inquiète.

— Pourquoi ?

De nouveau, Scarlet exhala un profond soupir.

— Parce que. Parce que, il y a deux mois, Mason a quitté la maison pour s'installer sur les collines de Hollywood et voilà qu'il débarque chez moi, m'embrasse, me fait l'amour puis reprend ses distances avec moi. À vrai dire, je ne sais plus quoi penser. N'ai-je été pour lui qu'un moyen bien pratique de défouler une énergie sexuelle contenue depuis trop longtemps ? Ou dois-je y voir un message que je suis bien incapable de décrypter ? En tout cas, désolée pour toi mais nous sommes bien loin du conte de fées sur lequel tu fantasmais.

April resta un moment silencieuse et pensive.

— Si tu veux mon avis, finit-elle par dire, je pense qu'il n'a pas été motivé que par le sexe. Il doit y avoir autre chose. Je ne sais pas… Essaierait-il de te reconquérir pour faire de toi la mère que Luna n'a plus ? Ou, en termes plus clairs, parce que cela lui éviterait d'élever seul cette petite.

Scarlet médita un bref instant ces éventualités auxquelles elle n'avait pas pensé. Depuis le début, Mason avait été le seul à vouloir ce divorce. Elle avait eu beau protester, il n'en avait fait qu'à sa tête, comme à son habitude. Alors, en effet, ce revirement depuis l'entrée de Luna dans leurs vies pouvait paraître suspicieux. Cherchait-il à sauver leur mariage ou tenait-il à la récupérer juste parce que la perspective de se retrouver seul avec une enfant en bas âge le terrorisait ?

— Je ne sais pas, admit-elle simplement. En tout cas, il n'a jamais mentionné d'avenir commun avec moi ni ne m'a parlé d'interrompre la procédure de divorce en cours. Nous avons fait l'amour sur une impulsion, sans nous poser de questions. Pour autant que je sache, cette situation prendra fin lorsque ce pauvre Jay nous aura quittés, puisque c'étaient les termes du contrat passé entre Mason et moi.

— Coucher avec toi ne faisait pas partie du contrat. Je me trompe ?

— Non. Disons que ça a été un accident de parcours. Il n'en reste pas moins que, depuis, Mason est bizarre. On dirait qu'il regrette.

— Et toi ? Tu regrettes ?

Scarlet eut soudain envie de voir April regagner sa voiture et partir loin d'ici au lieu de la soumettre au feu de questions indiscrètes dont elle la bombardait.

— Oui et non, répondit-elle néanmoins. Je regrette que cela complique les choses et nuise à l'amitié que nous avions commencé à instaurer. Mais d'un autre côté c'était si bon de se retrouver entre ses bras. Il me manquait tant ! Je ne le dirai à personne d'autre qu'à toi, mais c'est un fait. Et puis, toute cette comédie — feindre d'être une famille, vivre de nouveau ensemble, faire l'amour, veiller ensemble sur un enfant —, tout cela m'a chamboulée. Je ne sais plus où j'en suis ni ce à quoi j'aspire véritablement, entre ces allées et venues incessantes.

— En parlant d'allées et venues, j'espère au moins que ça valait le coup.

— April !

April éclata de rire avant de terminer son verre d'un trait.

— Je plaisante, bien sûr. J'essaie de rendre tout cela un peu plus léger. Tu vis une situation tragique mais, comme tous les artistes, je te soupçonne de te complaire dans le drame.

Scarlet plissa le nez, signe qu'elle n'était pas d'accord. Elle n'avait pas l'âme d'un Van Gogh, hanté par des amours défuntes et dont les états d'âme transpiraient dans ses toiles. Elle ne peignait que ce qu'elle voyait et s'il était vrai que, parfois, son travail se ressentait de son humeur, il n'en ressortait rien de tragique. La fresque qu'elle avait peinte dans la chambre de Luna reflétait au contraire une joie profonde.

— Si tu le dis…

En guise de conclusion, April reposa son verre vide sur la table et se leva.

— J'y vais, déclara-t-elle. Je dois encore m'occuper de ce tableau avant de filer à San Francisco vérifier les derniers détails pour l'ouverture de la galerie. Toute cette histoire ne va pas interférer avec la bonne marche de nos affaires, n'est-ce pas ?

— Mais non. Ne t'inquiète pas.

Sauf si Jay les quittait à ce moment-là, mais personne ne pouvait le prédire. Inutile d'en parler à April qui devait bien avoir envisagé une telle hypothèse.

— L'ouverture de cette galerie ne peut pas se faire sans toi, tu le sais. Plus de cent cinquante personnes seront là, parmi lesquels d'éminents connaisseurs. Ils vont venir pour te rencontrer et pour admirer ton travail. J'ai bien l'intention de vendre quelques-unes de tes œuvres ce soir-là. Aussi, ta présence est-elle indispensable. Tu dois être là pour serrer des mains et parler de ce que tu fais. Compris ?

Encore une fois, Scarlet soupira. Ce n'était pas son premier vernissage. Elle savait donc parfaitement ce qu'on attendait d'elle : aller se mélanger à la foule, discuter tout en sirotant une coupe de champagne, sourire et savoir se vendre à un public de connaisseurs. En temps normal, cela ne la dérangeait pas, même si elle préférait, et de loin, la création à la promotion.

— J'y serai. Tu peux compter sur moi.

— C'est exactement ce que je voulais t'entendre dire. Mon assistante t'enverra par mail le nom de l'hôtel où tu descendras ainsi que l'itinéraire pour t'y rendre. Nous nous retrouverons là-bas. Ah, et lorsque tu auras terminé cette fresque — elle pointa la chambre de Luna du doigt —, fais-le-moi savoir. Je t'enverrai quelqu'un pour la photographier. Je veux qu'elle figure en bonne place dans notre catalogue. Aucun des originaux de Scarlet Spencer ne doit m'échapper.

— Ce n'est qu'une peinture décorative pour une chambre d'enfant, rétorqua Scarlet.

— Si j'en étais l'auteur, sans doute. Mais lorsqu'il s'agit de l'une des plus grandes artistes de notre temps, cela change la donne. Tu aurais dû peindre le pays des Bisounours, si tu souhaitais que cette œuvre reste anonyme. Désolée.

Scarlet esquissa un sourire amusé, puis se leva pour raccompagner son amie jusqu'à la porte.

— D'accord. À la semaine prochaine.

— Tiens-moi informée de l'évolution de la situation avec ton ex. Qui sait si tu ne souhaiteras pas qu'il t'accompagne, finalement.

— Mason ? M'accompagner ?

— Pourquoi pas ? Si vous devez vous montrer en public, ce serait la bonne occasion, non ? Et puis, ne crois-tu pas que passer un moment en tête à tête avec lui te permettrait de comprendre ce qu'il attend réellement de toi ?

Pas faux, admit-elle en son for intérieur.

— Je vais y réfléchir, répliqua-t-elle. Mais il faudrait d'abord que nous cessions de nous éviter.

April esquissa un sourire éloquent.

— Votre histoire tend à prouver que vous avez du mal à vous éviter bien longtemps. Question d'alchimie sans doute.

- 7 -

Scarlet avait profité de la sieste de Luna pour sortir faire quelques courses. Mason se sentait plus à l'aise pour s'occuper de Luna lorsqu'il était seul. Carroll avait prévu de rentrer en début de soirée, ce qui allait leur permettre de retrouver un peu de liberté.

C'était une bonne chose. Il avait une société à diriger, et Scarlet devait se rendre sous peu à San Francisco pour l'inauguration de sa nouvelle galerie. Ni l'un ni l'autre n'avaient beaucoup de temps à consacrer à un enfant.

Si Scarlet avait été enceinte ou s'ils s'étaient lancés dans une nouvelle procédure d'adoption, ils auraient eu quelques mois devant eux pour se préparer psychologiquement à accueillir un enfant. Or Luna avait débarqué dans leurs vies du jour au lendemain et, malgré la présence de Carroll, ils allaient devoir s'adapter.

Scarlet, qui n'avait pourtant pas une grande expérience, savait d'instinct comment se comporter avec un bébé contrairement à lui qui n'en avait pas la moindre idée. Il s'était décidé à aller se reposer un peu lorsque les pleurs de Luna lui parvinrent depuis sa chambre. Des pleurs déchirants qui n'étaient pas habituels, semblables à des plaintes douloureuses.

Le cœur battant, il se rendit dans la chambre. Luna, le visage cramoisi et inondé de larmes, se tenait debout dans son lit, ses menottes agrippées aux barreaux. Il la prit aussitôt dans ses bras et frotta sa joue contre la sienne. Elle était brûlante.

Le moment n'était pas venu de céder à la panique. Garder son calme, garder le contrôle. Les bébés étaient souvent malades, et Luna ne coupait pas à la règle. C'était aussi simple que cela. Mais que faire ? Appeler Scarlet à la rescousse ? Non. S'il devait élever Luna seul, autant commencer son apprentissage de père célibataire tout de suite.

Il alla la déposer sur la table à langer, puis ouvrit tous les tiroirs jusqu'à en trouver un rempli de tubes de crème, de médicaments et d'un drôle d'objet qu'il supposa être un thermomètre auriculaire. Il le testa sur lui, puis le pressa doucement sur l'oreille de la petite. À peine quelques secondes plus tard un bip retentit. La lucarne affichait 37,9 degrés, ce qui était un peu plus élevé que la température relevée sur lui, mais était-ce la norme pour une petite fille de son âge ?

Luna dans les bras, il se rendit dans la cuisine où Scarlet avait affiché le numéro de téléphone du pédiatre sur le réfrigérateur. Il sortait son portable de sa poche, Luna toujours rouge et gémissante contre lui, lorsque Scarlett arriva, les bras chargés de sacs de courses.

Ses grands yeux sombres s'agrandirent aussitôt qu'elle surprit la scène.

— Que se passe-t-il ? s'enquit-elle en posant ses sacs par terre.

Il poussa un soupir de soulagement. Comme il était heureux de la voir ! Certes, il avait renoncé à l'appeler mais, maintenant qu'elle était là, il ne rechignerait pas à lui passer le relais.

— Elle s'est réveillée de sa sieste comme ça, fiévreuse et avec le nez qui coule. Je m'apprêtais à appeler le pédiatre pour savoir si je devais la lui amener ou pas.

— Tu as pris sa température ?

— Oui, répondit-il, un brin fier d'avoir abordé le problème comme il le fallait. Elle a 37,9 degrés.

— Rien de grave, mais il ne faudrait pas qu'elle ait plus. Lui as-tu administré du Motrin ? C'est un anti-inflammatoire destiné à calmer aussi la douleur.

— Non. C'est ce qu'il faut donner aux bébés lorsqu'ils ont de la fièvre ?

— Oui. Il y en a dans la salle de bains de la chambre d'amis. Je vais le chercher. Avec ça, la fièvre devrait tomber ou, du moins, nous permettre d'attendre de décider si nous devons la conduire chez le pédiatre.

— Comment s'arrange-t-on pour faire avaler un comprimé à un bébé ? s'enquit-il en lui emboîtant le pas.

— C'est un liquide.

Elle sortit la bouteille de l'armoire à pharmacie et lui montra la pipette qui allait avec.

— Avec ça, c'est facile. Les comprimés seront pour plus tard, lorsqu'elle sera un peu plus grande.

Il se sentit à la fois stupide et soulagé. Il avait encore bien des choses à apprendre ! Mais un jour, c'était certain, il serait à la hauteur. Il s'en faisait la promesse car il voulait que ce soit lui, et non Carroll, que Luna appellerait lorsqu'elle serait malade ou qu'elle se blesserait. Il voulait que ce soit de lui dont elle aurait besoin et pour cela, il fallait qu'il devienne un vrai père pour elle.

Il garda Luna bien serrée contre lui et lui murmura à l'oreille des paroles rassurantes tandis que Scarlet introduisait la pipette dans sa bouche, puis pressait la pompe pour en faire sortir le liquide. Surprise, Luna esquissa une moue grimaçante avant de se remettre à pleurer de plus belle.

— Et maintenant ?

— Maintenant, nous allons la faire boire pour éviter qu'elle ne se déshydrate. Ensuite, je passerai un coup de fil au médecin.

— Très bien.

Quelques minutes plus tard, Scarlet donnait le coup de fil qu'il n'avait pas eu le temps de passer un peu plus tôt. Luna toujours dans les bras, il s'installa avec elle dans le fauteuil inclinable du salon, puis commença à la bercer pour tenter d'apaiser ses pleurs. Lorsque, enfin, le résultat se fit sentir, il laissa ses pensées dériver.

Il n'aimait pas que les situations lui échappent. En tant que dirigeant de plusieurs sociétés, il avait l'habitude de gérer n'importe quelle situation, en toutes circonstances. Il lui suffisait de claquer des doigts pour qu'une douzaine de personnes se précipitent afin d'exécuter ses ordres. Mais là, il se sentait dépassé, incapable de prendre les choses en main alors que Luna avait un peu de fièvre. Qu'en serait-il si elle était véritablement malade ou, pire, si on devait l'hospitaliser ?

L'arrivée de Scarlet, un biberon d'eau à la main, interrompit le fil de ses pensées sinistres.

— Le médecin pense qu'il n'y a pas lieu de s'inquiéter, annonça-t-elle. Pour l'heure, il ne peut dire s'il s'agit d'un simple rhume ou d'une grippe que lui aurait transmise Carroll. En revanche, il veut la voir demain matin pour pouvoir établir un diagnostic et lui administrer le traitement adéquat.

Le soulagement de Mason fut de courte durée. Tant de questions lui venaient encore à l'esprit.

— En attendant, que pouvons-nous faire pour la soulager ? Elle a l'air vraiment mal.

— Pour commencer, fais-la boire encore un peu. Ensuite, nous irons lui donner un bain tiède.

Mason offrit la tétine à la petite Luna qui la mâchouilla en reniflant.

— Comment sais-tu tout cela, toi qui es fille unique ? demanda-t-il. Tu n'as pas été élevée avec d'autres enfants.

— C'est vrai. Mais lorsqu'on nous a annoncé l'arrivée d'Evan, j'ai lu beaucoup de livres de puériculture. Je voulais tout savoir, tout connaître. J'avais à cœur de ne commettre aucune erreur susceptible de nous faire perdre la garde de notre petit garçon.

Mason contracta les mâchoires. Les pires craintes de Scarlet s'étaient réalisées alors qu'elle n'avait pas commis d'erreur. Encore une chose sur laquelle il n'avait eu aucun contrôle, songea-t-il amèrement.

— J'ignore comment je vais m'en sortir tout seul.

Elle s'assit à côté de lui et le regarda fixement.

— Tu te débrouilles très bien, Mason, finit-elle par dire.

— Tu parles ! C'est parce que tu es arrivée à temps et que tu as tout pris en main.

— Pas du tout, insista-t-elle. Tu as vérifié sa température et tu allais appeler le médecin. C'était exactement ce qu'il fallait faire. Tu seras un père merveilleux, tu verras. Je l'ai toujours pensé.

Lui n'en était pas si sûr. Scarlet, elle, était destinée à être une bonne mère. Une partie de lui brûlait qu'elle soit cette mère pour Luna, mais il ne se sentait pas en droit de lui demander un tel sacrifice. Elle méritait d'avoir ses propres enfants.

— Je te revois dans ce même fauteuil, berçant Evan, poursuivit-elle. Nous venions d'en avoir la garde, et je l'aimais tellement que j'avais le plus grand mal à m'en séparer, ne serait-ce que pour quelques minutes. Ce jour-là, je te l'avais confié pour aller prendre une douche et lorsque je suis redescendue, vous étiez tous les deux comme cela, dans cette même posture.

Il se rappelait parfaitement l'épisode. Il avait tout d'abord été terrifié de se retrouver avec ce minuscule bébé au creux des bras, puis il avait fini par se rassurer et par apprécier, même, ce moment d'intimité avec son fils. Aujourd'hui, la situation était différente. Evan s'était endormi paisiblement alors que Luna, malade, s'agitait contre lui.

— Toi, tu avais une espèce de don avec Evan, répliqua-t-il. À la seconde où tu le prenais dans tes bras, il s'arrêtait de pleurer.

— Ça n'a rien à voir avec un don. C'est juste une question d'amour et de confiance. Un lien indéfectible qui se crée entre l'enfant et ses parents qui font alors tout pour le rassurer, le rendre heureux et lui donner l'amour qu'il mérite. En fait, Evan aurait été tout aussi bien avec toi qu'avec moi. C'est la même chose avec Luna. Tu deviendras très vite le centre de sa vie, et vous vous porterez tous les deux un amour immense et réciproque. On ne peut pas prétendre tout connaître mais, en revanche, on peut apprendre à s'adapter. Et puis, être parent, c'est aussi comprendre les choses de manière intuitive, se laisser guider par son instinct.

Il abaissa le regard sur Luna assoupie contre lui, puis le releva sur Scarlet.

— Je n'ai jamais voulu vivre cela sans toi, avoua-t-il. Chaque fois que j'imaginais fonder une famille, c'était avec toi.

— La vie ne nous apporte pas toujours ce que nous voulons, rétorqua-t-elle d'une voix empreinte de tristesse. Vous vous débrouillerez très bien tous les deux ensemble.

Il la regarda retourner dans la cuisine, sans doute pour ranger les courses.

Puisses-tu avoir raison, Scarlet, pria-t-il en silence.

Deux jours plus tard, la vie avait retrouvé son cours normal. Enfin... Son nouveau cours normal. Carroll, de retour, avait repris l'intendance en main ; Luna, sous traitement, allait nettement mieux... Bref, une routine commençait à s'installer.

Une routine qui plaisait à Scarlet. Ça lui était si facile de se couler dans sa vie d'avant, celle qu'elle menait avec Mason avec, en plus, la pièce du puzzle qui manquait alors à son bonheur.

Luna lui donnait l'impression que tout était d'une simplicité déconcertante. Tellement, même, qu'elle en était un peu effrayée. Car penser que le destin, dans sa grande mansuétude, allait enfin la laisser être heureuse, n'était qu'illusion. Elle ne pouvait y croire. Il devait y avoir un piège quelque part.

Un piège qui prenait les traits de Mason. La percevait-il lui aussi comme un danger dont il devait se tenir à l'écart ? Ils n'avaient pas reparlé de la nuit qu'ils avaient passée ensemble, chacun d'eux ayant soigneusement évité d'aborder le sujet. Cependant, il faudrait bien percer l'abcès à un moment ou à un autre.

Ce qu'elle savait avec certitude, en revanche, c'était qu'elle ne renouerait pas avec lui juste parce qu'il redoutait de se retrouver seul avec Luna. À ses yeux, c'était le moyen le plus sûr d'aller droit dans le mur. Avant de lui offrir son cœur une seconde fois, il faudrait qu'elle ait la certitude que ce serait pour la vie, quelles que soient les épreuves qu'ils auraient à franchir. Des épreuves qu'il serait plus facile de surmonter à deux que chacun de leur côté.

Lorsqu'elle rentra ce soir-là, la maison était plongée dans un silence inhabituel qui l'alarma aussitôt.

— Il y a quelqu'un ? appela-t-elle depuis l'entrée.

— Ici ! cria Mason en retour.

Guidée par sa voix, elle traversa le salon et se dirigea vers la véranda. Mason était bien là, son ordinateur portable ouvert devant lui et une canette de bière à portée de main.

— Où sont Luna et Carroll ? s'enquit-elle.

— Luna est couchée, et Carroll lit dans sa chambre. Alors je suis venu travailler ici. Tu rentres tard.

Elle opina. Si elle effectuait la majeure partie de son travail chez elle, dans son atelier, elle avait néanmoins un bureau en ville où elle se rendait de temps en temps, lorsqu'elle devait régler certains détails administratifs. Ce qui était le cas avec l'ouverture de la nouvelle galerie. Elle avait dû vérifier les modalités liées au transport de ses œuvres, finaliser les commandes passées avec le traiteur et donner son aval concernant les employés, au préalable triés sur le volet par April.

— L'ouverture d'une nouvelle galerie est tout à la fois merveilleuse, excitante et stressante.

Il approuva d'un hochement de tête. Il savait de quoi elle parlait. Elle l'avait vu si souvent passer par la même anxiété, chaque fois qu'il avait ouvert un nouveau magasin.

— Va te chercher un verre de vin et rejoins-moi, lui proposa-t-il. Il fait si bon.

Elle trouva l'idée séduisante. Avant Evan, ils avaient coutume de passer des heures là, dans cette même véranda, à discuter autour d'une bouteille de vin. Ils se retrouvaient alors avec bonheur en fin de journée. Elle ne comprit à quel point ces moments lui avaient manqué que lorsqu'elle s'installa à côté de lui avec un verre de merlot.

C'étaient là qu'ils avaient eu leurs discussions les plus importantes. Le bruit de la mer ainsi que l'atmosphère rassurante des lieux portaient aux confidences et aux émotions.

Ce soir, le vin lui donnerait peut-être le courage d'aborder enfin le sujet qu'ils mettaient tant de précautions à éluder. Sur son estomac vide, les deux premières gorgées suffiraient à lui échauffer le sang et à lui délier la langue. Mais Mason, plus prompt, lui coupa l'herbe sous les pieds.

— Je suis heureux que nous ayons un peu de temps pour discuter, commença-t-il le premier. Il faut dire que nous venons de traverser une période pour le moins… mouvementée.

Elle approuva en silence, finalement satisfaite qu'il ait pris l'initiative de lancer la discussion.

— Il est vrai que depuis votre arrivée la vie n'a rien d'un long fleuve tranquille, rétorqua-t-elle.

— Scarlet, les choses sont tellement… agréables depuis que je suis revenu. Me retrouver là, avec toi, comme avant, dans cette véranda, me donne l'impression que les dix-huit mois écoulés n'ont pas existé. Je ne devrais probablement pas te le dire, mais je déteste ma nouvelle maison.

— Pourquoi ?

Connaissant les goûts de Mason, elle imaginait aisément qu'il avait pourtant dû choisir ce qu'il y avait de mieux au sein de ce quartier ultra-huppé de Los Angeles.

— Parce que je ne m'y sens pas chez moi.

Il prit sa main dans la sienne et engloba alors du regard leur jardin et, au-delà, l'océan.

— C'est ici chez moi, dit-il.

Elle ne chercha pas à dégager sa main. Elle aimait ce contact chaud qui lui donnait encore une fois l'illusion que rien n'avait changé entre eux. Et pourtant que de nuits blanches elle avait passées dans cette maison désespérément vide sans lui !

Ses doutes et ses inquiétudes revinrent en force. Mason ne lui tiendrait pas ce genre de discours s'il n'avait pas eu la charge de la petite Luna. Malgré son regard de braise et son sourire envoûtant, il restait l'homme qui l'avait quittée deux mois plus tôt. Elle ferait bien de ne pas l'oublier.

— Lorsque Jay m'a confié sa fille, c'était comme si le monde entier s'écroulait autour de moi. J'ignorais encore comment les choses allaient se passer. Refaire irruption dans ta vie, te demander de simuler la comédie du couple idéal, j'avoue que je n'étais pas fier, mais aujourd'hui je peux te dire que je ne le regrette pas. Être ici, élever Luna avec toi, tout cela a ôté le voile sur la vie que nous n'avions pas et que j'aimerais avoir.

Elle comprenait parfaitement ce qu'il voulait dire. Tout comme lui, elle s'était glissée sans difficulté dans leur ancienne vie. Et puis c'était si confortable ! Si confortable qu'elle devait garder en tête que ce fantasme n'aurait peut-être qu'un temps.

— Je suis tellement désolé de n'avoir pas pu te donner ce à quoi tu tenais le plus, continua-t-il. De n'avoir pas su nous garantir la garde de notre petit Evan. Tout ce que tu voulais, c'était avoir une famille et moi, non seulement je n'ai pas pu t'aider à réaliser ton rêve le plus cher, mais je n'ai fait qu'empirer les choses.

— Rien de tout cela n'est ta faute, Mason.

— Personne ne m'a forcé à te quitter. Je voudrais tant que tu me pardonnes pour le mal que je t'ai fait.

— Merci, Mason. Je te pardonne. Moi aussi, j'ai quelque chose à me faire pardonner. Je n'aurais pas dû m'éclipser comme je l'ai fait, l'autre nuit.

— Je ne t'en veux pas, rétorqua-t-il tandis que de son pouce, il lui caressait la paume. Rien n'était prémédité et, du coup, ni l'un ni l'autre nous n'étions préparés aux conséquences qui pouvaient en découler ou à la signification que nous voulions donner à ce rapprochement.

— Je crois que nous avions besoin de trouver l'un dans l'autre un peu de réconfort, après tout ce qui s'était passé.

Il approuva d'un léger hochement de tête.

— Pour moi, c'était plus que cela, précisa-t-il. Cela

me confortait dans l'idée que j'étais de retour chez nous, dans notre vie, que j'avais retrouvé ma place près de toi. Je n'arrête pas d'y penser, Scarlet. De penser à toi.

Elle retint sa respiration, cherchant à anticiper ce qu'il allait dire.

— Pourtant, pour être honnête, je ne sais pas quoi faire. Je persiste à croire que le mieux pour toi ce serait que je m'efface afin que tu puisses démarrer une nouvelle vie, mais l'égoïste que je suis voudrait que nous nous donnions une nouvelle chance. Je ne parle pas que de sexe, Scarlet. Je voudrais te savoir de nouveau dans ma vie et te proposer d'être dans celle de Luna. Elle mérite d'avoir une maman comme toi. Lorsque je te vois avec elle, je sais que c'est ainsi que Rachel et Jay voudraient que ce soit.

Tout cela était bien beau, mais Mason ne disait pas les mots qu'elle voulait entendre. Ce qu'elle comprenait, c'était qu'il semblait plus intéressé par le tableau de la famille idyllique qu'ils formaient que par elle. À aucun moment, il ne lui avait dit qu'il l'aimait encore. Qu'il voulait revenir près d'elle pour elle. Qu'il allait annuler la procédure de divorce. Ce qu'elle avait entendu, c'était que Luna avait besoin d'une mère.

Certes, tout allait pour le mieux maintenant, pourtant qui pouvait prédire qu'il en serait toujours ainsi ? Qui pouvait lui assurer que Mason ne fuirait pas de nouveau au premier obstacle venu ? Comment être certaine que le décès prochain de Jay ne romprait pas le fragile équilibre de leur vie ?

— Et toi, Scarlet ? Que veux-tu ?

Cette question la tira de ses propres interrogations en même temps qu'elle l'interpellait. Mason n'avait pas pour habitude de lui demander son avis, tranchant plutôt seul dans le vif. Il disait toujours agir dans son intérêt, mais que savait-il véritablement de ce qui faisait son bonheur ? Pourtant, maintenant qu'elle était confrontée à cette question cruciale, elle craignait d'ouvrir les vannes d'une frustration trop longtemps contenue.

— Je ne sais pas, commença-t-elle prudemment. Ces dernières semaines ont eu le goût de la vie dont j'ai toujours rêvé, sauf que je crains que cela ne dure pas.

— Que veux-tu dire ?

— Eh bien, je pense que Luna est le pivot central qui permet à notre relation de se maintenir. C'est exactement ce qui s'est passé avec Evan. Aussitôt qu'on nous l'a retiré, les choses ont commencé à se dégrader entre nous. Si la même chose se produisait avec Luna ? Si quelqu'un de la famille de Rachel te traînait en justice pour en récupérer la garde ? Ou s'il lui arrivait quelque chose ? Comme une maladie grave… Ou un accident de voiture ? Notre belle harmonie volerait en éclats, et cette idée me terrifie.

— Pourquoi crois-tu cela ?

— Parce que tu ne supportes pas l'échec, Mason. Dès que tu perds le contrôle sur quelque chose, tu renonces. Tu fuis. Je ne supporte pas l'idée que tu pourrais t'éloigner de moi une seconde fois.

— C'est faux, protesta-t-il en fronçant les sourcils. Je ne suis pas comme ça.

— Mais si, Mason. Tu as renoncé à poursuivre tes études parce que tu les trouvais trop difficiles. Plus tard, au lieu de te battre lorsque la société de ton père a rencontré ses premières difficultés, tu as renoncé.

— Dans ces deux cas, c'était pour monter ma propre

société, se défendit-il. Quand je vois ce qu'elle est devenue, je peux dire que j'ai fait le bon choix, non ?

— Je te l'accorde. Cependant, ce n'est pas pour ouvrir une énième boutique que tu m'as quittée. Tu es parti parce que je te rappelais au quotidien que tu avais échoué dans ta mission de faire de moi la mère que je voulais être. Prétendre que c'était pour mon bien n'était rien de plus qu'une manière de légitimer ta fuite, sauf que je sais, moi, que dès qu'un obstacle se présente, tu préfères le contourner plutôt que l'affronter. Tu as été élevé ainsi, Mason, dans l'idée qu'il faut réussir à tout prix. Je n'ai pas à juger si c'est bien ou mal, je dis juste que tu es ainsi.

Il retira sa main et se renfonça dans son siège, visiblement troublé par ce qu'elle venait de dire. Il laissa passer quelques secondes de silence, semblant réfléchir à ses paroles.

— Tu as sans doute raison. Je n'avais pas pensé en ces termes et je suis navré de donner de moi l'image d'un homme sur lequel tu ne peux pas compter.

Elle secoua la tête.

— Assez d'excuses pour ce soir. Je veux juste que tu saches que j'ai besoin d'avoir à mes côtés un homme capable de se battre pour nous. Personne n'a jamais prétendu que vivre à deux était facile, encore moins élever un enfant. Mais lorsqu'on a des convictions et qu'on les défend passionnément, cela devrait suffire. Rester ensemble doit être pour toi une évidence de chaque jour et non un choix à remettre sans cesse en question.

Elle garderait pour elle l'inquiétude qui la rongeait au plus profond d'elle-même : à moins que Mason ne l'autorise légalement à adopter Luna avec lui, elle n'avait aucun droit sur cette enfant. S'ils se séparaient de nouveau, aux yeux de la loi, elle ne serait rien. Perdre sa nièce, à laquelle elle était si attachée et qu'elle considérait déjà un peu comme sa fille, la détruirait aussi sûrement que perdre son mari une seconde fois.

— Avant de réfléchir à un avenir commun avec Luna et toi, reprit-elle, j'ai besoin d'avoir la certitude que tu ne te défileras pas encore une fois.

Mason, qui avait patiemment écouté ce qu'elle avait à dire, se pencha en avant et prit son visage entre ses mains. Elle ferma les yeux, s'abandonnant à leur douceur sur elle, humant avec bonheur l'odeur si familière qui émanait de lui.

Il était sa faiblesse, elle le savait. Tout ce qu'il avait à faire, c'était de prononcer les mots qu'elle se plairait à croire parce qu'elle avait désespérément besoin de les entendre sortir de sa bouche.

Lorsqu'elle rouvrit les yeux, il la regardait fixement et affichait une expression empreinte de gravité.

— Je ne chercherai plus à fuir, Scarlet. Plus jamais.

Il se pencha vers elle et scella cette promesse d'un baiser infiniment tendre auquel elle ne résista pas. N'était-ce pas ce qu'elle voulait, même si elle le redoutait ?

Ce baiser allait les conduire dans le même lit, vers un avenir auquel elle voulait croire. Aussi y répondit-elle avec l'espoir chevillé au cœur que c'était pour le mieux.

- 8 -

Les choses se passaient bien. Trop bien.

Si bien même que Mason ne pouvait refouler les accès de pessimisme qui venaient le tourmenter à intervalles réguliers. Diriger une entreprise lui avait appris qu'un malheur n'arrivait jamais seul. Depuis la discussion qu'il avait eue avec Scarlet, la situation avait pris une tournure que tous deux semblaient déterminés à prolonger. Il avait réintégré leur chambre, laissant derrière lui l'atelier de Scarlet et son futon pour le moins inconfortable. Désormais, chaque soir, il s'endormait dans la chaleur de son corps.

La perfection de ces derniers jours aurait presque pu lui faire oublier le cauchemar de l'année écoulée. Malheureusement, n'étant pas du genre à se complaire dans l'autosatisfaction, c'était bien là ce qui l'inquiétait le plus. Lorsque tout allait pour le mieux, le destin se mêlait de vous rappeler à l'ordre en vous signalant que rien, jamais, n'était acquis.

Ce qu'il ignorait, en revanche, c'était quelle sorte de menace planait au-dessus de sa tête. Viendrait-elle de Scarlet qui, finalement, déciderait qu'elle voudrait un enfant biologique ? Ou du décès de Jay, qui allait les séparer de nouveau ?

Mais quelle importance ? Il était vain de spéculer

sur des suppositions. La vie était ainsi faite, avec son lot de bonheurs et de malheurs. Il n'avait plus qu'à se tenir prêt à encaisser au cas où…

Lorsqu'il gara sa voiture dans le garage, un peu plus tard ce jour-là, aucun coup du sort n'était encore venu le frapper. De la piscine lui parvinrent les voix mêlées de Scarlet et Luna, sans doute en train de se baigner. Il resta un moment posté à la fenêtre, à les contempler, se réjouissant du spectacle qu'elles lui offraient.

Comme elle aimait à le faire, Scarlet avait noué ses cheveux en un chignon lâche d'où s'échappaient quelques mèches. Elle portait un maillot deux-pièces rouge qu'il avait choisi pour elle dans l'une de ses boutiques, quelques années plus tôt. Elle avait installé Luna dans un siège gonflable qu'elle poussait, puis ramenait à elle dans un va-et-vient régulier. Au comble de l'excitation, Luna frappait l'eau de ses petites mains, riant encore plus de la voir s'infiltrer partout.

Le regard que Scarlet portait sur sa nièce le fit fondre d'un mélange d'amour et de tendresse. Joie, dévotion, émerveillement, il pouvait lire toutes ces émotions dans le large sourire qui se dessinait sur son visage. Cela ne faisait aucun doute : Scarlet était faite pour être mère.

Il l'avait toujours su même si, jusqu'à l'arrivée de Luna dans leurs vies, il ignorait de quelle manière rendre ce miracle possible. Il n'avait pas été en mesure de lui donner un enfant biologique, néanmoins il lui avait apporté l'enfant qu'elle souhaitait avoir.

Luna suffirait-elle à son bonheur ?

Sa joie se dissipa d'un coup à l'idée du prix qu'ils avaient eu à payer. Comment pourrait-il être tout à fait heureux, apprécier cette seconde chance qui leur était offerte de former une vraie famille quand ce bonheur était dû à la disparition de Rachel qui serait très bientôt suivie par celle de Jay ? D'un autre côté, la petite Luna était, elle, bien vivante et avait besoin d'un foyer, aussi sûrement que Scarlet avait besoin d'un enfant à chérir.

Il quitta son poste d'observation au moment où le bip de son téléphone portable lui rappelait que la batterie avait besoin d'être chargée. Il se dirigea tout droit vers un chargeur qu'il savait être rangé dans le tiroir du bureau. En fait de chargeur, il y trouva le double de la requête en divorce destinée à Scarlet.

La sienne devait être arrivée chez lui, en attente d'être signée. Il en connaissait déjà le contenu, puisque les termes du divorce leur étaient parvenus après qu'ils les avaient tous deux acceptés tels qu'ils avaient été définis dans la requête.

La mort soudaine de Rachel l'avait ébranlé au point qu'il en avait oublié tout le reste. Son avocat ne l'avait pas encore relancé. Tant mieux. Tellement de choses avaient changé en quelques semaines.

Le fait que ces documents soient en suspens pouvait tout changer. Ou rien. Si Mason avait tendance à croire que Scarlet et lui étaient en voie de réconciliation, il n'était cependant pas assez naïf pour penser que l'arrivée providentielle d'un bébé pouvait tout arranger. Ce serait trop simple. Non. La solution résidait dans la communication. Cette même communication qui leur avait fait défaut à un moment critique de leur vie de couple. Mais de cela il était seul responsable. Car comme Scarlet l'avait très justement souligné, il avait été incapable de comprendre ou même d'entendre ce dont elle avait vraiment besoin.

Là encore, et alors qu'elle semblait revenir vers lui sans arrière-pensées, il n'était sûr de rien. Il n'arrivait pas à croire qu'il était la seule raison de sa joie de vivre retrouvée. Plus que tout, Scarlet désirait un enfant. Avec Luna, elle l'avait trouvé. D'ailleurs, lorsqu'il l'avait entraînée dans cette situation, il avait espéré en secret qu'ils se réconcilieraient et formeraient enfin cette famille à laquelle ils avaient tant aspiré. En fait, lui donner finalement ce qu'elle voulait plus que tout au monde était pour lui une manière de lui faire oublier ses propres faiblesses.

Ce qu'il n'avait pas prévu, en revanche, c'était de se sentir un peu comme la cinquième roue du carrosse. Dévouée comme elle l'était à Luna, Scarlet lui donnait l'impression d'être plus attachée à la petite fille qu'à lui-même. Était-ce leur mariage qu'elle voulait retrouver ou ce bébé qui faisait partie du lot ? Souhaitait-elle une véritable réconciliation ou voyait-elle, à travers elle, l'occasion d'accéder enfin à ce qu'elle désirait plus que tout au monde ?

Certes, c'était lui qui était parti. Scarlet, drapée dans sa fierté, avait accepté son départ puis la procédure de divorce sans chercher à le retenir ou à le faire changer d'avis. Mais la tension entre eux était alors si palpable que tous deux s'étaient sentis soulagés lorsqu'il avait annoncé sa décision de quitter le foyer conjugal.

Les yeux baissés sur les documents, il ressentit une joie profonde à l'idée qu'ils resteraient peut-être dans le fond de ce tiroir. Si elle se tenait encore sur ses gardes, Scarlet finirait bien par dissiper les craintes qui l'habitaient encore et, ainsi, le rassurer sur ses véritables motivations.

Cependant, s'il souhaitait plus que tout rester avec Scarlet, il n'était pas du genre à s'acharner lorsqu'il pensait aller droit dans le mur. Son côté pragmatique le poussait à préférer changer de cap plutôt que se retrouver dans une impasse. C'est pourquoi il n'engagerait pas son cœur s'il n'était pas certain de ce que l'avenir leur réservait.

Vu de l'extérieur, en effet, cela pouvait laisser penser qu'il fuyait les obstacles, pourtant ce n'était pas ce qui motivait ses actes.

Il allait refermer le tiroir lorsque son regard fut attiré par une note manuscrite. Il hésita un bref instant à la lire, mais lorsqu'il vit le nom de Luna apparaître au milieu d'une ligne, il céda à la curiosité.

Scarlet, voici, ci-joint, la version préliminaire établie en accord avec les avocats de Mason. Je vous conseille d'attendre avant de poursuivre la procédure. Si la situation change, nous veillerons à inclure dans les documents les modalités concernant la garde de l'enfant. J'espère que le confrère que je vous ai recommandé vous a été de bon conseil.

Il lut la note trois fois avant de la fourrer au milieu du dossier. Il ne savait trop qu'en penser. Scarlet avait-elle en tête de faire traîner la procédure pour, ensuite, l'attaquer en traître et demander la garde exclusive de Luna ? L'avocat voulait-il dire que, dans l'éventualité où ils iraient jusqu'au divorce, il était préférable qu'une clause concernant la garde de Luna soit spécifiée ? Cette clause avait-elle été demandée par Scarlet ou par ses avocats, désireux de la couvrir en cas de scénario catastrophe ?

Quoi qu'il en soit, il pressentait que cela n'augurait rien de bon.

Une boule d'angoisse se forma au creux de son ventre. Quel besoin avait-il eu de lire cette note ?

Il remit le dossier à sa place, regrettant amèrement sa curiosité, cherchant à se convaincre que Scarlet avait évoqué ce problème avec ses avocats bien avant leur réconciliation. Ce divorce, il n'en voulait pas plus qu'elle, même s'il était trop tôt pour prendre une décision définitive. Il n'en ferait donc plus mention jusqu'à ce que lui-même ne soit plus assailli de doutes et d'interrogations. Ensuite seulement, Scarlet et lui décideraient d'apposer leur signature au bas de ces documents ou de les déchirer pour aller de l'avant ensemble.

En attendant, il resterait prudent. Il souhaitait de tout son cœur que les choses continuent à aller pour le mieux entre eux, mais s'ils échouaient malgré leurs efforts, il se devait d'être psychologiquement prêt à encaisser une nouvelle rupture.

La dernière fois, il avait passé trois jours dans les vapeurs de l'alcool. Mais, avec Luna dans sa vie, il devait se comporter en adulte ce qui, en clair, signifiait se protéger jusqu'à ce qu'il se sente en sécurité.

Une fois Luna couchée, Scarlet décida d'aller prendre un bain. Cela faisait un moment qu'elle ne s'était pas accordé un peu de temps pour se dorloter alors qu'elle en avait bien besoin. S'occuper d'une enfant en bas âge tout en travaillant n'était pas de tout repos et méritait bien qu'elle pense un peu à elle. Elle avait besoin de se détendre avant la semaine de folie qui l'attendait.

Le voyage à San Francisco qui se profilait lui pesait terriblement.

Elle sentit ses muscles noués se détendre aussitôt qu'ils furent en contact avec l'eau bouillonnante. Elle s'étendit de tout son long, cala la nuque contre le coussinet rembourré et ferma les yeux.

Oui, ce séjour la plongeait dans une profonde anxiété. Prise par les événements des derniers jours, elle ne s'était pas appesantie dessus, mais maintenant que l'échéance approchait, elle se sentait rongée d'inquiétude. C'était un sentiment diffus, irrationnel, qu'elle ne parvenait pas vraiment à s'expliquer. Était-ce l'idée d'être loin de sa famille qui la tourmentait ainsi ?

Sa famille.

Voilà la première fois qu'elle raisonnait en ces termes. Elle en fut troublée car, si Mason était toujours son mari, penser qu'à eux trois ils formaient une famille était un grand pas qu'elle venait tout juste de franchir. Au cours de ces dernières semaines, elle avait développé un fort attachement à la vie qu'elle menait.

Se rendre à San Francisco signifiait laisser derrière elle les deux êtres qui lui étaient les plus chers au monde. Même si elle savait que Carroll veillerait sur Luna aussi bien qu'elle, elle ne supportait pas l'idée de devoir partir. Surtout à ce stade de sa relation avec Mason, qui restait encore fragile.

Bien sûr, elle pourrait lui demander de l'accompagner. Plus elle y pensait, plus elle trouvait l'idée séduisante. Depuis qu'April la lui avait suggérée, elle y avait réfléchi, mais sans grande conviction. Ce n'était pas la première fois qu'elle inaugurait une galerie, et jamais elle n'avait demandé à Mason de l'accompagner.

D'ailleurs, accepterait-il d'y aller avec elle ? Rien n'était moins sûr, avec le spectre de la mort qui planait sur Jay.

D'un autre côté, ne s'étaient-ils pas fait la promesse de mettre toutes les chances de leur côté pour que les choses marchent entre eux ? De communiquer au lieu de présumer ?

Le mieux était donc de lui poser la question sans détour. Ainsi, elle lui donnerait l'occasion de choisir lui-même.

Lorsqu'elle se sentit suffisamment relaxée, elle sortit de l'eau et s'enveloppa dans une serviette-éponge moelleuse. Elle allait descendre parler à Mason.

Mais alors qu'elle sortait de la salle de bains, elle le vit assis dans leur lit, adossé à une pile d'oreillers. Des lunettes au bout du nez, il travaillait sur son ordinateur tout en lançant de temps en temps un regard distrait à la télé qui diffusait un match de base-ball. Elle nota qu'il avait eu la délicatesse de couper le son afin qu'elle ne soit pas dérangée dans le moment de répit qu'elle s'était octroyé.

— Salut, lança-t-elle en s'approchant du lit.

— Salut, répondit-il, un sourire aux lèvres.

Il referma son ordinateur, qu'il posa à côté de lui, et fixa sur elle un regard ardent.

— Tu portes des lunettes maintenant ? s'enquit-elle.

Elle trouvait curieux que quelque chose ait pu changer chez lui sans qu'elle soit au courant. En deux mois à peine tant de choses avaient pu évoluer… Elle était bien placée pour le savoir.

Il ôta ses lunettes et les posa sur son ordinateur.

— Oui. Mon ophtalmologue m'a recommandé d'en

porter pour travailler, lire ou regarder la télé. Bref, à chaque fois que ma vue pourrait se fatiguer.

— Remets-les, lui intima-t-elle doucement.

Il s'exécuta, se prêtant de bonne grâce à ses exigences.

— Alors ? Quel est ton verdict ?

En réponse, elle esquissa un sourire approbateur. Elle aimait le petit côté *geek* que lui donnait cette monture noire un brin sévère qui contrastait tant avec le physique de surfeur qu'elle lui connaissait depuis toujours.

— Tu as l'air plus…

— Plus intelligent ? anticipa-t-il avec humour.

— Disons… Différent. Depuis quand les portes-tu ?

— Un mois environ. Mais comme c'est encore tout nouveau, j'oublie de les mettre de temps en temps. Cela te donnera une occasion supplémentaire de me reprendre.

— Promis. J'ajouterai cela à la liste déjà longue de mes récriminations.

Il retira de nouveau ses lunettes qu'il reposa à la même place.

— As-tu réussi à te détendre un peu ? Tu n'es pas restée très longtemps dans ton bain, me semble-t-il.

— Tu sais que je n'arrive pas à rester bien longtemps sans rien faire. J'ai beau essayer, il faut que je bouge. Et quand les pensées s'en mêlent, alors… Justement, à ce propos, comme tu le sais, l'ouverture de la nouvelle galerie est fixée à samedi, et je me demandais si…

Elle s'interrompit, soudain nerveuse comme une jeune étudiante hésitant à demander à l'élu de son cœur de l'accompagner au bal de fin d'année. C'était la première fois que la présence de Mason s'imposait à elle dans de telles circonstances. L'ouverture de cette galerie était un événement très important à ses yeux, et elle ressentait le besoin irrépressible de voir l'homme qu'elle aimait la soutenir ce jour-là.

— Si quoi ? demanda-t-il.

Elle alla le rejoindre de l'autre côté du lit et s'appuya d'une épaule contre le mur.

— Si tu accepterais de m'accompagner.

Il la regarda fixement, sourcils froncés.

— C'est vraiment ce que tu veux ?

— Vraiment. Je sais bien que je ne te l'ai jamais demandé avant et j'ignore si tu pourras te libérer, mais cet événement est majeur pour moi, et je me sens très nerveuse. Il y aura de nombreuses sommités, dont le maire. Je comprendrais tout à fait que tu ne…

— Je serais ravi de venir avec toi, la coupa-t-il.

S'attendant à un refus, elle fut agréablement surprise.

— C'est vrai ?

Il opina.

— Oui. Je ne suis jamais venu à l'ouverture de tes autres galeries parce que je pensais que c'était ton souhait. Je sais toutefois, pour le vivre chaque fois que j'ouvre une nouvelle boutique, à quel point ces moments-là sont stressants. Les ultimes détails à régler, l'effervescence des derniers instants. Je me disais que, au mieux, je te gênerais.

Elle secoua la tête. Que d'incompréhension ! Que Mason puisse penser qu'il la gênerait alors qu'il était son pilier, son roc. Sa seule main dans la sienne lui donnait la force de soulever des montagnes.

— Et moi, je te voyais tellement occupé que je

n'osais pas te le demander par crainte de te déranger. Tu as tellement de travail, toi aussi.

Il repoussa les couvertures et se leva pour se rapprocher. Il posa une main rassurante sur son avant-bras. Comme toujours, ce contact pourtant anodin lui envoya des ondes électriques dans tout le corps.

— Je sais que je travaille trop, mais sache que je prendrai toujours le temps pour les choses importantes de notre vie. Ma carrière n'est pas supérieure à la tienne, Scarlet. Tu as réalisé de grandes choses, et je suis très fier de la grande artiste que tu es devenue depuis le jour où tu as franchi le seuil de ma petite boutique pour me vendre une de tes œuvres. Désormais, tu n'auras qu'à le demander, et je serai toujours là pour toi.

Elle vit dans ses yeux qu'il parlait avec sincérité. Peut-être qu'elle s'était trompée sur toute la ligne en s'imaginant que leur rapprochement n'était rien d'autre qu'une diversion à la disparition de Rachel et à celle, imminente de Jay. Que s'accorder ces parenthèses de plaisir leur rendait la réalité plus douce et les empêchait de trop penser à l'avenir.

Un avenir qu'elle pressentait cependant encore incertain. Il y avait chez Mason une retenue, une distance qui ravivait ses inquiétudes. Elle le sentait parfois ailleurs, loin d'elle. Mais n'agissait-elle pas de même, craignant d'être trahie une deuxième fois ? En réalité, peut-être qu'aucun d'eux ne croyait réellement à la pérennité de cette relation.

Pourtant, ce n'étaient pas les mots d'un homme qui ne voyait en elle qu'une distraction à sa peine ou une mère pour l'enfant qu'on lui avait confié. Il avait vraiment l'air de croire à ce qu'il venait de lui dire :

qu'il se ménagerait toujours du temps pour les choses importantes, qu'il était fier d'elle.

Allons, son imagination était trop fertile. La distance qui existait encore entre eux était bien naturelle après la période tourmentée qu'ils avaient traversée, et elle disparaîtrait en temps et en heure, pourvu que chacun d'eux y mette un peu du sien.

— Je tiens vraiment à ce que tu viennes. April a mis la barre très haut, cette fois. Elle s'est surpassée pour faire de cette inauguration un événement inoubliable et, du coup, je me sens très nerveuse.

— Tu n'as aucune raison de l'être, Scarlet. Tu es une artiste confirmée qui n'a plus à faire ses preuves. San Francisco ne peut que se réjouir de l'ouverture d'une galerie exposant tes œuvres. Tout le monde voudra accrocher une toile de Scarlet Spencer chez lui.

Cette dernière phrase sembla trouver en lui une résonance qui lui fit froncer les sourcils.

— Quand je pense que nous n'en avons même pas une ici. Tout ce que nous possédons, en guise de décoration, c'est cet écran de télévision au-dessus de la cheminée.

Elle esquissa un sourire amusé.

— Merci, Mason, de bien vouloir m'accompagner.

Poussée par un élan de tendresse infinie, elle enroula les bras autour de son cou et posa la tête sur son torse.

— Je vais voir ce que je peux faire pour remplacer cet écran plat par quelque chose de plus décoratif, murmura-t-elle.

— Merci. D'ailleurs, il me vient une idée. Pendant que tu peindrais, moi je pourrais…

Il s'interrompit pour faire glisser au sol la serviette dont elle était toujours enveloppée.

Elle ne chercha pas à lui résister. Au contraire, elle pressa contre le sien son corps humide, lui faisant épouser chacune de ses courbes. Elle se projeta alors seule avec lui dans la chambre d'hôtel qu'ils occuperaient durant leur séjour. Sans enfant. Sans nounou. Sans problème d'intendance. La perfection en quelque sorte.

Ses inquiétudes s'envolèrent à la seconde où il s'écarta légèrement et se mit à sucer ses tétons dressés l'un après l'autre. Elle ferma les yeux pour mieux savourer cette douce torture qui, déjà, lui arrachait de petits gémissements de plaisir.

— Chut, lui murmura-t-il à l'oreille. Ne prenons pas le risque de réveiller Luna. Pense au week-end que nous allons passer et où tu pourras hurler tant que tu voudras.

— Prétentieux, le taquina-t-elle. Tu crois vraiment pouvoir me faire hurler de plaisir ?

En réponse, il la souleva de terre et l'allongea sur le lit.

— Il te faudra attendre un peu pour le savoir.

- 9 -

Cette galerie était la plus chic et la plus raffinée des galeries de Scarlet. Situé dans le quartier très fréquenté de Fisherman's Wharf, à proximité de l'une des fresques murales qu'elle avait peintes, l'endroit attirerait non seulement les connaisseurs mais également les nombreux curieux venus se promener là.

À l'heure qu'il était, elle aurait dû aller vérifier que chaque toile était bien suspendue à l'emplacement qui lui avait été réservé et que les serveurs étaient en place, prêts à se lancer avec leurs plateaux garnis parmi la foule, mais elle avait décidé que c'était le rôle d'April. C'était ce pour quoi elle était payée. April était la tête pensante, Scarlet l'artiste.

— Avons-nous bien laissé le numéro de téléphone du pédiatre à Carroll où cas où Luna rechuterait ? s'enquit-elle encore une fois. Elle avait le nez qui coulait un peu lorsque nous sommes partis.

Pour toute réponse, Mason s'approcha alors qu'elle s'affairait à accrocher ses boucles d'oreille devant le miroir de la salle de bains. Il portait pour l'occasion un smoking à la coupe impeccable qui mettait en valeur ses épaules larges et sa taille étroite, résultat d'années de pratique du surf. Cela faisait bien longtemps qu'elle ne l'avait pas vu aussi élégant, même si en temps ordinaire il portait des costumes. Depuis le jour de leur mariage, se rappela-t-elle.

Autant dire une éternité. Pourtant, il n'avait pas changé si l'on exceptait ses tempes légèrement grisonnantes et les ridules qui griffaient le coin de ses yeux. Il était toujours l'homme à qui elle avait dit oui, neuf ans plus tôt.

Il lui sourit dans le miroir et lui caressa doucement l'épaule, dans un geste qui se voulait à la fois tendre et rassurant.

— Oui, répondit-il. Je te promets qu'elle a en sa possession tous les numéros de téléphone indispensables. Par ailleurs, il y a assez de réserves alimentaires pour survivre un bon moment en cas d'attaque nucléaire. Je te rappelle quand même que nous ne partons que deux jours et que Carroll sait ce qu'elle a à faire. Tout va très bien se passer.

Ses boucles fixées, elle se tourna vers lui et esquissa un sourire en coin.

— Tu me trouves trop mère poule, n'est-ce pas ?

— Non. Tu es une bonne mère et comme toutes les bonnes mères tu t'inquiètes. Mais juste pour ce soir j'aimerais que tu te focalises sur nous. Sur l'ouverture de cette galerie qui est si importante pour toi. Tout le gratin de San Francisco s'est donné rendez-vous pour te voir, toi, en chair et en os, et admirer tes œuvres.

Il se pencha sur elle afin de déposer un baiser léger sur le bout de son nez pour ne pas ruiner le rouge à lèvres qu'elle venait d'appliquer.

— Tu es prête ? La voiture nous attend.

Elle opina, puis inspira longuement avant de se saisir de sa pochette de soirée.

— Comment me trouves-tu ? s'inquiéta-t-elle encore.

Il lui lança un regard éloquent qui exprimait à la fois toute l'admiration qu'il lui portait et le désir qu'elle suscitait en lui. Un désir exacerbé par la robe ultra-sexy qu'elle portait et qu'elle avait choisie d'un bleu argenté chatoyant pour l'assortir à sa peau mate et aux couleurs dominantes de ses tableaux.

— Si nous prenions un peu de temps ? lui suggéra-t-il en enfouissant son visage au creux de son épaule tandis que ses mains lui enserraient la taille. Je t'enlèverais ta robe et te ferais toutes ces choses inavouables que je t'ai promises.

Elle le repoussa doucement du bout de sa pochette.

— Je suis ravie que tu apprécies ma robe au point de vouloir me la retirer mais, malheureusement, nous sommes attendus. En revanche, dès notre retour…

Sur un dernier sourire enjôleur, elle pivota d'un mouvement plein de grâce pour se libérer totalement de son étreinte.

— Allons-y.

Il la suivit à regret. Comme prévu, une limousine affichant le nom de Spencer les attendait devant les portes coulissantes du hall d'entrée.

Quelques courtes minutes plus tard, ils atteignaient la galerie, leur hôtel se trouvant à quelques blocs à peine de Fisherman's Wharf. Ils se firent déposer devant une porte dérobée par laquelle ils entrèrent afin de vérifier que tout était bien en ordre avant l'arrivée des invités.

— Nous ouvrons les portes dans cinq minutes, aboya April dans son casque au moment où elle passait devant eux, sublime dans une robe à sequins.

Elle s'arrêta net lorsqu'elle les vit.

— Enfin, notre invité d'honneur est là, constata-t-elle en souriant malicieusement. Vous êtes superbes tous les deux, ajouta-t-elle, les yeux néanmoins rivés sur le smoking de Mason.

— Merci, répondit Scarlet, amusée de voir Mason rougir sous le compliment. C'est l'heure ?

April baissa les yeux sur la montre-bracelet de prix qu'elle portait au poignet.

— Oui. Nous pouvons ouvrir les festivités, lança-t-elle d'un ton enjoué.

Les deux heures suivantes passèrent en un éclair. Mason resta auprès de Scarlet, mais savait lui conserver la vedette. Elle, de son côté, si elle se laissait volontiers entraîner à l'écart, ne manquait pas de lui lancer des regards complices par-dessus son épaule, heureuse de capter la fierté qui irradiait de son visage.

Tout se passait au mieux. Elle n'avait pas terminé sa première coupe de champagne qu'elle apprenait qu'une de ses pièces maîtresses venait de se vendre pour une somme à six chiffres et que d'autres, moins importantes, s'arrachaient comme des petits pains. Ceux qui n'avaient pas les moyens de s'offrir un tableau repartaient avec un recueil de ses œuvres dédicacé.

La soirée promettait d'être un véritable succès. Heureuse mais fatiguée, elle alla s'asseoir avec une coupe de champagne, pour reposer un peu ses pieds endoloris. Aussitôt, elle chercha du regard Mason qui s'était éclipsé alors qu'elle s'entretenait avec le maire.

Il se trouvait de l'autre côté de la salle, contemplant une de ses toiles. Lorsqu'il se retourna et que leurs regards se croisèrent, un frisson de désir la parcourut tout entière. Sa présence à son côté lui manquait, tout comme lui manquaient la chaleur que son corps diffusait au sien et sa main plaquée au creux de ses reins.

Sans la quitter des yeux, il traversa la salle et, une fois devant elle, lui tendit la main.

— Viens danser, lâcha-t-il dans un souffle.

Le regard ardent qu'il gardait fixé sur elle lui fit battre le cœur. Consciente d'être le centre d'attention, elle prit la main qu'il lui tendait et se leva pour le suivre jusqu'à une piste de danse improvisée où une douzaine de couples enlacés se mouvaient en cadence au son d'une musique jazz.

Aussitôt, il enserra sa taille et l'attira à lui. Aucun d'eux n'était un danseur accompli, mais ils aimaient à se retrouver ainsi lors de circonstances exceptionnelles comme celle-ci. Connaître par cœur le corps de Mason l'aidait à s'adapter et à se laisser guider en harmonie. Elle pouvait même anticiper le moindre de ses mouvements.

Pour la première fois depuis qu'ils avaient atterri à San Francisco, elle se sentit enfin détendue. Certes, c'était April qui s'était chargée de l'organisation de la soirée, mais elle avait dû se prêter avec le sourire au jeu incessant des discussions et des séances d'autographes. Sans être de nature introvertie, elle appréhendait ces soirées qui se révélaient éreintantes.

Mais pour l'heure elle savourait juste le bonheur de se retrouver entre les bras de Mason et d'évoluer avec lui dans la chaleur de son corps.

Même dans ses rêves les plus fous, elle n'aurait jamais pu imaginer se retrouver ainsi. Durant les longues nuits sans sommeil qu'elle avait passées seule, elle restait allongée dans son lit, cherchant à se remémorer la dernière fois où ils s'étaient embrassés avec passion, où ils avaient fait l'amour…

À quand remontait la dernière fois où ils avaient dansé ? La réponse lui vint, presque instantanée. C'était durant la croisière qu'ils avaient effectuée dans le golfe du Mexique pour célébrer leur cinquième anniversaire de mariage.

— Je n'arrive pas à me rappeler la dernière fois où nous avons passé une soirée comme celle-ci, murmura-t-il, comme en écho à ses pensées.

— Une soirée comment ? s'enquit-elle, curieuse de savoir ce qu'il allait répondre.

— Une soirée juste tous les deux, passée à danser, à s'enivrer un peu, à discuter à bâtons rompus. Une soirée où il n'est pas question de bébés, d'ovulation, de batailles d'avocats. Juste toi et moi qui profitons d'un bon moment comme celui-ci. Cela fait une éternité que cela ne nous est pas arrivé, non ? Les dernières années de notre mariage ont été dominées par notre quête désespérée d'enfants, alors je trouve reposant que le couple Mason et Scarlet Spencer s'échappe un peu de ses problèmes et de son quotidien pour apprécier les deux jours qu'il a devant lui.

Elle se sentit rougir comme une collégienne prise en faute. Elle avait conscience du fait qu'elle était largement responsable de l'échec de leur mariage. Elle seule avait été obsédée par ce besoin viscéral d'avoir un enfant. Mason, lui, n'avait fait que la suivre dans son désir.

— Je regrette tellement, Mason. Cette envie d'enfant était si obsessionnelle qu'elle m'a fait reléguer notre couple et notre mariage au second plan.

— Ne sois pas si sévère à ton égard, dit-il avec

douceur. Tu t'étais focalisée sur ce besoin de fonder une famille parce que c'était vital pour toi.

— Oui, mais par ma faute nous avons fini par nous perdre de vue, tous les deux.

— Justement, nous ne nous sommes perdus que de vue, mais nous avons gardé l'essentiel : l'amour que nous nous portons. Notre erreur a été de ne pas faire face ensemble, mais séparément. Au lieu d'agir comme une équipe soudée, nous nous sommes comportés comme des adversaires.

Scarlet ne voyait pas la situation sous cet angle. Admettre qu'ils s'étaient comportés en adversaires revenait à dire qu'ils se voulaient du mal. Or, ce n'était pas le cas. Personne n'était à blâmer. La stérilité de Mason… La perte d'Evan…

C'était juste la vie qui leur avait fait prendre des chemins qu'ils n'avaient pas su suivre. Ils avaient brillamment réussi leur vie professionnelle, mais n'avaient pas su gérer leur vie personnelle.

— Et maintenant ? s'enquit-elle. Sommes-nous une équipe soudée ? Je veux dire… Pour de bon ?

Cette question, elle n'avait pas osé la lui poser depuis qu'il était revenu dans sa vie. Mais lorsque le temporaire prenait des allures de permanent, il fallait bien qu'elle sache si elle ne se faisait pas d'illusions.

— Oui, Scarlet. Pour de bon. Lorsque je t'ai dit que je ne fuirais plus, j'étais sincère. Je n'ai jamais été aussi heureux avec toi que depuis ces dernières semaines. Alors, je ne laisserai plus ce bonheur me glisser entre les mains.

Lorsqu'il fixa sur elle ses grands yeux bleus, elle sentit ses dernières craintes se dissiper. Elle eut la certitude absolue que le miracle s'était produit : ils s'étaient vraiment reconquis. Pas seulement à cause de Luna, mais parce qu'ils désiraient être de nouveau ensemble. Luna venait juste couronner ce bonheur retrouvé.

— Je suis heureuse de te l'entendre dire.

— Et moi, je serais heureux de pouvoir enfin t'enlever et te ramener à notre hôtel, répliqua-t-il, le regard pétillant. À ton avis, combien de temps devrons-nous encore rester ?

Elle balaya du regard la foule devenue éparse. À une table à l'écart, April avait retiré ses escarpins et frottait ses pieds endoloris. C'était le signal que la soirée s'achevait.

— Pas une minute de plus, répondit-elle en l'entraînant à sa suite.

Mason était heureux d'être de retour à leur hôtel.

Il retira son nœud papillon tout en secouant la tête. Quelque chose le tracassait.

— Tes acheteurs sont toujours comme cela ? s'enquit-il.

Le reflet de Scarlet dans le miroir lui répondit par un sourire tandis qu'elle ôtait d'abord ses chaussures puis ses bijoux.

— Celui-ci était un peu plus fantaisiste que la moyenne, mais oui, en règle générale, ils ont tous plus ou moins ce profil. Et la règle est toujours la même : je les flatte un peu, je vais dans leur sens, le but étant de les pousser à acheter mes œuvres.

Elle s'interrompit pour se rapprocher en lui tournant le dos.

— Peux-tu dégrafer ma robe, s'il te plaît ?

— Bien sûr. Avec plaisir.

Ce soir-là, il n'eut pas à écarter la lourde masse de sa chevelure luxuriante, qu'elle avait rassemblée en un chignon aussi élégant que sophistiqué. Il admira au passage la toile du fin laçage qui laissait voir son dos nu jusqu'au renflement de ses hanches. Se saisissant de la navette, il fit lentement glisser la fermeture Éclair le long de son échine frémissante.

Sans lui laisser le temps de s'échapper, il écarta les pans tissés, exposant à son regard ainsi qu'à ses mains sa peau qu'il savait douce et satinée. Dans un geste empli de délicatesse, il fit glisser sur ses épaules les manches de sa robe, dévoilant ainsi son buste parfait. Le miroir lui renvoyait à présent l'image de ses seins ronds et pleins. Il chercha son regard tandis que, de ses doigts devenus fébriles, il en agaçait les pointes dressées.

Scarlet laissa échapper un soupir d'aise et s'abandonna mollement. Il adorait le contact de son corps contre le sien, ses formes harmonieuses épousant parfaitement ses muscles. Il aimait tout en elle : la chaleur de son corps, l'odeur de son parfum qui, à cette heure tardive se mêlait à celle, musquée, de sa peau, les petites plaintes qu'exhalaient ses lèvres humides, à demi ouvertes.

Il aimait à la contempler tandis que son corps frémissait des caresses que ses mains expertes lui prodiguaient. Elle était sa femme. Son tout. Ils avaient passé une grande partie de leur vie d'adultes ensemble, et cela lui donnait le droit de dire qu'il la connaissait mieux que personne. Lui seul savait qu'elle était chatouilleuse et qu'agacer le lobe de son oreille du bout de la langue la rendait folle de désir. Lui seul connaissait par cœur la carte de son corps. Retrouver ce territoire si familier après deux mois d'abstinence était à la fois confortable et terriblement excitant.

Maintenant qu'elle était de retour dans ses bras, dans son lit, dans son cœur, il ressentait comme une urgence le besoin de la posséder. Elle était à lui, et aucun document administratif ne changerait rien à la chose.

Dans un geste plein de grâce, elle inclina légèrement la tête, de manière à ôter les pinces qui retenaient ses cheveux. Aussitôt, ils retombèrent en cascades sur ses épaules, libérant des effluves de son parfum enivrant. Des images d'elle, nue dans leur salle de bains qui avait vu tant de leurs étreintes passionnées, affluèrent. Au comble de l'excitation, il enfouit le visage au creux de son cou, cherchant à s'étourdir un peu plus de son odeur.

Répondant à son ardeur, elle se pressa plus étroitement contre lui, puis ondula des hanches jusqu'à ce que sa robe tombe à ses pieds. Le contact de ses fesses joliment rebondies, que cachait juste un string en dentelle dérisoire, exacerba le désir qui déjà le submergeait telle une vague géante. Il grogna contre son oreille tandis que le feu de la passion se mettait à couler dans ses veines.

— Sais-tu combien de fois j'ai rêvé de t'arracher cette robe au cours de la soirée ? lui susurra-t-il à l'oreille. J'avais tellement envie de toi que je t'aurais bien fait l'amour dans la réserve, par terre, sans même craindre qu'April nous surprenne. C'est pour cette raison que, à un moment donné, je suis sorti prendre l'air. J'avais besoin de me rafraîchir les idées.

— Eh bien, maintenant, tu n'as plus à subir ce genre de frustrations.

Sur ces paroles, elle enjamba sa robe et s'éloigna de lui pour aller se poster, immobile, au pied du lit. Elle était si belle qu'il ne pouvait détacher le regard de ses courbes parfaites, à présent nues si l'on exceptait le triangle en dentelle qui dissimulait encore son sexe.

Sans la quitter des yeux, il retira sa veste de smoking, puis entreprit de déboutonner sa chemise.

— C'est très bien ainsi, chuchota-t-il presque d'une voix rauque. Il aurait été dommage d'abîmer une aussi jolie robe.

Toujours vêtu de son pantalon, il combla la distance qu'elle avait installée entre eux et plaça les mains sur ses hanches rondes. Il l'attira, lui faisant sentir la force de son désir pour elle.

— Tu vois un peu l'effet que tu me fais ? lâcha-t-il d'une voix étranglée. Que tu me fais depuis toujours ?

En réponse, elle enroula les bras autour de sa nuque et plongea les mains entre les mèches courtes de ses cheveux.

— Je vois, en effet, répliqua-t-elle en battant des cils d'une manière enjôleuse. Mais j'ai besoin de certitudes. Pourrais-tu me rassurer ?

Encore une fois, elle lui donnait la preuve de la grande complicité qui existait entre eux. Elle savait jouer de ses instincts primaires et, au lieu de s'en offusquer, les provoquait un peu plus.

Dans un râle d'excitation, il la souleva de terre, entraînant chez elle un rire cristallin qui le toucha en plein cœur et résonna à ses oreilles comme la plus douce des musiques. Après le poids qui avait pesé sur eux toutes ces années, il était enchanté d'être à l'origine de cette légèreté retrouvée.

Il la garda un moment contre lui alors qu'elle avait enroulé ses longues jambes autour de son bassin, puis il bascula avec elle sur le lit. Il fit peser de tout son poids son membre dur et gonflé entre ses cuisses, lui arrachant les plaintes d'un désir encore contenu, mais qu'il étouffa de sa bouche. Il but à ses lèvres, s'enivrant du goût de champagne et de truffes au chocolat qui persistait sur sa langue.

Il sentit soudain sa paume presser sa braguette. Il feignit d'ignorer le frisson qui le parcourait tout entier pour lui intimer tout bas :

— Enlève ta main.

Mais au lieu de lui obéir elle infiltra les doigts dans la ceinture de son pantalon, puis dans son boxer-short. Lorsqu'ils enserrèrent son sexe en érection, il étouffa un juron entre les oreillers avant d'écarter cette main. S'agenouillant, il épingla ses poignets de part et d'autre de sa tête. Elle essaya en vain de se libérer de cette emprise qui l'empêchait d'aller là où elle le voulait.

— Tu n'as pas obéi, la gronda-t-il avec une sévérité feinte. C'est ta punition.

Elle fixa sur lui ses grands yeux faussement innocents avant de s'arc-bouter dans une supplique silencieuse. Elle pouvait le soumettre à la torture sans le secours de ses mains.

— Je te laisse faire ce soir ? lui demanda-t-il.

Elle lui répondit par un large sourire. C'était de bonne guerre. Il relâcha son emprise et roula sur le dos en même temps qu'elle s'installait à califourchon sur lui.

— Alors, je suis à toi, Scarlet.

— Tu l'as toujours été, répliqua-t-elle.

Il afficha un air grave qui tranchait avec la légèreté du moment.

— Et je le serai toujours, ajouta-t-il.

Elle s'immobilisa un instant, les yeux voilés de larmes, avant de retrouver son sourire. Elle s'assit sur les talons et releva sa lourde chevelure, prenant une pose langoureuse destinée à l'exciter un peu plus. Il brûlait de l'attirer à lui et de la pénétrer, mais il avait promis. Et puis c'était sa soirée.

Elle s'étira un peu avec des grâces de chatte puis relâcha d'un coup ses cheveux qui retombèrent en cascades sur ses épaules. Elle se mit à onduler sur lui, lui faisant regretter de porter encore son pantalon et son slip. Comme si elle avait lu dans ses pensées, Scarlet se releva légèrement et entreprit de les faire glisser ensemble le long de ses jambes, jusqu'à les faire tomber au sol.

Lorsque, de nouveau, sa main lui enserra le sexe, il ne s'en plaignit pas mais ferma les yeux pour mieux savourer les ondes de plaisir qui déferlaient sur lui par vagues successives. Il ne les rouvrit que pour la regarder le chevaucher avec un sourire de profonde satisfaction.

Elle se mit à bouger lentement, prolongeant cette torture divine dont il ne savait combien de temps encore il pourrait la supporter.

— Scarlet... Viens, supplia-t-il entre ses dents serrées.

Heureusement, elle se pencha en avant et, appuyée sur ses deux coudes, lui offrit ses lèvres entrouvertes. Elle continua à aller et venir sur lui, un peu plus vite, tandis que leurs langues et leurs souffles se mélangeaient.

Au comble de l'excitation, il l'immobilisa et guida son

sexe en elle. Les cris de plaisir que lui tirait chacun de ses coups de reins le rassurèrent. Manifestement, elle ne s'offusquait pas de le voir reprendre le contrôle. Il sentit son corps se contracter, signe qu'elle était au bord de l'orgasme. Il attendrait, tant son plaisir passait avant le sien. Le tableau que lui offrait cette femme qu'il se plaisait à dire sienne surpassait toutes ses attentes. Il brûlait chaque fois de la regarder jouir et en tirait sa propre jouissance.

— Oui, dit-il dans un souffle en piquetant son visage de baisers légers. Oh oui, viens…

Il l'attrapa alors par les hanches, s'enfonçant en elle avec une ardeur renouvelée.

— Jouis, Scarlet, répéta-t-il. Je veux t'entendre crier ce soir.

Elle ferma les yeux, ses lèvres entrouvertes annonçant la déferlante de plaisir qui était sur le point de la submerger. Il la tint bien fermement, mais alors qu'elle criait son nom, il la laissa surfer seule sur la crête d'un orgasme explosif.

Lorsqu'elle se laissa retomber sur lui, pantelante comme une poupée de chiffon, il l'enveloppa de ses bras. Le contact de sa peau contre la sienne, son souffle tiède à son oreille, son vagin humide enserrant son sexe toujours dur. Alors, seulement, il ouvrit les vannes de sa propre jouissance et s'autorisa à se perdre en elle.

Durant les quelques minutes qui suivirent, il n'entendit que le bruit encore saccadé de leur respiration, et celui de leurs cœurs qui, enfin, s'accordaient dans un rythme joyeux.

Avec Scarlet dans ses bras, il était heureux. Vraiment, pleinement heureux.

À regret, il la laissa s'échapper de ses bras pour s'allonger sur le dos. Ensemble, ils se glissèrent sous les couvertures et éteignirent leur lampe de chevet. Incapable de rompre le contact, il l'attira tout contre lui. Il aurait aimé que la nuit ne finisse jamais, mais il sentait la fatigue emporter la bataille ce soir.

Il était sur le point de s'endormir lorsque son téléphone portable sonna sur la table de chevet. Roulant sur le côté, il s'en empara et regarda le numéro qui venait de s'afficher. Sa gorge se serra tandis que son cœur s'emballait. Les moments de bonheur qu'il venait de vivre cédèrent instantanément la place à une profonde angoisse.

La dernière fois qu'il avait reçu un coup de fil si tard, c'était lorsque Jay l'avait appelé pour lui annoncer le décès de Rachel. Cette fois, il n'y avait qu'une éventualité possible, et il ne se sentait pas psychologiquement prêt à entendre ce qu'on allait lui annoncer.

Pourtant, ignorer l'appel ne changerait rien. D'un doigt tremblant, il appuya donc sur la touche répondre.

— Bonsoir, monsieur. Je suis Karen, infirmière au centre de soins palliatifs. Êtes-vous Mason Spencer ?

Il ferma les yeux, hésitant à répondre, cherchant à repousser le moment fatidique où sa vie allait basculer.

— C'est bien moi, répondit-il.

- 10 -

Se retrouver au cimetière aussi rapidement paraissait surréaliste à Scarlet. Même si tous savaient qu'ils devraient en repasser par là, elle n'était pas prête à faire face à ce nouveau drame.

Aujourd'hui, ils se trouvaient au premier rang, près du cercueil, ce qui lui facilitait les choses, car Luna, qu'elle tenait entre ses bras, se montrait particulièrement agitée. Sentir cette enfant contre elle lui donnait l'impression d'être bien ancrée dans la vie même si cela ne masquait pas l'horrible réalité.

Elle détourna la tête, remarqua que l'herbe n'avait même pas eu le temps de repousser autour de la tombe de Rachel. Le service funéraire avait retiré les fleurs fanées afin de préparer la dernière demeure de Jay.

Une nouvelle couronne, de roses blanches celle-là, était placée derrière la stèle, en attente d'être placée sur la pierre tombale. Jusqu'au moment où ils avaient reçu le coup de fil leur annonçant la mort de Jay, Scarlet avait vécu les jours les plus heureux de sa vie. Mais depuis, tout s'était écroulé autour d'elle.

Aussitôt qu'ils avaient appris la nouvelle, Mason avait réservé deux places sur le premier vol en partance pour Los Angeles. Trop bouleversés pour songer à se recoucher, ils étaient allés prendre une douche, avaient bouclé leurs valises à la hâte, puis quitté l'hôtel aux premières heures du jour.

Depuis qu'il avait pris cet appel, Mason n'avait presque pas décroché un mot. Il avait raccroché et lâché : « Jay est mort. Je suis désolé mais nous devons rentrer à LA. »

C'était tout ou presque.

À l'exception de ces quelques mots qu'il lui avait adressés puis, plus tard, de ceux destinés aux agents de voyages, il n'avait plus parlé. Tout à coup, elle était devenue inexistante à ses yeux.

Du moins était-ce ainsi qu'elle le ressentait. Elle aurait voulu le serrer dans ses bras, lui murmurer des paroles tendres et réconfortantes. Mais, obstinément, il détournait le regard, rompant toute possibilité de discussion.

Une fois rentrés chez eux, cela n'avait guère été mieux. Mason s'était aussitôt plongé dans la préparation des obsèques de Jay puis avait enchaîné sur des conversations interminables avec ses avocats au sujet de l'adoption de Luna.

Elle avait feint d'ignorer que, pas une fois, il n'avait mentionné son nom au sujet de cette adoption. Elle ignorait si elle devait y voir un changement dans la relation qu'il souhaitait entretenir avec elle. Ce qu'elle savait, en revanche, c'était qu'elle avait l'impression de revenir en arrière, aux mois qui avaient conduit à leur séparation.

Le Mason doux, affectueux, attentionné avait disparu depuis ce coup de fil fatidique. Non seulement il ne desserrait les dents qu'à de très rares occasions, mais il ne la touchait plus. Sans qu'elle en comprenne la raison, il était même retourné dormir dans l'atelier, sur son futon.

Ce matin, comme la nuit précédente, la place de Mason était restée vide et froide à côté d'elle, ce qui avait rendu encore plus évident le fait qu'elle s'était très — trop, peut-être ? — vite habituée à son retour dans sa vie. Si elle restait persuadée que la place de Mason était bien dans cette maison, à ses côtés, avec Luna, il devenait de plus en plus manifeste que lui n'en était plus aussi sûr.

Pourtant, malgré la ronde incessante des doutes et des questionnements qui l'inquiétaient, elle avait évité d'aborder le sujet. Elle comprenait tout à fait que Mason puisse avoir besoin de temps pour évacuer la tristesse liée à ce nouveau décès.

Jay avait été son plus jeune frère, son meilleur ami. Mais si Mason se repliait ainsi sur lui, s'il refusait le soutien qu'un mari devrait normalement trouver auprès de sa femme dans des circonstances difficiles, alors, il y avait de fortes chances qu'il s'éloigne de nouveau.

Il lui avait bien juré qu'il ne la quitterait plus jamais. Que, désormais, ils affronteraient ensemble les épreuves de la vie. Mais comment le croire encore quand tout son comportement indiquait le contraire ? La disparition de Jay était un véritable test, et Scarlet pressentait que l'instinct de Mason le pousserait à fuir encore une fois la réalité.

Elle posa de nouveau le regard sur lui. Son visage impassible ne reflétait aucune émotion. Il n'avait pas versé une seule larme depuis qu'il avait appris la mort de son frère. Or ces larmes auraient peut-être été salvatrices, pour lui comme pour elle. Elle aurait alors pu tenter de le consoler en toute légitimité. Mais que pouvait-elle faire face à un mur de silence ?

Désespérée autant que découragée, elle détourna la tête et riva les yeux sur le pasteur, celui-là même qui avait officié lors des obsèques de Rachel. Elle le regardait sans le voir, ne prêtant qu'une oreille distraite à ce qu'il disait, trop attentive à ne pas communiquer ses angoisses à Luna.

— En ce jour douloureux, toutes nos pensées vont aux parents de Jay, mais aussi à son frère, Mason, ainsi qu'à son épouse Scarlet, disait-il.

Entendre prononcer son nom attira quelque peu son attention.

— Pourtant, poursuivait le prêtre, en ce moment de profonde tristesse et de deuil, nous ne pouvons que nous réjouir que la petite Luna ait trouvé en ces derniers une nouvelle famille. Durant de nombreuses années, Mason et Scarlet ont désespérément souhaité un enfant. En vain. Et voilà qu'ils vont pouvoir être les parents qu'ils ont toujours voulu être. Les voies du seigneur sont impénétrables, elles peuvent être sources de joie dans des moments de grande détresse. Dieu a voulu que Rachel et Jay reposent ensemble pour l'éternité à quelques semaines d'intervalle et que Luna reste sur terre dans son nouveau foyer.

Encore une fois, Scarlet coula un regard en direction de Mason. À présent, il semblait mal à l'aise, incapable d'assumer les visages plein de compassion que l'assemblée tout entière avait tournés vers eux.

Elle baissa les yeux sur Luna, momentanément calmée par l'attention qu'elle portait au petit singe en peluche que Scarlet avait pris la précaution d'emporter avec eux. Un jouet silencieux qui ne troublerait pas le service. Scarlet s'émut de la voir mâchouiller l'oreille du petit singe, signe manifeste qu'une nouvelle dent allait percer.

D'un coup, aussi vite qu'il avait commencé, le service funèbre prit fin. Mason et ses parents s'approchèrent du cercueil, puis ce fut au tour de Scarlet de l'y rejoindre. Au comble de l'émotion, elle le regarda effleurer d'une main tremblante la surface lisse et blanche du cercueil. Il murmura quelque chose qu'elle ne comprit pas, puis pivota pour prendre la direction de sa voiture.

Elle lui emboîta le pas, courant presque pour pouvoir le suivre tant il avait hâte de mettre de la distance entre la tombe de son frère et lui.

Lorsqu'elle arriva, à bout de souffle, il était déjà au volant et il avait mis le moteur en marche. Sans dire un mot, elle installa Luna dans son siège-auto, puis alla s'asseoir à l'avant.

— Pendant un moment, j'ai bien cru que tu allais partir sans nous, dit-elle calmement après avoir refermé la portière sur elle.

Mason enclencha la première et démarra.

— Ne sois pas ridicule, rétorqua-t-il.

— En tout cas, c'est l'impression que tu m'as donnée. Tu courais presque, sans te soucier de savoir si nous te suivions.

— Je… J'avais besoin de quitter cet endroit rapidement. Tout cela, après Rachel… C'est trop, en trop peu de temps.

Elle se tourna à demi pour pouvoir le regarder fixement.

— J'avais l'impression que c'était de moi que tu avais besoin de t'éloigner, insista-t-elle.

Il emprunta la bretelle d'autoroute, semblant réfléchir ce qu'elle venait de dire.

— Tu as peut-être raison, finit-il par admettre dans un profond soupir.

Désarmée face à une telle sincérité, Scarlet ne sut quoi répondre. En le provoquant comme elle venait de le faire, elle pensait qu'il allait protester ou se défendre. Elle aurait voulu qu'il lui reproche d'être trop susceptible. Elle aurait voulu qu'il la rassure, qu'il affirme ne pas la fuir, avoir juste besoin d'un peu de temps.

Mais il ne faisait rien, ne disait rien. Il la laissait seule et désemparée face à ses angoisses. L'inquiétude qui la rongeait jusque-là se mua en panique. Se pouvait-il qu'elle ait à ce point mal évalué la situation ?

Elle se renfonça dans son siège et prit une profonde inspiration, cherchant à comprendre. Certes, Mason lui avait demandé de jouer la comédie du couple uni afin de préserver la tranquillité d'esprit de Jay. Certes, cette comédie était censée s'achever avec le décès de ce dernier. Tout cela, elle le savait. Mais les choses n'avaient-elles pas évolué entre-temps ? N'avaient-ils pas fait l'amour ? Ne s'étaient-ils pas promis que, désormais, ils affronteraient ensemble la vie et ses épreuves ? Tout cela, elle ne se l'était tout de même pas imaginé !

Toutes ces incertitudes ne faisaient apparaître qu'une seule certitude : Mason agissait encore et toujours selon le même principe. Lorsqu'il se sentait dépassé par les événements, qu'il perdait le contrôle, il battait en retraite. Comme depuis l'annonce de la mort de Jay.

En dépit de tout ce qu'il avait pu lui assurer, de toutes les promesses qu'il lui avait faites, il commençait à prendre ses distances avec elle et à refermer la porte sur leur mariage.

Elle ressentit le même sentiment d'impuissance que quelques mois plus tôt, lorsqu'il avait quitté le domicile conjugal, la même sensation affreuse de perdre quelque chose qu'elle était dans l'incapacité totale de retenir ou de rattraper.

Elle devait se rendre à l'évidence : Mason ne changerait jamais.

Elle se sentit prise dans un tourbillon vertigineux qui, tout comme la première fois, allait l'entraîner dans une situation dont elle ne serait pas maîtresse. Elle n'avait pas souhaité ce divorce, et pourtant cela n'avait fait aucune différence. Lorsque Mason était parti, elle n'avait rien eu à quoi se raccrocher. Il avait emporté avec lui toute lueur d'espoir. Elle craignait de revivre cette situation traumatisante alors que son vœu le plus cher, c'était simplement de former avec Mason et Luna la famille que Jay voulait pour sa fillette.

Mason lui laisserait-il le choix ? Rien n'était moins sûr.

Luna…

La peur de la perdre l'obligea à se cramponner aux accoudoirs en cuir. Mason ne ferait pas une chose pareille. Il ne le pourrait pas. Pas après avoir insisté pendant des semaines pour qu'ils forment tous les trois une vraie famille. Pas après qu'il l'avait vue, elle, Scarlet, s'attacher de manière viscérale à cette petite fille.

Pourtant, elle avait beau chercher à se convaincre du contraire, une petite voix persistait à lui souffler qu'il en serait bien capable s'il ne se sentait pas de taille à gérer une situation difficile.

— Cherchais-tu aussi à échapper à Luna ? demanda-t-elle encore.

Elle vit la mâchoire de Mason se contracter et ses doigts se crisper autour du volant. Il prit encore le temps de sortir de l'autoroute et de s'arrêter à un feu rouge avant de lui répondre enfin.

— Bien sûr que non. J'ai promis à mon frère sur son lit de mort que j'élèverais sa fille comme si elle était la mienne et j'entends bien tenir ma promesse.

— Et les promesses que tu m'as faites, à moi ? Comptes-tu les tenir aussi ?

Elle n'obtint aucune réponse.

Mason se sentait minable, incapable de rendre les choses plus douces à Scarlet.

Malheureusement, il ne pouvait ni ne savait agir autrement. Dans ses affaires, il avait l'habitude de tout gérer jusqu'au moindre détail, de prendre les décisions qui s'imposaient et de les faire appliquer à la lettre. Dans la vie, ça n'était pas aussi simple. Il ne s'agissait pas seulement d'assortir les rideaux au mobilier. Il fallait tenir compte de paramètres émotionnels qui pouvaient, d'un coup, faire vaciller vos certitudes.

Ce sentiment, il le ressentait de manière presque tangible alors que, installé devant son ordinateur portable à la table de la salle à manger, il tentait de faire le point. Rien ne se passait comme prévu. Ou plutôt, comme il l'aurait voulu. Cela ne faisait que rajouter à ses propres problèmes. Son frère lui manquait, sa femme lui manquait tout comme lui manquait le sentiment que sa vie avait un sens.

Oh ! il n'était pas idiot ! Il avait bien remarqué les regards réprobateurs que lui lançait sans cesse Scarlet depuis les obsèques de Jay. Ces reproches silencieux, il les méritait largement, il en avait parfaitement conscience. Mais pour l'heure, il avait besoin d'espace. Il devait réfléchir, respirer. Vivre avec Scarlet le rendait heureux, mais ce n'était pas le bon moment pour l'être.

Il ressentait comme un besoin désespéré de s'autoflageller. Comment pourrait-il expliquer cela à Scarlet sans la blesser ? Avant de recevoir ce coup de fil qui lui avait annoncé la mort de Jay, il n'avait pas été aussi heureux depuis des années. Il avait réintégré sa maison, retrouvé l'amour de sa femme, tous deux élevaient ensemble la petite Luna. Bref, tout allait pour le mieux. Si bien, même, qu'il en aurait presque oublié que sa belle-sœur avait été trop tôt arrachée à la vie et que son frère vivait une longue agonie avant de s'éteindre à son tour dans une chambre d'hôpital.

Peu à peu, tout à son bonheur retrouvé, il avait perdu de vue que le bébé que Scarlet et lui chérissaient — cette petite Luna qui avait sauvé leur mariage et redonné un sens à leur vie — n'était arrivée que par le hasard de circonstances tragiques. C'était un peu comme si Rachel et Jay avaient tout perdu, même la vie, pour que lui, Mason, et Scarlett soient de nouveau heureux.

Comment ne pas se sentir éternellement coupable face à une telle réalité ?

Tout à la ferveur de la parenthèse enchantée qu'il vivait avec Scarlet, il avait fini par oublier qu'il n'y avait pas lieu de se réjouir. Aussi, la seule manière possible de se racheter et de se faire pardonner une telle négligence, c'était de se fermer au bonheur que lui procurerait une vie de famille équilibrée et équilibrante, entouré de sa femme et de sa nièce, pour recentrer ses priorités.

Fort de cette certitude, il avait commencé par se noyer dans les démarches administratives. D'abord, l'organisation des funérailles de Jay, puis celle de l'adoption de Luna. Pour cela, il avait passé des heures avec un bataillon d'avocats chargé de gérer au mieux les intérêts financiers de la petite héritière. Il en était ressorti que, une fois le patrimoine immobilier liquidé, l'argent de la vente serait placé sur un compte dont elle serait seule bénéficiaire.

Jay, de son côté, avait soigneusement préparé sa sortie, veillant à ne rien laisser au hasard. Lui-même avait déjà ouvert au nom de sa fille un compte qui, largement provisionné, générait des intérêts mensuels destinés à financer son éducation puis, plus tard, les études qu'elle choisirait de faire.

Si Jay n'en avait pas eu les moyens, Mason aurait été heureux de prendre complètement à sa charge l'éducation de sa nièce. Lorsqu'il avait promis à son frère d'élever Luna comme sa propre fille, cela incluait tout, jusqu'au financement des meilleures universités.

Mais, fidèle à sa ligne de conduite, Jay avait songé au moindre détail, délivrant Mason de tout tracas matériel afin qu'il n'ait à se préoccuper que de passer le plus de temps possible avec son enfant.

Or c'était là que le bât blessait.

Luna n'aurait aucun souvenir de ses parents ni de la maison dans laquelle elle avait vécu ses premiers mois. Lui, en revanche, n'oublierait jamais, car chaque fois qu'il poserait le regard sur cette petite fille il verrait à travers elle tout ce qu'elle avait perdu. De même, chaque étape importante de sa vie serait teintée d'amertume et de nostalgie car Rachel et Jay n'en seraient jamais les témoins.

La voix de Scarlet vint soudain rompre le fil de ses pensées.

— Tu es là.

Elle le fixait depuis le seuil où elle se tenait, attendant sans doute qu'il l'invite à le rejoindre. Le choix de cette pièce n'était pas anodin. Un peu à l'écart, c'était la pièce la moins utilisée de la maison.

— Salut, répondit-il d'un ton neutre.

Scarlet fit un pas à l'intérieur, puis s'adossa contre le mur et croisa les bras dans un geste défensif.

— Sais-tu que c'est le premier mot que je t'entends prononcer depuis ce matin ?

Il fronça les sourcils, devinant l'attaque imminente sous le reproche.

— Ce n'était pas intentionnel, répondit-il. C'est juste que j'ai pas mal de problèmes à régler.

Elle opina, visiblement pensive.

— Comme hier, rétorqua-t-elle. Comme avant-hier et comme tous les jours depuis la mort de Jay.

Il se redressa dans son fauteuil et referma son ordinateur portable dans un claquement sec.

— Il faut bien que quelqu'un s'occupe de gérer tous les problèmes administratifs, Scarlet. Comme tu le sais, mes parents sont trop anéantis pour pouvoir le faire eux-mêmes.

— Je sais. Et je comprends. Mais ce n'est pas une raison pour abandonner ta propre famille, Mason.

— Je ne vois pas de quoi tu parles. Que je sache, je suis toujours ici.

— Physiquement, oui. En revanche, ton esprit est ailleurs, dans un endroit dont la famille que nous formions semble être exclue.

Il repoussa sa chaise qui racla bruyamment le sol et se leva d'un bond. Sans un mot, il prit le verre vide qui se trouvait sur la table et partit le remplir dans la cuisine. Il ne pouvait supporter l'idée de rester assis à subir ces accusations qu'il jugeait injustes.

— Ne crois-tu pas que tu dramatises un peu ? Je te rappelle que je viens de perdre mon frère. Serait-ce trop te demander que de me laisser un peu de temps pour tout remettre en ordre ?

D'humeur visiblement offensive, Scarlet le suivit dans la cuisine.

— Pas du tout, répliqua-t-elle. Si je te voyais faire un travail de deuil normal, je te laisserais même tout le temps que tu voudrais sans m'en inquiéter. Le problème, vois-tu, c'est que je pense que tu te caches derrière la mort de Jay pour nier l'évidence. Je te connais bien, Mason. Tu vas partir.

Pris de cours, il reposa son verre sur le comptoir et se tourna pour lui faire face.

— Ai-je l'air de quelqu'un sur le point de partir ? pointa-t-il en montrant de la main son bermuda et ses tongs.

— Je ne le pensais pas jusqu'à ces jours derniers, rétorqua-t-elle. Je croyais vraiment que tu étais sincère lorsque tu disais vouloir donner une nouvelle chance à notre couple.

— C'est exactement ce que je voulais. Mais il se

trouve que je suis tombé par hasard sur ceci et, du coup, je n'ai plus été certain que tu voulais la même chose que moi.

Il ouvrit le tiroir où se trouvaient les documents relatifs au divorce sur lesquels il était tombé par hasard quelques jours plus tôt.

Scarlet prit les pages qu'il lui tendait et baissa les yeux dessus.

— Eh bien ? Où est le problème ? demanda-t-elle nullement embarrassée. C'est la copie de l'entente préalable en attente d'être signée. Je n'ai pas cherché à contacter mon avocat depuis puisque nous avions décidé de repartir sur de nouvelles bases. Je croyais que tu ne voulais pas de ce divorce.

— C'est exact. Je n'en veux pas. Mais comprends que je puisse être inquiet. Peux-tu par exemple m'expliquer pourquoi ton avocat te conseille d'aller voir un confrère spécialiste de l'adoption ?

Elle comprit tout de suite à quoi il faisait allusion, mais n'en parut pas pour autant déstabilisée.

— Ce n'était rien.

— Vraiment ? Ce n'est pas ce que je dirais. Je pourrais penser, au contraire, que tu cherches à m'amadouer jusqu'à obtenir ce que tu veux vraiment — c'est-à-dire la garde de Luna — pour me quitter ensuite.

Le visage de Scarlet afficha alors une profonde stupéfaction.

— Mon avocat m'a recommandé de prendre conseil auprès de l'un de ses confrères afin que j'aie une idée de mes droits au cas où il t'arriverait quelque chose, expliqua-t-elle. Je te rappelle que, aux yeux de la loi, tu es seul responsable de Luna, Mason. Si tu veux tout savoir, je n'ai même pas pris de rendez-vous. Mais, dis-moi, tu penses vraiment que ce que nous avons vécu, toutes ces semaines, toutes ces nuits ensemble, c'était juste un moyen de te manipuler afin d'obtenir la garde exclusive de Luna pour, ensuite, t'abandonner ? Honnêtement ? C'est vraiment ce que tu penses de moi ?

Il secoua la tête.

— À vrai dire, je ne savais pas quoi penser. C'est bien pour cela que je n'ai pas abordé le sujet. Je voulais un peu plus de temps pour essayer de comprendre, avant que nous en discutions.

Elle reposa les papiers sur le comptoir et le regarda fixement, le visage grave.

— Eh bien, je crois, moi, que le moment est venu d'en parler sérieusement.

Il ferma les yeux. Il ne s'était pas préparé psychologiquement à avoir cette discussion avec elle. En tout cas pas maintenant. Pas s'il voulait que les choses trouvent une issue heureuse. Il regretta de lui avoir brandi ses papiers sous le nez, car il devinait à son air déterminé qu'elle allait le mettre au pied du mur sans plus d'états d'âme.

Tout à coup, il se sentit perdu. Devait-il lui confier la vérité ? Devait-il lui avouer qu'il s'interdisait d'être heureux parce qu'il se sentait coupable ? Que chaque baiser, chaque caresse, chaque moment de bonheur qu'il vivait avec elle lui donnaient l'impression d'être un usurpateur qui aurait volé la vie de son frère ?

— Scarlet, je t'en prie, dit-il d'un ton presque suppliant. Pouvons-nous reporter cette discussion à plus tard ?

— Quand, Mason ? Tu n'es pas du genre à prendre

les problèmes à bras-le-corps. Vas-tu laisser traîner pendant des mois cette fois, pour me quitter lorsque je m'y attendrai le moins ?

— Qu'est-ce que cela nous coûte d'attendre un peu, au lieu d'agir dans la précipitation et dans l'émotion ? J'ai trop d'affaires à régler. Je ne comprends pas pourquoi tu refuses de me laisser le temps et l'espace dont j'ai besoin de sorte que nous ayons cette discussion lorsque nous serons mieux préparés.

— Je vais te dire pourquoi, Mason. Parce que chaque seconde supplémentaire que je passe en compagnie de Luna et toi est autant de souvenirs qui me hanteront jusqu'à la fin de mes jours, une fois que tu m'auras quittée.

Ces mots, prononcés avec une telle sincérité, lui firent l'effet d'un électrochoc.

— Que dois-je comprendre ?

Elle secoua la tête et baissa les yeux au sol. L'artiste brillante, la femme amoureuse, la mère épanouie n'étaient plus qu'une femme brisée, rongée par l'angoisse. Sa tenue décontractée et sa queue-de-cheval semblaient plus résulter d'un stress profond que de sa désinvolture habituelle. Il vit sous ses yeux de grands cernes mauves qu'il n'avait pas remarqués jusque-là. Visiblement, ces derniers jours avaient été pour elle beaucoup plus difficiles qu'il avait voulu le voir.

— C'est fini, Mason.

— Que veux-tu dire par c'est fini ? Entre nous deux, c'est cela ?

— Oui. J'en ai assez. Je refuse de continuer à vivre sans cesse sur des montagnes russes émotionnelles. Je ne peux plus vivre avec toi. Je ne veux plus vivre avec quelqu'un sur qui je ne peux pas compter. À qui je ne peux pas me fier. Tu voulais une seconde chance, mais en vérité tu n'en as rien à faire. Pas plus que tu ne te soucies de moi. Ton frère est mort, j'en suis sincèrement désolée. Mais toi, tu es vivant et tu me donnes l'impression de vouloir te punir pour cela. Seulement, ce que tu sembles ne pas vouloir comprendre, c'est que, en te punissant, tu nous punis tous. Je ne veux plus rester là, les bras ballants, à attendre que tu te décides enfin à être heureux.

Il la regarda se diriger d'un pas ferme vers le comptoir, ouvrir le dossier à la dernière page et s'emparer d'un stylo. Elle n'hésita qu'un court instant avant d'apposer sa signature au bas de la page.

Immobile, il retint son souffle, la gorge serrée, tandis qu'il la regardait mettre un terme à leurs neuf années de mariage. Elle qui, jusque-là, s'était toujours battue pour tenter de maintenir leur couple à flot, agissait à présent avec une détermination qui traduisait bien son découragement.

— Voilà, dit-elle en levant sur lui ses yeux embués de larmes. Je ne serai pas celle qui te retiendra ici contre ton gré. Si tu veux partir, quitter cette maison pour quelque raison que ce soit, tu n'auras qu'à signer ce document à ton tour et l'envoyer à ton avocat. Sinon, déchire-le et tente de sortir de cette brume opaque qui te brouille l'esprit. Désormais, la décision de divorcer ou non t'appartient.

Elle reposa le stylo dans un claquement sec sur le granite du comptoir puis, en prenant soin d'éviter son regard, elle quitta la pièce.

Tout était allé si vite qu'il en resta étourdi. Il ne savait plus quoi faire. Apparemment, les luttes intérieures auxquelles il se livrait depuis quelques jours avaient fini par pousser Scarlet à bout. Il alla à son tour au comptoir et fixa un long moment sa signature.

Son nom, apposé là d'une écriture rageuse, était peut-être le signe qu'il attendait. Cette parenthèse idyllique de quelques semaines qu'ils avaient vécue n'avait fait que différer l'inévitable. S'il avait cru que son rêve d'une famille heureuse était possible, il savait aujourd'hui que ce n'était qu'une utopie.

Son histoire avec Scarlet était finie. Elle était finie depuis des mois. Aucun d'eux n'avait voulu l'admettre mais cela ne changeait rien à la réalité.

Il prit les documents qu'il alla déposer avec les autres, en attente d'être traités.

Une affaire de plus à régler, songea-t-il avec amertume.

- 11 -

Scarlet ne pouvait se résoudre à quitter son bureau. Pourquoi rentrer chez elle quand elle ne savait que trop bien ce qui l'y attendait — une maison vide, aussi vide que son cœur ?

Depuis la dernière discussion qu'ils avaient eue, Mason ne lui avait pas adressé la parole et il avait passé sa dernière nuit dans l'atelier. Elle l'avait vu rassembler ses affaires de toilette dans la salle de bains ce matin, signe qu'il serait parti lorsqu'elle rentrerait. Avec son départ, tout ce qui faisait sa vie n'existerait plus.

À la seconde où elle avait signé ce document, elle avait compris qu'elle avait fait le mauvais choix. Elle lui avait ouvert toute grande la porte de sortie, le laissant décider seul s'il voulait rester avec elle ou non. Elle lui avait laissé la liberté de choisir sans la moindre culpabilité. Mais alors qu'elle avait abandonné leur sort entre ses seules mains, elle avait capté la crispation de ses traits.

Jusqu'à ce moment fugace de doute, elle avait cru que c'était ce qu'il voulait vraiment. Car Mason était le seul à ne pas évoquer un avenir commun en termes concrets. Puis, au moment où elle avait pensé qu'il allait craquer, comprenant qu'il tenait vraiment à son mariage et à sa famille, il avait finalement choisi d'effectuer un pas en arrière.

Après les obsèques de son frère, il s'était montré beaucoup plus distant que durant les semaines qui avaient précédé son premier départ. Il devenait évident pour Scarlet que, puisque son frère n'était plus là, Mason n'avait plus aucune raison de poursuivre la comédie de la famille heureuse censée laisser Jay partir en paix.

Lorsqu'il lui avait brandi les papiers du divorce sous le nez, elle avait complètement baissé la garde. Il était bien compréhensible qu'il ait été bouleversé en s'imaginant qu'elle complotait dans son dos pour lui voler la garde de Luna, même si, évidemment, ce n'était pas le cas.

Comment pouvait-il la croire capable de l'avoir séduit, attiré de nouveau dans sa vie, bref, de n'avoir vu en lui qu'un moyen d'élever seule l'enfant qu'elle avait toujours voulu ? Comment pouvait-il la penser capable d'une telle machination alors qu'ils se connaissaient depuis tant d'années ?

Ces accusations proférées contre elle lui avaient brisé le cœur ou du moins ce qu'il en restait. Lorsque Mason était réapparu dans sa vie avec la petite Luna, elle avait bien cherché à se protéger, mais très vite elle avait choisi de s'abandonner totalement au nouveau bonheur qui lui était offert.

Lorsqu'elle rentrerait chez elle ce soir, tout serait différent. Sa maison, qui avait vibré de tant de vie et de tant de joie au cours de ces dernières semaines, serait désespérément silencieuse. Si Mason lui avait déjà fait vivre cette expérience traumatisante, ce serait pire cette fois, car en perdant un mari, elle perdait aussi une fille.

Au moment de partir pour son bureau, elle avait réussi à refouler ses larmes pour couvrir Luna de baisers désespérés qui avaient eu un goût d'adieu insupportable.

Elle vit une silhouette se profiler devant la porte vitrée de son bureau, puis s'y arrêter net. April passa la tête par la porte entrebâillée.

— Que fais-tu ici ? s'enquit-elle d'un air perplexe. Je pensais que tu prendrais quelques jours après les obsèques de Jay.

Scarlet prit le parti de hausser les épaules. Si elle ouvrait la bouche pour parler, elle fondrait en larmes. Elle n'avait parlé à personne de ce qui s'était passé avec Mason et n'était même pas certaine de vouloir se confier. Tout comme Mason l'avait fait la dernière fois, elle s'était noyée dans le travail pour tenter d'échapper à l'émotion trop forte qui la submergeait. Et jusque-là l'ouverture récente de la galerie de San Francisco lui avait permis de ne penser à rien.

— J'ai trop de travail, éluda-t-elle.

Sans attendre d'y être invitée, April entra et s'installa d'autorité sur le siège qui faisait face à Scarlet.

— Que se passe-t-il ? lui demanda-t-elle. Tu ne viens que très rarement au bureau. C'est Mason ? Il a du mal à accepter la disparition de son frère ?

— On peut dire ça, en effet. En revanche, il semble avoir moins de mal à accepter notre divorce.

Comme elle le redoutait, ces derniers mots ouvrirent les vannes d'une émotion trop longtemps contenue. Les larmes qu'elle avait jusque-là désespérément tenté de refouler se mirent à ruisseler sans fin sur ses joues. Elle ferma les yeux, laissant libre cours à son chagrin.

— Votre divorce ? répéta April, médusée. Mais de quoi parles-tu ? Que s'est-il passé ? Oh ! mon chou.

Scarlet prit le Kleenex que son amie lui tendait et le pressa doucement sur son visage inondé de larmes. Pour quelqu'un comme elle, qui détestait se laisser aller à montrer ses émotions, c'était réussi.

Néanmoins, elle était reconnaissante à son amie de lui laisser le temps d'évacuer sa peine avant de l'encourager à parler.

— Et maintenant si tu me racontais ce qui s'est passé ?

Scarlet fit du mouchoir en papier une boule qu'elle garda dans son poing serré, puis elle secoua la tête.

— C'est fini, lâcha-t-elle d'une voix qu'elle s'efforça de garder neutre.

— Est-ce une décision commune ou Mason a-t-il encore une fois décidé seul ?

— En fait, je ne sais pas vraiment.

Elle se mordit la lèvre, consciente de ce que sa réponse pouvait avoir de ridicule. Tout était si confus dans sa tête. Elle ne voulait pas de ce divorce, mais elle avait tendu la perche à Mason afin qu'il prenne lui-même la décision. Cela dit, elle n'aurait pu supporter de rester plus longtemps dans l'incertitude. Elle aurait fini par mettre un terme elle-même à leur union, tant qu'il lui restait un peu de fierté et de dignité.

— Il a encore pris ses distances, comme la dernière fois. J'ai tout tenté, April, mais je n'y suis pas arrivée. Alors cette fois c'est moi qui l'ai poussé à aller au bout au lieu de l'en empêcher. Je pensais que, en me voyant agir ainsi, il songerait à ce qu'il avait à perdre ou tout au moins qu'il me dirait : « détends-toi. Je ne vais pas partir à chaque fois que j'ai besoin d'un peu d'espace. » Mais en fait, il a dû croire que je voulais le pousser à partir parce que c'est ce qu'il a fait. C'est dans ce sens que je pense être fautive. D'un autre côté, je refusais d'attendre qu'il me quitte lorsqu'il aurait décrété que le moment était opportun. Je préfère que les choses soient claires et nettes.

— Penses-tu pouvoir mieux supporter votre séparation cette fois ?

— Non, répondit-elle en fondant de nouveau en larmes.

Elle détestait offrir une image aussi lamentable à son amie, mais elle était bien incapable de maîtriser ses émotions.

— Si ce n'est pas ce que tu veux, pourquoi ne lui en parles-tu pas ? Dis-lui que tu ne veux pas le perdre, que tu ne veux pas divorcer. Et fais-le tant qu'il en est encore temps et que vous pouvez changer le cours des choses.

— Il a déjà quitté la maison.

— Et alors ? Il l'a déjà quittée une fois, ce qui ne l'a pas empêché de revenir. Rien n'est perdu, Scarlet.

— La raison qui l'a poussé à revenir, c'est qu'il voulait voir son frère heureux. Je l'ai bien compris. J'ai été idiote d'imaginer autre chose derrière.

April se leva et contourna le bureau pour se placer à côté d'elle.

— Viens dans mes bras, lui ordonna-t-elle.

Scarlet se leva docilement et, sans plus se faire prier, accepta l'étreinte amicale que lui offrait April. Cela lui rappela l'époque où, pour un oui ou pour un non, sa grand-mère l'enveloppait ainsi de tout son amour et de toute sa tendresse.

— Rentre chez toi, lui conseilla April lorsqu'elles se séparèrent.

Scarlet secoua farouchement la tête.

— Je ne peux pas. Je ne supporte pas l'idée de pénétrer dans cette maison de nouveau vide. Je tenais le bonheur entre mes mains et je l'ai laissé s'échapper par fierté. Par crainte de ce que penserait Mason.

— Tu ne peux pas dormir ici, Scarlet. Tu pourrais passer une semaine entre les quatre murs de ce bureau que cela ne changerait rien à ce que tu trouveras chez toi. Affronte tes peurs. Rentre chez toi. Prends du recul, réfléchis à ce qui s'est passé de manière objective. Tu verras bien si cette réflexion te donne le courage de faire ce que tu as à faire.

— C'est-à-dire ?

— Aller trouver Mason et lui ouvrir ton cœur. Lui dire que tu t'es trompée, que tu avais peur. Il n'y a aucun moyen de savoir s'il sera réceptif à ton discours, mais qui sait ? Il est possible qu'il ressente la même chose que toi, les mêmes craintes, les mêmes réticences à te parler.

— Et si ce n'est pas le cas ?

— Tu viendras me trouver, je te servirai un verre que tu boiras en pleurant un bon coup et puis tu reprendras ta vie en te disant que tu as fait tout ce qui était possible pour sauver ton mariage.

April avait raison. Évidemment. Soudain ragaillardie, elle prit une profonde inspiration, éteignit son ordinateur et s'empara de son sac, s'apprêtant à partir.

— Merci April.

— N'hésite pas à m'appeler si tu as besoin de moi, lui lança encore cette dernière alors qu'elle franchissait la porte.

Les paroles encourageantes d'April n'eurent d'effet que le temps nécessaire pour se retrouver au volant de sa voiture car, aussitôt qu'elle fut prise dans les embouteillages, ses angoisses vinrent de nouveau l'assaillir.

Une boule d'anxiété au creux du ventre, elle se vit pénétrer dans sa maison vide, puis anticipa la réaction de Mason lorsqu'elle irait le trouver. Comment savoir à l'avance quelle serait sa réaction ? April avait raison. Elle n'avait rien à perdre à aller confesser à Mason ce qu'elle ressentait et à jouer cartes sur table.

Lorsque, au bout d'un temps qui lui parut trop court, elle ouvrit la porte de son garage, elle ne fut pas surprise de voir que les voitures de Mason et de Carroll ne s'y trouvaient pas.

Si elle avait nourri l'infime espoir de s'être trompée, celui-ci se dissipa instantanément. Oui, elle s'était autorisée à penser que Mason avait finalement préféré se battre pour reconquérir son amour plutôt que de fuir une nouvelle fois. Oui, elle s'était autorisée à imaginer que, au lieu d'agir selon ce qu'il pensait être le mieux, il aurait déchiré les papiers du divorce pour lui dire : « Non, je ne veux pas risquer de te perdre une nouvelle fois et peu importe le prix que nous devons payer pour cela. »

Malheureusement, ces choses-là n'arrivaient que dans les films et les romans sentimentaux. Dans la vraie vie, le garage était vide, la maison était vide, et elle ressentait un énorme vide en elle.

Elle ouvrit la porte de la cuisine qui, comme prévu,

était plongée dans l'obscurité en même temps que dans un profond silence. Ce silence assourdissant lui rappela l'époque pas si lointaine où elle s'était retrouvée seule durant les jours qui avaient suivi le départ de Mason.

Elle inspira profondément et pénétra d'un pas énergique dans la maison. Pour avoir déjà vécu cette situation, elle saurait la gérer, décida-t-elle en son for intérieur. Ce vide, cette peine de cœur lui étaient familiers.

En revanche, un nouveau vide vint s'ajouter aux autres lorsque, après s'être débarrassée de son sac à main, elle balaya la pièce du regard et ne trouva aucun biberon séchant dans l'égouttoir. Il ne restait rien non plus des petites cuillères en plastique coloré ni des assiettes lavables seulement à la main.

Elle passa dans le salon pour y poursuivre son inspection. Là non plus, il ne subsistait aucune trace tangible de la présence de Mason et de Luna. Disparu, l'ordinateur portable que Mason avait coutume de poser sur la table basse ; envolé, le sac de Lego habituellement rangé près du canapé.

Son cœur se mit à battre la chamade et le sang à pulser à ses tempes lorsqu'elle se dirigea vers la chambre de Luna. Elle avait l'impression de faire un bond en arrière, de revenir à l'époque où elle avait transformé cette pièce en un sanctuaire dédié à son enfant perdu. Un sanctuaire interdit dont elle n'avait plus jamais franchi le seuil.

Elle tourna la poignée et poussa légèrement la porte, la laissant s'ouvrir seule.

Il n'y avait plus rien. La pièce avait été totalement vidée de son contenu. Mason avait emporté les meubles, les jouets, les vêtements. Il ne restait que la fresque qu'elle avait peinte pour Luna. Comme elle aurait aimé qu'il puisse la prendre, elle aussi ! Car, maintenant et toujours, chaque fois qu'elle la regarderait, elle verrait en filigrane la petite frimousse réjouie de Luna, la fillette poussant des cris de joie aigus, s'agaçant de ne pouvoir prononcer correctement le mot « dauphin ».

C'était à ce moment-là d'immense complicité entre elles qu'elle avait senti tout basculer. Elle avait pressenti comment tout cela se terminerait. C'était pour cette raison, pour ne pas franchir cette limite, qu'elle avait insisté afin que Mason embauche une nounou et qu'elle s'était tenue à l'écart de toute tentative de rapprochement.

Elle redoutait, à juste raison, d'abandonner son cœur à ce petit être si vulnérable et à son oncle, si gauche et si touchant dans ses tentatives d'être père. Pourtant, elle l'avait fait. Elle s'était laissée reconquérir par son mari, elle s'était de nouveau attachée à une enfant qui n'était pas la sienne, au risque d'en souffrir de nouveau.

Immobile au milieu de la pièce, les yeux rivés sur la fresque, elle se laissa glisser sur la moquette épaisse et donna libre cours au chagrin qui la dévastait.

Mason promena distraitement son regard sur la vallée, en contrebas de sa maison de Hollywood Hills. Plus que jamais, l'océan lui manquait. Cela faisait presque deux semaines maintenant qu'il était parti, mais il ne lui avait pas fallu plus de cinq minutes pour comprendre qu'il avait commis une grossière erreur. À peine avait-il franchi le seuil de cette maison qu'il en avait acquis la certitude.

Il n'était pas le seul. Luna semblait, elle aussi, ne pas se sentir à sa place ici. Elle ne pouvait pas l'exprimer bien sûr, mais son comportement agité de ces derniers jours parlait pour elle. Carroll avait beau faire de son mieux pour tenter de la calmer, rien ne fonctionnait. Ni un biberon de lait chaud ni son jouet favori ne semblaient pouvoir apaiser son mal-être. Scarlet lui manquait, c'était évident.

Tout comme elle lui manquait, à lui.

Mais que pouvait-il y faire ? Il avait failli à sa promesse de ne plus s'enfuir face au premier obstacle venu. À ce moment-là, il n'en avait pas vraiment eu conscience car, comme toujours, il avait trouvé le moyen de justifier sa fuite. Empêtré dans un flot d'émotions contradictoires où se mélangeaient pêle-mêle culpabilité, panique et crainte de l'avenir, il avait préféré tout plaquer sans penser aux conséquences.

Voir Scarlet signer les papiers du divorce l'avait blessé mais, rétrospectivement, il avait compris ce qui l'avait poussée à un tel geste. Elle n'avait cherché qu'à le mettre à l'épreuve, à voir comment il réagirait en cas de stress extrême, et en fait il avait eu la réaction qu'elle redoutait le plus. Il avait regagné Hollywood alors même que c'était la dernière chose qu'il voulait.

Après s'être fixé un bref instant sur la couche de brume qui dissimulait la vallée, son regard alla se poser sur Carroll et Luna qui jouaient dans le jardin. Il avait commandé une balançoire qui ne serait installée que dans quelques jours mais, en attendant, Luna semblait se satisfaire de la maison en plastique percée d'une fenêtre et dotée d'un petit toboggan qu'elle prenait inlassablement d'assaut sous l'œil vigilant de sa nounou.

C'était la première fois qu'il voyait Luna rire depuis qu'ils avaient emménagé ici. Peut-être finirait-elle par oublier Scarlet. Elle était encore si jeune.

En revanche, Scarlet, elle, n'oublierait jamais Luna.

Enlever Luna à Scarlett était la dernière chose qu'il aurait dû faire, surtout après le drame qu'ils avaient déjà vécu. Même lorsqu'il l'avait soupçonnée de comploter dans son dos dans le but de lui prendre la garde de sa nièce, il s'était dit qu'il ne pourrait jamais lui faire revivre une chose pareille. Elle avait été tellement dévastée par la perte d'Evan. Pourtant, à aucun moment elle ne lui avait reproché son incapacité à être père ni ne l'avait rendu coupable de la perte de leur petit garçon. Au contraire même, dans son immense détresse, elle avait toujours cherché à le soutenir.

En revanche, le « kidnapping » de Luna lui incombait entièrement. C'était lui et lui seul qui avait fait le choix de partir, sa nièce sous le bras, privant du même coup Scarlet de la présence de cette petite fille qu'elle considérait déjà comme la sienne.

Ce n'était pas parce qu'il en avait le droit que cela rendait la chose plus acceptable. D'ailleurs, ce n'était pas ce que Rachel et Jay voulaient. Ce n'était pas non plus ce que voulait Scarlet. Ni même lui. Simplement, il n'arrivait pas à savoir si ce qu'il voulait correspondait à ce qu'il aurait dû vouloir.

Allons, mon pauvre Mason. Redescends de ta croix. Nous n'avons pas besoin d'un autre martyr dans cette famille.

La veille, il s'était réveillé trempé de sueur en plein milieu de la nuit. Il avait entendu ces mots sortir de la bouche de son frère aussi sûrement que si Jay s'était adressé à lui. Il s'était même attendu à le voir apparaître. Puis il s'était souvenu que Jay était mort et il avait repris ses esprits.

Peut-être était-ce sa conscience qui lui avait soufflé ce que Jay lui aurait dit s'il était encore en vie.

Des deux frères, Mason était celui qui avait le mieux réussi professionnellement quand Jay était la personne douée pour le bonheur. Chacun avait connu le succès dans la voie qu'il avait privilégiée, mais, du coup, Jay s'était retrouvé plus armé pour affronter les épreuves que la vie vous envoyait inévitablement.

Mason s'était senti coupable d'être heureux après la mort de son frère, cependant ce n'était pas ainsi que Jay aurait vu les choses. Il aurait voulu que son frère soit heureux, surtout si ce bonheur rejaillissait sur sa fille.

Si Jay avait soupçonné ne serait-ce qu'une seconde que Mason sacrifierait son propre bonheur à la culpabilité que faisaient naître en lui ces disparitions successives, il aurait été capable de quitter sa chambre d'hôpital pour venir lui en toucher deux mots. Il aurait été furieux de le savoir incapable de profiter d'une vie qui ne lui était plus accordée, à lui.

Bien sûr, cela ne faisait qu'intensifier un peu plus la culpabilité de Mason, contre laquelle il ne se sentait pas de taille à lutter.

Pourtant, les résultats de ces moments d'intense réflexion commençaient à se faire sentir. Pourquoi ne pourrait-il pas se sentir à la fois coupable et heureux ? Qui pouvait l'en empêcher ? Jay approuverait, de même que Scarlet. Alors, pourquoi pas lui ?

Il souhaitait plus que tout y parvenir. Cette culpabilité finirait bien par lui passer un jour. Il suffisait qu'il fasse un travail dessus. Scarlet ne méritait-elle pas qu'il accomplisse un tel effort ?

Plus que tout, il voulait tenir de nouveau sa femme entre ses bras, voir Luna s'endormir, abandonnée contre elle. Il avait promis à Jay de donner à sa fille la meilleure éducation possible. Celle-ci ne passait-elle pas forcément par l'amour d'une mère dévouée ?

Cependant, l'inquiétude persistait. S'il choisissait d'être heureux, s'il voulait voir Scarlet revenir dans leur vie, n'était-il pas déjà trop tard ?

Il tourna le dos à la fenêtre pour se diriger vers son bureau encombré de dossiers épars. Il se saisit de celui qui renfermait les documents relatifs à la procédure de divorce et alla directement à la dernière page, celle qui portait la signature de Scarlet. Lui ne l'avait pas signée, contrairement à ce qu'elle devait penser. Et jamais il ne le pourrait, il en avait bien conscience à présent.

Ce serait admettre qu'il avait perdu la bataille, et s'il y avait une chose qui le mettait encore plus mal à l'aise que la culpabilité, c'était le sentiment d'échec. À supposer qu'il pousse la logique jusqu'au bout, il ne lui restait aucun autre choix que de reconquérir Scarlet.

Fort de cette certitude, il alla s'asseoir au bord de son lit, réfléchissant à la meilleure manière de courtiser sa femme. Les années passées à ses côtés lui avaient enseigné que bouquets de fleurs, bijoux et autres objets trop féminins — même si elle les appréciait — n'étaient pas vraiment son style.

Elle, ce qu'elle aimait par-dessus tout, c'étaient les cadeaux mûrement réfléchis qui venaient du cœur, pas ceux que l'on pouvait acheter en magasin.

Que pourrait-il bien lui offrir ?

Il allait y penser sérieusement et il ferait de son mieux. Et si Scarlet lui tournait le dos, il n'aurait que ce qu'il méritait. Mais au moins il aurait essayé.

Lorsqu'il l'avait quittée la première fois, il l'avait fait pour lui laisser une chance de devenir la mère qu'elle souhaitait être, plus que tout au monde. Dans l'intérêt de Scarlet. Pour qu'elle cesse de croire que ce qu'elle voulait par-dessus tout, c'était lui, Mason.

Il avait cru, à tort, que Luna ne comblerait pas ses attentes. Ses craintes s'étaient envolées le jour où il l'avait vue peindre la fresque dans sa chambre.

Scarlet ne voudrait peut-être plus de lui, mais c'était un risque qu'il devait prendre. Il irait la trouver et lui ouvrirait son cœur afin qu'elle lise en lui comme dans un livre. Il verrait bien. Quoi qu'il en soit, il ne pouvait pas la priver de Luna plus longtemps.

Une idée jaillit soudainement dans son esprit. Voilà. Il la tenait son idée de cadeau !

Retournant à son bureau, il passa en revue le dossier relatif à l'adoption de Luna. Avant le décès de Jay, il avait été désigné comme tuteur légal de Luna mais, à présent que son frère n'était plus là, le processus d'adoption avait été enclenché.

Même alors qu'ils se donnaient une nouvelle chance, il n'avait pas vu un quelconque intérêt à faire de Scarlet la tutrice de Luna au même titre que lui. Ils y songeraient lorsque Luna serait plus grande, avait-il alors pensé. Tout ce qui changeait, c'était le nom mentionné sur le certificat de naissance. Rien de plus. Luna n'en aimerait pas moins Scarlet et vice versa. Et compte tenu des discussions qu'elle avait eues avec son avocat, rien ne pressait.

Mais maintenant, il ne pouvait plus attendre.

Il n'avait jamais pu lui donner l'enfant biologique qu'elle désirait. Il n'avait pu empêcher les juges de faire appliquer la loi, et Evan leur avait été retiré. Lui-même lui avait retiré Luna.

Mais cette dernière erreur, il pouvait la réparer. Il pouvait offrir à la femme qu'il aimait — sa femme — la possibilité d'adopter Luna. Ainsi, tous deux seraient sur un pied d'égalité, mais surtout Scarlet se sentirait rassurée. Chacun y trouverait son compte. Lui aurait l'assurance que Scarlet ne refuserait pas de divorcer juste pour préserver son besoin viscéral de maternité et, de son côté, Scarlet saurait qu'il ne resterait pas avec elle juste par crainte d'avoir à élever Luna seul.

L'équation parfaite, songea-t-il, ravi de sa trouvaille.

Il se mit aussitôt en quête du numéro de téléphone de l'avocat chargé du dossier d'adoption. Quelques minutes plus tard, l'homme de loi était au courant de la situation dans ses moindres détails. Néanmoins, jugeant cette requête risquée, il avait cherché à le convaincre de renoncer. Mason avait dû insister, arguant du fait que dans le pire des scénarios, Luna se retrouverait quand même avec deux parents aimants, que c'était bien le plus important et ce qu'il avait promis à Jay sur son lit de mort.

Une fois qu'il eut l'assurance que les papiers seraient prêts à être signés le lendemain, il raccrocha, satisfait. Dès qu'il les aurait récupérés, il filerait tout droit chez Scarlet. Pour l'heure, il disposait d'un peu de temps pour peaufiner des arguments qu'il voulait imparables.

Le cœur bondissant de joie, il descendit les marches

quatre à quatre, manquant de renverser Carroll qui, rentrée du jardin, se trouvait au bas de l'escalier.

— Pardonnez-moi, Carroll, s'excusa-t-il d'un ton enjoué.

La nounou le fixa d'un air suspicieux.

— Tout va bien, monsieur Spencer ? Vous avez l'air différent, tout d'un coup. Enfin… Je veux dire que je ne vous ai pas vu aussi enjoué depuis que nous avons emménagé dans cette maison.

— À vrai dire, ma chère Carroll, c'est parce que je suis en train de réfléchir à quelque chose qui pourrait tout changer.

Soucieux de ne pas lui donner de faux espoirs, il n'en dit pas plus.

Si on lui offrait le choix, il ne faisait aucun doute que cette brave femme l'abandonnerait sans états d'âme pour aller vivre chez Scarlet avec Luna. On pouvait la comprendre, vu qu'il n'avait pas été de compagnie très agréable ces derniers temps.

— Eh bien, j'espère que le quelque chose en question ressemble à des excuses que vous pourriez présenter à Mme Spencer de sorte qu'elle vous pardonne et nous reprenne chez elle.

— Pourquoi cela, Carroll ?

La nounou balaya les environs d'un regard circulaire, puis leva les bras devant elle avant de les laisser retomber le long de son corps.

— Parce que cette maison a beau être très belle, située dans un beau quartier et valoir sans doute une fortune, je ne m'y plais pas. Pas davantage que la petite Luna. J'ignore ce qui s'est passé entre vous et Mme Spencer mais j'espère de tout cœur que ce qui nous vaut ce grand sourire sur votre visage va tout arranger et nous permettra de rentrer à la maison.

Mason lui tapota l'épaule dans un geste qui se voulait réconfortant.

— Je l'espère aussi, Carroll. Je l'espère aussi.

- 12 -

Scarlet avait l'impression de devenir folle. Depuis le matin, elle tournait comme un lion en cage dans sa maison vide.

Cela faisait deux semaines maintenant qu'elle n'avait pas de nouvelles de Mason. À l'heure qu'il était, il avait sans doute signé les papiers du divorce. Pourtant, curieusement, son avocat ne l'avait pas encore appelée.

Elle ne supportait plus cette maison vide ni le silence assourdissant qui allait avec. Aussi, en dépit des protestations d'April, se rendait-elle chaque jour à son bureau. Contrairement à ses œuvres, perturbées par des émotions qui étaient le cœur même de ses créations, les tâches administratives auxquelles elle s'astreignait quotidiennement, en l'absorbant tout entière, l'empêchaient de cogiter.

Tant qu'elle ne se sentirait pas mieux, elle ne reprendrait pas les pinceaux. Alors, autant tuer les heures interminables de la journée en se penchant sur des feuilles de calcul et autres inventaires.

Malheureusement, aujourd'hui, c'était dimanche. April l'avait mise en garde. Elle avait changé le code d'alarme sans le lui communiquer, de manière à s'assurer qu'elle ne viendrait pas ce jour-là. Cette menace l'avait donc contrainte à rester chez elle. Elle se voyait mal expliquer aux agents de police la raison pour laquelle son employée la tenait éloignée de ses propres bureaux.

Fatiguée de tourner en rond, elle alla s'installer dans la véranda et se mit à contempler l'océan. Peu à peu, le bruit régulier des vagues eut sur elle l'effet d'un baume apaisant. Pour l'heure, que pouvait-elle espérer de mieux ? Ensuite, dans un temps plus ou moins long, viendrait l'heure des grandes décisions. Un déménagement peut-être. Mais pas encore, il était trop tôt. Elle attendrait que son cœur ne lui fasse plus aussi mal si tant est que cela arrive un jour.

La sonnette retentit soudain, la ramenant brutalement sur terre. Elle se leva, sourcils froncés. Qui pouvait bien venir lui rendre visite ? Elle n'attendait personne.

Lorsqu'elle ouvrit la porte, elle se figea. Face à elle se tenait Mason, immobile sur le paillasson. Il était vêtu du jean qu'il préférait entre tous et d'un vieux blouson en cuir vieilli qu'il portait déjà à l'époque où ils s'étaient rencontrés.

Elle cligna des yeux plusieurs fois, incapable de croire à ce qu'elle voyait. Était-elle victime d'hallucinations ? Son imagination lui jouait-elle des tours ? Elle releva lentement les paupières. L'apparition était toujours là. Elle se mordit nerveusement la lèvre, ne sachant trop quoi faire pour cacher son embarras. Mason la prenait de court et cela devait se voir.

— Bonjour, Scarlet, dit-il le premier.

Il lui adressa un de ces sourires pleins de douceur qu'elle aimait tant et qui menaçaient de faire vaciller toutes ses certitudes. Allons, il fallait se ressaisir, et vite ! Elle ignorait encore pourquoi il était venu jusqu'ici, mais ce n'était pas une raison pour nourrir de faux espoirs. Sans doute avait-il oublié un chargeur de batterie ou quelque chose de similaire qu'il avait besoin de récupérer au plus vite. Et tant mieux s'il ne s'attardait pas.

— Je ne m'attendais pas à te voir aujourd'hui, rétorqua-t-elle d'un ton qu'elle s'appliqua à garder neutre. En fait, je m'attendais même plutôt à ne plus jamais te revoir. Es-tu venu récupérer quelque chose que tu aurais oublié ?

Il secoua la tête.

— Non, Scarlet. Je suis venu pour te parler.

— Me parler ? Et de quoi veux-tu me parler ?

Il regarda nerveusement autour de lui en même temps qu'il passait d'un pied sur l'autre.

— Puis-je entrer ?

Elle hésita une seconde, mais la solitude lui pesait depuis trop longtemps. Au lieu de répondre, elle s'écarta pour lui laisser le passage.

Lorsqu'il lui passa devant, elle huma avec délice l'odeur qui émanait de lui, heureux mélange de cuir et d'eau de toilette. Elle le conduisit jusqu'au salon d'un pas qu'elle voulait désinvolte puis, d'un geste, l'invita à s'asseoir sur le canapé.

— Que puis-je faire pour toi ?

Elle renonça à lui proposer quelque chose à boire. Elle était déjà bien assez hospitalière comme cela sans en rajouter. Une fois Mason assis, elle prit place dans le fauteuil qui se trouvait face à lui. Malgré les efforts qu'il fournissait, il était aussi mal à l'aise qu'elle.

— Luna va bien, commença-t-il. Je crois que tu lui manques.

Elle serra les dents, se forçant à ne pas laisser éclater

une colère qu'elle jugeait pourtant légitime. N'était-elle pas déjà assez malheureuse comme cela ? Quel besoin avait-il de lui dire qu'elle manquait à Luna ?

— À moi aussi, tu me manques, Scarlet.

Son cœur se mit soudain à battre plus fort. Elle était si surprise qu'elle en resta muette. Que devait-elle faire ? Quelle attitude adopter ? Jouer, comme lui, la carte de l'honnêteté et lui avouer qu'il lui manquait aussi ou rester de marbre et lui laisser penser que c'était fini entre eux ? Finalement, elle opta pour la prudence.

— Un divorce, c'est toujours difficile, avança-t-elle.

Elle vit qu'il la dévisageait comme s'il cherchait à lire ce qui se cachait derrière cette réponse laconique. Il bougea un peu sur son siège, coinça ses mains entre ses genoux serrés. À présent, il lui donnait l'impression de passer en revue plusieurs éventualités. Était-il venu retenter sa chance auprès d'elle ? Lui manquait-elle réellement ?

Toutes ces interrogations avaient-elles vraiment de l'importance quand la chose essentielle à ses yeux était l'amour qu'elle lui portait toujours.

— Tu me manques aussi, confessa-t-elle dans un souffle.

Elle vit une lueur d'espoir éclairer le regard de Mason tandis qu'il se lançait à son tour.

— L'autre jour, lorsque tu as signé les papiers du divorce, j'ai été pris au dépourvu. Je ne savais pas quoi faire. Je n'arrivais pas à te dire ce que j'avais vraiment au fond du cœur. Je n'ai jamais été aussi heureux que durant les quelques semaines où nous avons été ensemble, tous les trois. Ce divorce, c'était vraiment la dernière chose que je voulais.

— Pourtant, tu n'avais pas l'air heureux. Tu étais distant, de mauvaise humeur. Tu ne cessais de m'éviter, de fuir la discussion.

— Je sais et j'en suis désolé. J'avais du mal à concilier mon bonheur avec le sentiment de culpabilité que suscite en moi la disparition de mon frère. Ces quinze derniers jours sans toi m'ont permis de comprendre que Jay aurait au contraire voulu mon bonheur. Ce qu'il souhaitait par-dessus tout, c'était que sa petite fille vive au sein d'une famille aimante et joyeuse. J'ai laissé ma peine immense prendre le pas sur cette opportunité d'être de nouveau heureux avec toi. Je n'aurais pas dû.

— Veux-tu dire que… que tu veux revenir à la maison ?

Déjà, son cerveau en ébullition se livrait à une bataille intérieure effrénée. Seigneur ! Et s'il répondait oui ? S'il répondait oui, ne risquait-elle pas d'avoir le cœur brisé encore une fois ?

— Oui. C'est ce que je veux, moi, mais c'est aussi ce que veulent Carroll et Luna. Mais avant de me répondre, laisse-moi te montrer quelque chose.

De quoi pouvait-il bien s'agir ? Il avait entre les mains une grande enveloppe en papier kraft qu'il avait posée à côté de lui sur le canapé. Sans doute contenait-elle les papiers du divorce.

— Scarlet, poursuivit-il d'une voix solennelle, lorsque nous nous sommes mariés, il y a neuf ans, nous avons prononcé des vœux. Tu t'en souviens ?

Quelle étrange question, songea-t-elle, de plus en plus intriguée. Bien sûr qu'elle s'en souvenait. Qui pouvait oublier ce genre de choses ?

— Évidemment.

— Alors, tu dois te rappeler que j'ai promis de te rendre heureuse jusqu'à la fin de mes jours. Que, pour cela, j'irais jusqu'à décrocher la lune si tu me le demandais.

L'évocation de ce moment gravé dans son cœur pour l'éternité la submergea d'une émotion si intense qu'elle lui fit monter les larmes aux yeux. Elle le revit avec acuité, si séduisant, si touchant, tandis qu'il lui lisait ces promesses qu'il pensait éternelles. À ce moment-là, elle n'avait eu aucun doute sur la force de son amour. C'était un sentiment romantique. Idéaliste.

— Je me souviens de chaque seconde, Mason. Mais c'était il y a longtemps.

— Peu importe le nombre d'années qui s'est écoulé depuis, je sais toujours ce qui peut te rendre heureuse ; je veux dire, te rendre heureuse plus que tout. C'est un enfant. Tu veux un enfant. Pas un bébé, non. Tu veux Luna. Alors, je vais faire en sorte que ton vœu se réalise enfin.

Elle tressaillit légèrement, n'osant croire à ce que ces paroles signifiaient.

— Peux-tu être plus précis, Mason ? demanda-t-elle, le cœur battant la chamade.

— Je veux que tu deviennes la maman de Luna, de manière légale et irréfutable.

Il lui tendit l'enveloppe.

— J'ai fait établir les modifications nécessaires pour que nous devenions à égalité les parents adoptifs de Luna. Lorsque l'affaire aura été jugée, tu auras autant de droits que moi sur elle. Tu seras sa mère et, même moi, je ne pourrai pas te l'enlever. Mais sache que ce n'est pas une manière d'acheter ton amour, Scarlet.

Cette décision n'a rien à voir avec ce qui se passe entre nous deux.

Elle le regarda fixement, incapable de parler. Les mots restaient étranglés dans sa gorge tant elle était émue.

— Tu veux dire que… que Luna sera légalement ma fille même si je demande le divorce ? s'enquit-elle lorsqu'elle fut de nouveau en mesure de s'exprimer. Que nous en partagerons quand même la garde ?

— C'est bien ce que je veux dire.

— Pourquoi ? insista-t-elle dans un souffle.

Il n'était pas obligé de faire ça pour elle. Luna n'était pas son bébé. Dans leurs veines ne coulait pas le même sang. La réponse, elle la connaissait. Mason avait pris cette décision parce qu'il savait à quel point elle souffrait d'avoir perdu Evan.

— Tu n'es pas obligé, Mason.

— Je ne le fais pas par obligation, mais parce que Luna mérite une maman comme toi. Personne ne saura l'aimer plus que toi. Quel genre de père serais-je si je la privais des trésors d'amour que tu as à lui donner ?

Au comble de l'émotion, elle couvrit son visage de ses mains et fondit en larmes. Il la laissa pleurer tout son soûl puis, lorsqu'elle écarta les mains, elle le vit, agenouillé devant elle, qui lui tendait un mouchoir en papier.

— Tiens, murmura-t-il d'une voix très douce.

Elle le prit et s'en tamponna délicatement les yeux et les joues.

— Merci, articula-t-elle avec peine. Pour le mouchoir… Pour l'adoption… Pour tout. Je suis très touchée, même si je ne comprends pas.

— Pour être tout à fait franc, ce geste n'est pas totalement désintéressé.

— Que veux-tu dire ?

— Eh bien… Je ne veux pas qu'une mère pour Luna. Je veux aussi retrouver la femme que j'aime. Mon épouse.

Scarlet fixait sur lui ses yeux rougis de larmes, sans proférer un mot. Il attendit un court instant, le temps nécessaire pour permettre aux mots de pénétrer son esprit.

— J'ai bien conscience d'avoir tout gâché, marmonna-t-il. J'ai fait ce que tu redoutais le plus. Au moment où j'aurais dû tenir bon, montrer que j'étais fort, je me suis senti dépassé par les événements alors j'ai fui, comme toujours. Mais je suis certain d'une chose, Scarlet : je ne veux pas divorcer.

Elle secoua la tête.

— Moi non plus, je ne veux pas divorcer, Mason. Mais n'est-il pas trop tard ? Tu as renvoyé le dossier signé à nos avocats, j'imagine ?

— Non. En fait, ces papiers, je ne les ai jamais signés.

Elle se renfonça dans son siège, stupéfaite.

— C'est vrai ? J'étais persuadée que, après m'avoir vue signer la première, tu t'étais empressé de m'imiter, aussitôt sorti de cette maison.

— Eh bien, tu te trompais. Je ne te cache pas que j'ai hésité un moment, toujours persuadé que le mieux pour toi était de te laisser vivre ta vie puisque je ne pouvais pas faire de toi la mère biologique que tu souhaitais être. Je ne pourrai jamais te donner la grande famille dont tu rêves, Scarlet. Luna est le seul enfant que je serai capable d'avoir. Mais cette enfant, c'est avec toi que je veux l'élever. Cependant, je ne veux pas que tu me reviennes à cause de Luna. Je veux que tu me reviennes pour moi, juste parce que tu le veux.

Dans un geste infiniment tendre, elle couvrit ses mains des siennes.

— J'ai toujours voulu que tu fasses partie de ma vie, Mason. Malheureusement, je n'ai jamais réussi à t'en convaincre.

— Tu le penses vraiment ? Tu penses vraiment pouvoir être heureuse rien qu'avec Luna et moi ?

Elle hocha la tête.

— Absolument. Tu vas peut-être avoir du mal à le croire, mais je n'ai jamais cessé de t'aimer. Même lorsque j'ai signé ce document devant toi, je t'aimais toujours. Sauf que face à ton refus obstiné de le croire j'ai fini par faire le choix de la raison.

L'excitation de Mason retomba d'un coup.

— Que veux-tu dire ?

— Nous en avons discuté des dizaines de fois, Mason. Dès qu'un obstacle se présente, tu prends la fuite. Lorsque tu es revenu, je t'ai pourtant expliqué à quel point cela avait été difficile pour moi, et pourtant tu as recommencé. Je savais que tu repartirais. C'est pour cette raison que je t'ai mis au pied du mur. Je voulais te mettre à l'épreuve mais, en agissant ainsi, je ne cherchais qu'à me protéger. Je voulais que, cette fois, la décision vienne de moi. Pourtant, finalement, cela n'a fait aucune différence. Je me suis sentie horriblement malheureuse sans toi.

— Et maintenant ?

Il attendit sa réponse, le cœur battant. Qu'elle l'aime toujours ne signifiait pas pour autant qu'elle voulait le voir revenir dans sa vie. Peut-être était-il allé trop loin ? Il comprendrait si elle rejetait son amour par crainte de se voir trahie une fois encore. D'ailleurs, ne s'était-il pas trahi lui-même en rompant la promesse qu'il lui avait faite ?

— Et maintenant, Mason… À vrai dire, je suis encore inquiète. Si nous devons élever un enfant ensemble, j'ai besoin de certitudes. J'ai besoin de savoir que je pourrai compter sur toi. Nous vivrons d'autres obstacles, d'autres épreuves, c'est évident. Il te faudra apprendre à surmonter tes peines et tes déceptions autrement que par la fuite. Je veux que tu trouves en moi le soutien dont tu auras besoin. Et lorsque tu te sentiras perdu, je veux que ce soit vers moi que tu te tournes, afin que je puisse t'aider au mieux, comme n'importe quelle épouse aimante le ferait pour son mari.

Cette fois, il entendait ce qu'elle disait. Ses parents n'avaient jamais formé une équipe soudée alors, forcément, il avait reproduit le schéma.

— Tu as cent fois raison, bien sûr. Jusque-là, j'avais le sentiment que je devais tout faire par moi-même, sans l'aide de personne. Mais ce n'est pas ainsi que fonctionne un véritable couple, n'est-ce pas ?

Elle acquiesça d'un signe de tête.

— Si nous repartons sur de nouvelles bases, reprit-elle, nous devons nous faire la promesse d'avancer de front. Ce sera toi, Luna, et moi contre le monde entier. Peux-tu me le promettre ?

— Non seulement je te le promets, mais je te promets aussi de t'aimer comme jamais aucune femme n'a été aimée. Je ferai tout pour te rendre heureuse, désormais. Tu n'auras qu'à demander. Je trouverai même un moyen pour aller décrocher la lune, si tu l'exiges.

— Je ne te demanderai jamais quelque chose que tu ne pourras pas me donner, Mason. En revanche, en cas de stress ou de panique, comment réagiras-tu ?

— Je t'en parlerai. Peut-être qu'avant j'aurai besoin de faire un petit tour par le lac Tahoe afin de m'éclaircir les idées, ajouta-t-il avec une pointe d'humour. Mais je te fais la promesse solennelle de toujours rentrer à la maison. Il faut que tu me croies.

Elle scruta son visage un long moment avant d'esquisser un sourire empreint d'une tendresse infinie.

— Je t'aime, dit-elle avant de se lever pour se blottir contre lui.

Aussitôt, il l'enveloppa de ses bras et enfouit son visage au creux de son cou, comme il aimait tant à le faire. Retrouver son odeur familière était comme un cadeau de bienvenue, un trésor précieux dont il était seul garant.

— Je t'aime aussi, lui murmura-t-il à l'oreille. Je t'aime plus que tu ne le sauras jamais.

Elle s'écarta légèrement pour pouvoir encadrer son visage de ses deux mains.

— Pourtant si, je le sais.

Elle se hissa alors sur la pointe des pieds afin de lui donner un baiser. Ses lèvres étaient douces sous les siennes, presque hésitantes.

Il trouvait étrange de la tenir entre ses bras et de savoir, cette fois avec certitude, qu'il ne prendrait plus le risque de la perdre. Elle était à lui pour toujours. Il chérissait comme le plus précieux des trésors chaque seconde de cette étreinte, après ces deux semaines passées sans elle. Il aurait voulu que ce moment dure éternellement mais, au bout du compte, quelle importance ? Désormais, ils avaient toute la vie devant eux pour s'enivrer de baisers et de caresses.

— Si nous appelions Carroll afin de lui annoncer la bonne nouvelle ? suggéra-t-elle. Je suis certaine qu'elle n'attendra pas une seconde de plus pour plier bagage et rentrer à la maison, comme elle le proclame volontiers.

— Nous le ferons, rétorqua-t-il. Mais d'abord nous avons quelque chose de plus important à faire.

Elle le regarda, visiblement intriguée.

— Quoi ? demanda-t-elle.

Il désigna l'enveloppe qui renfermait les papiers de l'adoption.

— Nous devons signer ces documents afin de les déposer le plus tôt possible au bureau de l'avocat. Le jugement risque de prendre un peu de temps.

Il l'attrapa par la main et la conduisit jusqu'à la table de la salle à manger. Là, il décacheta l'enveloppe et se saisit de la dernière page, celle où devaient figurer, côte à côte leurs deux signatures.

— Toi d'abord, lui intima-t-il en lui tendant un stylo.

Elle le prit d'une main tremblant d'excitation — ou d'énervement —, il n'aurait su le dire. Les doigts crispés sur le stylo, elle signa d'une écriture non plus nerveuse, comme sur le document du divorce, mais nette et bien tracée. Lorsqu'elle eut terminé, elle lui rendit le stylo, et il l'imita.

Il glissa de nouveau la feuille de papier dans son enveloppe et couvrit le stylo de son capuchon.

Lorsqu'il se tourna vers elle, il vit que ses yeux

étaient à nouveau embués de larmes. Il ne s'attendait pas à ce qu'elle pleure en un moment pareil. Il avait imaginé de l'excitation, de la joie mais pas des larmes.

— Qu'y a-t-il ?

— Je suis tellement émue, Mason. Tu ne t'en rends peut-être pas compte mais tu as accompli les vœux que tu as prononcés le jour de notre mariage.

— Tu veux dire ceux de t'aimer, de t'honorer et de te chérir jusqu'à ce que la mort nous sépare ?

— Non. Tu as dit que tu ferais tout pour me rendre heureuse, même l'impossible. Tu viens de m'offrir la lune, Mason.

Épilogue

Cet après-midi-là, affairée comme elle l'était, Scarlet ne reconnut pas tout de suite le numéro qui venait de s'afficher sur l'écran de son téléphone portable.

Le moment était important. Il s'agissait de célébrer le deuxième anniversaire de Luna. La véranda avait été transformée en un chapiteau fabuleux, royaume rose et blanc. Tout le monde s'affairait, soucieux d'offrir à la petite fille une fête inoubliable.

Les traiteurs terminaient de dresser le buffet, le gâteau d'anniversaire avait déjà été livré, et les invités n'allaient pas tarder.

En d'autres circonstances, elle aurait été capable d'identifier le numéro du juge qui avait traité le dossier d'adoption de Luna.

— Allô ! dit-elle donc sans savoir à qui elle adressait son salut.

— Allô, Scarlet ! Peter Van à l'appareil. Avez-vous un moment à me consacrer ?

— Bien sûr. Y a-t-il un problème ?

Elle s'était appliquée à parler d'une voix neutre pour masquer son inquiétude. S'attendant au pire, elle s'assit sur l'une des chaises toutes proches.

Pas aujourd'hui, pria-t-elle en son for intérieur. Pas le jour de l'anniversaire de son bébé.

L'adoption de Luna était effective depuis plusieurs mois maintenant, mais elle avait toujours en tête que, dans ce domaine, tout pouvait changer à tout instant.

Qui sait si un proche de Rachel ne voulait pas récupérer sa petite Luna ?

— Non, non, s'empressa-t-il de la rassurer. Tout va bien. En fait, je vous appelle pour vous annoncer une bonne nouvelle, à vous et à Mason. Je viens de recevoir un coup de fil du service de l'enfance.

Une bonne nouvelle ? Du service de l'enfance ? Non, vraiment, elle ne voyait pas de quoi il pouvait s'agir.

— Oui ?

— Il se trouve qu'ils viennent d'accueillir un petit garçon qu'ils cherchent à placer. La mère ayant définitivement renoncé à ses droits, il est éligible à l'adoption. Les services nous ont contactés directement parce qu'ils pensaient que Mason et vous pourriez être intéressés.

Elle resta silencieuse un moment, tiraillée entre le fantasme de la grande famille dont elle avait toujours rêvé et les chamboulements que cela impliquerait pour tous. Mason et elle s'étaient fait une raison. Luna suffisait amplement à leur bonheur.

— Je ne sais pas, Peter. Après ce que nous avons déjà vécu, je pense que nous ne retenterons pas l'expérience d'une autre adoption. C'est trop risqué. Comme vous le savez, Luna est un cas un peu particulier.

Elle entendit Peter étouffer un petit gloussement à l'autre bout du fil.

— Et moi, je pense que cet enfant ne peut que vous intéresser : il est âgé de deux ans et demi, il a des cheveux châtains, des yeux marron, il est en bonne santé et il s'appelle… Evan.

Elle sentit son cœur s'emballer. Elle avait dû se tromper, mal comprendre ce que venait de dire l'avocat.

— Evan ? Vous voulez dire… Notre Evan ?

— Exactement. C'est bien lui. Si vous souhaitez le voir revenir chez vous, il ne tient qu'à vous, Scarlet. Compte tenu de son histoire, mes confrères ont tenu à vous donner la priorité avant de le proposer à d'autres parents.

Mais déjà elle n'écoutait plus ce que Peter disait. Tout ce qu'elle savait, c'était que son petit garçon allait lui être rendu.

Elle se leva précipitamment et plaça le téléphone tout contre sa poitrine pour étouffer sa voix tandis qu'elle criait :

— Mason ! Viens vite ! Evan est de retour à la maison.

CAT SCHIELD

Captive d'un secret

Traduction française de
ANDRÉE JARDAT

PASSIONS

HARLEQUIN

Titre original :
LITTLE SECRET, RED HOT SCANDAL

Ce roman a déjà été publié en 2018.

- 1 -

Après avoir proposé à son ingénieur du son de faire une pause, Nate Tucker alla s'allonger sur le canapé du studio d'enregistrement où il se trouvait enfermé depuis plusieurs heures déjà. Il ferma les yeux pour mieux écouter la bande-son laissée par son technicien. Au fil des ans, il avait appris à saisir les moindres nuances d'une mélodie, augmentant certaines fréquences par-ci, en diminuant d'autres par-là afin d'obtenir le son parfait.

Mais ce jour-là, rien de ce qu'il entendait ne pouvait être amélioré, preuve qu'il avait trop tiré sur la corde, au cours de l'année écoulée.

Il avait espéré que les trois semaines de relâche imposées par son médecin suffiraient à reposer ses cordes vocales, mais non. L'intervention chirurgicale prévue pour le lendemain s'avérait inévitable. Cette perspective le fit jurer tout haut. Bon sang ! Avec tout le travail qui l'attendait, il n'avait pourtant pas de temps à perdre !

Depuis la fin de la tournée internationale qu'il avait effectuée avec son groupe, les Free Falls, il n'avait pas arrêté une seconde. Heureusement, il avait mis à profit les longues heures passées sur les routes à composer quelques titres de leur prochain album. Mais avec cette opération, il n'était pas près de chanter à nouveau.

Son téléphone portable sonna, interrompant brusquement le fil de ses pensées. L'appel venait de Trent Caldwell, son associé et ami, qu'il n'avait pas réussi à joindre malgré ses appels réitérés.

Trent, Kyle Taylor et lui étaient propriétaires d'un night-club, le Club T's, et se partageaient les parts d'Ugly Trout Records, label indépendant situé à Las Vegas, ainsi que celles de West Coast Records, celui-ci à Los Angeles, et racheté récemment à la famille de Trent.

Passant du canapé au fauteuil en cuir de la table de mixage, Nate baissa le son des enceintes et prit l'appel.

— Eh bien, ce n'est pas trop tôt, dit-il d'une humeur maussade. Où étais-tu passé ?

— Savannah a commencé ses séances photo la semaine dernière, alors je les ai emmenés, Dylan et elle, se reposer dans un hôtel spa de Washington, répondit Trent qui lui, en revanche, paraissait plus heureux et détendu que jamais. Nous avions éteint nos téléphones portables pour plus de tranquillité.

Depuis que Trent avait renoué avec son ex et découvert qu'il était père, il n'était plus le même. Après ce qu'il avait vécu avec Mia, Nate comprenait cette transformation. Comme beaucoup d'hommes avant lui, il s'était montré cynique et sceptique quant aux choses de l'amour, mais il n'était pas loin de changer d'avis.

— Super, marmonna-t-il d'une voix morne.

Il n'était pas jaloux du bonheur de son ami, bien sûr, seulement envieux. Il était riche et célèbre, toute sa vie tournait autour de la musique, mais en voyant le couple harmonieux que formaient Trent et Savannah, il se disait qu'il lui manquait quelque chose pour être tout à fait heureux.

— Je viens de prendre connaissance de tes messages, reprit Trent. Tu y mentionnes une réunion avec Ivy Bliss. Tu as perdu la tête ?

— Pourquoi ? s'enquit Nate, feignant la surprise.

Ivy Bliss, ex-enfant prodige de Broadway, était aujourd'hui une chanteuse de musique pop reconnue. Cinq ans plus tôt, elle avait signé avec West Coast Records, et durant ce laps de temps avait sorti deux albums. Malheureusement, ses fans avaient fini par se lasser et se désintéresser d'elle. La faute en revenait à une promotion défaillante ainsi qu'à des dates de concert sans cesse repoussées.

Mais depuis un mois que la maison de disques était passée entre leurs mains expertes, Nate et ses associés entendaient bien la faire renouer avec le succès qu'elle avait jadis connu.

Toutefois, même s'il restait persuadé que produire le dernier album d'Ivy serait une bonne manière de redémarrer, ce n'était pas la raison essentielle pour laquelle il avait organisé cette réunion avec Javier Navarro, père et manager d'Ivy.

— Je ne te comprends pas, Nate. Tu n'as pas arrêté de te plaindre d'elle durant toute la tournée. Ah, attends une seconde, veux-tu ?

Trent marqua une pause durant laquelle Nate entendit le petit Dylan piailler à l'autre bout du téléphone.

— Dylan, dit Trent, papa est au téléphone avec oncle Nate. Tu viens lui chanter ta nouvelle chanson avec moi ?

Nate sentit un poids lui écraser la poitrine tandis qu'il entendait la voix enfantine de Dylan se mêler à celle de son père. Depuis qu'il avait décidé de faire carrière dans la musique, Nate avait consacré toute sa vie à l'écriture, la scène et la production, mais aujourd'hui, un vide subsistait en lui, qui le tourmentait de plus en plus.

— Bravo ! s'exclama-t-il, aussitôt la berceuse terminée.

— Tu as vu ça ? Il vient juste d'avoir un an mais il commence déjà à parler.

— Lui as-tu appris quelques mots du langage des signes, comme je te l'ai montré ?

Tout petit, Nate avait appris ce langage afin de pouvoir communiquer avec sa mère, malentendante. Depuis, il avait à cœur de communiquer son savoir à qui voulait bien l'apprendre.

— Oui. Il sait dire quelques mots de base comme « manger », « jouer », « fini », « fatigué ». Mais revenons-en à Ivy. Pourquoi tiens-tu tellement à produire son nouvel album ?

— Parce qu'elle a un talent immense et que nous saurons la remettre sur les rails. Je te rappelle que c'est quand même notre intérêt.

— Certes. Mais cette fille est un véritable cauchemar.

— Allons, elle n'est pas si mauvaise, répliqua Nate qui, néanmoins, n'était pas près d'oublier le harcèlement dont il avait été victime sept ans plus tôt.

À cette époque-là, Ivy, dix-sept ans à peine, brûlait les planches de Broadway, après avoir tenu durant de nombreuses années le rôle principal d'une série télévisée à succès. Sans qu'il sache comment, elle s'était débrouillée pour obtenir son numéro de portable et, pendant quatre mois, l'avait abreuvé de messages enflammés qu'accompagnaient des photos pour le moins suggestives. Il l'avait tout d'abord gentiment éconduite puis, voyant que cela ne marchait pas, il l'avait ignorée. Là encore, la tactique s'était révélée vaine. Il s'était donc résolu à prévenir son père, soulignant le fait que si elle n'arrêtait pas, elle prenait le risque de mettre sa carrière en danger. Tout contact avait alors été rompu.

— Elle est un peu capricieuse, c'est vrai, précisa-t-il. Mais comme le sont pas mal d'artistes, non ?

— Pourquoi ne la diriges-tu pas plutôt vers Savan ou Blanco ?

Nate jugea inutile de faire remarquer que plus aucun producteur, lassé de ses crises d'hystérie, ne voudrait prendre le risque de travailler avec elle.

— Parce que je pense qu'elle peut rapporter beaucoup d'argent à notre label, répondit-il.

— Eh, attends un peu… Ne me dis pas que tu en pinces pour elle ! s'exclama Trent. Ma sœur m'a dit que tu étais tombé amoureux de quelqu'un pendant la tournée. Mais je n'aurais jamais pu imaginer que ce pouvait être d'Ivy Bliss.

— Qu'est-ce que tu vas chercher là ? Il y a une autre raison pour laquelle je cherchais à te joindre. Je dois subir une intervention chirurgicale, demain.

— Une intervention chirurgicale ? répéta Trent d'une voix aussitôt empreinte d'inquiétude. Qu'est-ce qui t'arrive ?

— Tu sais, ce sont ces polypes…, répondit-il d'un ton faussement désinvolte. Il faut que je les fasse enlever.

— Zut.

— J'en ai pour deux heures maximum. En revanche, je ne pourrai pas parler pendant quelques jours, encore moins chanter.

— Veux-tu que je t'accompagne ?

— Pour quoi faire ? Me tenir la main ? Non merci !

Il avait parlé d'un ton sarcastique, destiné à masquer l'anxiété que la perspective de cette opération faisait monter en lui au fil des heures.

— Très bien, dit Trent d'un ton peu convaincu. Mais si tu as besoin de moi, n'hésite pas.

— Bien sûr.

Une heure après avoir raccroché, Nate poussait la porte de la salle de conférences où devait se dérouler l'entretien prévu avec Ivy et Javier. Mais ni l'un ni l'autre n'étaient dans la pièce. Seule s'y trouvait Mia, la sœur jumelle d'Ivy, que cette dernière avait embauchée comme assistante personnelle.

Son cœur se mit à battre la chamade. Il fit un pas vers elle avant de s'arrêter net. Devait-il la prendre dans ses bras et la serrer contre lui à l'étouffer ? Lui murmurer à l'oreille que les trois dernières semaines sans elle avaient été un enfer ? Que depuis qu'ils s'étaient séparés, il n'aspirait qu'à entendre de nouveau sa voix et voir son sourire éclairer ses journées ?

Non. Il ne ferait rien de tout cela. Car lorsque le moment était venu pour Mia de choisir, ce n'était pas sur lui que s'était porté son choix.

— Comment vas-tu ? demanda-t-il avec retenue.

Il chercha sur son visage les traces d'une souffrance similaire à la sienne. Les cernes mauves sous les yeux, peut-être ? Ou encore les plis d'amertume qui encadraient sa jolie bouche ? À son profond soulagement, il remarqua qu'elle ne semblait pas plus heureuse que lui.

— Bien, répondit-elle tout aussi platement. Ivy est très occupée entre ses apparitions prévues sur le plateau de *The Tonight Show* et sa participation à la prochaine soirée des *Music Awards*. Et bien sûr, elle est très excitée à l'idée de travailler avec toi.

Nate refréna son impatience, tant ce discours impersonnel lui donnait l'impression de retourner à la case départ avec elle. C'était un peu comme si ce qui s'était passé entre eux n'avait jamais existé. Il avait passé des heures à discuter avec elle, soucieux de ne pas se montrer trop empressé de peur qu'elle ne se retranche derrière le rôle d'assistante de la grande Ivy Bliss qui était le sien. Intrigué par le caractère plutôt effacé de Mia, si rare dans ce milieu, il s'était souvent demandé pourquoi elle l'attirait autant. Puis elle lui souriait, et alors il comprenait.

Si seulement il pouvait la convaincre de quitter Ivy ! Compositrice de talent, elle méritait tellement mieux que de vivre dans l'ombre de cette sœur tyrannique ! Lorsqu'il avait appris que c'était elle qui avait composé tous les titres qu'Ivy reprenait à son compte, il avait été tellement offusqué qu'il avait bien failli rétablir la vérité.

Il ne l'avait pas fait à cause de Mia qui lui avait assuré que cela lui était égal.

— Je ne t'ai pas demandé de me parler d'Ivy, rétorqua-t-il. Je veux savoir comment *toi* tu vas.

— Je vais bien. Très bien, même.

Il la reconnut bien là, capable d'évoquer sa sœur pendant des heures et de se fermer comme une huître dès qu'il s'agissait de parler d'elle.

— Dis-moi la vérité, Mia.

Lui avait-il manqué autant qu'elle lui avait manqué ?

Il lui parut tout à coup insensé que, en l'espace de trois mois à peine, elle lui soit devenue aussi nécessaire que l'air qu'il respirait.

— Mais c'est la vérité, je vais *très bien.*

— Qu'as-tu fait depuis la fin de la tournée ?

— Comme d'habitude, répondit-elle avec un haussement d'épaules.

Exécuter les quatre volontés de sa princesse de sœur, comprit-il.

— J'espère qu'elle te laisse un peu de temps libre.

— Mais oui. Pas plus tard que la semaine dernière, elle était invitée à un gala de charité en Floride et nous en avons profité pour nous détendre un peu et prendre le soleil.

Il ne fit aucun commentaire. En fait, il avait eu l'occasion de voir qu'Ivy exigeait de sa sœur qu'elle soit disponible vingt-quatre heures sur vingt-quatre, prête à satisfaire tous ses caprices. Cela avait tenu du miracle qu'ils puissent se ménager un peu de temps rien qu'à eux. Et encore avaient-ils dû user de ruses de Sioux pour ne pas se faire prendre. Au début, il avait trouvé amusant de se cacher comme des adolescents qu'ils n'étaient plus. Puis, très vite, ça l'avait ennuyé.

Il s'était souvent demandé si ce qui le poussait vers Mia était le besoin de la délivrer de l'emprise d'Ivy. Une Ivy qui traitait sa sœur comme une domestique, exigeant d'elle tout et n'importe quoi à n'importe quelle heure du jour et de la nuit. Une Ivy qui semblait ne pas réaliser — ou ne le souhaitait pas — à quel point la dévotion de Mia allait bien au-delà du rôle qu'elle lui avait attribué.

— Je n'aime pas la façon dont nous nous sommes quittés, déclara-t-il en faisant un pas dans sa direction.

— C'est parce que tu m'as demandé quelque chose

que je ne pouvais pas te donner, rétorqua-t-elle en esquissant un pas en arrière.

— Je t'ai juste demandé de venir avec moi à Las Vegas dans l'espoir de mieux te connaître.

— Tout allait trop vite, Nate. Tu brûlais les étapes. Nous nous connaissions à peine. Et puis je ne pouvais pas laisser tomber Ivy.

Elle reprenait mot pour mot les mêmes arguments qu'elle lui avait opposés trois semaines plus tôt.

— Elle aurait pu trouver une autre assistante, fit-il remarquer.

C'était aussi ce qu'il lui avait dit ce matin-là, alors que, pour la première fois, elle avait passé la nuit avec lui.

Ils se trouvaient alors à Sydney, dernière étape de leur tournée. Aussitôt le dernier rappel achevé, il avait kidnappé Mia pour l'entraîner dans l'une des suites romantiques d'un hôtel surplombant le port. Ils avaient bu du champagne, avaient beaucoup ri. Et ils avaient fait l'amour pour la première fois. Mais aux premières lueurs du jour, Mia était au téléphone avec Ivy, s'excusant auprès d'elle de sa désertion soudaine.

— Je ne suis pas que son assistante, précisa-t-elle comme elle l'avait fait ce jour-là. Je suis également sa sœur. Elle a besoin de moi.

Moi aussi j'ai besoin de toi, aurait-il voulu lui dire. À quoi bon ? Elle choisirait encore ses obligations plutôt que le bonheur avec lui.

— Ta sœur n'est qu'une enfant gâtée. La seule raison pour laquelle j'ai accepté de produire son album, c'est toi.

Mia écarquilla les yeux, visiblement sous le choc, incapable de proférer le moindre mot.

La sonnerie de son téléphone vint mettre un terme au silence pesant qui s'était mis à planer entre eux.

— C'est Ivy, annonça-t-elle, paraissant soulagée. Il faut que je prenne l'appel.

— Je t'en prie, rétorqua-t-il d'un ton sarcastique.

Il en avait plus qu'assez de l'omniprésence d'Ivy. Mais que pouvait-il y faire, à part subir ?

À son grand étonnement, Mia pressa la touche haut-parleur de son téléphone.

— Salut, Ivy, dit-elle d'une voix enjouée. Je suis avec Nate. Tu peux parler, il t'entend.

Après une courte pause, la voix mélodieuse d'Ivy se fit entendre :

— Salut Nate ! Mia s'est-elle excusée pour moi d'avoir raté cette réunion ? Je l'avais également chargée de voir avec toi si nous pouvions discuter de mon prochain album un peu plus tard, autour d'un verre.

— Elle n'en a pas encore eu le temps, répondit-il.

— Eh bien, voilà qui est fait ! Chez moi, vers 20 heures ?

Il devina, au ton de sa voix, la moue aguicheuse et la proposition à peine déguisée.

— Si tu voulais discuter de ton album, le mieux aurait été de te présenter à ce rendez-vous, lui fit-il sèchement remarquer.

Les grands yeux sombres de Mia s'agrandirent d'inquiétude.

— Ne la contrarie pas, dit-elle dans la langue des signes.

Il fit mine de ne pas avoir vu. Se découvrir ce talent commun, langue secrète qu'ils étaient seuls à partager, les avait un peu plus rapprochés l'un de l'autre.

— Mia ne t'a donc pas expliqué que j'avais un empêchement ? demanda Ivy. En fait, je suis en réunion avec les dirigeants de Mayfair Cosmetics qui souhaitent que je devienne leur égérie.

— Propose-lui de nous retrouver pour dîner, lui suggéra Mia, toujours en langage des signes.

La colère de Nate retomba d'un coup. Qu'importaient les caprices d'Ivy s'ils lui donnaient l'opportunité de passer plus de temps en compagnie de Mia ?

— Que dirais-tu d'aller au restaurant, plutôt ? proposa-t-il à Ivy.

— Bien sûr. Très bonne idée !

— Mia t'informera du lieu et de l'heure et cette fois, je te recommande vivement de ne pas me faire faux bond.

Puis, sous le regard horrifié de Mia, il mit fin à l'appel.

— Je n'ai pas de temps ni d'argent à perdre avec ce genre de pseudo-star, marmonna-t-il. Une douzaine d'artistes se bousculent au portillon pour travailler avec moi. Alors, si Ivy ne se montre pas plus conciliante, il lui faudra se trouver un autre producteur.

— Oh non, s'il te plaît. Elle veut *vraiment* travailler avec toi. Je veillerai personnellement à ce qu'elle soit à l'heure au rendez-vous.

— Promis ?

Il tendit sa main devant elle, paume offerte, impatient de sentir le contact de sa peau sur la sienne.

Elle posa sur lui un regard empreint de gravité.

— Promis.

Mia espéra que Nate ne remarquerait pas le tremblement de sa main dans la sienne. L'espace d'un court instant, elle se surprit à oublier Ivy pour ne penser qu'à cet homme aussi charismatique que séduisant dont le regard ardent la faisait frissonner d'un désir intense à chaque fois qu'il se posait sur elle.

Du plus loin qu'elle se rappelât, elle avait toujours eu le sentiment d'être transparente en comparaison de sa sœur, si belle, si sûre d'elle, si talentueuse. Les différences entre elles n'avaient fait que s'intensifier au fil des ans, surtout au moment où Ivy avait obtenu le rôle principal d'une série télévisée avant de se lancer dans une carrière de chanteuse prometteuse. C'est à partir de là que Mia avait commencé à vivre dans l'ombre de sa sœur.

Et puis, elle avait rencontré Nate. Jamais elle n'aurait cru qu'un homme comme lui, leader d'un groupe aussi connu que les Free Falls, puisse la remarquer, encore moins être attiré par elle. Pour la première fois, quelqu'un avait perçu en elle une personne distincte, capable d'avoir ses propres buts et ses propres centres d'intérêt. Dans ces conditions, comment aurait-elle pu résister ? Quelle femme l'aurait pu ?

La tournée achevée, la réalité avait repris le dessus. Elle n'avait eu d'autre choix que de décliner l'invitation de Nate à le suivre à Las Vegas. Nate l'avait accusée, injustement, de lui avoir donné de faux espoirs. Elle n'en était pas revenue ! Comment une femme comme elle aurait-elle pu s'imaginer pouvoir être autre chose dans la vie d'un homme comme lui qu'une aventure d'un soir ou, au mieux, une passade de quelques jours ?

Nate Tucker, trente et un ans, auteur-compositeur-interprète accompli et déjà récompensé par deux Music Awards, séduit par Mia Navarro, simple assistante de la future pop star Ivy Bliss. C'était tout simplement surréaliste !

— Mia ? Tout va bien ?

Elle rougit violemment en même temps qu'elle revenait brusquement sur terre. Trop absorbée dans ses pensées, elle avait laissé sa main dans celle de Nate bien plus longtemps que nécessaire. Elle laissa retomber son bras et recula d'un pas.

— Excuse-moi, dit-elle précipitamment. Je pensais à la chance qu'a Ivy de bientôt travailler avec toi.

Le sourire qui flottait sur les lèvres de Nate disparut d'un coup.

— Mia, ce qui s'est passé entre nous à Sydney…

— S'il te plaît, Nate. Je n'oublierai jamais cette tournée ni la nuit que nous avons passée ensemble, mais…

— Ce n'était pas vraiment ce que j'avais envie de t'entendre dire.

— Je t'en prie, Nate.

Si elle rêvait de se laisser prendre au piège de son regard ardent et d'aller se blottir contre lui, elle n'esquissa pourtant pas le moindre geste dans ce sens.

— Il faut que tu te concentres sur Ivy, reprit-elle d'un ton professionnel. Elle est vraiment paniquée à l'idée de ce nouveau virage dans sa carrière. Grâce à toi et à tes talents de producteur, elle peut viser un disque de platine.

— Je me fiche de cet album et du chemin qu'il pourra faire. Je te le répète, si j'ai accepté de travailler avec ta sœur, c'est juste parce que cela me permettra d'être près de toi plus souvent.

— Ne dis pas ça. Ivy a besoin de cet album pour atteindre les sommets.

Sans vraiment se l'avouer, elle voyait là un moyen de pouvoir prendre quelques distances avec sa sœur. Si un ou plusieurs titres de l'album connaissaient le succès, le sentiment d'insécurité qui tourmentait continuellement Ivy cesserait peut-être enfin, lui permettant à elle de vivre sa vie.

— Combien de temps encore comptes-tu servir de domestique à ta sœur ? demanda Nate avec un brin d'agacement. Tu n'as donc pas envie d'être heureuse ?

— Bien sûr que si. Un jour, j'aurai cette opportunité.

— Dans ton intérêt, j'espère que ce « un jour » ne sera pas trop lointain.

— Il faut que j'y aille, rétorqua-t-elle dans un souffle. Envoie-moi les détails de la soirée par texto, veux-tu ?

— Entendu.

Tandis qu'il l'escortait jusqu'à l'entrée, elle remarqua qu'il évitait tout contact physique avec elle.

— C'était bon de te revoir, murmura-t-elle maladroitement alors qu'elle aurait voulu se jeter contre lui et lui dire à quel point il lui avait manqué.

Mais à quoi bon ? Laisser libre cours à ses impulsions ne ferait que compliquer les choses. En tout cas, tant qu'elle serait au service de sa sœur.

Au cours de la tournée, Ivy s'était amusée à flirter avec les célibataires du groupe et à alimenter les réseaux sociaux à grand renfort de photos et de commentaires ambigus. À Las Vegas, elle accaparerait Nate, ce qui ruinerait ses chances de vivre des moments d'intimité avec lui. Cela ne faisait aucun doute. Depuis que Nate avait contacté Ivy pour lui proposer de produire son prochain album, cette dernière exigeait encore plus d'elle. Bien sûr qu'elle n'allait pas passer sa vie au service d'Ivy, mais pour l'instant…

Elle avait effectué la moitié des courses exigées par Ivy lorsque son téléphone portable sonna. Elle hésita quelques secondes à répondre.

— Bon sang, où étais-tu ? s'écria Ivy. Je t'ai envoyé une douzaine de textos !

Mia éloigna l'appareil de son oreille tant la voix haut perchée d'Ivy lui perçait les tympans. Aussitôt les portes refermées sur ses fans, la pop star angélique se muait en diva capricieuse et agressive.

— Il me tardait trop que tu me racontes comment s'est passée ton entrevue avec Nate, poursuivit Ivy. Est-il aussi excité que moi à l'idée que nous travaillions ensemble ?

— Je suis désolée de ne pas t'avoir répondu. Mais la circulation est épouvantable et puis il y a eu un accident et…

— Si tu es coincée dans les embouteillages, tu avais le temps de m'appeler. Bon, peu importe. Raconte-moi vite !

— Bien sûr, Nate est très heureux de cette collaboration…

Ce petit mensonge était obligatoire, songea-t-elle en retenant un soupir.

— Qu'a-t-il dit, exactement ? demanda Ivy, de plus en plus fébrile.

— Il a dit… Il a dit que tu allais faire exploser les ventes avec cet album. Mais Ivy…

— Je le savais ! s'exclama Ivy, au comble de l'excitation. Je le savais ! J'ai un sacré ticket avec lui.

— Que dis-tu ?

De surprise, elle faillit percuter l'arrière de la voiture qui la précédait.

— Nate. Il me court après, précisa Ivy.

Elle avait parlé avec une assurance mêlée de suffisance qui sema le trouble dans l'esprit de Mia.

— Nate te court après ? répéta-t-elle, sous le choc. Depuis quand ?

Bien avant d'être célèbre, Ivy savait déjà comment manipuler les gens et faire feu de tout bois. Avoir flirté avec la gloire, même de façon sporadique, n'avait fait qu'accentuer sa mégalomanie. Il fallait qu'elle soit toujours sous les feux de la rampe et qu'elle soit le centre de l'intérêt général.

— Depuis longtemps, répondit Ivy. Je m'étonne même que tu ne t'en sois pas aperçue.

— Maintenant que tu le dis… Oui, bien sûr, tu as raison…

— En fait, je ne t'en ai jamais parlé mais à Sydney…

Ivy laissa sa phrase en suspens, sans doute pour donner plus de poids à la révélation qu'elle s'apprêtait à faire.

— Quoi ? s'enquit Mia qui ne savait trop si elle devait redouter ce qui allait suivre ou s'en réjouir.

— Eh bien, ce soir-là, Nate et moi étions ensemble.

Perdant tout contrôle, Mia laissa échapper un juron.

— Désolée, murmura-t-elle. J'ai failli heurter la voiture de devant. Ces bouchons sont vraiment…

— On s'en fiche, Mia ! Tu as entendu ce que je viens de te dire ?

— Heu… Oui. Tu as passé la soirée avec Nate.

Elle était déchirée entre l'envie de rire et celle de

hurler. Quelle bonne idée elle avait eue d'enterrer tout de suite cette histoire avec Nate, car maintenant qu'Ivy avait jeté son dévolu sur lui, elle ne supporterait pas d'apprendre que sa jumelle avait couché avec lui.

— J'aurais dû te le dire.

— Pourquoi ne pas l'avoir fait, alors ? demanda Mia.

— Parce que j'ignorais encore où cela nous mènerait.

— Et maintenant ? Tu le sais ?

— Il m'apparaît évident que s'il veut travailler avec moi, c'est qu'il a compris que c'était sérieux entre nous.

Mia perçut dans la voix de sa sœur une pointe de triomphalisme qui lui broya le cœur.

— Quand penses-tu être rentrée ? s'enquit Ivy.

— J'en ai encore pour une bonne demi-heure. Il faut que je passe par la boutique de Rodeo Drive rapporter les affaires dont tu ne veux plus.

Comme pour tout le reste, Ivy était changeante. Elle pouvait dévaliser une boutique et, une fois chez elle, décider qu'aucune des tenues achetées ne lui convenait.

— Appelle-moi dès que tu sors de la boutique, ordonna Ivy.

Ivy exigeait d'elle qu'elle lui fasse un rapport circonstancié de ses moindres faits et gestes. Si, jusque-là, Mia avait courbé l'échine, elle sentait, depuis sa rencontre avec Nate, un vent de révolte souffler en elle. Plus précisément, avoir découvert qu'elle partageait avec Nate le langage des signes lui avait ouvert les portes d'un monde qui n'appartenait qu'à eux et où, pour une fois, sa sœur n'avait pas sa place. Une petite victoire bien dérisoire, mais une victoire tout de même.

Elle comptait sur le succès de cet album à venir pour

prendre enfin son envol, loin de cette sœur tyrannique qui se fichait bien de son bonheur.

Cette pensée la perturba quelque peu. C'était donc ainsi qu'elle voyait Ivy ? Comme quelqu'un qu'elle devait fuir ? Elle se rappelait un temps, pourtant pas si lointain, où leur relation n'était pas aussi tendue. Avant que la carrière d'Ivy décolle vraiment, toutes deux avaient été aussi liées que pouvaient le laisser supposer les neuf mois qu'elle avait passés ensemble dans le même ventre.

Et puis les choses avaient commencé à changer. Mia s'était soumise. Jusqu'à sa relation cachée avec Nate. En dépit de son refus à le suivre, une partie d'elle-même n'avait jamais renoncé à lui.

Au début, elle s'était limitée à apprécier la présence charismatique de Nate. Elle ne voyait en lui qu'un génie de la musique doté d'un physique avantageux qu'elle se plaisait à regarder en douce.

Lorsqu'elle avait compris qu'il lui prêtait une attention particulière, elle ne l'avait pas pris au sérieux. C'était Ivy qui était au centre de tous les regards. Elle qui avait hérité de la beauté et du talent. Beaucoup de gens n'en revenaient pas lorsqu'ils apprenaient que Mia et Ivy étaient jumelles, d'autant qu'Ivy avait pris comme nom de scène le nom de leur mère, Bliss, qu'elle trouvait plus accrocheur.

Et puis un jour, alors qu'Ivy répétait, Nate était venu en coulisses et, l'apercevant et pour ne pas déranger, s'était adressé à elle en langue des signes.

Elle lui avait répondu de la même façon, et c'était ainsi que tout avait commencé. Ils avaient découvert que chacun avait un parent malentendant. Ce jour-là, quelque chose d'inattendu s'était produit dans sa vie : elle s'était fait un ami improbable. Mais au fil des jours, Nate était devenu plus que cela.

La voix d'Ivy la fit brusquement revenir sur terre.

— Pourrais-tu passer me prendre un café ? demanda-t-elle. Tu sais comment je l'aime, n'est-ce pas ?

Satisfaire les désirs incessants d'Ivy demandait à Mia une attention de chaque instant. Jusque-là, cela ne l'avait pas dérangée plus que cela. Mais depuis que Nate avait vu en elle non pas la jumelle d'Ivy ou son assistante mais une femme désirable, Mia se surprenait à imaginer de plus en plus fréquemment une vie loin de sa sœur…

— Bien sûr, répondit-elle docilement. Je sais exactement comment tu l'aimes.

Maintenant que cette idée avait germé dans sa tête, le plus dur restait à faire : expliquer à sa famille qu'elle avait sa propre vie à vivre.

- 2 -

À l'instant même où Mia quitta le studio, Nate appela Melody, la sœur de Trent, qui tout au long des trois mois qu'avait duré la tournée, avait assuré la première partie du concert.

Compositrice et interprète de talent, il avait fait d'elle sa confidente, n'hésitant pas à lui révéler la nature exacte de ses sentiments pour Mia lorsqu'elle l'avait interrogé à ce sujet. Pas plus que lui, Melody n'appréciait la manière dont Ivy traitait sa sœur. Autant dire qu'elle ne la portait pas dans son cœur.

Une fois mise dans la confidence, Melody avait fait de son mieux pour distraire Ivy, permettant ainsi à Nate et Mia de disposer d'un peu de temps en tête à tête. Au fil des nombreuses heures passées à collaborer, les deux jeunes femmes avaient fini par devenir les meilleures amies du monde.

— Tu as dit à ton frère que j'avais rencontré quelqu'un pendant la tournée ? demanda-t-il sans préambule.

— Il a pu *m'échapper* que tu étais un poil distrait, répondit-elle, un sourire dans la voix.

Nate ferma les yeux et se massa doucement les tempes. Il aurait bien aimé un peu plus de discrétion de la part de Melody, mais il ne lui en voulait pas. Profondément romantique, la jeune femme était très sensible aux marques d'attention. Lorsqu'elle avait découvert les messages d'amour que son petit ami, Kyle, avait glissés dans sa valise entre ses vêtements, elle avait été bouleversée.

Malheureusement, les longs mois de séparation avaient sonné la fin de leur idylle. Nate se sentait un peu responsable, car si Melody avait accepté de le suivre dans cette tournée, c'était par amitié mais surtout parce qu'il avait su se montrer persuasif.

— Il croit que c'est Ivy, dit-il d'un ton morne.

Melody partit d'un fou rire qu'elle mit une bonne minute à étouffer.

— Tu trouves ça drôle ? marmonna-t-il.

— Oh oui ! Mais qu'est-ce qui lui fait croire ça ?

— Le fait que j'aie voulu produire son prochain album. Mais c'était pour moi le seul moyen de retrouver Mia et de passer plus de temps avec elle.

— En toute objectivité, il faut bien reconnaître qu'Ivy a une voix qui déchire. Elle a besoin d'un producteur à la hauteur de son talent et capable de tenir tête à son dragon de père.

— Tu m'en vois flatté, rétorqua-t-il sèchement.

— Comment s'est passée votre réunion ?

— Il n'y a pas eu de réunion. C'est Mia qui est venue à leur place. Apparemment, ils avaient rendez-vous avec les dirigeants de Mayfair Cosmetics qui verraient en Ivy la nouvelle égérie de la marque.

— Sans blague ? Ils ne sont pas venus ? Mais ils savent bien qui tu es au moins ?

— Visiblement quelqu'un à qui l'on peut poser un lapin sans état d'âme.

Il regretta les mots durs que, par frustration, il avait

laissés échapper. Mia n'était pour rien dans le comportement irresponsable de sa sœur et de son père. Tout comme lui, elle ne faisait que subir.

— Nous devons nous retrouver pour dîner ce soir, ajouta-t-il. J'espère que cette fois, ils ne me feront pas faux bond. Au fait, je voulais te dire que je ne vais pas pouvoir travailler pendant quelques semaines à partir de demain.

— Pourquoi cela ?

— Je dois subir une légère intervention des cordes vocales.

— Quoi ? Mais depuis quand le sais-tu ?

— Quelques jours. J'ai bien vu qu'il y avait un problème mais j'ai préféré attendre la fin de la tournée pour m'en occuper.

Et surtout, il ne voulait pas se priver de Mia avant la date prévue. Mais il garda pour lui cette précision.

— Pourquoi ne m'as-tu rien dit avant ? demanda Melody. Et Trent ? Tu l'as mis au courant ?

— Je le lui ai annoncé ce matin.

— Il va t'accompagner, je suppose ?

— Il me l'a proposé mais j'ai refusé. J'ai commandé une voiture avec chauffeur. Tout ira bien.

— Il n'est pas question que je te laisse traverser cette épreuve seul. Je saute dans le premier avion. Je serai là pour te raccompagner à ton hôtel.

— Ce n'est pas la peine, je t'assure. Tu restes à Vegas et tu travailles sur ton album. Tu as une date à respecter, tu te rappelles ?

— Deux jours pris sur mon planning ne vont pas nous mener à la catastrophe.

— Inutile, je te dis. C'est une question de quelques heures à peine.

— Pourquoi vouloir faire à tout prix preuve de courage ? Cela ne te tuerait pas d'accepter parfois la main qui t'est tendue. Tu es tellement têtu, ajouta-t-elle dans un soupir teinté d'agacement.

Nate, lui, aurait plutôt parlé de détermination. Après une enfance chaotique, il avait vite appris à ne compter que sur lui-même. Acceptant toutes les missions qui lui étaient proposées, son père traînait derrière lui un enfant angoissé à l'idée de changer sans cesse d'école et une épouse non moins anxieuse de prendre n'importe quel travail susceptible de leur permettre de joindre les deux bouts.

— J'en ai autant à ton service, rétorqua-t-il. Comment cela se passe-t-il entre Kyle et toi ? Vous avez pu vous parler ?

— Sais-tu que Trent a embauché Hunter comme DJ au Club T's ?

— Il m'en a vaguement parlé, oui. Je lui ai dit que ce n'était pas une très bonne idée.

Hunter Graves était l'ex-petit ami de Melody. Ils s'étaient déjà séparés lorsque, quelques mois plus tôt, ils s'étaient rencontrés par hasard dans une boîte connue de New York. Au moment de partir, pour ne pas être séparé d'elle par la foule dense qui piétinait dehors dans la file d'attente, Hunter l'avait prise par la main. Les paparazzis avaient aussitôt braqué leur objectif sur eux, et la presse à scandale avait fait le reste en les disant de nouveau amoureux.

S'il n'avait jamais vraiment cru Melody capable de le tromper, Kyle n'avait pas apprécié de voir, étalées dans les magazines, des photos de la femme qu'il aimait main dans la main avec son ex. La tournée qui avait suivi avait accentué les tensions existant au sein du couple, rendant Kyle chaque jour un peu plus à cran.

— Pour répondre à ta question, dit-elle finalement, Kyle et moi avons échangé plusieurs textos mais nous n'avons pas encore eu de discussion sérieuse.

— Ne crois-tu pas que tu devrais accélérer un peu les choses ?

— À vrai dire, j'ai peur que notre discussion ne débouche sur une rupture.

— Kyle n'est pas venu à Las Vegas prendre la direction du Club T's pour t'annoncer que c'était fini entre vous.

— Il est venu ici parce que Trent s'y trouve en ce moment avec Savannah, et que ce club a besoin d'un manager digne de ce nom.

Elle s'était exprimée sur un ton plein de rage qui surprit Nate.

— Excuse-moi, dit-elle d'une voix radoucie. Je voudrais tellement que tu aies raison ! Mais ce que je crois, moi, c'est qu'il pense que finalement nous ne sommes pas faits l'un pour l'autre et qu'il va se servir de ce fichu incident avec Hunter pour mettre un terme à notre relation.

— Il ne fera pas une chose pareille. Surtout lorsque tu lui auras appris la nouvelle.

— Que veux-tu dire ?

— Allons, Melody. Il est difficile de garder un secret bien longtemps pendant une tournée, tu es bien placée pour le savoir.

— Vous y êtes bien parvenus, Mia et toi.

— Parce qu'il était important pour tous qu'Ivy ne sache rien. Mais de toute façon, elle est tellement centrée sur elle-même qu'elle ne voit pas grand-chose de ce qui se passe autour d'elle. Mais pour en revenir à Kyle et toi, quand comptes-tu lui dire qu'il va être père ?

— Qui d'autre sait ?

— Dan et Mike ont remarqué que tu paraissais anormalement fatiguée et ils ont fait le parallèle avec leurs femmes lorsqu'elles étaient enceintes.

— Pourquoi t'en ont-ils parlé ?

— Parce qu'ils savent que tu es comme une sœur pour moi. Et parce que je leur avais clairement signifié que quiconque te chercherait des noises aurait affaire à moi.

Melody laissa échapper un nouveau soupir irrité.

— Je peux me défendre toute seule.

— Je n'en suis pas si sûr. Tu es trop gentille. Les gens qui le savent peuvent essayer d'en profiter.

Il aurait pu en dire tout autant de Mia. Ou de sa mère. À croire qu'il ne s'entourait que de femmes répondant aux mêmes critères : douces, dociles et ayant le plus grand mal à se rebiffer contre l'oppresseur.

— Et toi ? rétorqua-t-elle. Tu laisses quelqu'un veiller sur toi, peut-être ? Non. Passer ta journée seul dans un hôpital en est le parfait exemple.

— OK ! s'exclama-t-il en riant. Disons alors que chacun de nous a conscience des faiblesses de l'autre. Je t'enverrai un texto quand ce sera fait pour te tenir au courant.

— Tu sais, j'étais sérieuse quand je t'ai proposé de t'accompagner.

— Je n'en doute pas. J'apprécie beaucoup ton offre, mais vraiment, je préfère que tu continues à travailler.

Il marqua une brève pause avant d'ajouter d'un ton plus grave :

— Parle à Kyle. Tu verras, tu ne le regretteras pas.

— Je vais y penser. Bonne chance pour demain.

— Merci.

Il raccrocha puis appela le WP24, un restaurant asiatique situé au vingt-quatrième étage du Ritz-Carlton, pour y réserver une table de quatre. Il avait choisi cet établissement pour la vue époustouflante qu'il offrait sur le centre de Los Angeles et pour leur soufflé aux mûres et citron vert, certain que ces deux éléments réunis raviraient Mia.

Aussitôt la réservation effectuée, il envoya comme prévu les détails de la soirée à Mia puis alla rejoindre un vieil ami avec qui il devait déjeuner.

Il était près de 18 heures lorsqu'il put enfin appeler sa mère sur Skype. Comme à chaque fois, il se félicita d'avoir appris la langue des signes. Il était si heureux de ce lien qu'il avait su créer entre eux ! Afin de ne pas l'inquiéter, il passa rapidement sur l'opération qu'il devait subir le lendemain, puis aborda avec elle des sujets plus légers.

À 20 heures précises, il sortait de la cabine de l'ascenseur et quelques secondes plus tard, franchissait les portes du restaurant. Après l'avoir informé que ses invités n'étaient pas encore arrivés, l'hôtesse le conduisit à une table près d'une des immenses baies vitrées. Pour tromper le temps, il commanda une vodka-citron qu'il se mit à siroter à petites gorgées, impatient de retrouver Mia.

Malheureusement, seuls Ivy et Javier firent leur apparition. Il se leva de sa chaise à l'approche d'Ivy ondulant gracieusement entre les tables.

— Nate ! s'exclama-t-elle comme s'ils étaient les meilleurs amis du monde. C'est si merveilleux de te revoir !

Son enthousiasme était d'autant plus ridicule qu'ils ne s'étaient pas particulièrement bien entendus durant la tournée. Elle lui avait fait perdre un temps fou en l'obligeant à jouer les médiateurs lorsque musiciens et techniciens se rebellaient contre son autoritarisme.

— Bonsoir, Ivy, la salua-t-il plus sobrement. Bonsoir, Javier.

Il tendit la main à ce dernier, bel homme aux tempes grisonnantes qui ne quittait jamais le sillage de sa fille bien-aimée.

— J'ai effectué la réservation pour quatre personnes, ajouta-t-il. Où est Mia ?

Ivy s'installa d'autorité sur la chaise à côté de la sienne avant de répondre dans une moue dédaigneuse :

— Elle voulait venir mais… Où est le problème ? On est là pour discuter de *mon* prochain disque, non ?

Il ressentit l'habituelle pointe de dégoût lui vriller l'estomac. S'il n'avait pas eu en tête de voir Mia plus souvent, il aurait volontiers envoyé au diable cette garce et son album.

— Le problème, c'est que je l'avais invitée, elle aussi, répondit-il en lui jetant un regard qui ne cachait rien de son agacement.

— Je croyais que le but de ce dîner était de discuter de l'album d'Ivy, intervint Javier. La présence de Mia n'était donc pas indispensable.

— Bien sûr, reconnut Nate, qui souffrait intérieurement pour Mia de ce nouvel affront que sa famille lui avait infligé.

Il ruminait encore ces pensées moroses lorsqu'il entendit Ivy commander une coupe de champagne et Javier un gin tonic.

— Il paraît que c'est un très bon restaurant, fit remarquer ce dernier.

— Encore faut-il apprécier la cuisine asiatique, grommela Ivy en levant les yeux au ciel.

Nate encaissa la critique sans broncher. De toute façon, Ivy trouverait toujours à redire à tout.

Privé de la présence de Mia, il n'avait aucune envie de voir ce dîner se prolonger plus que nécessaire. Aussi lança-t-il le sujet, sitôt les commandes prises.

— J'ai quelques idées sur la façon de conduire ce nouvel album, dit-il. Je…

— Moi aussi, le coupa Ivy avant même d'écouter ce qu'il avait à dire. J'ai envie de partir dans une direction tout à fait différente. Cette fois, je ne vais pas composer la musique moi-même. J'aimerais que nous fassions appel à Melody Caldwell. J'adore ce qu'elle fait et j'avoue que cela correspond assez à mes attentes.

Nate, atterré par l'aplomb dont faisait preuve cette pimbêche, ne fit aucun commentaire.

— Je vais voir si Melody serait d'accord pour travailler avec toi, dit-il simplement.

— Pourquoi refuserait-elle ? s'enquit Javier. Voir Ivy Bliss interpréter ses œuvres ne pourrait que booster sa carrière.

— En fait, en ce moment, Melody travaille sur son

propre album. Aussi, je ne peux pas vous promettre qu'elle sera disponible.

— Plusieurs de ses titres m'intéressent, décréta Ivy. Je demanderai à Mia de lui en envoyer la liste dès demain. Je ne doute pas que Melody comprendra que je veux lui faire honneur.

— Melody et toi pourriez aussi collaborer sur de nouvelles compositions, suggéra Nate dans le but de la mettre mal à l'aise. Je suis certain qu'à vous deux, vous feriez du bon travail.

Il esquissa un sourire moqueur tout en songeant à la tête de Melody lorsqu'il lui aurait appris la nouvelle.

— J'ai bien peur que ma fille ne soit trop occupée cette année pour composer elle-même ses chansons, intervint Javier. Elle a signé cet après-midi un contrat avec Mayfair Cosmetics qui prendra effet dans un mois. Aussi serait-il souhaitable que son nouvel album soit enregistré le plus rapidement possible.

Javier et Ivy attendaient-ils de lui qu'il se mette à leur disposition comme ils l'exigeaient de Mia ? Malheureusement pour eux, il n'avait pas le caractère malléable de cette dernière.

— J'ai bien peur que ce ne soit pas possible, déclara-t-il. Je verrais plutôt ça pour le début de l'année prochaine.

— Impossible. En janvier, Ivy sera en plein tournage des pubs Mayfair.

Une fois de plus, Nate dut se rappeler les raisons pour lesquelles il avait accepté de produire ce fichu album et garda pour lui la réplique acerbe qui lui était venue à l'esprit.

Une idée jaillit soudain, qui vint éclairer cette soirée ennuyeuse. Comment n'y avait-il pas songé avant ?

— Je pense à quelque chose qui pourrait arranger tout le monde, dit-il. Je vais être obligé de revoir mon planning et je me disais que, peut-être, je pourrais faire appel à Mia.

Aussitôt, le visage d'Ivy se ferma.

— Ma sœur ? En quoi pourrait-elle t'aider ?

— Elle parle la langue des signes, n'est-ce pas ? Je pourrais l'engager comme interprète.

Ce fut au tour de Javier de marquer sa totale incompréhension.

— Comment cela ? demanda-t-il en fronçant les sourcils.

— Je dois me faire opérer des cordes vocales demain et je serai dans l'incapacité totale de parler pendant au moins trois semaines. Je m'exprimerai donc en langue des signes, que Mia traduirait pour moi à mes interlocuteurs.

— Pourquoi ne pas faire appel à un véritable interprète ? s'enquit Ivy.

— Parce que Mia, elle, connaît parfaitement le domaine bien spécifique de la musique.

— Papa, qu'en penses-tu ? demanda Ivy que la perspective de devoir se priver d'une sœur bien dévouée semblait ne pas enchanter.

Nate fixa sur Javier un regard impassible.

— Cela nous permettrait de ne pas perdre de temps et de sortir l'album d'Ivy dans les délais que vous souhaitez, précisa-t-il.

Javier échangea un regard furtif avec sa fille avant de hocher la tête.

— C'est d'accord, dit-il. Puisqu'il le faut, nous partagerons Mia avec vous.

Nate esquissa un sourire satisfait.

— En effet, il le faut, conclut-il d'un ton qui n'entendait pas être discuté.

Assise à la fenêtre de sa chambre, Mia fixait la pelouse d'un air distrait. Une heure plus tôt, elle avait regardé la Mercedes de son père disparaître au bout de l'allée, n'en revenant pas d'avoir été écartée sans le moindre égard d'un dîner qu'elle attendait avec impatience. Plus que jamais, le rôle qu'elle jouait auprès de sa sœur lui pesait.

Mais comme toujours, elle trouvait à Ivy des circonstances atténuantes. Cette dernière portait sur les épaules un poids bien supérieur à celui qu'elle-même trimballait depuis qu'elle était à son service : les attentes de leurs parents, qu'elle se sentait obligée de ne pas décevoir. Mia ne se souvenait pas d'un jour où elle n'avait pas entendu Ivy chanter.

Elle revit la modeste maison de San Diego où toutes deux partageaient leur chambre avec leur sœur aînée, Eva. Elles ne fréquentaient pas l'école, les cours leur étant dispensés par leur mère qui voyait là la possibilité de laisser à Ivy l'opportunité de passer des auditions lorsque l'occasion se présentait.

Ces sacrifices se révélèrent très vite payants. Ivy signa son premier contrat avec KidZ Channel puis décrocha un rôle dans une comédie musicale de Broadway et enfin signa avec le label West Coast Records pour l'enregistrement de son premier album.

À chaque nouvelle ascension, la maison familiale devenait plus grande et plus luxueuse. Leur père avait fini par quitter son emploi pour s'improviser manager. Depuis ce jour, il se dévouait corps et âme à la carrière de sa fille, sans se soucier des dégâts collatéraux que cette totale abnégation pouvait engendrer sur les autres membres de sa famille.

Comme cette soirée à laquelle il avait trouvé superflu de la convier et qu'elle vivait comme une punition.

La seule maigre consolation qu'elle trouvait à sa tristesse était le choix du restaurant. Il ne faisait aucun doute à ses yeux que Nate avait choisi le WP24 pour lui faire plaisir car, au cours d'une discussion qu'elle avait eue avec lui deux mois plus tôt, elle avait exprimé l'envie d'y aller un jour.

Le gargouillis de son estomac la ramena sur terre, lui rappelant qu'elle n'avait rien avalé depuis le déjeuner. Elle avait beau ne pas avoir faim, il fallait bien se nourrir. Il était temps de cesser de s'apitoyer sur son sort pour aller se préparer quelque chose à grignoter. La cuisinière gardait toujours du poulet en réserve pour le cas où Ivy aurait envie d'équilibrer la malbouffe qu'elle avalait à la hâte avec des aliments plus sains.

Elle ouvrit le réfrigérateur et passa rapidement en revue son contenu. Elle avait vu juste. Elle découpa un blanc de poulet en tranches qu'elle arrosa généreusement de mayonnaise et qu'elle accompagna d'une salade verte. Puis elle se rendit dans le salon pour regarder à la télévision n'importe quoi susceptible de la distraire de sa solitude.

Une fois installée devant l'écran, elle baissa les yeux sur son assiette pleine. Heureusement, Nate semblait apprécier ses formes voluptueuses, héritées de sa mère, ancienne chanteuse d'opéra.

Elle allait attaquer son repas lorsque son téléphone sonna. Elle sourit lorsqu'elle vit que c'était Melody. Jusqu'à sa rencontre avec la jeune femme, Mia ne savait pas vraiment ce qu'était l'amitié.

— J'ai l'impression que nous ne nous sommes pas parlé depuis des lustres, dit-elle en guise de salut. Comment vas-tu ?

— Très bien. Comme tu sais, je suis pas mal occupée par mon album en ce moment.

— Où en es-tu ? Combien de titres as-tu composés ?

— Je ne sais pas. Une cinquantaine, peut-être. Tout n'est pas bon, mais avec le temps, j'ai compris que mes préférées étaient justement les chansons qui n'étaient pas parfaites. Je vais avoir du mal à choisir.

— Je sais ce que tu peux ressentir. Quelques-unes de mes meilleures compositions ne seront jamais connues.

Jusqu'à ce qu'elle parte en tournée, tout le monde, à l'exception de sa famille, ignorait que c'était elle, l'auteur des plus grands tubes d'Ivy. Puis elle avait rencontré Nate et Melody qui n'avaient pas mis longtemps à percer le secret. Elle n'avait pas vraiment cherché à nier, trop fébrile d'échanger avec des compositeurs aussi talentueux.

Malgré tout soucieuse de préserver l'illusion, elle prenait bien garde à ne travailler que lorsqu'elle se savait seule. Il arrivait souvent qu'une rime ou un air lui traverse l'esprit. Elle s'empressait alors de les noter dans un carnet qui ne la quittait jamais. À ce jour, il était rempli d'ébauches de chansons et de notes griffonnées à la hâte.

— Nate pourrait t'aider, suggéra Melody. Je suis

certaine qu'il serait heureux de te faire enregistrer une maquette pour la faire passer dans le milieu.

— En fait, il me l'a déjà proposé.

— Dans ce cas, qu'attends-tu ?

Mia soupira. De même qu'elle n'avait expliqué à personne la raison pour laquelle elle restait aux côtés de sa sœur en dépit de la façon dont elle était traitée, elle estimait qu'il n'appartenait qu'à Ivy de révéler que ce n'était pas elle qui écrivait ses chansons.

— Je n'attends rien, répondit-elle. Seulement j'ai à peine le temps d'écrire, alors tu imagines… Passer à l'enregistrement.

Quoique, lorsque Ivy se rendrait à Las Vegas pour enregistrer son album, elle disposerait enfin d'un peu de temps pour se consacrer à des projets plus personnels.

— Au fait, en parlant de Nate, sais-tu qu'il doit se faire opérer des cordes vocales, demain ? reprit Melody.

Le cœur de Mia se mit à battre un peu plus fort.

— Non, je l'ignorais. Je savais qu'il avait un problème mais qu'il repoussait l'intervention afin d'honorer toutes les dates de la tournée. Ceci dit, nous ne nous sommes pas beaucoup parlé depuis.

Depuis leur rupture… Elle se revit avec lui, ce matin-là à Sydney. Nate lui avait clairement exprimé son envie de la revoir. Mais malgré la forte attraction qu'il exerçait sur elle, elle savait que le choix que cette décision impliquait — lui ou Ivy — la ferait toujours pencher en faveur de sa jumelle.

« Crois-tu que ce sera un jour le bon moment ? » lui avait-il demandé. Elle n'avait pas su quoi lui répondre.

— Je m'inquiète pour lui, poursuivit Melody. Il a prévu de faire appel à un chauffeur pour le conduire à l'hôpital et le raccompagner à son hôtel, mais ensuite il n'aura personne pour l'aider. Alors je me demandais… Puisque tu es sur Los Angeles, accepterais-tu de t'occuper de lui ?

— Bien sûr, répondit-elle sans hésitation.

C'était un geste que ferait n'importe quel ami, et Nate et elle s'étaient quittés en bons termes.

L'espace d'un bref instant, elle se demanda ce qu'elle allait bien pouvoir raconter à Ivy, pour décider finalement qu'elle resterait évasive. Elle avait besoin d'un peu de temps libre. Point. Ce n'était tout de même pas comme si elle avait l'intention de partir un mois en vacances aux Caraïbes ou en Europe !

— Connais-tu le nom de la clinique où il doit être opéré ? s'enquit-elle. Et l'heure à laquelle doit avoir lieu l'intervention ?

— Non, je ne sais rien. Mais je suppose qu'il a dû aller voir le Dr Hanson. C'est le meilleur spécialiste de la ville. Je sais juste que le rendez-vous est fixé à demain, tôt dans la matinée.

— Et son hôtel ?

— Il descend habituellement au Four Seasons de Beverly Hills. C'est l'hôtel le plus proche des bureaux de West Coast Records.

— Je vois très bien où il se trouve. C'est là qu'Ivy a séjourné pendant que sa maison était en travaux.

— Autre chose. N'en parle pas à Nate. Tu sais comment il est. Il ne supporte pas l'idée que l'on puisse l'aider.

— Ne t'inquiète pas. Je m'en occupe. Il ne soupçonnera rien.

— Tu es un amour. L'idée de le savoir seul après son opération me rendait malade.

— Eh bien sois rassurée. Je serai là.

— Il ne l'admettra jamais mais je suis prête à parier qu'il sera très heureux de te trouver à son chevet.

- 3 -

Le matin de son opération, Nate avait l'esprit en ébullition. Ne pas pouvoir communiquer en direct avec qui que ce soit pendant plusieurs semaines allait s'avérer un sacré défi. D'autant plus qu'il n'avait pas encore demandé à Mia si elle accepterait de lui servir d'interprète, ce qui le laissait dans une incertitude absolue quant à son avenir proche.

Contrairement à ce qu'il avait affirmé à Ivy, il aurait pu faire appel à un spécialiste, même si en trouver un dans un délai aussi court se serait révélé difficile. Sans compter qu'il préférait de loin demander à Mia. Mais cette dernière serait-elle d'accord ?

Il chassa de son esprit tous ces doutes et toutes ces interrogations. Le moment était venu de se rendre à la clinique.

Il quitta sa suite et s'engagea dans l'ascenseur où se trouvait déjà un jeune couple avec une poussette dans laquelle était assis un tout jeune enfant. Nate se plaqua sur le côté et laissa son regard aller du bébé à ses heureux parents. Ses pensées dérivèrent alors une fois de plus vers Mia…

À plusieurs reprises durant la tournée, et pour la première fois de sa vie, il s'était surpris à envisager la possibilité d'avoir une vie de famille. Comment fallait-il s'y prendre pour parvenir à équilibrer sa vie de nomade avec un foyer stable ? Les premières années, alors qu'il sillonnait les routes avec son groupe pour promouvoir leurs albums, il ne s'imaginait même pas avoir un jour ce genre de vie tranquille. Pour lui, l'existence qu'il menait était tout simplement incompatible avec une vie de famille.

Et puis, il avait rencontré Mia. Mia qui était habituée à passer de longs mois hors de chez elle. D'ailleurs, il n'était même pas certain qu'elle ait son propre appartement où elle pouvait se réfugier de temps en temps, loin de la tyrannie de sa sœur. Il avait alors commencé à se projeter dans un avenir commun où ils travailleraient et voyageraient ensemble aux quatre coins du monde... Oui, cette vision le réjouissait profondément.

Lorsque l'ascenseur s'ouvrit sur le hall d'entrée et que la petite famille en sortit, il se retrouva perplexe autant qu'abattu. Cette intervention chirurgicale suscitait en lui une anxiété qui lui rendait sa solitude encore plus pesante. Il en avait assez d'être seul.

Il se rappela soudain les années de dépression qu'il avait connues, dix ans plus tôt, et qu'il avait tenté de surmonter seul dans un mélange explosif d'alcool, d'antidépresseurs et de sexe.

Il se maudit intérieurement d'avoir refusé l'aide que lui avaient proposée ses deux amis les plus proches. Pourquoi avait-il refusé les mains qu'on lui avait tendues quand il était le premier à rendre service dès qu'il le pouvait ?

La réponse se trouvait dans son enfance, bien sûr. Le sentiment de honte qu'avait généré son impuissance face à un père qui battait sa femme avait longtemps persisté. Or, s'il avait bien voulu assumer ses faiblesses pour demander une aide extérieure, il se serait épargné bien des moments difficiles. Sa mère n'aurait pas subi pendant des années les coups d'un mari violent, et il ne se serait pas coupé du monde de la musique comme il l'avait fait alors en se perdant dans des paradis artificiels.

En fait, il avait toujours peur de déranger. Et cette fois encore. Trent flottait sur un petit nuage avec Savannah et Dylan, et Melody travaillait dur à Las Vegas. Quant à sa mère, qui aurait accouru s'il le lui avait demandé, il ne voulait pas l'alarmer.

Mais alors qu'il était perdu dans ses pensées moroses, le miracle se produisit. Une silhouette familière se leva d'un des fauteuils du hall d'entrée pour venir à sa rencontre. Il se frotta les yeux, certain d'être victime d'une hallucination. Si tel était le cas, il ne le regrettait pas. C'était le plus joli mirage qui lui serait donné de voir de toute son existence.

— Mia ?

— Enfin ! Je craignais de t'avoir raté. Comment te sens-tu ?

Elle lui coula un regard en biais alors qu'ils franchissaient ensemble les portes coulissantes de l'entrée.

— Pas trop nerveux ?

— Que fais-tu ici ?

— Je suis venue pour m'occuper de toi. Pourquoi ne m'as-tu pas dit que l'on devait t'opérer aujourd'hui ?

Parce que je pensais que tu t'en fichais et parce que ta sœur t'accapare tellement que je n'imaginais pas que tu pourrais me consacrer une minute de ton temps.

Mais il garda pour lui sa réponse.

— Comment as-tu su ? demanda-t-il.

— Par Melody. Elle était inquiète de te savoir seul.

Elle s'interrompit pour lui lancer un regard réprobateur.

— Moi aussi, d'ailleurs, précisa-t-elle.

— Il n'y a aucune raison.

— De toute façon, un médecin digne de ce nom ne laisse jamais repartir seul un patient ayant subi une anesthésie. Donc, je vais t'accompagner à la clinique, attendre sur place que l'intervention soit terminée, puis je te ramènerai ici où je veillerai sur toi quelques heures.

Il avait l'impression de rêver. Savoir Mia à ses côtés durant les prochaines heures allait l'aider à recouvrer le moral très vite.

— Il n'est pas nécessaire que tu restes à la clinique, dit-il tandis qu'ils s'installaient à l'arrière du taxi qu'il avait commandé. J'en ai pour six bonnes heures, d'après le médecin.

— Je reste, déclara-t-elle d'un ton sans appel. J'ai apporté de quoi lire.

— Merci.

Ce mot tout simple ne reflétait pas l'émotion qu'il ressentait. Loin de là. Il était tellement heureux de l'avoir à ses côtés ! Si elle ne fit aucun commentaire, il vit au petit sourire qu'elle esquissa qu'elle comprenait.

Ils effectuèrent le reste du trajet dans un silence empreint de la bienveillance mutuelle qu'ils se portaient. Cette opération était pour lui la chose la plus terrifiante qu'il ait à affronter depuis ce jour funeste où, âgé de seize ans, il avait dû lutter contre son forcené de père qui, armé d'un couteau, menaçait la vie de sa mère.

Il avait trouvé dans la chanson bien plus qu'un refuge : une manière de survivre. Grâce à elle, il avait pu exorciser ce pan ténébreux de son passé et crier à la face du monde qui il était vraiment.

Les succès remportés en tant que producteur et compositeur n'avaient été pour lui que le tremplin qui l'avait conduit à la scène. Cette prise de conscience avait eu lieu que très récemment, à l'annonce de cette intervention qu'il devait subir.

Toujours silencieux, Mia et lui entrèrent dans la clinique et se dirigèrent vers le service qu'on lui avait indiqué.

Lorsque l'infirmière vint le chercher pour le conduire dans la salle d'opération, Mia lui adressa un sourire d'encouragement qu'il emporta avec lui comme un précieux trésor. Un sourire qui l'accompagnait encore quand on le conduisit en fauteuil roulant le long de couloirs lugubres puis, un peu plus tard, lorsque l'anesthésiste lui enfonça une seringue dans le bras.

Lorsqu'il rouvrit les yeux, au bout d'un moment qui lui parut très bref, il comprit, à la pénombre dans laquelle était plongée la pièce ainsi qu'au silence de plomb qui y régnait, qu'il se trouvait en salle de réveil. Sa première pensée alla vers Mia. Il était si heureux qu'elle soit là pour le raccompagner à son hôtel ! Ensuite seulement, il effleura sa gorge du bout des doigts. L'opération s'était-elle bien passée ? Malheureusement, il lui faudrait patienter des semaines, voire des mois, pour le savoir.

Encore groggy, il vit entrer une infirmière venue vérifier que tout allait bien. Elle lui posa des questions auxquelles il devait répondre par oui ou par non d'un léger signe de tête. Lorsqu'elle eut terminé, elle lui répéta ce que le médecin et les autres infirmières avant elle lui avaient déjà dit, à savoir qu'il devait observer le silence le plus total pendant trois semaines puis ne parler qu'à de rares occasions.

D'ici à un mois, il reprendrait doucement, sous la houlette d'un professeur de chant ; ce qui, pour un rocker comme lui, habitué à chanter avec ses tripes, serait une grande première.

L'infirmière l'informa encore qu'il avait pour consigne de revenir dans trois jours pour une visite de contrôle et, à condition que cette dernière se révèle satisfaisante, alors seulement, il pourrait rentrer chez lui à Las Vegas poursuivre sa convalescence.

— Votre gorge risque de vous faire souffrir un peu dans les jours qui vont suivre, précisa-t-elle. Prenez bien les médicaments que le docteur vous a prescrits, buvez beaucoup et surtout, ne cherchez pas à parler.

Il hocha la tête. S'il avait plutôt coutume de ne suivre aucun des conseils qu'on lui prodiguait, il entendait bien suivre ceux-ci à la lettre, car l'idée de perdre sa voix et, par conséquent, tout ce qui était sa vie, le terrifiait. Bien sûr, si un tel malheur lui arrivait, il pourrait toujours poursuivre ses activités de producteur et de compositeur, mais rien ne remplacerait jamais l'adrénaline que provoquaient chez lui des stades pleins à craquer.

L'infirmière le conduisit enfin dans la salle d'attente où se trouvait toujours Mia qui, s'étant informée du protocole, lui tendit sans attendre un verre d'eau.

Le liquide froid lui coula dans la gorge sans provoquer la moindre irritation, ce qu'il prit pour un signe encourageant.

— Tu te sens bien ? s'enquit-elle en lui pressant

gentiment la main. Fais-moi signe lorsque tu voudras que nous partions.

Il hocha la tête et lui serra tendrement la main.

Le retour en taxi lui parut bien plus long qu'à l'aller, tant il avait hâte de laisser derrière lui la clinique.

Lorsque Mia et lui furent devant la porte de sa chambre, il sortit sa carte et tenta à plusieurs reprises de l'insérer dans la fente. En vain. Il aurait bien juré tout haut mais il se rappela à temps qu'émettre le moindre son lui était formellement interdit. Mia lui prit la carte des mains et, la seconde d'après, la porte s'ouvrait devant eux. Mais à peine venait-il de faire un pas en avant que, pris d'un vertige, il dut se retenir au chambranle de la porte pour ne pas tomber.

Aussitôt, le bras protecteur de Mia vint s'enrouler autour de sa taille.

— Je suis là, dit-elle d'une voix où pointait une note d'inquiétude.

— Tout va bien, assura-t-il en adoptant la langue des signes.

Dieu merci, grâce à cette méthode il allait malgré tout pouvoir communiquer et se faire entendre.

— Et toi ? signa-t-il.

— Moi ? J'irai mieux une fois que tu seras couché et que tu te reposeras.

— Je savais bien que tu brûlais d'impatience de m'entraîner au lit, dit-il dans un trait d'humour qui n'effaça pas pour autant la petite ride qui s'était creusée entre les sourcils froncés de Mia. Cela me fait très plaisir que tu sois là, ajouta-t-il, le visage plus grave.

Il fut tenté de lui demander combien de temps elle pensait rester mais il se retint, craignant de ne pas aimer ce qu'elle lui répondrait. Pour l'heure, mieux valait profiter du temps qu'elle voudrait bien lui consacrer.

— Je suis vraiment désolée que les choses n'aient pas marché et que…

D'un doigt posé sur sa bouche, il l'empêcha de poursuivre.

Il n'avait pas envie de discuter de l'échec de leur relation ou des raisons qui la poussaient à rester avec sa sœur plutôt que de tenter sa chance avec lui. Pour l'instant, tout ce qu'il désirait, c'était s'asseoir sur le canapé avec elle blottie tout contre lui.

— Viens, lui signifia-t-il en tapotant la place à côté de lui.

— Tu devrais aller te coucher.

— Je n'ai pas sommeil.

L'espace d'un instant, il crut qu'elle allait protester mais elle finit par venir le rejoindre.

— Allonge-toi au moins, dit-elle.

Il s'exécuta docilement, ravi de poser la tête sur les genoux de Mia. Il ferma les yeux, s'abandonnant à la douce caresse de ses doigts qu'elle glissa dans ses cheveux.

Bon sang ! Comme elle lui avait manqué ! Combien de fois s'était-il surpris à revivre en pensée les précieuses heures passées avec elle à Sydney ? Des souvenirs qu'il se plaisait à se repasser en boucle. Il ressentait alors, intact, le feu du désir qu'il avait eu pour elle, l'intensité du plaisir qui les avait emportés vers des rivages inconnus et puis aussi, la pointe douloureuse dans sa poitrine lorsque, au petit matin, elle l'avait quitté, le laissant seul et désemparé.

Jusqu'au dernier moment, il avait cru à sa force de

persuasion. Il s'était même vu tout faire pour la rendre heureuse. Mais à son grand désarroi, elle avait tout rejeté en bloc. Pour son plus grand malheur, elle n'était pas femme à faire passer son bonheur avant tout. Sa famille avait fait d'elle un mouton docile qui avait pour devoir de faire ce que ses proches exigeaient d'elle.

Avec elle, il apprenait à apprécier le silence tout comme l'instant présent. Il sentit ses paupières devenir lourdes mais, désireux de ne pas perdre une seconde de ce temps précieux qu'il passait avec elle, il mit toutes ses forces vacillantes à lutter contre le sommeil. En vain.

Lorsqu'il se réveilla, la pièce était plongée dans la pénombre. Mia n'avait pas bougé. Il se frotta le visage et se redressa.

— Quelle heure est-il ? s'enquit-il.

— 18 heures. Comment te sens-tu ?

— Courbaturé.

— Je vais te chercher de l'eau.

Elle revint avec une bouteille fraîche et un verre qu'elle lui tendit.

— Veux-tu prendre un antalgique ?

Il secoua la tête. Il n'aimait pas être sous l'emprise de médicaments. Pour s'être laissé prendre au piège des paradis artificiels au tout début de sa carrière, il ne connaissait que trop bien les effets dévastateurs qu'ils pouvaient avoir sur l'organisme. Il ne contrôlait alors plus rien. Même pas les filles, qu'il utilisait puis jetait comme des Kleenex, flatté de susciter le désir de dizaines de groupies hystériques.

Et puis un matin, il s'était réveillé avec une gueule de bois phénoménale et une envie de vomir qui n'avait rien à voir avec ce qu'il avait ingéré la veille. Il avait tout de suite remarqué l'empreinte de son poing dans l'un des murs de la chambre. S'il lui était revenu en mémoire qu'il avait piqué une crise de colère, il avait tout oublié, en revanche, de la raison qui l'avait poussé à un tel acte de violence. À ce moment précis, il s'était vu dans la peau de son père et il ne l'avait pas supporté. Il s'était séparé du groupe et était retourné à Las Vegas où il avait passé l'année suivante à composer et à éviter l'alcool et les drogues.

Cette période de sa vie n'avait pas été facile. Il avait vécu les deux premiers mois comme une traversée du désert, incapable de coucher sur papier le moindre mot ni de trouver le moindre accord. La plupart de ses compositions avaient été écrites sous l'effet de l'alcool et de la drogue. Privé de ces moteurs, il avait l'impression d'avoir la tête vide. Combien de fois avait-il été à deux doigts de replonger ! Il n'avait dû son salut qu'à sa mère qui, sentinelle vigilante, avait veillé sur lui avec amour et bienveillance.

Peu à peu, à force d'acharnement, les notes lui étaient revenues. Cela avait été plus compliqué pour les paroles, ce qu'il voulait exprimer puisant sa source dans les drames personnels qu'il avait vécus. Inconsciemment, son esprit se fermait à ces moments difficiles de sa vie. À cette époque-là, le jeune adulte de vingt-trois ans qu'il était alors n'en avait pas fini avec l'adolescent qui, trop effrayé pour défendre sa mère, avait laissé faire. Aujourd'hui encore, même s'il trouvait ridicule de s'être imaginé qu'un enfant pouvait prendre le dessus sur un homme ivre aux pulsions meurtrières, il lui arrivait parfois de se dire que des choses auraient pu être faites.

Comme en parler à quelqu'un. À ses professeurs, à

un policier, à n'importe qui susceptible de l'aider. Sa mère n'avait jamais appris à lire sur les lèvres, ce qui lui avait valu de sérieux problèmes de communication. Il était devenu sa voix aussitôt qu'il avait été capable de parler. Pourtant, le jour où plus que jamais il aurait dû se montrer son porte-parole, il s'était tu. Encore aujourd'hui, ce sentiment de honte ne l'avait pas tout à fait quitté.

— Tu as faim ? proposa Mia. Si tu veux, je peux te faire réchauffer un peu de soupe. J'ai apporté du bouillon de poule que j'ai fait moi-même. Je peux aussi te préparer une infusion avec du miel.

Il comprit tout d'un coup pourquoi Ivy tenait tellement à garder sa sœur auprès d'elle. Qui n'aurait pas envie de se faire dorloter en permanence par quelqu'un d'aussi doux et dévoué que Mia ?

— J'ai faim, répondit-il.

Il n'avait pas remarqué à quel point, jusqu'à ce que Mia mentionne la soupe. La perspective de manger quelque chose préparé par ses soins le fit sourire de bonheur.

— Quoi ? demanda-t-elle. Pourquoi ce sourire ?

— Je n'arrive pas à croire que tu es là, à t'occuper de moi.

— Eh bien, ne t'y habitue pas trop, répliqua-t-elle, moqueuse, en se dirigeant vers le réfrigérateur. Tu ne m'as que pour trois jours.

Lorsqu'elle revint, elle posa sur ses genoux un joli plateau en métal argenté qu'elle avait recouvert à demi d'une serviette en lin et sur lequel se trouvaient son bol de bouillon et une marguerite.

— Tout ça pour moi ?

— Mange ce que tu peux. Et si tu penses être capable d'avaler autre chose, il y a de la glace à la vanille et au caramel.

Au lieu de reprendre sa place à côté de lui, elle alla s'asseoir sur une chaise toute proche puis se mit à le regarder manger.

— Ça va ? Ce n'est pas trop fade ? demanda-t-elle.

— Non, c'est même délicieux.

— Je pense que dès demain, tu pourras prendre des aliments un peu plus consistants. Que dirais-tu d'un velouté de chou-fleur et de brocolis ?

Elle le taquinait, bien sûr, car elle connaissait son aversion pour tout ce qui ressemblait de près ou de loin à de la purée de légumes. Elle éclata d'un rire joyeux en le voyant froncer les sourcils.

— Plutôt macaronis au fromage ? suggéra-t-elle.

— C'est mieux.

Il marqua une brève pause puis ajouta :

— Je te l'ai déjà dit mais je suis vraiment heureux que tu sois là.

Mia remonta les genoux sur sa poitrine, le plus haut possible, pour se faire toute petite. Nate n'avait aucune idée de l'impact qu'avaient sur son cœur et son corps les mots qu'il venait de signer. À vrai dire, c'était moins les paroles que son regard qui la faisait frissonner de la tête aux pieds. Durant les semaines où ils avaient été séparés, elle avait connu la solitude la plus profonde ; une solitude qui lui avait fait prendre conscience du vide de son existence.

— Nous nous sommes promis de toujours être là

l'un pour l'autre, lui rappela-t-elle, fière de parvenir à garder un ton neutre destiné à ne pas trahir le tumulte intérieur qu'elle ressentait. Quelle sorte d'amie serais-je si je t'avais laissé traverser seul un moment aussi pénible ?

Malgré ses efforts, elle savait Nate capable de déceler la moindre nuance dans la voix d'un chanteur. Il pouvait donc la percer à jour elle aussi, comme il avait su si bien le faire tout au long de la tournée. Cela ne faisait pas pour autant de lui un manipulateur qui aurait pu profiter d'elle à sa guise. Au contraire, il était l'homme le plus droit et le plus loyal que la terre ait jamais porté, si l'on en croyait les commentaires élogieux des gens qui le côtoyaient régulièrement.

— En effet, c'est une promesse que nous nous sommes faite, rétorqua-t-il en lui adressant un sourire en coin. Ce qui m'amène à te parler de quelque chose que j'ai abordé avec ton père et Ivy hier soir. Que dirais-tu de me servir d'interprète jusqu'à ce que je puisse de nouveau parler ?

Ce qu'elle en pensait ? L'idée l'excitait et l'honorait à la fois. Lui faisait un peu peur aussi. Car passer autant de temps avec lui lui faisait craindre de lui ouvrir son cœur. Aurait-elle la force de refuser une nouvelle fois si, par hasard, il lui proposait encore de choisir entre Ivy et lui ? Rien n'était moins sûr mais elle était prête à prendre le risque.

— Tu en as parlé à mon père et il a accepté ? s'enquit-elle, soudain sceptique.

— Oui. Je voulais d'abord m'assurer que tu ne pourrais pas prendre ta sœur comme prétexte pour refuser.

— Même elle est d'accord ?

— J'avoue qu'elle n'était pas enchantée mais elle a bien compris que si elle voulait sortir son album à la date qu'elle s'est fixée, elle n'avait pas d'autre choix que d'accepter de te lâcher un peu.

Elle sourit. Cet arrangement lui sembla parfait. Ivy aurait ce qu'elle voulait et elle, elle allait passer un mois entier — ce qui représentait des heures et des heures — en compagnie de Nate, sans qu'ils aient à se cacher… Jamais, depuis leur départ de Sydney, elle n'aurait osé imaginer une chose pareille possible.

— Quand commençons-nous ? demanda-t-elle.

— Je regagnerai Las Vegas mardi, après ma visite de contrôle chez le Dr Hanson.

— Au fait, je ne te l'ai pas demandé mais comment s'est passé le dîner avec mon père et ma sœur ?

— Au mieux. Savais-tu qu'Ivy avait en tête d'enregistrer quelques-uns des titres de Melody ?

— Non.

Mais il est vrai qu'Ivy se comportait de façon bizarre depuis la fin de la tournée. Elle était devenue de plus en plus exigeante, ce qui n'était pas peu dire, et Mia devenait folle, prise en permanence entre les sautes d'humeur et l'indécision chronique de sa jumelle.

— Mais cela ne m'étonne pas, poursuivit-elle. Melody est une compositrice de talent et Ivy souhaite ce qu'il y a de mieux pour ce nouvel album.

— J'ai essayé de l'en dissuader. Ce que tu as toi-même composé est fantastique.

— Elle pense que ce sont mes chansons qui l'empêchent d'atteindre les sommets. Après tout, peut-être qu'elle a raison et qu'essayer avec quelqu'un d'autre fera d'elle la mégastar internationale qu'elle rêve de devenir.

— Et toi ?

— Moi ?

— Oui. Es-tu prête à prendre ta carrière en main ?

— Je ne vois pas bien ce que je pourrais souhaiter de plus, rétorqua-t-elle sur un ton ironique. N'est-ce pas déjà merveilleux d'être l'assistante de la grande Ivy Bliss ?

Comment s'imaginait-elle dans dix ans ? La seule pensée d'être toujours au service de sa sœur lui noua l'estomac. Ivy s'imaginait sans doute que leur père lui céderait un jour son rôle de manager. Mais était-ce ce qu'elle voulait ? À vrai dire, ce dont elle rêvait, c'était de pouvoir vivre un jour des chansons qu'elle aurait composées.

— Je faisais allusion à une carrière de compositrice, précisa Nate.

— Je crains bien que cela ne me fasse pas vivre.

— Tu pourrais t'orienter parallèlement vers la production.

— Connais-tu la proportion de femmes productrices dans l'industrie musicale ? répliqua-t-elle avec une pointe d'agressivité.

Pour toute réponse, il secoua la tête.

— Évidemment, personne ne sait, tellement le chiffre est insignifiant. Eh bien, sache qu'il tourne autour de 5 %.

— Comment le sais-tu ?

— Lorsque Taylor Swift a remporté un Music Award pour son album *1989*, elle a signalé dans son discours de remerciement le peu de moyens dont disposent les femmes pour se voir attribuer tout le mérite qui leur revient.

Ce soir-là, Mia était seule devant l'écran de télévision. À la fin du discours de la chanteuse, elle s'était sentie coupable de ne pas s'être battue pour voir son nom figurer sur les deux albums qu'elle avait composés pour sa sœur.

— Son beau discours s'est retourné contre elle, ajouta-t-elle, quand quelques esprits malintentionnés n'ont pas manqué de souligner que, sur les dix-neuf personnes qu'avait nécessitées la création de *1989*, il n'y avait que *deux* femmes.

— Puisque les femmes sont sous-représentées dans ce milieu, pourquoi n'essaierais-tu pas de faire bouger les choses ? Cela te plairait-il ?

— Je te mentirais si je te disais que je n'y ai jamais songé. J'ai composé mes premières rimes au moment où Ivy enregistrait son premier single. Je suis une autodidacte. Tout ce que j'ai appris, je l'ai appris sur le tas, dans les studios d'enregistrement, en écoutant les professionnels chanter.

— Tu n'as pas répondu à ma question. C'est oui ou c'est non ?

— C'est oui ! Passer plusieurs semaines à tes côtés va me permettre de connaître tous les secrets qui font de toi le grand producteur que tu es. Ensuite… je ne sais pas de quoi l'avenir sera fait.

Nate esquissa un sourire satisfait dans lequel elle vit la conclusion de leur discussion.

Elle aussi était heureuse. Nate avait été tellement frustré ce matin-là, à Sydney, lorsqu'elle lui avait clairement signifié qu'elle ne donnerait pas suite à leur relation. À quoi bon, puisque leur histoire était vouée à l'échec ? avait-elle pensé.

Sa réponse aurait sans doute été différente si elle n'avait pas senti chez Nate une volonté de s'engager qui n'était pas la sienne et si elle avait pressenti qu'ils auraient pu passer de longs week-ends ensemble, au terme desquels chacun serait retourné à ses occupations jusqu'à un prochain rendez-vous.

Mais Nate n'était pas ce genre d'homme. En tout cas, ce n'était pas ce qu'il attendait d'elle. Il avait été très clair dès le départ. Et s'il avait su se montrer discret au début de leur romance naissante, il n'en avait plus été de même après qu'ils avaient fait l'amour. À partir de là, il avait exprimé le désir de la voir ouvertement et aussi souvent que possible. Elle avait pris peur.

Ivy le lui ferait payer cher si elle apprenait qu'il y avait eu quelque chose entre eux. Surtout maintenant qu'elle s'était mis en tête que Nate et elle étaient faits l'un pour l'autre. Mia repoussa cette idée. Elle n'était pas prête à affronter le chambardement qu'une telle nouvelle ne manquerait pas de déclencher.

— Comment va ta gorge ? s'enquit-elle après être allée lui chercher sa glace.

— Ça va.

Mais elle vit aux muscles tendus de ses mâchoires qu'il lui mentait.

— Où sont tes médicaments ?

— Je ne veux pas les prendre.

— Comme tu voudras. Je vais te chercher de l'eau. L'infirmière, à la clinique, a bien souligné l'importance de boire beaucoup.

Il la remercia d'un signe de tête docile. Le voir si vulnérable lui fit soudain monter les larmes aux yeux.

— De rien, lui répondit-elle en langue des signes, par crainte d'entendre sa voix trembler d'émotion.

Ils passèrent ensuite une heure à regarder la télé puis elle lui indiqua qu'il était grand temps qu'il aille se coucher. La prenant par surprise, il prit sa main et la porta à ses lèvres.

— Vas-tu rester ? demanda-t-il dans un sourire empreint d'espoir.

Son regard était si suppliant qu'elle sentit son cœur se mettre à battre la chamade.

— Si tu veux, répondit-elle. J'avais emporté quelques affaires au cas où…

Il enroula un bras autour de sa taille et l'attira contre son corps robuste et rassurant. Elle sentit sa peau frémir sous ses doigts.

— Je dormirai sur le canapé, précisa-t-elle dans un petit rire tremblotant.

Il secoua la tête puis caressa sa joue du bout des doigts.

— Avec moi.

Un frisson de désir la parcourut tout entière tandis qu'elle s'imaginait avec lui dans le même lit… Elle se revit nue contre lui, leurs membres enchevêtrés, leurs deux corps n'en faisant qu'un… Avant cette nuit-là, les baisers volés au hasard de moments improbables ne l'avaient pas préparée à la déferlante de plaisir qui l'avait submergée au contact des lèvres de Nate se refermant sur ses seins tendus, de son sexe allant et venant en elle…

Le souvenir de leurs étreintes ne s'était pas émoussé au fil des jours. Au contraire. Elle s'était alors jetée corps et âme dans son travail pour tenter d'échapper aux images obsessionnelles qui venaient l'assaillir régulièrement. Le soir, lorsque Ivy daignait lui accorder un peu de temps libre, elle s'isolait pour composer des mélodies dont le thème tournait invariablement autour d'amours blessées ou nostalgiques, bien éloignées des chansons qu'elle avait écrites pour sa sœur.

— Va te coucher, dit-elle. Je vais appeler Melody pour lui dire que tout va bien. Je lui ai envoyé un texto lorsque tu t'es endormi mais elle attend un rapport détaillé.

Il déposa un baiser tendre sur ses cheveux avant de s'écarter légèrement d'elle.

— Ne sois pas trop longue.

— Tyran.

— Et encore, tu n'as rien vu. Attends un peu de travailler avec moi.

Elle lui sourit en le regardant s'éclipser dans la chambre puis elle appela son amie qui fut enchantée d'apprendre qu'elle allait servir d'interprète à Nate.

— Quelle bonne idée ! s'exclama Melody. Je savais que Nate connaissait la langue des signes parce que sa mère est malentendante, mais toi ? Dans quelles circonstances l'as-tu apprise ?

— Pour pouvoir communiquer avec ma sœur aînée, Eva, qui est devenue sourde à l'âge de deux ans.

Si Mia et sa mère parlaient couramment cette langue, Ivy et Javier, eux, n'en connaissaient que les rudiments, ayant sans doute jugé inutile de faire plus d'efforts.

— Tu n'as jamais beaucoup parlé d'elle, lui fit remarquer Melody. Vit-elle en Californie, elle aussi ?

— Non. À Chicago. Elle est psychiatre, spécialisée dans les problèmes liés à la surdité.

Évoquer Eva faisait toujours naître en elle une tristesse infinie. Loin l'une de l'autre et toutes deux très occupées, elles ne se voyaient qu'à de rares occasions alors qu'elles s'adoraient.

— Comment Nate a-t-il su que tu connaissais cette langue ? demanda Melody. Parce que c'est bien ainsi que vous échangiez tous les deux lorsque Ivy était dans les parages. Je me trompe ?

— Non.

— Je n'ai jamais bien compris pour quelle raison Nate et toi teniez à garder le secret sur votre relation.

— Si nous ne voulions pas que cela se sache, c'était pour ne pas compliquer les choses avec ma sœur.

— Si je me souviens bien, ce béguin qu'elle a eu pour lui remonte tout de même à sept ans. Et Dieu sait que Nate ne l'a jamais encouragée dans ce sens ! À la fin, il effaçait les textos qu'elle lui envoyait sans même les lire.

— Tu veux dire que…

Elle secoua la tête, cherchant à assimiler ce qu'elle venait d'entendre, et reprit :

— … qu'Ivy avait le béguin pour Nate ? Pourquoi ne lui a-t-il jamais reparlé de cette histoire ?

— J'imagine que c'est parce que ta sœur et toi, vous ne vous quittiez jamais.

— Aujourd'hui, et par la force des choses, oui. Mais à cette époque, j'étais encore au lycée, et Ivy faisait déjà de la scène.

Elle s'en souvenait d'autant mieux que cela avait marqué, pour elle, le début de la vie chaotique qu'elle menait depuis.

— Raconte-moi un peu comment cela s'est passé, demanda-t-elle.

— Apparemment, Ivy s'était débrouillée pour mettre la main sur le numéro de Nate. À partir de là, elle n'a cessé de lui envoyer des textos, louant sa musique, le suppliant de venir la voir à New York. Nate ne te l'a pas dit ?

— Non. Mais pourquoi l'aurait-il fait ? En tout cas, je comprends mieux pourquoi la perspective de travailler avec Nate l'excitait tellement. Mais dis-moi… Nate est-il allé lui rendre visite à New York ?

— Il ne risquait pas. Ivy ne l'a jamais intéressé. Il n'est pas du tout attiré par ce genre de filles. D'ailleurs, il a fallu qu'il en parle à votre père pour s'en débarrasser. Mais tu devrais lui en toucher un mot. Il t'en parlera mieux que moi.

— Je le ferai. Au fait, Nate m'a dit qu'Ivy souhaitait collaborer avec toi. Elle aimerait enregistrer certains de tes titres.

Formuler tout haut ce nouveau caprice de sa sœur suscitait en elle un mélange de tristesse et de déception. Une fois de plus, elle avait été tenue à l'écart d'une décision importante qui, de plus, la concernait directement.

— Lesquels ? s'enquit Melody, un brin méfiante.

— Je n'en ai aucune idée.

— Dans ce cas, je vais bloquer les chansons que je veux garder pour mon propre album avant qu'elle ne fasse main basse dessus. Tu diras à Nate que je pense à lui ?

— Je n'y manquerai pas.

Après qu'elles eurent raccroché, Mia prit le sac

qu'elle avait emporté pour la nuit et alla rejoindre Nate dans la chambre. Adossé contre une pile d'oreillers, l'œil vif et alerte, il la regarda entrer dans la pièce. Elle détourna les yeux de son torse nu, mais la simple vue de ses bras robustes et musclés suffit à allumer en elle le feu d'un désir ardent. Le drap qu'il avait remonté jusqu'aux hanches lui cachait, Dieu merci, le bas de son corps, qu'elle espérait vêtu d'un pantalon de pyjama.

— Je vais me changer, murmura-t-elle en se pressant vers la salle de bains.

Du coin de l'œil elle vit qu'il lui disait quelque chose mais elle fit mine de ne pas l'avoir vu et se hâta de franchir la porte de la salle de bains, louant en silence cette manière de communiquer qui lui permettait d'avoir aisément le dernier mot.

Elle prit son temps pour se mettre en pyjama, espérant ainsi que Nate serait endormi lorsqu'elle reviendrait dans la chambre.

Or non seulement il ne dormait pas, mais l'étincelle qu'elle vit au fond de son regard la fit douter qu'ils se réveilleraient frais et dispos le lendemain matin.

- 4 -

— Très sexy ta tenue, ironisa Nate aussitôt que Mia eut franchi le seuil de la chambre.

Elle feignit d'ignorer son sourire moqueur et baissa les yeux sur sa tenue bleu vif.

— Qu'espérais-tu ? rétorqua-t-elle.

Si elle s'imaginait que cacher ses courbes voluptueuses sous ce pyjama informe allait tuer le désir qu'il avait d'elle, elle se trompait lourdement ! Il laissa échapper un profond soupir. N'était-ce pas ainsi qu'elle avait toujours été ? Une jolie femme qui manquait d'assurance au point de ne surtout pas attirer l'attention sur elle.

— Quelque chose d'un peu plus… transparent et court, répondit-il.

— Ah. C'est vrai que je ne t'ai pas demandé ton avis.

Elle posa son sac sur une chaise près de la fenêtre puis contourna le lit avec des airs de chat de gouttière confronté à un matou belliqueux.

— Je te rappelle que tu es ici pour te reposer et que je suis censée veiller à ce que tu respectes les consignes qui t'ont été données.

— Quel programme réjouissant !

— Je te suggère de profiter de cette parenthèse pour apprécier le calme et la tranquillité. Ce qui ne sera plus le cas lorsque tu auras ma sœur sur le dos le mois prochain.

En guise de réponse, il lui fit signe d'approcher.

— Viens ici. Je me fiche de ta sœur et je n'ai pas envie de parler d'elle.

Mia croisa les bras sur sa poitrine et secoua la tête.

— Pourquoi ne m'as-tu pas dit qu'elle avait le béguin pour toi, il y a sept ans ?

S'il avait pu parler, il aurait volontiers juré. Mais répondre en langage des signes lui permit de modérer ses propos.

— Parce que, précisément, c'était il y a sept ans et que, de toute façon, il n'y a même pas lieu d'en parler.

— Tu l'as rejetée, Nate. Tu t'imagines qu'elle va en rester là alors qu'elle m'en veut encore d'être allée au zoo en compagnie de Jimmy Reynolds sur qui elle avait des vues ? Nous étions à l'école primaire.

S'il n'avait aucun mal à croire que, en effet, Ivy n'allait pas renoncer à lui aussi facilement, il avait plus de mal, en revanche, à admettre qu'elle pouvait être aussi rancunière.

— Je comprends mieux pourquoi elle s'est montrée aussi détachée avec toi, fit remarquer Mia.

Il avait dû afficher un air sceptique car elle précisa :

— Tu n'as pas remarqué qu'elle flirtait avec tous les hommes sauf avec toi ? C'était une manière de se venger.

Il secoua la tête. Non, il n'avait rien remarqué, et pour cause ! Toute son attention était tournée vers Mia et pas vers sa sœur.

— Et maintenant, elle doit jubiler, poursuivit cette dernière. Parce que tu lui as proposé de travailler avec elle, elle doit s'imaginer qu'elle t'a enfin attrapé dans ses filets.

Contrairement à Mia, il n'éprouvait aucune inquiétude. En bon professionnel qu'il était, il saurait tenir Ivy à distance et, le cas échéant, la remettre à sa place.

— Il n'y a que toi qui m'intéresses, dit-il pour la rassurer.

Il vit son visage s'empourprer tandis qu'elle s'approchait du lit.

— Je ne te crois pas. D'ailleurs, nous sommes allés au bout de notre histoire.

— Ça, c'est ton avis, pas le mien. Moi, je lui aurais bien donné une suite, à notre histoire. Et si tu étais honnête avec toi-même, tu admettrais que tu m'aurais suivi à Las Vegas.

— Ce que je veux n'a plus d'importance depuis mes dix-sept ans.

— Pourquoi ?

Elle balaya sa question d'un geste vague de la main.

— C'est compliqué mais pour résumer, disons qu'Ivy n'est pas aussi forte qu'elle veut bien le laisser paraître. Elle a vraiment besoin de moi.

Pendant combien de temps encore, se demanda-t-il ? Jusqu'à la fin de ses jours ? Mia aurait tellement à offrir aux autres si seulement elle cessait de s'oublier derrière sa sœur.

— Lorsque tu dis qu'elle a vraiment besoin de toi, dit-il, cela inclut-il de t'excuser à sa place pour quelque chose qu'elle n'a pas envie de faire ?

Il pointait là une évidence dont il était intimement persuadé : si Ivy ne devait compter que sur elle-même, elle serait parfaitement capable de se prendre en charge et, par voie de conséquence, grandirait un peu. Ce n'était pas lui rendre service que de satisfaire docilement chacun de ses caprices.

Mia pinça les lèvres un long moment avant de laisser échapper un profond soupir.

— Oui, finit-elle par admettre.

Mais comme toujours, elle fut prompte à trouver une excuse à sa sœur.

— C'est une artiste et comme tous les artistes, elle est excessivement sensible.

Il eut envie de rétorquer que lui aussi était un artiste mais que cela ne l'empêchait pas de sortir de son lit le matin, d'honorer ses rendez-vous, de se montrer ponctuel et de se retrousser les manches, tout cela même lorsqu'il n'en avait pas envie.

— Eh bien, si elle veut vraiment travailler avec moi, il va falloir que cela lui passe, conclut-il.

Il sentit la résistance de Mia vaciller.

— Je sais, murmura-t-elle. Je la préviendrai.

— Viens ici.

Cette fois, elle ne chercha pas à lui résister. Une fois qu'elle fut sous les couvertures, il s'allongea contre elle de tout son long. Le feu qui se mit à couler dans ses veines le poussa instinctivement un peu plus vers elle mais elle l'arrêta d'un regard réprobateur.

— Il ne faut pas.

— Pourquoi ? Nous en avons envie tous les deux.

— C'est vrai mais je ne peux pas.

Sur ces mots, elle lui tourna le dos et murmura un vague « bonne nuit ».

Dépité, il roula sur le côté et s'écarta d'elle le plus possible pour s'éloigner de la tentation de presser ses lèvres sur les siennes. Heureusement, un bref instant plus tard, la fatigue l'emportait. Il sentit ses paupières se fermer malgré lui et lorsqu'il les rouvrit, après un temps qui lui avait paru très court, les rayons du soleil filtraient à travers les rideaux. Mia était blottie tout contre lui, la tête reposant sur son torse, un bras en travers de son abdomen.

Au souffle régulier qui s'échappait de ses lèvres entrouvertes, il comprit qu'elle dormait encore. Il referma les yeux, savourant ce moment qu'il se plut à imaginer éternel.

Dès qu'elle se réveilla, une vingtaine de minutes plus tard, soudain consciente de sa posture, elle se raidit aussitôt et chercha à s'écarter de lui. Son bras se fit plus ferme autour d'elle pour la retenir.

— Depuis combien de temps es-tu réveillé ? s'enquit-elle en abandonnant toute résistance.

— Vingt minutes, répondit-il de la main droite tandis que de la gauche, il relevait la tête de Mia vers lui et posait ses lèvres sur les siennes.

Vaincue, elle répondit à son baiser. Le cœur battant, il plongea les mains dans sa chevelure et l'attira plus près de lui. Il aimait le goût fruité de sa bouche ainsi que le souffle tiède qui s'en exhalait.

— Ce n'est pas vraiment ce que le médecin t'a prescrit, murmura-t-elle tandis que sa bouche devenue avide descendait le long de sa gorge.

Dans un petit éclat de rire, elle repoussa la main qu'il avait glissée sous sa veste de pyjama et roula de l'autre côté du lit.

— Il m'a dit de ne pas parler, précisa-t-il. Pas de ne pas faire l'amour.

— Je suis certaine qu'il t'a demandé de ne faire aucun effort.

Pourtant, semblant hésiter, elle se mordit les lèvres et riva les yeux sur son torse.

— Je vais te préparer un thé chaud et demander à la réception qu'on te monte un smoothie, dit-elle vivement.

Il la regarda s'éclipser avant d'aller prendre une douche.

Lorsqu'il en sortit, une serviette nouée autour des hanches, une bouteille d'eau l'attendait sur sa table de chevet. Mia ne badinait pas avec les consignes ! songea-t-il, à la fois amusé et attendri, tout en s'habillant. Une fois prêt, il se rendit dans le salon. L'oisiveté n'étant pas son fort, comment allait-il bien pouvoir occuper son temps pour repousser la tentation de pendre Mia dans ses bras et de l'embrasser à tout bout de champ ?

— Je suppose que tu ne veux pas me montrer ce sur quoi tu travailles en ce moment ? s'enquit-il après qu'ils eurent pris leur petit déjeuner.

— Pourquoi pas ? J'ai enregistré quelques nouveaux morceaux l'autre jour. Lorsque Ivy a décidé qu'elle voulait partir sur un autre registre, j'ai commencé à travailler sur des sons plus électropop. Évidemment, c'était avant que j'apprenne qu'elle voulait collaborer avec Melody.

— Tu veux bien me les faire écouter ?

En guise de réponse, elle sortit son téléphone portable de sa poche et chercha les morceaux concernés.

Dès les premières notes, Nate en resta bouche bée. C'était différent de ce qu'Ivy avait l'habitude de chanter. Un peu trop, peut-être, pour la princesse de la pop ?

— Tu l'as fait écouter à ta sœur ?

— Non.

— Je connais des interprètes que cela pourrait intéresser.

Il marqua une brève pause puis reprit :

— Je peux leur faire parvenir un enregistrement, si tu veux.

— Je ne sais pas. Je vais y réfléchir.

— Tu pourrais m'en faire écouter plus en studio ?

— Peut-être, répondit-elle évasivement. Au fait, j'ai dit à Melody qu'Ivy allait sans doute la contacter. Cela lui laissera le temps de se préparer psychologiquement.

— Tu as bien fait, répondit-il dans un sourire.

À ce moment-là, le téléphone de Mia sonna. À voir la moue grimaçante qu'elle esquissa, il comprit que l'appel ne pouvait émaner que d'Ivy. Il la regarda se lever pour se diriger vers la terrasse.

— Salut, Ivy. Qu'y a-t-il ?

Elle avait beau s'être éloignée, sa voix lui parvenait distinctement, lui donnant ainsi l'occasion d'entendre ce qu'elle disait. Il y eut une pause durant laquelle elle arpenta la terrasse d'un pas nerveux.

— Je ne peux pas, répondit-elle. Je ne suis pas en ville. Je suis sur la côte pour deux jours.

Elle se tourna alors vers Nate qui dit, en langue des signes :

— Menteuse.

— Arrête, rétorqua-t-elle en usant du même mode.

Elle lui adressa un sourire de connivence puis elle alla poursuivre la discussion sur l'un des sièges qui meublaient la terrasse.

— Non, papa ne m'a rien dit. Il ne m'a donné aucune directive à ce sujet.

Pourquoi persistait-elle à vouloir tenir leur relation secrète ? se demanda-t-il. Ne serait-ce pas plus simple pour tout le monde de dire la vérité ? D'expliquer qu'ils avaient passé la nuit ensemble parce qu'elle avait eu envie de s'occuper de lui après son intervention chirurgicale ? Décidément, le mode de fonctionnement des deux sœurs le laisserait toujours perplexe.

— Bien sûr, je comprends parfaitement que tu veuilles travailler avec Melody Caldwell. C'est une compositrice tellement talentueuse !

Une nouvelle pause puis :

— Non, non, je ne suis pas contrariée. J'avais juste besoin de m'éloigner un peu de Los Angeles, voilà tout. Nous reparlerons de tout ça plus tard, si tu veux bien.

Elle raccrocha en poussant un soupir agacé.

— Que voulait-elle ? lui demanda Nate.

— Que je lui fasse des courses.

— Tu perds vraiment ton temps avec ta sœur.

— C'est plus compliqué que cela, Nate. Je te l'ai déjà dit, elle a besoin de moi.

Pourtant, pour la première fois, il sentit qu'elle défendait Ivy avec un peu moins de conviction.

Ayant à cœur de ne pas gâcher le temps qu'ils avaient à passer ensemble avec des discussions stériles, il lui fit signe d'approcher. Il aurait bien d'autres occasions durant le mois qui allait s'écouler de discuter avec elle de son avenir et de tenter de la convaincre de quitter enfin sa sœur pour vivre avec lui.

— Fais-moi écouter d'autres morceaux, tu veux bien ?

Une semaine après l'opération de Nate, Mia, accompagnée d'Ivy et de leur père, franchissait les portes coulissantes des studios d'enregistrement Ugly Trout Records, basés à Las Vegas. L'espace était à l'image de son propriétaire : sobre et sans prétention. Un canapé d'angle en cuir beige avait été placé sous le logo de la société dont les lettres en cuivre martelé se détachaient nettement sur les murs blancs. Sur le mur opposé étaient accrochées six guitares parfaitement alignées. L'endroit n'avait pas été conçu pour impressionner les grands noms de la musique mais pour leur signifier le sérieux de ce label dont la réputation n'était plus à faire.

Après avoir traversé le hall d'entrée, ils pénétrèrent dans la salle de conférences, déserte. Mia grimaça. Cela n'augurait rien de bon. Elle voyait dans cette salle vide le signe que Nate voulait souligner le retard de quinze minutes qu'ils accusaient.

— Je suis surprise que Nate ne soit pas là pour nous accueillir, dit Ivy en vérifiant son reflet dans le miroir de poche qu'elle avait sorti de son sac.

— Moi aussi, rétorqua Mia d'un ton ironique. Un quart d'heure de retard pour une artiste comme toi, ce n'est tout de même pas la mort !

Ivy dédaigna son reflet pour fixer sur elle un regard aussi étonné que réprobateur.

— Qu'est-ce qui te prend, tout d'un coup ?

Mia se mordit l'intérieur de la joue, s'exhortant au calme. Si elle voulait que cette entrevue se déroule au mieux, il était préférable d'abonder dans le sens d'Ivy.

— C'est juste que j'avais promis à Nate que nous serions là à 10 heures pile, répondit-elle.

À l'instant où elle réalisa qu'elle avait osé employer le pronom « nous », elle comprit qu'elle avait commis une grossière erreur.

— C'est *moi* que Nate attend, corrigea aussitôt Ivy.

— Évidemment, c'est ce que je voulais dire, s'empressa-t-elle de préciser de sa voix la plus douce. Cependant, tu as besoin de moi pour interpréter ce qu'il va dire.

— Si tu t'imagines que cela fait de toi quelqu'un d'exceptionnel, tu te trompes. Je te rappelle que c'est avec moi qu'il veut travailler.

Certes. Mais uniquement parce que c'est avec moi qu'il veut passer du temps.

Ses pensées ne franchiraient pas la barrière de ses lèvres. De toute façon, Ivy ne la croirait pas. Elle-même avait encore tellement de mal à croire qu'un homme aussi talentueux et connu que Nate Tucker puisse s'intéresser à sa modeste personne.

Ils attendirent encore quelques minutes au terme desquelles Nate fit son entrée, accompagné de Melody et de deux hommes que Mia ne connaissait pas. Tout d'un coup, l'atmosphère changea, semblant se remplir de la seule présence de Nate. Une fois les présentations terminées, ce dernier chercha son regard et lui dit en langage des signes :

— Nous pouvons commencer.

Mia, les yeux fixés sur les mains de Nate, se lança alors dans une traduction fidèle de ses propos. Elle parla pour lui des deux précédents albums d'Ivy, sortis sous le label West Coast Records et des problèmes rencontrés alors.

À cette époque, la société, alors défaillante, appartenait

à Siggy Caldwell, le père de Trent et de Melody. En la lui rachetant, Nate et Trent s'étaient fait la promesse de lui redonner ses lettres de noblesse.

— Nous allons développer une nouvelle stratégie de marketing, expliqua Nate. Et cette fois, l'album sortira en temps et en heure.

— Je suis content de vous l'entendre dire, intervint Javier. Car ce sont bien les délais trop longs qui ont coulé les ventes de cet album.

— Trent et moi sommes d'accord.

— Je suis trop impatiente de travailler avec Melody et toi, déclara Ivy. Quand pourrons-nous commencer ?

— Tout de suite. Melody, peux-tu l'emmener répéter quelques morceaux avec toi ? Pendant ce temps, je vais faire faire le tour des studios à Mia et la présenter à quelques-unes des personnes avec qui elle travaillera prochainement.

Ivy accusa le coup, les yeux écarquillés de surprise.

— Je croyais que tu avais besoin d'elle comme interprète, fit-elle remarquer.

— C'est le cas.

— Pourquoi veux-tu la présenter à ces gens alors ?

— Parce qu'elle s'intéresse au métier de la production. Par ailleurs, il faut qu'elle se familiarise avec ce milieu pour traduire le plus fidèlement possible ce que je veux faire entendre à mes interlocuteurs.

— Si tu le dis…

Aussitôt que Melody eut entraîné Ivy et Javier hors de la salle, Mia tourna vers Nate un visage empreint d'un mélange d'anxiété et de résignation. Soucieuse de ne pas se faire comprendre des deux assistants de production qui étaient restés avec eux, elle s'adressa à Nate en langue des signes.

— Tu veux la rendre folle de rage ou quoi ?

— Je m'en fiche.

— Eh bien, pas moi. On voit bien que ce n'est pas toi qui vis avec elle.

— Tu n'y es pas obligée.

— Je t'en prie, Nate. Dis-moi que nous n'allons pas avoir ce genre de discussion tous les jours, pendant un mois.

— Je n'y suis pour rien si ta sœur ne comprend rien à notre relation.

— Par « notre relation », tu veux dire celle que nous entretenons tous les deux ou celle que tu entretiens avec elle ?

— Les deux. Et maintenant, assez discuté. Trouvons-nous un endroit tranquille où je pourrai t'embrasser sans crainte de tomber sur Ivy, puisque c'est ce que tu veux.

— Tu n'es qu'un fauteur de troubles, conclut-elle en se laissant entraîner hors de la salle.

Les quatre prochaines semaines allaient s'avérer tout à la fois paradisiaques et infernales, songea-t-elle. Car si elle se réjouissait de cette parenthèse qui se profilait, elle se demandait bien comment elle allait pouvoir résister aux tentatives de séduction dont Nate ne se priverait pas.

— Pas du tout, déclara-t-il. Je sais exactement ce que je veux, voilà tout.

Et pour preuve de ce qu'il avançait, il posa une main dans le creux de ses reins pour mieux se rapprocher d'elle.

Ce simple contact alluma aussitôt en elle le feu d'un

désir intense. Mais au lieu d'essayer de s'en défendre, elle s'en réjouit intérieurement. Elle avait tant aimé se réveiller entre ses bras même si, pour l'instant, elle ne pouvait lui donner ce qu'il attendait d'elle. Aurait-il la patience d'attendre que la perspective de laisser sa sœur s'assumer seule fasse son chemin ? Rien n'était moins sûr.

Ses mains tremblaient d'appréhension lorsqu'elle pénétra avec lui dans la salle de régie. Elle fut presque soulagée de constater qu'elle n'aurait pas à se retrouver seule avec Nate. De l'autre côté de la paroi vitrée, un groupe de musiciens jouait les dernières notes d'une improvisation qu'ils conclurent par de larges sourires ponctués de tapes viriles dans la paume des mains.

Nate attendit que le calme soit revenu pour mettre un micro en marche et faire signe à Mia d'interpréter ce qu'il allait dire.

— Pas mal, les gars, traduisit-elle. Je vous présente Mia. Elle sera ma voix pendant le mois à venir.

— Tu devrais l'embaucher à vie, suggéra, goguenard, l'un des musiciens, un grand baraqué avec un bouc soigneusement taillé. Elle est quand même plus agréable à regarder que toi !

— Drôlement plus, même, renchérit un autre, le visage fendu d'un large sourire.

Une fois les présentations faites, Nate indiqua une porte qui conduisait à une autre salle dans laquelle un jeune homme chantait un air de rap que Mia reconnut aussitôt.

— C'est toi qui l'as écrite, n'est-ce pas ?

Nate acquiesça d'un hochement de tête puis il lui présenta le jeune artiste, Craig.

— Continuons la visite, dit-il.

Ils poursuivirent donc par une salle d'enregistrement dans laquelle se trouvait toute une gamme de matériel sophistiqué. Batterie, guitares — classiques, folks, basses —, et claviers. Rien ne manquait.

Si la salle était remplie d'instruments de musique, elle était en revanche déserte. Nate n'attendit pas pour tenir sa promesse. Aussitôt la porte refermée sur eux, il vint se plaquer contre elle et prit sa bouche dans un baiser passionné auquel elle répondit sans résister.

Lorsqu'ils s'écartèrent à regret l'un de l'autre, leurs cœurs battaient la chamade à l'unisson et ils se regardèrent, le souffle court.

— Tu me montres ce que tu sais faire ?

— Ça dépend, répondit-elle prudemment en rajustant le bas de son chemisier dans son pantalon.

— J'aimerais que tu me joues quelques morceaux de tes nouvelles compositions. Paroles et musiques.

— Si tu veux.

Ce n'était pourtant pas ainsi qu'elle procédait. Habituellement, elle se pliait toujours au même rituel : enfermée dans une pièce à l'écart, elle enregistrait ses compositions sur son ordinateur en s'accompagnant d'un synthé ou d'une guitare, c'était selon. Ainsi, elle se sentait libre de faire des erreurs et de recommencer autant de fois qu'elle le voulait. Parfois, elle dansait toute seule sur des airs qui devenaient sources d'inspiration.

— Tu veux dire que tu es d'accord ? s'enquit Nate, visiblement surpris.

Elle confirma d'un signe de tête puis alla s'installer devant un clavier.

— Veux-tu bien aller t'asseoir sur le tabouret qui

se trouve derrière moi ? lui demanda-t-elle. Sentir ton regard sur moi me rend nerveuse.

— Pourquoi ? Ce n'est pas la première fois que tu te produis devant moi.

— Oui, mais à chaque fois c'était de façon informelle. Là, dans ce studio, j'ai l'impression de passer un examen important.

Il obtempéra de bonne grâce. Une fois qu'il fut hors de son champ de vision, elle joua une suite d'accords. Les notes emplirent l'espace et plus rien n'exista alors que le plaisir de chanter.

Elle interpréta deux titres, deux ballades dont elle était particulièrement fière.

Lorsqu'elle plaqua les dernières notes sur son clavier, elle réalisa qu'elle s'était nourrie des sentiments nés de sa romance avec Nate, et que ces deux chansons avaient été écrites pour lui. Quelle chance qu'Ivy ait voulu faire appel à Melody, songea-t-elle. Car entendre de telles paroles sortir de la bouche de sa sœur lui aurait été insupportable.

Lorsqu'elle se retourna vers Nate, elle remarqua qu'elle retenait sa respiration. Mais il lui offrait un visage impassible qui ne laissait rien deviner de ce qu'il pensait.

— Alors ? demanda-t-elle, impatiente de connaître le verdict.

— J'aimerais les faire écouter aux membres du groupe, répondit-il toujours sans exprimer la moindre émotion. Je crois pouvoir dire que l'une ou l'autre de ces chansons, voire les deux, pourrait les intéresser.

Elle sentit les larmes lui monter aux yeux. C'était le plus beau compliment qu'il pouvait lui faire.

Il se leva et s'approcha d'elle, sans doute dans le but de la prendre dans ses bras pour la réconforter, mais elle l'en empêcha d'un geste de la main.

— Ça va, assura-t-elle d'une voix pourtant tremblante d'émotion.

— Cependant, je ne peux rien te promettre.

— Je sais, rétorqua-t-elle en se séchant les yeux du revers de la main. Mais c'est déjà tellement énorme pour moi que tu puisses considérer…

Le doute s'insinua soudain en elle. Elle s'arrêta net pour lui demander d'un ton soupçonneux :

— Tu n'es pas en train de manigancer pour me pousser à coucher avec toi, j'espère ?

Il la fixa d'un air faussement offusqué, puis, sans répondre, il la conduisit dans le studio voisin, celui qu'occupaient Melody, Ivy et Javier.

— Tout se passe bien ? traduisit-elle dès qu'ils furent entrés.

— Ivy aime bien celle-ci, répondit Melody en leur faisant écouter le morceau.

Tandis que sa voix emplissait la salle, Mia intercepta le petit hochement de tête complice que s'échangèrent Melody et Nate. Ce dernier se tourna vers elle et lui fit signe de traduire :

— Je croyais que tu voulais t'orienter vers quelque chose de nouveau. Or, ce que j'entends est similaire à ce que tu as déjà fait dans tes deux albums précédents.

— Je ne veux tout de même pas trop m'éloigner de mon style, répondit Ivy. Mes fans ont des attentes que je dois satisfaire.

— Que penses-tu de *Love Me More* ?

Aussitôt qu'elle en entendit les premières notes, Mia sut où Nate voulait en venir.

Une ride de mécontentement se forma entre les sourcils froncés d'Ivy tandis que Javier restait pensif et silencieux.

— Je suis certaine que tu ferais exploser les ventes avec cette chanson, fit remarquer Melody.

Cette composition entraînerait Ivy dans une tout autre direction, c'était certain. Cependant, elle lui donnerait l'occasion de montrer à son public qu'elle était capable d'adopter un registre plus doux aux propos plus profonds que celui auquel elle était habituée.

Malheureusement, Ivy n'aimait rien tant que se tortiller sur scène dans des poses suggestives — domaine qu'elle maîtrisait à la perfection —, et la convaincre du contraire allait s'avérer compliqué.

— Nous pouvons toujours essayer, suggéra Nate.

— Maintenant ? demanda Ivy pour qui une telle chose relevait de l'impossible.

Habituée qu'elle était à répéter pendant des semaines entières avant d'enregistrer en studio, le moindre écart à ce rituel la faisait se sentir en danger. Perfectionniste, elle détestait tout ce qui touchait à l'improvisation.

— Voyons un peu ce que nous pouvons faire, proposa gentiment Nate.

— Mais je ne connais pas cette chanson.

— Nous irons en douceur, insista-t-il.

Ce fut Mia qui fit les frais de cette insistance. Ivy la fusilla d'un regard noir qui en disait long sur la scène à laquelle elle aurait droit une fois qu'elles se retrouveraient seules et sans témoins. Sans doute Ivy attendait-elle de sa jumelle qu'elle intervienne pour la sortir de ce mauvais pas, mais des mois de frustrations et de maltraitances retinrent Mia de voler à son secours.

Finalement, après avoir compris que tout le monde attendait d'elle qu'elle cède, Ivy accepta du bout des lèvres.

— Très bien. Essayons.

Melody lui tendit la partition puis, après un dernier regard noir à l'adresse de Mia, Ivy se dirigea d'un pas traînant vers la cabine d'enregistrement. Nate attendit qu'elle soit bien positionnée devant le micro avant de lancer la musique. Ivy écouta quelques secondes puis commença à chanter d'une voix rauque et sexy, comme elle en avait l'habitude, mais ce n'était pas ce que Nate attendait d'elle.

— Essaie de souligner le côté romantique de cette chanson, lui conseilla-t-il. C'est une fille qui supplie un garçon de l'aimer. Il faut que tu saches te montrer convaincante.

Mia vit sa sœur se crisper mais se lancer de nouveau pour s'arrêter de manière abrupte.

— Ça ne marchera pas, décréta-t-elle.

— C'est moi le producteur, dit Nate. Et je suis le seul à pouvoir juger de ce qui peut marcher ou non. S'il te plaît, reprends.

Le regard d'Ivy se fit encore plus dur.

Le doute n'était plus permis. Mia allait le payer cher. Très cher.

- 5 -

Nate se sentait désolé pour Mia. Pour connaître le lien particulier qui unissait les jumelles, il savait qu'elle était malheureuse de forcer Ivy à faire quelque chose qu'elle ne voulait pas faire. Il voyait bien aussi à l'air renfrogné de cette dernière qu'elle ne manquerait pas de faire payer à sa sœur ces ordres dont, pourtant, elle ne se faisait que l'interprète. Cependant, il ne pouvait nier éprouver une pointe de satisfaction à voir Mia être, pour la première fois, la donneuse d'ordres.

Au fil des minutes, il sut qu'il avait bien fait d'insister. Mia prenait de l'assurance et Ivy commençait à saisir ce que la compositrice avait voulu faire passer dans cette mélodie. Ce n'était pas encore parfait. Néanmoins, c'était un bon début.

— C'est beaucoup mieux, dit-il en souriant à Ivy. Alors, quel effet cela fait-il de mener ta sœur à la baguette ? ajouta-t-il à la seule intention de Mia.

— Ce n'est pas moi, rétorqua-t-elle en adoptant la langue des signes. Je ne fais que lui transmettre ce que tu veux lui faire savoir.

— J'ai remarqué que tu ne traduisais pas tout mot pour mot.

— Que préfères-tu ? Qu'elle claque la porte ou qu'elle continue à chanter ?

— Que vous racontez-vous, tous les deux ? intervint Javier à qui cet échange silencieux n'avait pas échappé.

— Désolé, papa. J'avais oublié que Nate n'est pas sourd, contrairement à Eva.

— Bien rattrapé, la félicita Nate.

— Nate me disait à quel point il était heureux de travailler avec une si grande interprète, répondit-elle dans un sourire faussement ingénu qui donna un peu plus à Nate l'envie de se battre pour qu'elle réalise enfin que sa place était à ses côtés et non aux côtés de sa sœur.

— J'ai adoré t'embrasser tout à l'heure, dit-il.

— J'aime beaucoup cette version, s'empressa de traduire Mia, un brin déstabilisée par ce petit jeu dans lequel il l'entraînait malgré elle.

— Ce n'est pas du tout ce que j'ai dit. D'ailleurs, tu devrais faire attention, tu rougis. Combien de temps encore devrons-nous garder notre relation secrète ?

— Arrête un peu, rétorqua-t-elle, les joues en feu. Et puis, de quelle relation parles-tu ?

— De celle que nous avons interrompue à cause de ta sœur et que nous reprendrons à la moindre occasion qui nous sera donnée.

En même temps qu'il s'exprimait en langue des signes, il acquiesça à la demande de l'ingénieur du son qui voulait envoyer le play-back.

La voix d'Ivy s'éleva, accompagnée seulement de la musique au piano qu'avait enregistrée Melody. Nate prit alors toute l'ampleur du potentiel d'Ivy. Que cette dernière en soit convaincue ou pas, cette mélodie collait parfaitement avec la tessiture de sa voix. Il ne lui restait plus qu'à rendre crédible les paroles qu'elle chantait.

Lorsque les dernières notes se firent entendre, tout le monde poussa un soupir teinté d'admiration. Il était indéniable qu'Ivy avait un talent fou. Il était d'autant plus regrettable de le gâcher par des caprices de diva, se dit Nate.

— Eh bien, voilà qui me paraît excellent, fit remarquer Javier.

— J'aimerais quand même enregistrer le titre qui me plaisait, rétorqua Ivy, désireuse de ne pas céder trop facilement.

Nate, qui n'était pas d'humeur à négocier, se tourna vers Melody.

— Cède-lui les cinq morceaux dont nous avons parlé.

Une fois que Mia eut transmis son message, il regarda Ivy.

— Tu as jusqu'à la fin de la semaine pour te faire une idée de la façon d'interpréter ces chansons. Nous nous revoyons ici même vendredi pour les retravailler ensemble.

— Cela ne me laisse que *trois* jours ! protesta Ivy en lançant un regard paniqué en direction de son père. Ce n'est pas suffisant.

Javier haussa les épaules, se rangeant visiblement du côté de Nate.

— Si nous voulons que cet album sorte dans les délais prévus, tu vas devoir mettre un bon coup de collier, ma chérie.

Nate pouvait presque entendre les pensées d'Ivy. Elle ne voulait pas travailler dur. Car ce qui l'intéressait plus que tout, c'était de passer le plus clair de son temps à faire du shopping, à fréquenter les clubs à la mode et à faire trimer sa sœur pour elle.

— Tu as trois jours pour travailler cinq chansons, reprit-il par l'intermédiaire de Mia. Pour l'instant, tout ce que je te demande c'est juste de vivre ce que tu chantes.

— Compris, déclara Ivy qui, sans attendre, tourna les talons et se dirigea vers la sortie, drapée dans une dignité outragée.

Mia s'apprêtait à lui emboîter le pas lorsque Nate l'en empêcha d'une main ferme.

— Accepterais-tu de m'accompagner à la soirée des Music Awards ?

Les Free Falls avaient été une fois élus meilleur groupe de pop rock. Par la suite, ils avaient remporté le titre de meilleur album de l'année. Mais cette fois, la compétition s'avérait tellement rude qu'ils avaient peu d'espoir de décrocher la moindre récompense. Avoir Mia à ses côtés atténuerait un peu la déception de repartir les mains vides.

— T'accompagner aux Music Awards ? répéta-t-elle, le visage soudain rayonnant.

Ivy, qui n'avait pas encore franchi la porte du studio, s'arrêta net et fit volte-face.

— Que dis-tu ? demanda-t-elle à sa sœur.

Le visage de Mia s'assombrit d'un coup.

— Nate m'a demandé de l'accompagner à la soirée des Music Awards.

— Pour quelle raison ? Pour lui servir d'interprète ?

Nate sentit Mia prête à mentir encore une fois dans le but, certes très honorable mais qu'il trouvait inacceptable, de ménager la prétendue sensibilité d'Ivy. Comme il ne voulait pas voir lui échapper la perspective de cette soirée en compagnie de la femme qu'il aimait, il attira l'attention de Mia.

— Dis-lui la vérité, signa-t-il.

Mia n'hésita qu'un court instant.

— Non, finit-elle par dire en répondant à sa sœur. Il veut que je sois sa cavalière.

Ivy fixa sur Nate un regard courroucé.

— C'est impossible, rétorqua-t-elle.

— Pourquoi ? demanda Nate par l'intermédiaire de Mia.

Ivy se campa fermement sur ses jambes et mit les mains sur ses hanches, dans une posture belliqueuse.

— Parce qu'elle est *mon* assistante, déclara-t-elle d'une voix coupante.

— Mia, dis-lui que tu es aussi sa sœur, ordonna Nate, que cette tyrannie révoltait chaque jour un peu plus.

Mais Mia restait muette, prise entre deux feux, son regard allant tour à tour de lui à Ivy.

Elle méritait tellement mieux que de jouer les servantes affairées de cette garce ! enragea-t-il intérieurement.

— Eh bien comme ça, elle sera déjà en place, traduisit Mia qui, visiblement, préférait jouer la carte de la diplomatie.

— Il n'en est pas question, décréta Ivy.

D'un signe de tête, Nate encouragea Mia à dire la vérité.

— Ivy, j'accompagnerai Nate parce que j'en ai envie, dit-elle dans un filet de voix.

— J'aurai besoin de toi en coulisses, rétorqua Ivy. Je te rappelle que ce soir-là, je serai sur scène.

— Tu peux demander à Yvonne de me remplacer,

pour une fois. Elle saura aussi bien que moi t'aider à te changer et à te maquiller.

Elle avait parlé d'une voix étonnamment ferme qui donna à Nate l'impression que, maintenant qu'elle avait accepté, il n'était plus question pour elle de se sacrifier, ce qui le réjouit profondément.

— De toute façon, tu n'as rien à te mettre pour une soirée aussi chic, déclara Ivy avec une méchanceté non dissimulée.

Ivy, qui vivait en permanence sous le feu des projecteurs, allait bénéficier de tenues magnifiques envoyées par des stylistes avides de publicité à bon compte. En revanche, Mia, qui vivait dans l'ombre de sa sœur, ne profiterait pas de telles largesses.

Nate effleura le bras de Mia.

— Je connais une créatrice à Los Angeles qui travaille sur nos costumes de scène, dit-il. Je vais te mettre en contact avec elle.

— C'est formidable ! s'exclama Mia sans se soucier de traduire pour Ivy.

Elle avait retrouvé une joie enfantine qui donna à Nate l'envie de faire en sorte que cette soirée soit pour elle inoubliable. Ivy avait réussi à faire de sa sœur quelqu'un de transparent alors qu'elle méritait de vivre la même célébrité qu'elle.

— Je m'occupe du reste, poursuivit-il. Et surtout, ne la laisse pas te faire changer d'avis.

— Je te le promets.

Elle se tourna ensuite vers Ivy pour lui dire d'un ton neutre :

— Nous ferions mieux d'y aller si tu ne veux pas rater ta séance de massage.

Puis elle ajouta à l'adresse de Nate :

— Merci.

Mia apporta le thé qu'elle venait de préparer dans la chambre d'Ivy. Leur père avait loué pour le mois que durerait l'enregistrement, une maison de dix pièces, située dans un domaine privé.

Cela faisait maintenant une semaine qu'Ivy répétait mais malgré ses progrès indéniables, Mia s'inquiétait de la voir traîner, en dehors des heures de studio, avec les inséparables Skylar et Riley, ses meilleures amies venues tout spécialement de Los Angeles pour la voir.

Ces deux noctambules invétérées, mannequins et blogueuses mode à leurs heures perdues, avaient une influence néfaste sur Ivy qui, à leur contact, avait vite repris ses mauvaises habitudes. Si Mia avait réussi à convaincre leur père de demander à ces deux pimbêches de quitter la maison le matin même, la pile de sacs portant la marque de prestigieuses maisons de couture qui gisaient au sol attestait du contraire.

Mia ressentit aussitôt une vive inquiétude. Le fait que sa sœur n'avait pas encore essayé ses nouvelles acquisitions ni même ne les lui avait fait admirer était le signe que quelque chose ne tournait pas rond.

Les rideaux tirés plongeaient la chambre dans une semi-obscurité qui empêcha Mia de repérer tout de suite sa sœur recroquevillée dans un angle de la pièce, les genoux remontés jusqu'au menton et le visage inondé de larmes.

— Ivy ? Qu'y a-t-il ?

Elle posa la tasse sur le bureau pour aller s'asseoir auprès d'elle.

— Tu ne veux pas boire un peu du thé que je t'ai préparé ? proposa-t-elle gentiment.

Ivy releva la tête et laissa son regard se perdre dans le vide.

— Je ne peux pas le faire, dit-elle d'une voix tremblante sans répondre à sa question. Je ne sais pas. Tout le monde attend de moi quelque chose qui ne me correspond pas. Lorsque nous étions en tournée, j'ai vraiment adoré les chansons sur lesquelles Melody travaillait. Je les trouvais merveilleuses. Mais lorsque c'est moi qui les interprète, il ne reste rien de cette magie.

— C'est faux, assura Mia avec sincérité. Ce que j'ai entendu pendant les séances d'enregistrement est vraiment merveilleux.

Très souvent, lorsqu'elle complimentait sa sœur, c'était parce que cela faisait partie du job. Mais lorsqu'elle trouvait sa jumelle dans cet état, face à ses vieux démons, elle ressentait pour elle un élan d'amour qui n'avait rien à voir avec la pitié.

— Papa veut que cet album devienne disque de platine, poursuivit Ivy. Il attend de moi la perfection.

Cela ne faisait que conforter Mia dans ce qu'elle avait toujours pensé : que leur père soit le manager d'Ivy ne faisait que rajouter à cette dernière une pression supplémentaire dont elle n'avait nul besoin. C'était lui qui l'avait poussée à donner d'elle l'image d'une femme sexy, objet de tous les fantasmes. Lui encore qui l'avait incitée à passer entre les mains de chirurgiens esthétiques à l'âge de dix-sept ans à peine, pour qu'ils la transforment en une créature aussi insaisissable qu'irrésistible. Sans lui, elle ne serait pas devenue cette jeune adulte fragile dépendante de toutes sortes de drogues qui avaient failli la tuer.

— Ne t'inquiète pas de ce que papa ou maman ou qui que ce soit d'autre pense.

— Papa attend de moi la perfection, répéta Ivy.

Avec une telle pression sur les épaules, Ivy voulait toujours être la meilleure. Aussi, lorsqu'elle n'était pas reconnue par l'ensemble de la profession — ce qui était le cas avec cette soirée des Music Awards où elle n'avait pas été retenue —, avait-elle l'impression que le monde entier s'écroulait autour d'elle.

Depuis ce jour funeste de la mi-octobre où les nominations avaient été rendues publiques, Mia se démenait pour faire oublier à sa sœur ce que celle-ci percevait comme un camouflet. Aussi ambitieuse que belle et talentueuse, Ivy avait toujours en tête de vouloir se surpasser.

Mia, qui possédait le recul que n'avait pas sa sœur, savait bien, tout comme Nate, que si Ivy voulait être prise au sérieux il lui faudrait offrir d'elle une image plus authentique que celle qu'elle véhiculait depuis ses débuts.

— Tu as la musique dans le sang, Ivy. Laisse ton cœur te guider et te conduire vers celle que tu es vraiment.

Ivy parvint à esquisser un sourire triste.

— Et si je n'y arrive pas ?

— Il te suffit de croire en toi et tu y arriveras.

— Ce sont les conseils que te donne Nate ?

Mia hésita à répondre tant Nate était un sujet brûlant entre elles deux.

— C'est un message universellement positif, répondit-elle. Croire en soi. Faire ce que l'on aime.

— Mais toi, Mia ? Fais-tu ce que tu aimes ?

— Bien sûr.

— Je veux dire, en travaillant pour moi.

— Tu es ma sœur et j'aime beaucoup être avec toi.

— Je parie que tu préférerais être avec Nate.

Mia, qui sentait le terrain miné, choisit de rester prudente.

— J'apprécie beaucoup de travailler avec lui en studio. J'apprends énormément. La production est une profession que je me verrais bien exercer plus tard.

C'était bien la première fois qu'elle osait faire part de ses aspirations futures à sa sœur. Cette prise de conscience la terrifia car Ivy pouvait voir dans les rêves de sa jumelle une trahison. Mais cette dernière ne fit aucun commentaire à ce sujet.

— Je ne parlais pas de ton travail en studio, Mia, mais de la relation que tu entretiens avec lui. Tu l'aimes bien.

La froideur avec laquelle elle venait de s'exprimer fit frissonner Mia.

— Tu l'aimes même *beaucoup*, précisa Ivy. Je me trompe ?

Mia laissa échapper un petit rire désinvolte qui sonna faux.

— Tout le monde aime Nate, dit-elle.

— Certes. Mais tout le monde ne couche pas avec lui.

Mia discerna dans la pénombre le regard mauvais que sa sœur dardait sur elle.

— Tu sais qu'il ne fait que se servir de toi, ajouta cette dernière d'un ton méchant.

— Je ne couche pas avec Nate.

Combien de fois avait-elle menti pour épargner sa sœur ? Une centaine de fois ? Plus ? Combien de temps encore comptait-elle lui cacher la vérité ?

— Il n'est pas comme ça, ajouta-t-elle.

— Tu as couché avec lui parce que tu savais qu'il me plaisait ? J'imagine que tu as dû démolir mon image pour te l'accaparer. C'est pour cela qu'il critique tout ce que je fais en studio ? Parce que j'ai beau tout donner pour le satisfaire, je vois bien qu'il ne me regarde pas comme il te regarde, toi.

— Nous ne sommes que de simples collègues de travail. C'est différent. Toi, il te pousse pour que tu donnes le meilleur de toi-même. Et même si, parfois, il semble ne pas être content du résultat, crois-moi, il a vraiment foi en toi.

Elle réalisa soudain qu'Ivy semblait ailleurs. Son cœur se serra. Elle ne connaissait que trop bien ce regard lointain, un peu hagard. Elle se leva et alla fouiller dans le sac d'Ivy. Elle ne fut pas surprise d'y trouver un tube de comprimés.

— Qui t'a donné ça ? demanda-t-elle. Skylar ou Riley ?

Pour toute réponse, Ivy se mordit la lèvre, esquissant une moue puérile.

— Rends-moi ce tube, dit-elle. Ce que je prends ou pas ne te regarde pas.

Mia sentit un mélange de colère et de tristesse l'envahir.

— Je croyais que tu en avais terminé avec ces saloperies. Bon sang, Ivy ! Qu'est-ce qui te prend ?

— J'ai juste besoin de décompresser un peu après

toute une journée passée enfermée dans un studio d'enregistrement. Tu peux comprendre, non ?

— Ce que je comprends surtout, c'est que tu as failli mourir à cause de ces cochonneries.

Puis, sans laisser à Ivy le temps de répliquer, elle alla jeter le contenu du tube dans les toilettes.

— Tu n'as pas le droit ! cria Ivy.

— Je suis ta sœur, je t'aime et cela me donne le droit de vouloir te sauver, même si, pour cela, tu dois me détester.

— C'est ta faute, tu sais. C'est parce que depuis quelque temps, tu te désintéresses de moi.

— Tu es injuste. Je suis toute la journée avec toi. Le seul moment où nous ne sommes pas ensemble, c'est lorsque tu sors avec tes prétendues amies. Tu ne vois donc pas qu'elles ont une mauvaise influence sur toi ?

— Avec elles au moins, je m'amuse.

D'un geste rageur, Ivy essuya ses joues mouillées de larmes.

— Avant, c'était avec toi que je prenais du bon temps, dit-elle. Nous aimions partir en virée toutes les deux.

La colère de Mia monta d'un cran. Comment Ivy pouvait-elle se montrer aussi injuste ?

— Je n'y suis pour rien si les choses ont changé entre nous, rétorqua-t-elle. C'est toi qui me traites comme une vulgaire employée et plus comme une sœur.

— Tu m'as abandonnée pour aller à l'université.

— Je te rappelle qu'à cette époque-là, tu te produisais sur les scènes de Broadway. J'avais envie, moi, de mener une vie normale.

Et surtout de s'éloigner de cette jumelle qui avait tous les talents alors qu'elle n'en avait aucun ou si peu.

Si Ivy n'était pas devenue la pop star qu'elle était, Mia aurait probablement fini comme Eva, heureuse d'exercer un métier passionnant, bien éloigné de l'industrie musicale et de toute la pression médiatique qui allait avec.

— Parce que tu crois que moi, je n'avais pas envie de mener une vie normale ? s'écria Ivy. Que je n'avais pas envie d'aller à l'université et d'avoir pour seules préoccupations le passage d'un examen ou les garçons de mon entourage ?

— Dans ce cas, pourquoi ne l'as-tu pas fait ? s'enquit Mia qui connaissait la réponse.

— Bien sûr, tu penses que j'ai préféré l'argent et la gloire aux études.

— C'est exact. Depuis notre enfance, tu éprouves le besoin maladif d'attirer l'attention sur toi.

— Me croirais-tu si je te disais que, parfois, je voudrais être invisible ?

— Alors laisse tomber la chanson.

— Qu'est-ce que je ferais ? Je n'écris pas, comme toi. Tout ce que j'ai, c'est ma voix et mon corps.

— Tu pourrais reprendre des études, décrocher un diplôme. Tu pourrais aussi te lancer dans la mode et dessiner ta propre collection.

Ivy laissa échapper un rire chargé d'amertume.

— Parce que tu t'imagines que papa me laisserait abandonner la scène aussi facilement ?

— Dans un premier temps, tu pourrais faire les deux. Ou du moins essayer pour voir ce que cela donne.

Pour la première fois depuis ce qui lui sembla une éternité, Mia crut retrouver l'ancienne Ivy. Sur une impulsion, elle prit ses mains dans les siennes.

— Que dirais-tu de faire quelque chose ensemble, samedi ? Juste toi et moi. Comme lorsque, enfants, nous allions traîner au parc qui se trouvait à côté de la maison.

— Je ne peux pas. J'ai prévu de me rendre demain à Los Angeles avec Skylar et Riley. Elles veulent me faire rencontrer le type qui doit fabriquer leur ligne de sacs à main.

— Demain ? Mais il est prévu que tu enregistres. Quand comptes-tu rentrer ?

— Je ne sais pas encore. Je serai absente tant que mes amies auront besoin de mon aide.

— Tu veux dire par là, t'inciter à investir dans leur petite affaire, j'imagine.

Mia se surprit à détester ces deux filles qu'elle ne portait déjà pas dans son cœur.

— Je me fiche bien de ce que tu penses d'elles, rétorqua Ivy en la défiant du regard. Ma décision est prise : j'irai.

— Très bien. Dans ce cas, je viens avec toi.

Si Ivy avait renoué avec la sale habitude de se gaver d'amphétamines, Mia estimait qu'il était de son devoir de tout faire pour l'en empêcher.

— Je vais envoyer un message à Nate pour lui expliquer, précisa-t-elle.

Si elle avait déjà pas mal partagé de ses secrets avec lui, elle se garderait bien de lui faire part de ses craintes de voir Ivy replonger dans une addiction qui avait failli lui coûter la vie.

— Si tu veux, murmura Ivy. Mais va téléphoner ailleurs. Je suis fatiguée. Je voudrais dormir un peu.

— Alors, tu ne comptes pas sortir ce soir ? s'enquit Mia, pleine d'espoir.

— Par pitié, Mia. Il n'est que 19 heures. Il ne se passe jamais rien avant minuit, de toute façon.

Puis, pour bien signifier à sa sœur que la discussion était close, elle alla s'étendre sur son lit et enfouit son visage dans son oreiller.

Dans un geste plein de tendresse, Mia étendit une couverture sur elle puis, la tasse de thé devenu tiède dans une main, elle gagna sa chambre pour un appel vidéo avec Nate.

À son grand étonnement, il ne fut pas furieux lorsqu'elle l'informa de ce changement de dernière minute. Cela tombait même plutôt bien car lui aussi avait prévu de se rendre à Los Angeles où il devait retrouver Trent. Il avait également eu en tête d'y emmener Ivy afin qu'elle poursuive son enregistrement dans les studios de West Coast. Ainsi, ils respecteraient le planning prévu.

Lorsqu'ils raccrochèrent, une heure plus tard, Mia se sentait un peu mieux. Nate avait sur elle le pouvoir indéniable de la rassurer. Malheureusement, cette sérénité ne dura que le temps qu'elle pénètre de nouveau dans la chambre de sa sœur, qu'elle trouva désertée.

Elle n'hésita qu'une fraction de seconde avant de se lancer dans une fouille aussi frénétique que minutieuse mais qui ne donna aucun résultat. Ce qui ne voulait rien dire car Ivy pouvait très bien se fournir auprès de Skylar et Riley.

Mia devrait se montrer très vigilante si elle voulait éviter de revivre le même scénario que trois ans plus tôt, lors de la toute première tournée d'Ivy. À ce moment-là, Mia se trouvait à Los Angeles où elle travaillait sur la maquette d'une chanson qu'Ivy refusait d'enregistrer. Soucieuse de ne pas rater l'opportunité qui se présentait à elle de se lancer dans une carrière de compositrice, elle avait relâché la surveillance qu'elle exerçait sur Ivy qui n'avait pas hésité longtemps avant de renouer avec la drogue.

Parfois, il semblait à Mia que, à chaque fois que se présentait à elle la chance de donner à sa vie une nouvelle direction, sa sœur se chargeait de la saboter. Ce qui expliquait largement pourquoi elle tenait tant à garder secrète la relation qu'elle entretenait avec Nate. Mais à quel prix ? La question suscita en elle un flot d'émotions contradictoires où se mêlaient étroitement frustration et culpabilité. Car c'était bien pour satisfaire les exigences de sa sœur qu'elle avait perdu Nate.

Allait-elle sacrifier son avenir toute sa vie au nom d'une loyauté unilatérale ? Combien de temps pourrait-elle encore vivre dans l'ombre d'Ivy sans que l'amour qu'elle lui portait se transforme en rancœur ? Choisir sa sœur plutôt que Nate avait déjà été un choix difficile, mais maintenant qu'elle le côtoyait au quotidien, elle se découvrait des sentiments puisant leur source dans la personnalité attachante de Nate. Elle éprouvait pour lui une espèce d'amitié amoureuse nourrie des moments romantiques qu'ils passaient ensemble et du respect mutuel qu'ils se portaient.

Il était à la fois un musicien brillant et un homme merveilleux. Lorsque viendrait le moment où elle devrait de nouveau choisir, serait-elle capable de renoncer à lui une seconde fois ?

- 6 -

Durant tout le temps que dura le trajet qui les conduisait à Santa Monica où ils devaient retrouver Trent et Savannah, Nate lança des coups d'œil furtifs à Mia. Il la trouvait particulièrement jolie dans sa robe d'été bleu marine et blanche qu'elle avait assortie à une paire de sandales à talons hauts. Pour l'occasion, elle avait soigneusement maquillé ses yeux ainsi que sa bouche dont le rouge incandescent l'attirait comme un aimant.

Tandis qu'il manœuvrait pour se garer, elle lui jeta un regard sceptique.

— Tu es bien certain qu'il s'agit d'un dîner d'affaires ?

Il acquiesça d'un signe de tête tout en affichant un air innocent.

— Parce que cet endroit me paraît…

Il prit le temps de garer son véhicule et de couper le moteur avant de lui demander dans ce qui était devenu son mode d'expression habituel :

— Inapproprié ?

— Disons très *romantique* pour un repas d'affaires, répondit-elle.

— Oui, je vois ce que tu veux dire. En fait, c'est Trent qui s'est occupé des réservations. Il voulait sans doute faire plaisir à Savannah. J'espère que cela ne te pose pas de problème ?

— Pas le moins du monde. L'idée de passer la soirée en compagnie d'un couple nouvellement fiancé, et donc amoureux, me réjouit.

— Parfait. Je ne veux surtout pas que tu t'imagines que je voulais t'entraîner dans un traquenard.

— Loin de moi une idée pareille, rétorqua-t-elle en souriant alors qu'ils franchissaient la porte de l'établissement.

L'hôtesse qui vint les accueillir les conduisit à une table merveilleusement située qui surplombait la jetée. Le soleil qui plongeait à l'horizon éclaboussait l'océan de couleurs flamboyantes.

— Parle-moi un peu de Trent et de Savannah, demanda-t-elle, une fois qu'ils furent installés. Et d'abord, explique-moi pourquoi ils portent le même nom alors qu'ils ne sont pas encore mariés.

— C'est parce que Savannah est l'ex-belle-sœur de Trent.

Mia écarquilla les yeux de surprise.

— Quelle drôle de situation !

— À vrai dire c'est un peu compliqué. Tous deux se connaissent depuis l'enfance. Savannah, dont la mère était morte et le père incapable de l'élever, a été prise en charge par sa tante, qui travaillait alors au service des Caldwell. D'après ce que m'a dit Melody, Savannah a toujours été amoureuse de Trent. Lorsqu'elle est partie à New York pour entamer une carrière de mannequin, Trent allait la voir régulièrement. À partir de là ils ont commencé à…

Il s'interrompit, cherchant le mot juste.

— À se fréquenter.

— Pourquoi Trent l'a-t-il quittée ?

— Je crois qu'il n'a réalisé qu'il l'aimait vraiment que lorsqu'elle a épousé son frère.

— Pourquoi a-t-elle fait une chose pareille ? Pour attiser la jalousie de Trent et essayer de le récupérer par ce biais ?

— Non, pas du tout. Savannah n'a rien d'une manipulatrice. Elle était enceinte au moment de la rupture et comme Rafe souhaitait un héritier qui prolongerait le nom des Caldwell… Il était gravement malade à cette époque-là, mais tout le monde l'ignorait.

— Quel âge a l'enfant ?

— Il vient juste d'avoir un an.

— Si j'ai bien suivi, Trent ignorait que Savannah était enceinte lorsqu'il l'a quittée ?

— Oui. Si Savannah lui avait parlé lorsqu'elle a appris qu'elle était enceinte, je pense qu'ils se seraient épargné bien des souffrances.

— Justement. Pourquoi ne lui a-t-elle rien dit ?

— Franchement, je n'en ai pas la moindre idée. Elle seule peut répondre à cette question.

— En tout cas, je suis heureuse qu'ils se soient retrouvés.

Elle marqua une pause alors que Nate commandait une bouteille de pinot gris auprès du serveur venu leur demander s'ils souhaitaient prendre un apéritif.

— Je crois me souvenir que lorsque Ivy a signé avec vous, le label West Coast Records ne vous appartenait pas encore, reprit-elle. C'était le père de Trent qui en était le P-DG, n'est-ce pas ?

— Ça non plus, ce n'est pas simple. Pour te résumer

la situation, disons que Trent et son père ne s'entendaient pas. À la mort de ce dernier, c'est Rafe qui a été nommé à la tête de la société. Malheureusement, il n'a fait que mener à la faillite ce label déjà défaillant.

— Selon mon père, certains artistes n'ont jamais été payés. Ce qui n'a pas été le cas d'Ivy, mais il faut dire qu'elle comptait parmi les interprètes qui leur rapportaient le plus d'argent.

— Pour couronner le tout, un rapport d'audit nous a appris qu'il y avait eu détournements de fonds. Mais d'ici à six mois, toute la comptabilité sera à jour et les gens qui n'ont pas été payés le seront.

Savannah et Trent arrivèrent juste au moment où le serveur revenait avec la bouteille de vin commandée. Après de rapides présentations, le couple prit place à table.

— Comment va ta gorge ? s'enquit Trent. Tu arrives à parler ?

Nate secoua la tête et désigna Mia du menton.

— Je suis sa voix, expliqua-t-elle.

— C'est formidable ! s'exclama Savannah. Comment cela fonctionne-t-il ?

Nate en fit aussitôt la brillante démonstration.

— J'ai envie de te lécher partout, dit-il.

— Il demande comment va votre fils, s'empressa de répondre Mia.

— Vu votre tête, je ne vous crois pas, déclara Savannah en riant. Mais peu importe, vous devez bien vous amuser.

Trent inclina légèrement la tête de côté et fixa son ami d'un air goguenard.

— Ainsi donc, vous êtes… ?

Nate acquiesça vigoureusement de la tête.

— Non, décréta Mia.

— Pas pour le moment, corrigea Nate.

— On a l'impression de visionner un film muet, fit remarquer Savannah. Mais sans les sous-titres.

— Excusez-nous. Cette manière de communiquer peut paraître en effet un peu grossière, précisa Mia tout en lançant un regard sévère à Nate.

— Dis-leur la vérité, l'implora-t-il silencieusement.

Elle hésita un bref instant puis se lança.

— Nate et moi avons eu une brève liaison amoureuse pendant la tournée. Mais personne n'est au courant.

— Pourquoi ? interrogea Savannah.

— Parce que je travaille pour ma sœur et qu'elle n'apprécierait pas de savoir que Nate et moi sortons ensemble.

— Pourquoi ?

Cette fois, c'était Trent qui avait manifesté sa curiosité.

Mia rougit violemment, comme une enfant prise en faute.

— Disons qu'elle est… très attachée à moi.

— Et alors, vous n'avez pas le droit d'avoir une vie privée ? Cela me paraît un peu exagéré, non ?

— Non, ce n'est pas ça. Je n'ai pas de vie privée parce que je n'ai pas de temps à y consacrer.

— Mia est une compositrice pleine de talent, intervint Nate. J'ai découvert en tournée que c'était elle qui composait tous les titres qu'Ivy reprenait à son compte.

Il lança à Mia un regard dur qui ne lui laissa d'autre choix que de traduire mot pour mot ce qu'il ne pouvait exprimer lui-même tout haut.

Trent posa sur elle un regard empli de sollicitude.

— Comment une telle chose est-elle possible ?

— Je ne sais pas. À la sortie des albums, mon nom n'était jamais mentionné. Lorsque j'en ai parlé à mon père, il m'a expliqué que c'était mieux pour Ivy que ses fans croient qu'elle était à l'origine des tubes qu'elle chantait.

Au tremblement de sa voix, Nate comprit que cette blessure infligée par les propres membres de sa famille était encore à vif.

— Si la gestion du label était mise en cause, je serais ravi de rétablir la vérité, poursuivit Trent.

— C'est gentil mais cela causerait trop de bouleversements, répondit Mia, touchée de sa proposition. Et puis, si cela se savait, ma famille ne me le pardonnerait jamais.

— Si quelqu'un peut vous comprendre, c'est bien moi, déclara Trent. Je sais à quel point les relations familiales peuvent être compliquées lorsqu'elles se mêlent aux affaires. Aussi, vous avez ma parole que rien de ce qui a été dit ne sortira d'ici.

— Merci.

Le sourire triste que Mia adressa à Trent alla droit au cœur de Nate. Il se sentait tellement impuissant à changer la situation ! La seule chose qu'il pouvait espérer, c'était de voir Mia prendre enfin ses distances avec sa sœur pour pouvoir vivre un avenir plus radieux.

Le reste de la soirée se passa agréablement. Nate se plaisait à être le témoin passif des bavardages qu'entretenaient Mia, Trent et Savannah. Cela lui laissait tout loisir de voir Mia reprendre confiance en elle sous l'attention bienveillante de ses deux amis.

— Un dessert ? proposa-t-il à la ronde d'un hochement de tête lorsque le serveur revint à leur table.

— Malheureusement, nous n'allons pas pouvoir rester, répondit Savannah avec une pointe de regret. Nous avons promis à la baby-sitter d'être de retour vers 22 heures.

Nate se tourna vers Mia.

— Que dirais-tu d'une balade sur la plage ?

Pour s'être promené avec elle deux ou trois fois sur la côte australienne, il savait que Mia adorait la mer. Il avait même projeté de l'emmener explorer les fonds marins mais malheureusement, leur planning ultra-serré ne leur en avait pas laissé le temps.

— D'accord mais pas longtemps. Si je tarde trop, Ivy va se poser des questions.

Les deux couples se séparèrent sur le parking en se promettant de se revoir bientôt.

Mia ôta ses sandales, qu'elle laissa dans la voiture. La température était passée sous la barre des 15° mais l'air qui venait du large était léger et doux.

Main dans la main, ils foulèrent le sable humide. Nate aimait en Mia la capacité qu'elle avait à garder le contrôle en toutes circonstances. Sans doute que des années passées en compagnie d'une sœur tyrannique qui la vampirisait lui avaient appris à se protéger et à réfléchir à deux fois avant de parler ou d'agir.

Il appréciait aussi qu'elle ne cherche pas à tout prix à combler les vides par des bavardages incessants. Même avant son opération, il leur arrivait souvent de passer de longs moments tous les deux sans se parler, juste heureux d'être ensemble.

Si Mia ne lui avait pas clairement démontré à quel

point elle était attachée à sa jumelle, il aurait pu dire qu'il avait trouvé en elle sa femme idéale. Mais sa patience s'érodait à tenter sans cesse de résister au désir qui le poussait vers Mia. De même, il était fatigué de devoir feindre de ne s'intéresser à elle que pour des raisons professionnelles.

Leurs doigts toujours entrelacés, ils allèrent au bord de l'eau, laissant derrière eux les lumières de la jetée, seulement guidés par le quartier de lune. N'y tenant plus, il attira Mia à lui et, ses mains en coupe autour de son visage, il l'embrassa.

Sa bouche avait le goût du bonbon à la menthe qu'elle suçait depuis qu'ils avaient quitté le restaurant. Elle entrouvrit les lèvres, permettant à sa langue de trouver la sienne. S'il n'avait aucun problème à trouver les mots pour en faire une chanson, le flot d'émotions qui déferla sur lui à ce moment-là lui ôtait toute capacité à penser de manière cohérente.

— Ivy ne rentrera pas avant des heures, murmura-t-elle contre sa bouche. Si nous allions à ton hôtel ? Je brûle de me retrouver seule avec toi…

Nate ne prit pas la peine de lui répondre et l'entraîna presque en courant vers sa voiture. Son impatience, qui répondait si parfaitement au désir qui la consumait, la fit rire. Pour un peu, elle aurait regretté ces quinze minutes passées sur la plage !

Durant le trajet qui les ramenait à l'hôtel, il ne chercha pas non plus à communiquer avec elle. Paraissant perdu dans ses pensées, il conduisait d'une main et lui caressait l'épaule de l'autre. Ce temps de silence lui permit de bien prendre conscience de ce qu'elle s'apprêtait à faire et de se rendre compte… qu'elle s'en réjouissait.

Parvenu devant l'entrée de l'hôtel, Nate alla confier les clés au voiturier et vint la rejoindre. Alors qu'il passait un bras autour de son épaule, elle se dégagea doucement.

— Il ne faut pas que l'on nous surprenne ainsi, expliqua-t-elle. Tu imagines un peu la scène que me ferait ma sœur si nous étions la cible de paparazzis ? Sans compter les spéculations hasardeuses que ce flagrant délit entraînerait.

— Je crois que tu surestimes un peu ma popularité.

— Et moi, je crois que tu la sous-estimes.

— Je me suis fait plutôt discret, depuis la fin de la tournée. Et je ne pense pas avoir un physique inoubliable.

— Tu plaisantes ? Tu es renversant de séduction.

Elle se couvrit aussitôt la bouche d'une main, dans un geste qui traduisait un profond embarras.

— J'ignore pourquoi j'ai dit ça, précisa-t-elle. De toute façon, tu sais bien ce que je pense.

— À vrai dire, non. Je ne sais pas trop ce que tu penses. Et j'aimerais bien le savoir.

Côte à côte mais se gardant bien du moindre geste qui aurait pu trahir leur intimité, ils prirent l'ascenseur qui les conduisit jusqu'au douzième étage. Une fois dans le couloir, Nate lui prit la main et la porta à ses lèvres. Le regard ardent qu'il fixa alors sur elle la transforma en poupée de chiffon. Enfin, elle allait pouvoir laisser libre cours à ses émotions ! Elle avait passé tant de temps à les refouler.

— Je pensais que nous ne revivrions jamais un moment pareil, avoua-t-il.

— Je me le suis interdit pendant trop longtemps, murmura-t-elle tandis qu'ils se dirigeaient vers la suite. J'ai vécu l'enfer, entre mon attirance pour toi et…

Elle s'arrêta net, s'empêchant d'aller plus loin. Nate ne méritait pas qu'elle lui répète que, entre lui et sa sœur, c'était cette dernière qu'elle avait choisie.

Les doigts de Nate se resserrèrent sur son bras tandis que, de sa main libre, il introduisait sa carte magnétique dans la fente. Aussitôt qu'ils furent à l'intérieur, il la reprit dans ses bras et, du bout d'un pied, fit claquer la porte derrière eux.

Je t'aime, aurait-elle voulu dire. Elle avait beau vouloir vivre cette nuit de tout son corps, de toute son âme, elle se refusait à penser au-delà, même s'il lui faudrait bien, à un moment ou à un autre, réfléchir à la place qu'elle souhaitait donner à Nate dans sa vie.

Portée par le désir qu'elle avait de lui, elle le prit par la main et l'entraîna vers le lit. Pourtant, malgré son audace, elle doutait encore. Nate méritait une compagne flamboyante et sûre d'elle, digne de s'afficher à son bras en toutes circonstances. Tout ce qu'elle n'était pas. Pourtant, à la seconde où il plaqua les mains sur ses fesses pour l'attirer un peu plus étroitement contre lui, elle oublia toutes les bonnes raisons qui lui faisaient penser qu'elle n'était pas la femme qu'il lui fallait.

— Ce soir encore, je vais te servir d'interprète, lui murmura-t-elle à l'oreille. Tu n'auras qu'à me dire ce que tu veux et je le répéterai à voix haute.

Une lueur espiègle passa dans le regard de Nate tandis qu'il acquiesçait en silence. Sans la quitter des yeux, il fit lentement remonter sa robe jusqu'à son buste puis la passa par-dessus sa tête où elle se prit dans la masse épaisse de sa chevelure. L'espace d'un très court instant, n'y voyant plus rien, elle sentit avec une acuité toute particulière le parfum familier de Nate, heureux mélange de savon et de lotion après-rasage.

Elle fut aussitôt transportée vers la nuit qu'ils avaient passée ensemble à Sydney. Tout d'abord, elle avait été intimidée par son niveau d'expérience et avait craint de ne pas être à la hauteur de ses attentes. Mais très vite, elle avait laissé sa timidité de côté pour se perdre dans les méandres d'un plaisir qu'elle n'avait jamais connu. Après deux mois passés à revivre en mémoire les sensations ressenties, elle se sentait plus que prête à repasser à l'acte.

La chemise de Nate alla rejoindre sa robe par terre. Une fois son torse dénudé, elle fit glisser sa ceinture entre les passants de son pantalon. Mais lorsque sa main se posa sur sa fermeture Éclair, il l'en écarta et la força à lever la tête vers lui.

— Pourquoi ? s'enquit-elle.

En guise de réponse, il posa son front contre le sien, dans un geste d'une infinie douceur. Puis tout aussi tendrement, il la fit se retourner entre ses bras, de manière à ce qu'ils se retrouvent tous les deux face au miroir accroché au-dessus d'une commode.

— Avant que nous fassions l'amour, Mia, je veux que tu saches que pour moi, il ne s'agissait pas que de sexe entre nous.

— Je sais, répondit-elle, brûlant de se frotter contre son sexe en érection, dur et long au creux de ses reins. Pourrions-nous parler de cela plus tard ?

— Non. Il est important que tu comprennes à quel point j'ai besoin de toi dans ma vie. Ce ne sont pas des mots prononcés à la légère, Mia. Peux-tu dire la même chose ?

— Si tu es en train de me demander de faire un choix maintenant, la réponse est « non ». Te serait-il possible de te contenter, pour le moment, de savoir que tu comptes beaucoup pour moi et que j'ai envie que ça marche entre nous ? Je ne joue pas avec tes sentiments, Nate, mais j'ai besoin d'un peu de temps.

— Tu me demandes d'être patient ?

— Je sais que ce n'est pas facile pour toi. Tu es un homme merveilleux et la dernière chose que je voudrais serait de te blesser.

— Et moi, j'aimerais pouvoir te dire que je vais mettre la pédale douce mais je suis un fichu égoïste qui te veut toute à lui.

Il chercha son regard dans le miroir avant d'esquisser un sourire carnassier.

— Et maintenant, répète après moi.

Il s'exprimait en langue des signes en même temps que ses mains effleuraient son corps.

— J'aime tes seins et la façon dont tes tétons durcissent quand je les touche, traduisit-elle, frissonnante d'un désir trop longtemps contenu.

Il s'interrompit, le temps de faire glisser la bretelle de son soutien-gorge sur ses épaules puis d'en dégrafer l'attache. Ensuite, avec une lenteur qui relevait pour elle de la torture, il glissa les doigts sous l'élastique de sa culotte qui, très vite, alla rejoindre la pile de vêtements épars.

— Je brûle de lécher chaque parcelle de ton corps, poursuivit-elle en rougissant. J'adore te sentir frissonner sous mes doigts. Et puis… j'adore aussi lorsque ton souffle tiède devient haletant.

Les yeux toujours fixés sur leur reflet dans la glace, il fit glisser un doigt le long de sa gorge puis le laissa descendre plus bas, où il joua avec son téton. Elle ferma les yeux pour mieux saisir l'ivresse du moment.

— Nate…, murmura-t-elle lorsqu'elle sentit une de ses mains plonger entre ses cuisses brûlantes. Oui…

Elle bougea légèrement les hanches, cherchant la promesse d'un plaisir plus intense.

— Oui ?

— Je te veux, Nate. Oh oui…

— Moi aussi, je te veux. Tu le sens bien, n'est-ce pas ?

— Alors, qu'attends-tu ?

Elle glissa une main entre eux et enserra le membre long et gonflé de Nate entre ses doigts.

— J'aime prendre mon temps avec toi, répéta-t-elle pour lui en se cambrant. Tu prendras ton temps plus tard, ajouta-t-elle dans un souffle. S'il te plaît, Nate…

Ses doigts se glissèrent entre les replis de son sexe humide puis jouèrent avec sa vulve gonflée.

— Oui… Là… Embrasse-moi, demanda-t-elle d'une voix suppliante.

Elle se tourna pour lui faire face. Il plongea les mains dans sa chevelure en même temps qu'il prenait ses lèvres dans un baiser passionné.

Durant la nuit qu'ils avaient passée ensemble, Nate avait ponctué leurs ébats amoureux de commentaires qui avaient ajouté à son excitation. Elle sentit, à la fébrilité de ses mains qu'il faisait courir avec fièvre le long de son dos, que ce silence forcé devait être extrêmement frustrant pour lui.

Ce fut elle qui rompit leur baiser pour lui ordonner d'une voix autoritaire qui le fit sourire :

— Ton pantalon. Retire-le tout de suite.

Il lui fit un petit salut militaire puis s'exécuta à la hâte.

Impatiente, elle entreprit elle-même de le débarrasser de son boxer-short.

Les mains de Nate formèrent alors un juron qui la fit doucement rire.

Bien décidée à lui montrer qu'elle n'avait rien d'une oie blanche, elle s'agenouilla devant lui et prit sa verge dans sa bouche. Elle ferma les yeux pour mieux savourer la peau chaude et douce de son sexe rigide sur sa langue. Elle sourit encore à l'idée qu'il ne pouvait pas exprimer tout haut les mots que ce moment de volupté devait lui inspirer.

Elle le sentit soudain lui tapoter l'épaule, signe qu'il voulait attirer son attention. Elle leva sur lui un regard visant à traduire tout le plaisir que lui procurait cette caresse des plus intimes qu'elle lui offrait.

— Je te veux, dit-il.

En guise de réponse, elle reprit son sexe un peu plus profondément dans sa bouche tandis que de sa main libre elle lui caressait les testicules. Elle pensa alors à toutes les choses qu'ils n'avaient pas faites cette nuit-là et qui l'avaient laissée profondément frustrée.

À mesure que le plaisir qu'elle lui prodiguait devenait plus intense, le corps de Nate se tendait. Mais alors qu'elle pensait le conduire à l'extase, il prit une de ses mains et la força à se relever. Il la garda un long moment si étroitement serrée contre lui qu'elle entendait son cœur palpiter à son oreille. Lorsqu'il eut repris le contrôle, il s'écarta d'elle pour pouvoir lui exprimer ce qu'il voulait.

— Je veux jouir en toi. Pas dans ta bouche.

Ses mots crus redoublèrent son excitation. Elle le prit par la main et le guida vers le lit. Il ouvrit le tiroir de sa table de chevet pour prendre un préservatif qu'il déroula lui-même sur son sexe bandé, puis il lui ordonna de s'étendre sur le matelas.

— Je vais te faire l'amour.

— Tu m'en vois ravie, répliqua-t-elle avec un petit sourire.

Elle se laissa tomber au milieu du lit, suivie de près par Nate qui caressa son corps nu d'un regard brûlant.

— Tu es si belle.

— Toi aussi, tu es beau, dit-elle dans un souffle tandis que la bouche fiévreuse de Nate se refermait sur l'un de ses seins et en suçait le bout avec avidité.

Elle laissa échapper de petits gémissements de plaisir tandis que ses ongles venaient se ficher dans les muscles de son dos. Combien de fois l'avait-elle regardé se mouvoir sur scène, admirant ce corps long et athlétique plein d'énergie qu'elle imaginait couvrir le sien. Oui, combien de fois ?

Et puis un jour, le miracle s'était produit. À la fin d'un concert, il l'avait entraînée dans les vestiaires et l'avait embrassée. Elle. Il lui avait donné un baiser plein de passion qui l'avait électrisée tout entière.

Nate lui prit la main et la porta à ses lèvres, son regard fixé sur elle semblant lui demander s'il pouvait aller plus loin.

— Oui, Nate, je te veux. Je veux tout de toi. Maintenant.

Il ferma les yeux, visiblement ému, et posa son front contre le sien. Puis il embrassa le coin de sa bouche, dans un baiser d'une infinie douceur qui la bouleversa.

Tu mérites tellement mieux qu'une femme comme moi, aurait-elle voulu dire.

Mais ces mots, elle se garda bien de les prononcer, de peur de gâcher la magie de ce moment unique. Elle encadra donc son visage de ses mains en coupe et l'embrassa à son tour, allumant en eux le feu d'un désir qui les submergea.

La regardant droit dans les yeux, il se positionna entre ses cuisses écartées et, de nouveau, glissa les doigts entre les replis de son sexe moite. Elle cria son nom lorsqu'elle les sentit s'introduire en elle et la fouiller.

Ivre de volupté, elle saisit le poignet de Nate tandis que les muscles de son vagin se contractaient sur ses doigts. Et puis, elle n'eut plus aucune notion de la réalité lorsqu'elle sentit le sexe de Nate s'enfoncer en elle.

- 7 -

L'air siffla entre les dents de Nate au moment où il s'arrêta de bouger. Il se trouvait maintenant profondément en Mia et il voulait prendre le temps d'apprécier à sa juste valeur ce moment exceptionnel. Il sentait les muscles de son vagin se contracter autour de son membre dur tandis que les derniers spasmes convulsifs de l'orgasme secouaient son corps. Dans un geste tendre, il glissa derrière son oreille les mèches de cheveux collées à ses joues humides. Le regard voilé de désir qu'elle fixait sur lui la lui rendait encore plus désirable.

Il y décela pourtant une pointe de timidité qu'il avait déjà remarquée et qui l'intriguait. Un peu comme si elle ne pouvait pas vraiment croire à ce qu'elle vivait avec lui.

— C'est merveilleux…, dit-elle d'une voix languissante. Vraiment merveilleux…

C'était tout ce qu'il avait envie d'entendre. Il se remit à bouger en elle, faisant aller et venir son sexe plus profondément encore.

— Plus vite, exigea-t-elle d'une voix suppliante. Oui, comme ça.

Ne pas pouvoir exprimer haut et fort le plaisir qu'il avait à faire l'amour avec elle était la pire frustration qu'il avait à subir depuis son opération. Il aurait voulu lui dire à quel point il la trouvait excitante, lui murmurer à l'oreille des mots crus qui redoubleraient leur excitation. Privé de voix, il laissa sa bouche s'exprimer d'une manière différente.

Il était au bord de l'orgasme mais il voulait la voir jouir d'abord. Il se retint jusqu'à ce que, enfin, de ses lèvres entrouvertes s'échappe une succession de petits cris lâchés d'une voix haletante.

Il enfouit alors son visage au creux de son épaule et jouit à son tour dans une explosion de plaisir jusque-là inconnu de lui. Ses lèvres sur sa peau formèrent son nom alors qu'il s'enfonçait en elle dans un dernier coup de reins.

Lorsqu'il revint sur terre, il roula sur le côté et attira Mia tout contre lui.

— C'était tellement bon, dit-il dans la langue des signes.

— Redis-le-moi, le pria-t-elle d'une voix enjôleuse.

Il répéta les mêmes gestes avant d'ajouter, l'air grave :

— Reste.

Elle secoua la tête.

— Je ne peux pas.

Déjà, il la sentait loin de lui.

— Encore une heure. C'est possible ?

Elle accepta d'un hochement de tête. Une heure. C'était peu mais suffisant pour lui donner envie de rester, la prochaine fois qu'il le lui demanderait.

La soirée battait son plein lorsque Ivy, accompagnée de trois de ses meilleures amies, franchit la porte du Club T's. Mia suivait derrière, discrète dans une robe noire sans manches qui, si elle lui allait parfaitement, ne risquait pas d'alimenter les fantasmes des hommes, au contraire du combishort d'Ivy qui dévoilait largement ses longues jambes modelées par des heures de danse et de yoga.

Le petit groupe se rendit directement dans le carré VIP où les attendait une table garnie de bouteilles d'alcool divers. Ivy, flanquée de sa garde rapprochée, se glissa la première sur la banquette. D'humeur joyeuse, elle clamait sa joie à qui voulait l'entendre.

Mia, qui s'était installée sur la banquette faisant face à sa sœur, se sentit soudain étouffer. Trop de monde, trop de musique, trop de lumières. Elle aurait voulu se retrouver dans un endroit tranquille, à des kilomètres de cette foule aussi dense que bruyante qui la privait de son oxygène.

Elle ferma les yeux pour tenter de s'isoler mais une tape impérieuse sur l'épaule les lui fit rouvrir bien vite.

— C'est toi qui as commandé cette vodka ? lui demanda Ivy, à demi penchée sur la table. C'est de la Grey Goose. Je voulais de la Belvedere.

— Tu bois toujours de la Grey Goose, pourtant, lui fit remarquer Mia qui avait l'impression de hurler tant elle devait hausser la voix pour se faire entendre.

— Évidemment, tu n'as pas remarqué puisque tu ne fais plus attention à moi, rétorqua Ivy en levant les yeux au ciel, visiblement excédée.

— Je vais en commander au bar, dit Mia, trop contente de pouvoir s'échapper quelques minutes. Je reviens tout de suite.

Elle avait bien conscience qu'Ivy n'était pas capable de faire la distinction entre les deux marques de vodka mais que, devant ses amies, elle avait voulu marquer la domination qu'elle pensait exercer sur elle. Mais Mia, qui connaissait sa jumelle mieux que personne, savait bien, elle, que cette prétendue supériorité masquait une profonde détresse doublée d'un manque d'assurance.

Ce mal-être, Ivy le combattait à grand renfort d'anxiolytiques, ce qui poussait Mia à plus de vigilance encore. Il y avait fort à parier que, une fois l'album en cours d'enregistrement terminé, sa sœur retrouverait un semblant d'équilibre. Du moins l'espérait-elle de tout cœur.

Forte de cette certitude, elle partit à la recherche d'une serveuse, cherchant Nate du regard. Mais comment le trouver dans une foule aussi compacte ?

Comme en réponse à sa question, un bras vint s'enrouler autour de sa taille. Elle reconnut tout de suite le parfum familier de Nate.

Le feu du désir se mit à couler instantanément dans ses veines tandis qu'il l'entraînait vers la piste de danse. Les corps ondulants qui les entouraient les poussèrent l'un contre l'autre. Nate la fit se retourner et se plaqua étroitement contre elle, laissant ses mains courir librement sur le tissu de sa robe.

— Nate… Je ne p…

Mais les mots s'étranglèrent dans sa gorge lorsqu'elle sentit les lèvres douces et chaudes de Nate descendre le long de sa gorge.

— Ivy et ses amies sont juste… juste là, dit-elle mollement.

— Tu m'as tellement manqué.

— Toi aussi.

Si un peu plus tôt elle aurait volontiers quitté les

lieux, elle avait à présent une envie folle de s'étourdir de musique et de danser toute la nuit entre les bras robustes de Nate. Depuis combien de temps n'avait-elle pas pensé à elle, à son plaisir ?

Deux jours.

Elle ferma les yeux pour mieux capturer les images de Nate et elle faisant l'amour dans la suite de son hôtel… Le désir rivé au creux des reins, elle posa ses mains sur celles de Nate et se pressa encore un peu plus contre lui.

Elle inspira profondément, cherchant à se griser du parfum viril qui l'enveloppait. Leurs deux corps s'imbriquaient parfaitement l'un contre l'autre. Ce sentiment de plénitude la portait, faisant d'elle une femme désinhibée, en proie à un flot d'émotions si fortes qu'elle en paniquait presque.

C'était la raison pour laquelle elle n'avait pas voulu suivre Nate à Las Vegas. Elle n'avait pas le pouvoir d'être deux femmes à la fois. Elle avait donc fait le choix d'oublier la femme passionnée et audacieuse que Nate avait révélée en elle pour réintégrer le corps de la femme timide, réservée et ignorée de tous vivant dans l'ombre d'une pop star.

Mais pour l'heure, elle n'avait jamais été aussi heureuse. Se retrouver ainsi entre les bras de cet homme qui la faisait se sentir vivante lui faisait oublier un quotidien qui n'avait rien d'épanouissant.

Son téléphone vibra dans le sac qu'elle portait en bandoulière, lui rappelant ses obligations. Elle poussa un profond soupir puis se dégagea de la douce étreinte de Nate.

— Je dois y aller, dit-elle en langue des signes. Ivy doit se demander ce que je fabrique.

Les lumières jouaient sur le visage de Nate, accentuant la profonde irritation qui s'en dégageait.

— Je m'en fiche, répondit-il.

— Je sais.

Elle lui tourna le dos pour regagner le carré VIP mais Nate lui emboîta le pas. Arrivée en haut des marches, elle vit Kyle Taylor, le troisième et dernier associé du Club T's, qui faisait de grands gestes pour attirer l'attention de Nate. Il était accompagné de Hunter Graves dont la réputation de DJ n'était plus à faire.

— Je te laisse, dit Mia. Je crois que tes amis veulent te parler.

— Attends. J'ai besoin de toi comme interprète.

Sans lui laisser le temps de protester, il la prit par la main et se dirigea avec elle vers les deux hommes.

— Kyle me faisait visiter les lieux, expliqua Hunter. Bel endroit.

— Je vous laisse, dit Kyle, visiblement soulagé de pouvoir s'éclipser. Je dois aller vérifier quelque chose. Tu me remplaces, Nate ?

Puis, sans même attendre la réponse, il redescendit l'escalier d'un pas pressé.

Nate désigna sa gorge en même temps qu'il faisait signe à Mia de traduire.

— Il a subi une intervention chirurgicale, expliqua-t-elle. Je m'appelle Mia Navarro. Je lui sers d'interprète.

— Tu es bien plus que cela, signa Nate qui, visiblement, raffolait de ce petit jeu.

— Ravi de vous rencontrer, assura Hunter à qui les

gestes de Nate avaient échappé. Je suis ravi de venir mixer ici. Les gens ont l'air de vouloir s'amuser !

— Nous sommes ravis de vous avoir, traduisit-elle.

Hunter écarquilla les yeux.

— Vous ne plaisantiez pas. Vous lui servez *vraiment* d'interprète ! C'est génial ! Vous pouvez vous raconter tout ce que vous voulez au nez et à la barbe de tout le monde.

— Mia est ma voix depuis plusieurs semaines maintenant, poursuivit-elle. Je ne sais pas ce que je ferais sans elle. Je suis d'accord avec lui, ajouta-t-elle pour son propre compte, ce qui eut pour effet de faire rire Hunter.

Elle comprit alors pourquoi Melody avait été amoureuse de lui. L'homme était charmeur et séduisant, et il était bien difficile de ne pas céder à sa personnalité charismatique.

Elle sentit soudain la main de Nate lui presser le bras.

— Cesse de flirter avec ce bellâtre.

— Trent vous a-t-il dit que j'aimerais louer un de vos studios pour un duo que je souhaiterais produire ? s'enquit Hunter, bien loin de se douter de ce que Nate venait d'exprimer. J'aimerais profiter de l'occasion d'être à Las Vegas pour cela.

— Au fait, intervint Mia. Ivy est ici ce soir. Vous pourriez aller la saluer. Je suis certaine qu'elle sera ravie.

Tous deux avaient connu une brève liaison un an plus tôt. Malheureusement, leurs plannings respectifs ultra-serrés les avaient contraints à ne plus se voir. Mia voyait en Hunter le parfait antidote à la période tourmentée que traversait sa sœur. En outre, Hunter avait beau être un bourreau de travail, il avait à cœur de mener une vie saine. Aussi, le remettre en contact avec Ivy pourrait être l'occasion inespérée de voir Skylar et Riley reléguées aux oubliettes.

— Moi aussi, je serai heureux de la revoir, répondit-il. Je vous suis.

Tandis qu'il invitait Hunter à suivre Mia, Nate sentit que cette dernière manigançait quelque chose. Lorsqu'il alla les rejoindre, quelques minutes plus tard, à la table d'Ivy, les présentations avaient été faites. Ivy ne semblait pas aussi impressionnée que ses amies mais il n'y avait là rien d'étonnant : elle était la star et entendait bien régner sans partage. Il la regarda tapoter la place à côté d'elle, dans un geste qui n'entendait pas être discuté et visant à inviter Hunter à venir s'asseoir.

— Ils ont eu une brève histoire, lui expliqua Mia. Je crois qu'elle en pince encore pour lui.

Nate hocha la tête ; il comprenait, à présent.

— Je vois, dit-il. Tu veux te servir de Hunter pour lui changer les idées.

Elle lui répondit par un sourire complice. Ce n'était pas une mauvaise idée, après tout. Avec Hunter dans les parages, il pourrait faire d'une pierre deux coups. Car il ne servait à rien de se voiler la face : la relation avec Ivy s'avérait chaque jour plus difficile. Il pouvait bien mettre cette mésentente sur le compte de divergences artistiques, la réalité était autre. Il ne supportait plus la façon dont Ivy traitait Mia.

Aussi, cette idée de mettre en relation les ex-amants n'était pas bête. Hunter avait la réputation d'être un bon producteur et, en tant que tel, il verrait en Ivy l'opportunité de lancer sa carrière. Et même si elle ne l'intéressait pas sur un plan professionnel, peut-être serait-il encore attiré par la jolie fille qu'elle était.

Cette seconde hypothèse arrangerait sans doute Kyle qui cesserait de voir en Hunter un rival potentiel. Car avant de devenir la petite amie de Kyle, Melody avait été celle de Hunter pendant dix-huit mois au terme desquels elle lui avait reproché de ne pas vouloir s'engager. Kyle avait alors conseillé à Melody d'attiser la jalousie de Hunter. Rien de tel pour que Hunter cesse de la considérer comme acquise, avait-il prédit. Évidemment, il s'était proposé pour jouer le rôle du rival par qui Hunter allait se ressaisir. Mais au bout de six semaines de ce petit jeu, Melody et lui avaient fini par tomber réellement amoureux l'un de l'autre.

Puis le moment de partir en tournée était arrivé. Si leur amour naissant avait pu résister à la séparation, il n'avait pas résisté, en revanche, aux flashs des paparazzis cueillant Hunter et Melody à la sortie d'une boîte de nuit de New York, au petit matin, main dans la main.

Kyle n'avait pu croire à la bonne foi de Melody, et leur amour naissant n'avait pas surmonté cette épreuve.

Voyant Ivy très occupée par Hunter, Nate en profita pour attirer Mia à l'écart.

— Où m'emmènes-tu ? s'enquit-elle tandis qu'il la guidait une fois de plus vers l'escalier.

— Quelque part où je vais pouvoir t'embrasser et te caresser.

— Nate…, protesta-t-elle. Je ne vais pas pouvoir m'absenter bien longtemps.

— Tu n'as rien à craindre. Pour le moment, ta sœur est très accaparée par Hunter.

Elle lança un regard furtif par-dessus son épaule pour s'en assurer.

— D'accord. Mais seulement vingt minutes. Pas plus.

Il acquiesça d'un signe de tête avant de l'entraîner vers une porte discrète qui ouvrait sur un couloir.

— Où allons-nous ? demanda-t-elle.

— Là où nous ne serons pas dérangés.

Il sortit son smartphone de la poche de sa veste et envoya un rapide texto à Kyle dans lequel il lui disait que le bureau de Trent allait être occupé pour une réunion privée et qu'il ne voulait pas être dérangé.

Il entraîna Mia à l'intérieur du bureau et ferma la porte à clé. Mieux valait être prudent.

Il ne prit pas la peine d'allumer. Les écrans de contrôle occupant tout un pan de mur suffisaient à éclairer la pièce.

— Et maintenant que nous sommes là, dit-elle sur un ton ingénu, qu'allons-nous faire ?

En guise de réponse, il la souleva de terre et alla l'étendre sur le canapé. Là, il prit sa bouche dans un baiser plein de fougue auquel elle répondit tout aussi passionnément.

S'il appréciait ses talents d'interprète, il lui tardait néanmoins de recouvrer la voix afin de lui murmurer à l'oreille les mots crus qu'elle aimait entendre et qui savaient si bien aiguiser son désir.

Il aurait aimé s'attarder mais le temps pressait. Ivy n'allait pas tarder à se rendre compte de leur absence et à rappeler Mia à l'ordre. Il fit descendre ses lèvres humides le long de son cou, puis sur son épaule dénudée, en même temps que ses mains remontaient de ses cuisses à une partie plus intime de son anatomie.

Avec son aide, il lui retira sa culotte puis remonta sa robe sur ses hanches.

Souriant au tableau exquis qu'elle lui offrait, il posa sa bouche sur son sexe déjà moite de désir, jouissant intérieurement de la perfection de ce moment.

Comme toujours, il s'émerveilla de la puissance de l'orgasme que ses caresses avaient le pouvoir de déclencher en elle. Il n'aimait rien tant que de la regarder jouir sinon, peut-être, que de jouir en même temps qu'elle.

— Oh ! Nate… C'était… C'était…, balbutia-t-elle d'une voix haletante lorsqu'elle eut repris ses esprits. Laisse-moi récupérer un peu et je te rendrai la pareille.

Nate retira le reste de ses vêtements dans un sourire satisfait puis, sous l'œil redevenu vif de Mia, il déroula un préservatif sur son membre dur et tendu.

— Tu es magnifique, déclara-t-elle alors qu'elle s'installait d'autorité à califourchon sur lui.

— Toi aussi. Cependant, je préfère quand tu es nue.

Il la débarrassa alors rapidement de sa robe et de son soutien-gorge.

— Voilà qui est mieux, ajouta-t-il avec un sourire carnassier.

Il laissa échapper un gémissement de plaisir lorsqu'elle guida son sexe dans le fourreau délicieusement chaud et humide de son vagin. Elle se mit alors à bouger dans un mouvement d'abord langoureux qui, lorsqu'il devint plus rythmé, le conduisit sur les crêtes d'un orgasme qui l'entraîna bien loin des rivages de la réalité.

- 8 -

Cinq jours s'écoulèrent avant que Mia se décide à effectuer un test de grossesse. Cela faisait maintenant deux mois qu'elle n'avait pas eu ses règles — depuis sa première nuit avec Nate à Sydney —, et elle jugeait opportun de ne plus se voiler la face. Chaque jour qui passait la voyait un peu plus inquiète, et elle n'aurait su dire si les nausées matinales qui lui vrillaient l'estomac étaient à mettre sur le compte de l'anxiété ou d'une éventuelle grossesse.

C'était le matin des Music Awards. Ivy avait une interview à 8 h 30. Aussitôt que sa jumelle fut installée dans le studio de télévision, elle se rua vers la porte de sortie. En l'espace de dix minutes, elle avait trouvé un drugstore, acheté son test et était revenue au studio. Il lui restait dix minutes pour savoir.

Elle s'assit sur les toilettes puis attendit, le cœur battant. Elle ferma les yeux, cherchant à faire le tri parmi le flot d'émotions contradictoires qui la submergeait. Que voulait-elle *vraiment* ?

Serait-elle heureuse d'être enceinte ? Une vague de joie déferla sur elle, aussitôt remplacée par une profonde anxiété. Si le test se révélait positif, sa vie allait changer de manière radicale. Car il y avait fort à parier que lorsque Ivy apprendrait qui était le père de son enfant, elle mettrait un terme définitif à leur relation.

Et si le test se révélait négatif ? Cette hypothèse suscita en elle un mélange de soulagement et de déception. Tout serait plus facile alors. Sa vie se poursuivrait telle qu'elle avait toujours été, dans l'ombre d'une sœur qui prenait toute la place.

Mais était-ce vraiment ce qu'elle souhaitait ? Combien de temps encore serait-elle l'assistante d'Ivy ? Combien de temps encore allait-elle accepter de jouer le rôle de la femme à tout faire, de la psychologue ? De tirer un trait sur le mari, les enfants et les nouveaux amis qu'elle aspirait à avoir un jour ?

Elle sentit les larmes lui brouiller la vue. Elle tenta de les refouler en inspirant plusieurs fois profondément. L'occasion lui était peut-être donnée de faire prendre une nouvelle orientation à sa vie, de se délivrer du poids de la culpabilité que ses parents faisaient peser depuis toujours sur ses épaules. Avoir un bébé changerait les choses une bonne fois pour toutes. Et la décision ne viendrait pas d'elle mais d'un coup du destin.

Les trois minutes qu'elle eut à attendre lui parurent une éternité. Elle garda les yeux rivés sur les secondes qui s'égrenaient sur l'écran de son téléphone portable, le cœur battant de plus en plus vite. Et pourtant, lorsque le temps fut écoulé, elle resta un long moment le regard dans le vide, incapable d'esquisser le moindre geste. De toute façon, au plus profond d'elle-même, elle savait. Elle resta ainsi un long moment, immobile, lorsque la sonnerie de son téléphone, en la faisant violemment sursauter, lui fit lâcher le test qui tomba au sol, révélant son résultat. Son instinct ne l'avait pas trompée.

Elle ravala le rire hystérique qui lui montait à la gorge. Sa vie venait de basculer dans les toilettes d'un studio de télévision !

Non, à vrai dire, sa vie avait basculé le jour où elle avait rencontré Nate.

Elle savourait son bonheur depuis une poignée de secondes à peine lorsque les voix familières de Skylar et de Riley lui parvinrent. Elle ramassa précipitamment le test qu'elle fourra dans son sac puis sortit après avoir rajusté sa tenue.

Face au miroir, les deux jeunes femmes étaient occupées à retoucher leur maquillage, pourtant impeccable. Mia sourit intérieurement d'une telle frivolité car elles auraient beau faire, Ivy resterait la plus belle. C'était *la* condition pour prétendre figurer sur la liste de ses amies : être belle mais pas assez pour éclipser la beauté de la reine Ivy.

Cela n'avait jamais été un problème pour Mia qui, le matin, avait à peine le temps de prendre une douche et de se brosser les dents. À de rares occasions, elle s'autorisait un trait d'eye-liner qu'elle assortissait d'un soupçon de mascara. Elle ne portait pour seuls bijoux qu'une paire de dormeuses incrustées d'éclats de diamants qui lui avait été offerte pour son seizième anniversaire.

— Que faites-vous ici ? leur demanda-t-elle en se lavant les mains.

— Nous avons prévu de passer la journée avec Ivy, comme cela nous pourrons l'aider à se préparer pour la soirée des Music Awards.

— C'est inutile, rétorqua Mia qui se fichait bien

de se montrer grossière. Elle est déjà entourée d'une équipe de professionnels pour l'assister.

— Peut-être, mais c'est de nous qu'elle a besoin, répliqua Skylar.

— C'est elle qui nous a demandé de venir, renchérit Riley.

Mia ne savait trop si elles disaient vrai ou non mais elle n'eut pas le temps de s'attarder sur le sujet. La porte venait de s'ouvrir à la volée sur une Ivy courroucée qui fonça droit sur elle, les sourcils froncés.

— Qu'est-ce que tu fiches ici ? s'écria-t-elle. Je t'ai cherchée partout !

— Eh bien, j'étais en train d'expliquer à tes *amies* que tu n'avais pas besoin d'elles.

— Si, justement. C'est moi qui les ai invitées.

— Elles ne feront que te distraire alors que tu as besoin de toute ta concentration. Allons, viens. Jennifer t'attend à la maison pour un massage, et Yvonne et son équipe devraient arriver vers 11 heures.

— D'accord. Mais d'abord, pourrais-tu aller chercher la voiture ? J'ai mal aux pieds dans ces chaussures et je ne me sens pas capable de marcher jusqu'au parking.

— Oui, bien sûr.

Mia n'était pas d'humeur à discuter. Elle était si heureuse à l'idée de ce qui l'attendait ! Nate s'était démené pour faire de cette soirée un moment inoubliable. Il avait réservé pour eux une suite dans un bel hôtel de la ville et il avait chargé la styliste qu'elle avait contactée par mail de venir en début d'après-midi pour une séance d'essayage.

Dix minutes plus tard, elle récupérait Ivy qui,

miraculeusement, avait daigné venir l'attendre devant l'entrée des studios.

— Comment s'est passée l'interview ? s'enquit-elle.

— Bien. Mais tu n'y as pas assisté ?

— Je n'ai pas pu. J'avais une course de dernière minute à faire.

En guise de commentaire, Ivy bâilla bruyamment.

— Je suis épuisée. Peux-tu t'arrêter quelque part pour me prendre un double expresso ? J'ai besoin d'un remontant.

— Bien sûr, répondit Mia qui, même si elle en avait envie, se garda bien d'énumérer à sa sœur la liste des méfaits d'une dose massive de caféine sur l'organisme. Si elle voulait voir un jour sa jumelle prendre elle-même les décisions qui s'imposaient, il lui fallait commencer par cesser de les prendre à sa place.

Elle gara la voiture devant l'enseigne préférée d'Ivy puis prit son porte-monnaie dans son sac qu'elle laissa sur la banquette arrière.

— Autre chose ? demanda-t-elle.

— Je veux bien un de ces scones à la framboise, s'il y en a.

— Ceux au chocolat blanc ?

Ivy hocha la tête et Mia sortit de la voiture.

— Il n'y avait plus de scones à la framboise, expliqua-t-elle lorsqu'elle revint, une vingtaine de minutes plus tard. Je t'en ai pris un à l'orange à la place.

Elle plaça le café dans le porte-gobelet puis tendit à Ivy le sachet en papier qui renfermait le gâteau. Cette dernière le prit sans même lever les yeux de son smartphone.

Elles venaient d'arriver devant la maison lorsque, enfin, Ivy daigna ouvrir la bouche.

— Je vais demander à Hunter de produire mon album.

— Quoi ?

Mia fixa sa sœur d'un regard perplexe.

— Es-tu certaine que ce soit une bonne idée ? s'enquit-elle. Enfin… Ce que je veux dire, c'est que Hunter est tout nouveau dans la profession et que, même s'il est bon, il n'a pas encore réellement fait ses preuves. D'autre part, le label compte sur Nate pour produire cet album.

— Je n'aime pas la direction que Nate veut me faire prendre. Je veux faire les choses comme je l'entends.

— Je comprends. Mais tu dois également prendre en compte ce qui est le mieux pour ta carrière.

— Je ne pense qu'à ça, qu'est-ce que tu crois ?

— Je sais, bien sûr, murmura Mia, lasse de se battre pour faire entendre raison à sa sœur.

Visiblement contrariée, Ivy sortit de la voiture et alla tout droit dans sa chambre sans dire un mot.

Mia donna ses instructions à Clara, la gouvernante, puis, après avoir pris le sac qu'elle avait préparé pour la nuit, quitta la maison. Elle était trop heureuse pour laisser Ivy lui gâcher son plaisir.

Le cœur léger, elle se rendit dans l'institut de beauté où elle avait pris rendez-vous pour un massage et un soin du visage complété par une manucure. Lorsqu'elle en ressortit, deux heures plus tard pour se rendre à l'hôtel qu'avait choisi Nate, elle se sentait merveilleusement détendue.

Quelques minutes après, elle se retrouvait entre les mains expertes de la styliste de Nate.

Elle avait beau avoir assisté à l'essayage sur Ivy de robes plus magnifiques les unes que les autres, elle eut les larmes aux yeux quand elle vit celle que Patricia lui avait créée.

— Je n'ai jamais vu de robe aussi belle, dit-elle, la voix étranglée d'émotion.

Patricia accueillit son commentaire avec un sourire empli de gentillesse. Que devait-elle penser de cette godiche que Nate lui avait demandé d'habiller pour cette soirée exceptionnelle ?

— Je suis heureuse qu'elle vous plaise, Mia. Une fois qu'une description détaillée de vous m'a été faite, j'ai su ce qu'il vous fallait. Comme vous le voyez, cette robe se suffit à elle-même. Je vous suggère donc de faire dans la simplicité.

C'est ainsi que le coiffeur eut pour consigne de lui composer un chignon sobre et lisse, placé bas sur la nuque, et la maquilleuse de faire ressortir ses traits délicats en usant de couleurs neutres.

Lorsqu'elle fut prête, Mia se trouvait digne de fouler le tapis rouge, même sans Nate à son bras. Car elle en avait décidé ainsi : elle ne voulait pas faire jaser en se pavanant à ses côtés à une soirée aussi prestigieuse.

— Vous êtes superbe, la complimenta Patricia tandis qu'elle enfilait la paire de sandales incrustées de pierreries qu'elle lui avait tendue. Je connais plus d'une star qui tuerait pour avoir votre décolleté.

Alors qu'elle contemplait son reflet dans le miroir, Mia posa une main sur son ventre encore plat. Elle admira le décolleté de sa robe qui, bien que plongeant jusqu'à la taille, n'avait sur elle rien de vulgaire.

— À quelle heure arrive la citrouille, bonne fée ?

demanda-t-elle en souriant. Parce qu'il faut une bonne dose de magie pour arriver à une transformation pareille.

— Allons, allons. Vous sous-estimez votre beauté et votre élégance, Mia. Mais je comprends que l'on puisse douter de soi, à se comparer sans cesse à Ivy Bliss.

— Je n'ai pas à le faire, rétorqua Mia sans une once d'amertume. Tout le monde le fait pour moi.

— Je connais quelqu'un qui ne le fait pas. Nate. Pour lui, c'est vous la star.

Mia rougit sous le compliment. Puis, comme elle ne savait pas quoi répondre, elle se tut.

Vingt minutes plus tard, elle se trouvait à bord d'une limousine qui la conduisit jusqu'à la salle où devait avoir lieu la cérémonie. Pour avoir suivi la journée d'Ivy sur les réseaux sociaux, elle savait qu'elle était tout excitée de participer à cette soirée.

Déterminée à combler la distance qui s'était installée entre elles, Mia lui envoya un texto qui se voulait affectueux. Elle ne reçut aucune réponse.

Lorsqu'elle pénétra dans le théâtre, plusieurs producteurs avec qui Ivy avait travaillé par le passé l'approchèrent pour discuter avec elle. Apparemment, le message selon lequel elle assistait Nate depuis quelques semaines était passé. Certains lui demandèrent si elle voulait se lancer dans la production. Elle leur répondit de manière évasive, mais lorsqu'elle gagna le siège qui lui était attribué, elle avait l'impression d'appartenir à part entière à la profession.

C'était une sensation enivrante qu'elle chassa bien vite. De toute façon, elle n'était pas libre de vivre comme elle l'entendait. En tout cas, pas tant qu'Ivy aurait besoin d'elle. La question de Nate lui revint aussitôt en mémoire : combien de temps encore comptait-elle mettre ses rêves de côté pour veiller sur sa sœur ? Ivy était pourtant une adulte, aujourd'hui. Elle n'était plus la jeune fille fragile de dix-sept ans qui avait besoin de protection.

Perdue dans ses pensées, Mia posa une main sur son ventre dans un geste d'une infinie tendresse. Elle était enceinte. Comment ses proches allaient-ils accueillir la nouvelle ? Oh ! Elle ne le savait que trop bien. Ses parents ne manqueraient pas de lui signifier leur déception de la savoir enceinte en dehors du mariage, car, paradoxalement, Ivy pouvait bien se trémousser sur scène dans des postures plus que suggestives, il n'en restait pas moins que les Navarro croyaient à des valeurs qu'il ne fallait pas transgresser.

Quant à Ivy, elle serait incapable de se réjouir d'un bonheur qu'elle considérerait, comme à chaque fois que l'occasion s'était présentée, comme une trahison impardonnable.

Et Nate ? Comment prendrait-il la chose ? Ce qui se passait entre eux était excitant mais également nouveau et mal défini. Ils ne se connaissaient que depuis quelques mois et leur relation n'avait rien de sérieux. Basculer du statut d'amants à celui de parents sans passer par toutes les étapes intermédiaires serait un immense fossé à franchir.

Pourtant, malgré ses doutes et ses interrogations, une seule question s'imposait à elle : quand mettrait-elle Nate au courant ? Ce soir ? Non. Elle-même n'avait pas encore vraiment intégré l'idée qu'elle allait être mère. Une fois l'album d'Ivy dans les bacs ? Non plus. Compte tenu des caprices d'Ivy et de la tournure que prenaient les choses, il ne sortirait pas avant la fin du mois de novembre. Autant dire une éternité.

Thanksgiving serait le moment idéal. Nate et elle seraient de retour à Las Vegas où ils avaient prévu d'inviter à dîner Savannah, Trent, Melody et Kyle, du moins si ce dernier acceptait de se joindre à eux.

Oui. Thanksgiving serait le moment idéal.

Ébloui par les flashs des photographes, Nate fit un effort surhumain pour tenter de cacher son irritation grandissante alors qu'il foulait le tapis rouge, accompagné des membres de son groupe.

S'il avait réussi à convaincre Mia de l'accompagner à cette soirée, il n'avait pas réussi à la convaincre de s'y rendre à son bras. Il ne l'avait pas encore vue et brûlait de la découvrir dans la robe que Patricia avait créée tout spécialement pour elle. Derrière eux, Ivy vampait la foule agglutinée derrière les cordons de sécurité en posant, comme elle avait coutume de le faire, dans des poses qu'elle voulait de femme fatale. Pourtant, contrairement à ses habitudes, elle avait opté pour une robe de bal romantique dont le rouge vif ne visait qu'à faire ressortir son teint mat.

Conscient d'être lui aussi la cible des photographes, il plaqua sur son visage un sourire de circonstance et accepta de bonne grâce de signer des autographes et de se plier au jeu des selfies avec ses fans.

Après un temps qui lui parut une éternité, ils purent enfin pénétrer dans l'enceinte du théâtre et rejoindre leur place. Il remarqua aussitôt la jeune femme installée dans l'un des sièges assignés aux Free Falls. Mia. Il alla la rejoindre, le cœur battant la chamade. Sans vouloir se l'avouer, il avait craint qu'elle ne lui fasse faux bond. Elle regardait droit devant elle, dans une posture figée qui lui laissa à penser qu'elle ne voulait pas qu'on la remarque. Son regard s'attarda sur son décolleté vertigineux qui, sur elle, était plus élégant que sexy.

Son visage se détendit aussitôt qu'elle le vit.

— Tu es superbe, dit-il tout haut, maintenant que le Dr Hanson lui avait donné son feu vert.

— Toi aussi, répondit-elle avec une sincérité qui le toucha.

Puis elle se pencha un peu en avant pour saluer le reste du groupe et leur lancer à la cantonade :

— Ça va, les garçons ? Pas trop le trac ?

— Non, répondit Mike, le joueur de synthé, un bras négligemment enroulé autour des épaules de sa femme.

— Si, enchaîna Dan, le bassiste, dont l'épouse, sur le point d'accoucher, avait choisi de suivre la soirée depuis son poste de télévision.

Accompagné d'une blonde sublime, Brent, le batteur du groupe, lui répondit d'un hochement de tête évasif.

— J'imagine que de toute façon, vous êtes rompus à ce genre d'exercice, poursuivit-elle en souriant. Combien de trophées avez-vous déjà remportés ?

Nate s'installa tout en l'écoutant échanger des propos légers avec les trois hommes. En s'asseyant auprès d'elle, il fut surpris de remarquer que le poids qui l'avait oppressé toute la journée venait de se dissiper, comme par magie. Dans un élan de tendresse infinie, il entrelaça ses doigts à ceux de Mia et les porta à ses lèvres.

— As-tu vu Ivy ? s'enquit-elle tout à coup.

— Elle était juste derrière nous, sur le tapis rouge.

— Comment était-elle ?

— Très belle, comme d'habitude. Elle porte une robe rouge.

— C'est ce que j'ai cru voir sur Instagram. C'est une grande première pour elle de s'afficher dans une tenue qu'elle doit juger classique. Elle doit être un peu nerveuse.

Il fut agréablement surpris de constater qu'elle ne cherchait pas à dégager sa main. Mais sans doute, trop occupée à regarder ce qui se passait autour d'elle, ne l'avait-elle même pas remarqué.

Lui, en revanche, était conscient du moindre détail la concernant. Du petit cri d'admiration qu'elle laissa échapper au passage de Taylor Swift à ses yeux écarquillés de surprise lorsque Luke Bryan lui adressa un clin d'œil qu'elle ne pouvait pas imaginer lui être destiné. Compte tenu du nombre de fois où elle avait assisté à ce genre de cérémonies, sa réaction l'amusait. Elle donnait l'impression d'être une petite fille découvrant Disneyland pour la première fois.

— C'est tellement différent de vivre cet événement de l'autre côté de la barrière, avoua-t-elle après avoir surpris son sourire en coin. Je crois que je ne m'y habituerai jamais.

— Pourtant, ce sont des gens comme toi et moi.

— Tu plaisantes ? Tu n'es pas n'importe qui. Tu es Nate Tucker.

Elle avait prononcé son nom avec fierté, comme si elle évoquait là une divinité céleste.

— Je suis juste un homme.

Elle secoua la tête mais renonça à lui expliquer le fond de sa pensée.

— Je n'en reviens toujours pas que tu m'aies choisie, moi, dit-elle dans un murmure.

— Si tu veux, trouvons un coin tranquille que je te prouve encore une fois que tu ne rêves pas…

Même là, après tous les moments intimes qu'ils avaient partagés, elle continuait à rougir comme une adolescente sous son regard pénétrant. Cette pureté, qui contrastait de manière si flagrante avec le milieu sans pitié qu'était celui du show-business, le fascinait.

— Je suis heureux que tu sois là avec moi, ce soir, Mia.

— Moi aussi, répliqua-t-elle après une brève hésitation.

Elle devait s'inquiéter pour sa sœur, songea-t-il, un brin contrarié de constater que, même à distance, Ivy exerçait toujours son emprise sur elle.

Tout d'un coup, la musique annonçant le début de la cérémonie s'éleva dans un silence quasi religieux. Il sentit Mia se détendre et même se rapprocher un peu de lui.

Il se mit soudain à brûler d'impatience de se retrouver avec elle sur la piste de danse pour pouvoir retrouver la parfaite harmonie de leurs deux corps se mouvant en cadence. Cette fois, Mia ne pourrait pas prendre Ivy comme prétexte pour lui échapper, comme elle l'avait fait si souvent.

Malheureusement, il avait sous-estimé le pouvoir de nuisance d'Ivy.

Lorsqu'elle fit son apparition sur scène pour chanter, il remarqua tout de suite que quelque chose clochait chez elle. Elle avait un temps de retard sur la musique et dansait à contretemps.

— Qu'est-ce qui lui arrive ? s'enquit-il à voix basse en se penchant vers Mia.

Celle-ci secoua la tête mais il sentait bien qu'elle lui cachait quelque chose.

— Elle est ivre ?

Mais Mia, le regard rivé sur sa sœur, semblait ne pas l'avoir entendu.

— Ou défoncée ?

En guise de réponse, Mia cligna des yeux pour refouler les larmes qui l'aveuglaient.

— Il faut que j'aille en coulisses, murmura-t-elle. Je ne peux pas la laisser comme ça.

— Je viens avec toi.

Ainsi, il s'assurerait qu'elle ne lui fausserait pas compagnie.

— Tu ne peux pas partir en plein milieu de la cérémonie, lui fit-elle remarquer.

Elle disait vrai. Mais s'il était condamné à rester dans son fauteuil, elle pouvait s'éclipser comme elle le voulait. Cette réalité lui fit regretter encore une fois ce statut de star qu'il n'avait jamais revendiqué.

— Appelle votre père, dit-il. C'est aussi son manager. Laisse-le s'en occuper.

Mia se mordit les lèvres, semblant hésiter.

— Je l'appellerai des coulisses, répondit-elle.

Nate maudit intérieurement Ivy de gâcher la soirée de sa sœur.

— Je ne serai pas longue, promit-elle sans grande conviction.

Puis, tandis qu'Ivy quittait la scène sous les

applaudissements polis de l'audience, Mia s'esquiva, le laissant seul.

Tiendrait-elle sa promesse de venir le rejoindre ? Rien n'était moins sûr.

- 9 -

Il était un peu plus de minuit lorsque Nate regagna sa suite. Seul. Il n'avait pas été surpris de ne pas voir Mia réapparaître. Pourtant, elle l'avait tenu informé des événements tout au long de la soirée.

Un nouveau texto lui parvint.

J'arrive. Désolée pour ce qui s'est passé ce soir.

Le poids qui lui comprimait la poitrine depuis son départ s'allégea un peu.

Quelques minutes plus tard, de légers coups frappés à la porte lui annonçaient son arrivée. Elle entra, un pot de crème glacée et deux cuillères entre les mains.

— Les filles mangent toujours des glaces lorsqu'elles sont contrariées, expliqua-t-elle en réponse à son regard interrogateur.

À quelle contrariété faisait-elle allusion ? Au fait que sa sœur avait gâché leur soirée ou au fait que les Free Falls n'avaient remporté aucun prix ?

— Je ne suis pas une fille et je me fiche que nous soyons rentrés bredouilles, rétorqua-t-il.

Sur ces mots, il lui prit le pot des mains et lui fit signe d'entrer.

— Eh bien, moi, j'en veux et je pensais que tu voudrais partager avec moi.

Elle fit le geste de lui reprendre le pot mais il s'éloigna d'elle pour aller s'asseoir sur le canapé.

— Qu'est-ce qui te vaut d'être contrariée à ce point ? demanda-t-il.

— Tu es en colère contre moi.

— Pas du tout.

— Menteur, dit-elle en venant le rejoindre. Nate, je suis vraiment désolée d'avoir gâché notre soirée.

— Ce n'est pas toi, c'est Ivy.

— Je n'aurais pas dû te laisser comme je l'ai fait.

En l'espace de quelques minutes à peine, elle avait réussi l'exploit de dissiper sa contrariété pour susciter sa compassion. C'était elle qui était à plaindre, pas lui.

— Pourquoi m'as-tu caché que ta sœur se droguait ?

— Elle ne se drogue pas, répondit-elle après un court silence, mal à l'aise.

Il réprima un soupir. Ce n'était pas tant le fait qu'elle cherchait encore à protéger sa sœur qui l'ennuyait, que le fait qu'il estimait être en droit de connaître la vérité.

— Tu crois que je n'ai pas compris de quoi il retournait ? Allons, Mia ! Je te rappelle que je suis passé par là moi aussi.

— Elle s'en sortira, comme toi tu t'en es sorti.

— Qui est au courant ?

— Seulement ma famille.

— Depuis combien de temps se drogue-t-elle ?

— Elle a commencé après sa première chirurgie plastique, à dix-sept ans. Elle est devenue très vite dépendante des barbituriques qu'on lui administrait pour calmer les douleurs liées aux opérations. À cette époque-là, elle se produisait à Broadway pendant que moi, j'attaquais ma première année de lycée à Los

Angeles. Personne ne le sait à part mes parents et moi, mais elle a failli succomber à une overdose. C'est pour cette raison que j'ai décidé de renoncer à mes études pour devenir son assistante personnelle. De cette façon, je pensais pouvoir la surveiller de près.

— Mais cela fait huit ans, maintenant, Mia. Combien de temps encore tes parents pensent-ils que tu vas sacrifier ta vie à celle de ta sœur ?

— Elle a besoin de moi pour la guider dans ses choix. Je m'inquiète beaucoup de la voir traîner avec Skylar et Riley ! Ces deux-là sont capables de la faire replonger en moins de deux.

— Où en est-elle ?

— Elle est presque tirée d'affaire.

— Presque ?

— Disons qu'elle a fait une petite rechute il y a deux ans. Mais depuis, il ne s'est rien passé.

— Elle m'a paru clean en tournée.

— Elle l'était. C'est cet album qui la perturbe. Mais de là à se produire sur scène dans cet état ! Je ne comprends pas ce qui a bien pu lui passer par la tête.

— Tu ne comprends pas qu'elle veut juste te pourrir la vie ? Elle n'a pas supporté de nous voir ensemble.

— Tu te trompes, déclara-t-elle sans grande conviction.

Il marqua une pause, lui laissant le temps de développer, mais elle n'en fit rien.

— Tu devrais en parler à votre père, reprit-il. Car j'imagine que tu ne l'as pas appelé. Je me trompe ?

Elle répondit par un silence éloquent.

Mais il se devait d'insister. Pour une fois, Javier devait laisser son rôle de manager de côté pour se conduire en père.

— Si cet épisode se reproduit, ta sœur risque non seulement de ruiner sa carrière mais elle risque aussi d'y laisser la vie.

Mia baissa les yeux sur ses mains, signe chez elle que quelque chose la tourmentait.

— Quoi ? l'encouragea-t-il.

— Ils me tiendront pour responsable, dit-elle dans un souffle avant de se reprendre précipitamment. Non, ce n'est pas ce que j'ai voulu dire ! Mais je suis censée veiller sur elle, tu comprends, et j'ai failli à ma tâche.

Ces derniers mots allèrent droit au cœur de Nate qui sentit gronder en lui un sentiment de révolte.

— Pourquoi les laisses-tu te faire ça, Mia ?

— Parce que c'est ma sœur et que je l'aime et que je me sens…

— Responsable d'elle. C'est bien ça ?

Pour être fils unique, il avait bien du mal à comprendre ce lien indéfectible qui unissait les deux sœurs.

— Quand tout cela finira-t-il ? demanda-t-il d'un ton morne. Quand penseras-tu un peu à toi ? À ta vie ?

Un profond sentiment d'impuissance l'envahit soudain. Il ne serait pas de taille à lutter contre ce lien. Depuis le début de sa rencontre avec Mia, la partie était jouée d'avance.

— Je ne sais pas, murmura-t-elle d'une petite voix.

Il comprit que contrairement à sa mère dont les coups étaient visibles sur le corps, ceux de Mia étaient intérieurs. Pourtant, malgré ses souffrances, était-elle prête à changer la situation ? À tromper les attentes de sa famille ? Même s'il ne les acceptait pas, il comprenait ses doutes et ses hésitations, face à la pression exercée par Javier.

— T'es-tu déjà demandé ce que tu devais à Ivy ? reprit-il.

— Je sais que tu penses que je ne lui dois rien. Et tu as sans doute raison. En revanche, ce que je sais, c'est que si je la quittais et qu'il lui arrivait quelque chose, je ne me le pardonnerais jamais.

Il ne fit aucun commentaire. Il était quasiment impossible d'échapper à un chantage émotionnel, il était bien placé pour le savoir. Il aurait tant aimé protéger Mia d'elle-même mais, malheureusement, il avait peu de chances d'y parvenir. Comment se battre contre un ennemi invisible ?

— Combien de temps vas-tu supporter la tyrannie de ta sœur ? Tenter de la porter à bout de bras pour lui éviter tout problème ? Lui passer tous ses caprices ?

Toutes ces questions, il les lui avait déjà posées à plusieurs reprises et, à chaque fois, il avait obtenu les mêmes réponses évasives.

— Je l'ignore, répondit-elle comme il s'y attendait. Je dois encore être là pour elle tant qu'elle n'aura pas sorti ce nouvel album. Ensuite, je réfléchirai à d'autres options.

Elle s'interrompit pour fixer sur lui un regard suppliant.

— J'ai fait à mes parents une promesse que je ne peux pas rompre, Nate. Je dois protéger Ivy des gens qui voudraient profiter d'elle, comme Skylar et Riley sont en train de le faire.

— Et si, après la sortie de son album, elle poursuit son chantage ? Car tu as bien conscience du fait qu'elle exerce sur toi un chantage affectif, n'est-ce pas ?

En guise de réponse, elle resta silencieuse.

— Mia, je suis de ton côté, crois-moi.

— Je sais.

Mais elle détourna les yeux, comme si savoir qu'il la soutenait ne faisait qu'accentuer le problème.

— Où tout cela va-t-il nous mener ?

— J'ai besoin d'un peu de temps, Nate.

— Combien de temps ? insista-t-il car l'idée de devoir regagner Las Vegas sans elle le bouleversait.

— Mes parents ont prévu une grande discussion au sommet avec Ivy demain. J'en saurai plus à ce moment-là.

— Viendras-tu avec moi à Las Vegas ?

— Je t'ai promis d'être là pour Thanksgiving, répondit-elle dans un pâle sourire. Après, nous verrons…

Le lendemain matin, Mia conduisit Nate à la clinique pour sa visite de contrôle prévue avec le Dr Hanson puis à l'aéroport. Si elle s'était sincèrement réjouie d'entendre le spécialiste annoncer à Nate que tout allait bien, elle regrettait de ne plus être sa voix. Désormais, si elle souhaitait poursuivre sa relation avec lui, elle n'avait d'autre choix que d'affronter Ivy. Et cette seule idée la terrifiait.

Lorsqu'elle parvint devant la maison de sa sœur, elle vit la voiture de leur mère garée dans l'allée principale. Elle entra, une boule d'angoisse au ventre. Sharon se trouvait dans le hall d'entrée. Grâce à Ivy, elle était passée du statut de mère au foyer élevant ses trois filles avec difficulté à celui de femme élégante et mondaine auréolée des signes extérieurs de richesse les plus ostentatoires. Malgré ce qui aurait dû être pour elle une nuit d'inquiétude, elle donnait l'impression, apprêtée comme elle l'était, d'avoir rendez-vous dans un restaurant chic de la ville.

— Que fais-tu là ? s'enquit Mia, espérant que rien de grave n'était arrivé à sa sœur durant la nuit. Ivy va bien ?

— Oui, elle se remet. Mais toi, où étais-tu ?

— À l'hôtel où je devais rendre la robe que l'on m'avait prêtée. Je l'avais dit à papa.

Le regard de sa mère se fit suspicieux.

— Et tu as passé la nuit là-bas ?

— Je savais qu'Ivy n'était pas seule, répondit-elle avec une pointe d'agressivité. Et puis, ajouta-t-elle d'un ton plus désinvolte, ma soirée était déjà prévue.

— Dois-je comprendre que tu es retournée t'amuser après avoir ramené ta sœur ici ?

— Ce que je veux dire, c'est que j'avais des projets pour cette soirée. Des projets dont ma sœur était exclue. Et je ne suis pas responsable du fait qu'elle se soit ridiculisée en direct comme elle l'a fait.

— Mia, tu es bien placée pour savoir qu'Ivy travaille dur et qu'elle est sans cesse sous pression.

Ce parti pris injuste fit monter en elle une bouffée de colère qui la submergea. Cette nuit était censée être pour elle une parenthèse magique durant laquelle, pour une fois, il lui était donné de s'amuser sans penser une seconde au rôle de chaperon qu'elle jouait depuis trop d'années maintenant.

— Elle gâche toujours tout, dit-elle.

— Je te rappelle qu'elle nous fait tous vivre.

— Eh bien, justement, je commence à en avoir assez de dépendre d'elle ! Le moment est peut-être venu pour moi de voler de mes propres ailes.

Elle fut la première surprise de la violence de ses paroles. À quel moment sa culpabilité s'était-elle muée en ressentiment ? Pourquoi s'était-elle jusque-là acharnée à refuser de voir que chaque jour passé auprès d'Ivy lui rendait sa mission de plus en plus difficile à vivre ?

Sa mère lui jeta un regard incrédule et fit un pas en arrière.

— Tu ne peux pas abandonner ta sœur dans un moment pareil, décréta-t-elle avec sévérité. Elle n'est pas en état de se prendre en charge toute seule.

Mia ne sut que répondre. Le vent de révolte qui l'avait poussée à oser affronter sa mère était retombé d'un coup. De toute façon, rien de ce qu'elle pourrait dire ne ferait avancer les choses car tout, toujours, débouchait sur un seul mot : culpabilité.

— Ivy est ma sœur et je l'aime, reprit-elle de façon moins véhémente. Mais toute ma vie tourne autour d'elle et je veux disposer d'un peu de temps pour mes propres envies.

— Tu veux parler des chansons que tu écris, j'imagine. Dans ce cas, j'en parlerai à ton père. Il pourrait faire en sorte d'inclure deux ou trois de tes compositions dans le nouvel album de ta sœur et cette fois, ton nom serait mentionné.

— Ce n'est pas ce que je veux.

Mais déjà, sa mère ne l'écoutait plus.

Elle posa la main sur son ventre, là où battait le cœur de son enfant. Ce n'était pas à sa mère d'être la première informée. C'était à Nate. Mais pour l'heure, les émotions de la journée l'ayant épuisée, elle ressentait le besoin d'aller se reposer.

— Nous reparlerons de tout cela plus tard, dit-elle. Comptes-tu rester un peu ?

— Non et d'ailleurs je dois filer. J'ai rendez-vous à la fondation.

La fondation Ivy Bliss était destinée à récolter des fonds pour les enfants malentendants. Une cause prétendument chère au cœur de Sharon à cause de sa fille aînée, devenue sourde à l'âge de deux ans.

— Où est papa ?

— En rendez-vous avec Trent. Il se trouve que c'est Hunter Graves qui produira l'album, précisa-t-elle en prenant son sac.

— C'est donc moi qui suis chargée de rester là, avec Ivy. Encore une fois.

— Je ne sais pas quelle mouche t'a piquée mais tu es bizarre en ce moment. D'habitude, tu te réjouis plutôt des succès de ta sœur.

— C'est toujours le cas. Mais je n'aime pas ce qu'elle est en train de devenir. Parfois, j'ai même du mal à la reconnaître.

— C'est une star, déclara Sharon, comme si cela suffisait à tout expliquer.

Mia regarda sa mère partir puis elle se rendit dans sa chambre. Elle referma la porte derrière elle et balaya la pièce du regard. À l'exception des vêtements qui se trouvaient dans la penderie, rien dans cette pièce ne lui appartenait. Dans un soupir résigné, elle posa son bagage de nuit dans un fauteuil puis elle se laissa tomber sur son lit et se mit à regarder fixement le plafond. Une boule d'anxiété se forma dans sa gorge, qu'elle ne parvint pas à refouler.

Elle ne se souvenait pas s'être sentie un jour aussi

seule. Pourtant, cette situation, elle la vivait depuis des années. Être au service de sa sœur l'avait toujours empêchée de se faire des amis ou de s'engager dans une relation sérieuse avec un homme. Il n'y avait là rien de nouveau.

Sauf que grâce à Nate, elle avait commencé à entrapercevoir ce que pouvait être la vraie vie. Une vie où elle pourrait devenir compositrice à part entière, où elle aurait comme amis Melody, Trent et Savannah, où elle pourrait envisager de vivre au grand jour sa relation amoureuse avec Nate, où elle serait pleinement heureuse d'être mère avec lui à ses côtés.

Elle ferma les yeux. Qu'elle soit prête ou non, il allait falloir que les choses changent.

Nate fut surpris de voir Kyle venu l'accueillir à l'aéroport à la place de Melody. Il trouva à son ami la même mine fatiguée et triste que lui.

— Je ne m'attendais pas à te trouver là, dit-il.

— En fait, c'est Melody qui m'a demandé de venir te chercher. Elle avait quelque chose à voir avec Hunter et…

Kyle s'interrompit net en même temps qu'il écarquillait les yeux de surprise.

— Mais tu parles !

— Oui. Mon médecin m'a dit que je pouvais parler de nouveau. Mais dis-moi, si je comprends bien, Melody et toi, vous vous êtes rabibochés.

— Si tu considères que recevoir un texto m'informant qu'elle est occupée en studio et que ce serait sympa que je vienne te chercher à sa place signifie que nous sommes *rabibochés*, comme tu dis, alors, oui, nous le sommes, rétorqua Kyle avec amertume.

— Kyle, vous devez parler de ce qui vous divise, Melody et toi. Crois-moi. Pourquoi ne viendrais-tu pas dîner avec nous pour Thanksgiving ?

— Je ne tiens pas à vous gâcher la soirée.

— Tu ne gâcheras rien du tout.

Pour Nate, la seule chose susceptible de gâcher le plaisir qu'il aurait à recevoir ses amis chez lui serait que Mia lui fasse de nouveau faux bond.

— Plus Melody et toi tarderez à mettre les choses au clair, plus ce sera difficile de vous réconcilier.

— Je ne sais pas. Après tout, nous ne sommes peut-être pas faits l'un pour l'autre.

Ce doute énoncé par Kyle trouva d'autant plus de résonance en Nate qu'il s'était souvent posé lui-même la question au cours des dernières semaines. Après la soirée que Mia lui avait fait passer, il devenait de plus en plus évident qu'elle finirait par choisir le camp de sa sœur plutôt que le sien et que, un jour, elle le quitterait au petit matin, comme elle l'avait fait à Sydney.

Pourtant, l'idée de devoir renoncer à elle une nouvelle fois lui était insupportable.

— Melody et toi, vous vous aimez, affirma-t-il. C'est évident. Vous finirez bien par vous retrouver. Rappelle-toi la raison pour laquelle tu es tombé amoureux d'elle.

— Oh ! Je m'en souviens très bien mais je crains qu'elle ne me pardonne pas d'être allé trop loin. Je l'ai quand même accusée de m'avoir trompé avec Hunter.

— T'es-tu demandé pourquoi tu ne lui avais pas accordé plus de confiance que cela ?

— Plusieurs fois, oui. Mais je suis toujours arrivé

à la conclusion que si Melody était sortie avec moi, c'était simplement pour piquer la jalousie de Hunter. Je ne peux pas m'empêcher de penser qu'avec moi, elle n'a pas choisi le bon numéro.

Pour bien connaître son ami, Nate savait que le cœur du problème n'était pas là. L'explication se trouvait plus sûrement dans le fait que Kyle paniquait devant l'intensité des sentiments que Melody suscitait en lui. Il comprenait parfaitement cela. Tomber amoureux était une aventure qui, si elle était exaltante, n'en restait pas moins terrifiante. Lui-même en faisait l'expérience avec Mia.

— Tu penses vraiment ce que tu dis ? demanda-t-il.

— Je revois sans cesse cette photo d'eux, prise à New York, marmonna Kyle. Melody y apparaît si souriante, si heureuse avec Hunter. Comme elle ne l'avait pas été avec moi depuis des mois et des mois.

Sa voix se brisa dans un silence lourd de désespoir.

— Pour couronner le tout, elle travaille avec lui, reprit-il. Ils passent toutes leurs journées ensemble. Je te fiche mon billet qu'il va la reconquérir. Enfin… si ce n'est pas déjà fait.

— Tu vas abandonner, c'est ça ? Tu vas laisser à un autre la femme que tu aimes ?

— Non, ce n'est pas ce que j'ai dit.

— Alors quoi ?

Kyle ouvrit la bouche pour répliquer mais aucun son n'en sortit.

Nate aurait bien aimé que le seul problème entre Mia et lui se réduise à un simple cliché d'elle pris en compagnie d'un de ses ex ! Il aurait pu régler le problème en moins de deux.

— Vous vous comportez tous les deux comme des enfants, déclara-t-il. Les choses sont peut-être allées un peu vite entre vous mais ce n'est pas une raison pour tout foutre en l'air. Cesse un peu de te montrer aussi têtu. Dis-lui que tu l'aimes et fais en sorte qu'elle te croie.

Kyle resta silencieux un long moment. Ce ne fut que lorsqu'il s'engagea dans la rue de Nate qu'il lança d'un ton désinvolte :

— Un dîner pour Thanksgiving ? À quelle heure doit-on arriver ?

— Nous passerons à table vers 19 heures mais tu peux arriver quand tu veux. Trent viendra tôt avec Dylan. Quant à Savannah et Melody, elles ont prévu d'être là en milieu d'après-midi.

— Que veux-tu que j'apporte ?

— Rien, merci. Mia et moi nous occupons de tout.

Vingt minutes plus tard, après avoir pris sa propre voiture, Nate se garait sur le parking du studio. La réceptionniste le salua d'un grand geste de la main auquel il répondit par un large sourire. Il trouva Melody et Hunter dans le studio C. Aussitôt qu'elle le vit, Melody vint se jeter à son cou.

— Nate ! Je suis si heureuse de te voir !

— Moi aussi. Je te remercie de m'avoir envoyé Kyle à l'aéroport.

— Je t'en prie. Je suis désolée de n'être pas venue moi-même mais Hunter n'avait qu'une heure à me consacrer aujourd'hui. Mais dis-moi, tu parles de nouveau ! Je suppose que tu dois quand même te montrer prudent.

— Exactement. Tout se passe bien ? ajouta-t-il à l'adresse de Hunter.

— Parfaitement. Certaines des créations de Melody

sont magnifiques. En revanche, il faut que nous travaillions le format et cela risque de nous prendre un peu de temps.

Il lança à Melody un regard qui sembla éloquent à Nate. Kyle avait peut-être de bonnes raisons de s'inquiéter, après tout.

— Pas trop, j'espère, dit-il. Je voudrais que cet album sorte en début d'année.

— Je fais tout pour cela, affirma Hunter.

Il s'interrompit pour adresser un nouveau regard tendre à Melody.

— Je dois y aller, annonça-t-il sans quitter la jeune femme des yeux. À plus tard pour le dîner ?

— Bien sûr.

— Je passerai te chercher vers 18 h 30.

Nate attendit que Hunter ait quitté le studio pour se tourner vers Melody.

— Qu'est-ce qu'il se passe entre vous deux ? s'enquit-il d'une voix qui maîtrisait mal son irritation.

— Rien. Qu'est-ce que tu vas chercher ? Nous sommes amis, voilà tout.

— Et Kyle ?

— Kyle et moi avons besoin de prendre un peu de distance.

— C'est la dernière chose dont vous ayez besoin. Je te rappelle que tu es enceinte et que, par voie de conséquence, Kyle et toi allez devenir parents. Quand comptes-tu lui parler ?

En guise de réponse, Melody baissa les yeux et secoua la tête.

— Je l'ai invité à dîner pour Thanksgiving,

poursuivit-il. Nous serons tous là pour te soutenir. Ce sera le bon moment, Melody.

— Mais c'est dans trois jours à peine !

— Le plus tôt sera le mieux.

— Nous verrons. Parle-moi plutôt d'Ivy. Que s'est-il passé au juste à la soirée des Music Awards ? Elle avait l'air hagarde.

— Apparemment, elle était shootée. Mia est restée à Los Angeles, le temps de discuter avec ses parents de la meilleure stratégie à adopter.

— Trent a rendez-vous avec Javier aujourd'hui. Penses-tu que le fait qu'Ivy change de producteur soit un frein à la sortie de son album ?

— Compte tenu de ce qui se passe, ce serait même mieux pour elle qu'il sorte plus tard. Il faut d'abord qu'elle se débarrasse de sa dépendance.

Nate se revit alors qu'il avait replongé dans le tourbillon infernal de la drogue et de l'alcool. Ce qui attendait Mia n'allait pas être une partie de plaisir, il était bien placé pour le savoir.

— Je dois y aller, dit-il après avoir déposé un baiser chaste sur le front de son amie. Réfléchis un peu à ce que je t'ai dit avant d'aller dîner avec Hunter. D'accord ?

Melody hocha la tête. Parfait. Mais lui ? Quelle tournure comptait-il donner à sa relation avec Mia ?

En début d'après-midi, ce mardi-là, Mia se trouvait dans sa chambre, occupée à passer en revue diverses recettes de cuisine ainsi que la liste de courses destinées au dîner de Thanksgiving chez Nate lorsque sa porte s'ouvrit à la volée sur Skylar suivie de près par Riley.

Depuis qu'elle était rentrée de l'aéroport, la veille, elle restait confinée dans sa chambre pour échapper à l'atmosphère pesante qui régnait dans la maison, n'en sortant que pour aller jeter un coup d'œil sur Ivy, toutes les deux heures.

— Espèce de garce ! s'exclama Skylar en la fusillant d'un regard noir.

Mia la fixa, bouche bée. Comment ces deux furies, qui fournissaient Ivy en drogues diverses, osaient-elles faire irruption dans sa chambre et l'injurier ?

Elle bondit de son lit et avança vers les deux filles d'un pas décidé.

— Fichez le camp, gronda-t-elle d'une voix sourde. Tout de suite !

— Nous ne partirons pas. Nous savons que c'est toi.

— Mon père non plus ne souhaite pas vous voir ici, reprit Mia sans chercher à comprendre à quoi cette dernière phrase faisait allusion. Alors partez.

— Tu n'as pas assez profité de ta sœur, il a fallu que tu la poignardes dans le dos ?

— Moi, j'ai profité de ma sœur ? répéta Mia, outrée. Avez-vous la moindre idée de tout ce que je fais pour elle depuis des années ?

— Tu écris ses chansons, peut-être ? lança Skylar, moqueuse.

Ces mots figèrent Mia sur place. Les rares personnes qui connaissaient la vérité étaient des gens fiables, capables de garder un secret. Pas comme ces deux mégères qui, de toute façon, ne la croiraient pas.

— Bien sûr que non, répondit-elle d'un ton calme qui ne reflétait pas les battements désordonnés de son cœur.

— Alors pourquoi as-tu raconté aux médias qu'Ivy ne composait pas elle-même ses chansons ?

— Ce n'est pas moi, déclara-t-elle, soudain paniquée à l'idée que cette information parvienne à sa sœur. Je n'aurais jamais pu faire une chose pareille.

— Bien sûr que tu le pourrais, rétorqua Riley en affichant un air mauvais.

Skylar opina d'un hochement de tête vigoureux.

— Tu lui en veux, renchérit-elle.

— C'est faux, répondit Mia sans grande conviction.

Mais si elle en voulait à Ivy, ce n'était pas pour les raisons que pensaient ces deux écervelées. Elle se fichait bien que sa sœur soit douée de tous les talents. D'ailleurs, lorsque Ivy avait commencé à se faire un nom dans le monde de la musique, elle avait été fière d'être son assistante personnelle et de participer à sa réussite.

— À d'autres, rétorqua Skylar après avoir échangé un regard entendu avec Riley. Nous savons bien que tu en pinces pour Nate.

— Tout le monde le sait, précisa Riley.

— Mais comme lui est amoureux d'Ivy, tu as voulu te venger en balançant ces mensonges aux journalistes. Aller raconter que c'est toi qui écris les chansons d'Ivy ! Quel toupet !

Mia fut à deux doigts de leur dire que oui, c'était bien elle qui était à l'origine des plus grands tubes de la pop star Ivy Bliss. Pourtant, quelque chose la retint encore une fois de parler.

— Il faut que je parle à Ivy, dit-elle.

Elle se dirigea vers la porte mais Riley se précipita pour lui barrer la route.

— Elle ne veut pas te voir, déclara-t-elle.

Au comble de l'irritation, Mia explosa.

— En parlant de gens qui profitent de ma sœur, vous feriez bien de vous regarder dans une glace !

Puis, investie d'une force qu'elle ne soupçonnait pas en elle, elle écarta Riley d'un geste brusque et gagna la chambre d'Ivy.

Celle-ci se tenait immobile devant la large baie ouverte qui donnait sur la piscine, le journal de Mia à la main. Elle se retourna à demi, le visage inondé de larmes.

— Ivy, ce n'est pas moi. Je te le jure.

— Tu n'as rien dit à personne ? Même pas à Nate ?

— Je n'ai pas eu à lui dire. Il avait deviné.

Elle fit un pas vers sa sœur qui s'éclipsa sur la terrasse, préférant visiblement garder ses distances.

— Tu mens si bien, rétorqua Ivy en montrant le carnet de notes de Mia. Je l'ai lu. Tu ne parles que de lui, là-dedans.

Mia sentit la panique la gagner. Ce carnet ne renfermait pas seulement des bribes de paroles ou de musique, il lui servait également de journal intime dans lequel, s'il n'était pas cité, on pouvait aisément deviner le nom de Nate grâce à des détails qu'Ivy connaissait. Le fait que sa sœur ait ainsi violé son intimité ne lui plaisait pas du tout.

— Je parie que tu t'es empressée d'aller tout lui raconter, poursuivit Ivy. Tu as dû t'imaginer que tu capterais son attention s'il apprenait tes talents de compositrice.

— Je te jure que je ne lui ai rien dit.

Mais peut-être qu'à force d'espérer que Nate devine

la supercherie, la chose s'était produite. En ce sens, elle serait responsable.

— Me voir sans cesse répéter avec Melody a éveillé ses soupçons, précisa-t-elle.

— Que lui as-tu raconté d'autre sur mon compte ?

— Je te le répète, Ivy, je ne lui ai rien dit.

Ivy laissa échapper un petit rire chargé d'amertume.

— J'ai bien vu comment tu lui tournes autour, va. Mais il ne s'intéressera jamais à toi.

— De toute façon, en quoi ce que je ressens ou pas pour Nate te regarde-t-il ?

— Je déteste te voir te ridiculiser avec un homme qui n'en a rien à faire de toi.

— Vraiment ? Ce n'est pourtant pas ce que j'ai cru comprendre.

À peine avait-elle prononcé ces mots, qu'elle le regretta amèrement.

En guise de réponse, Ivy lança le carnet en direction de la piscine. Mia vit avec horreur les dizaines et les dizaines d'heures de travail et de confidences qu'elle y avait consignées tomber dans l'eau.

— Mon journal ! s'écria-t-elle d'une voix éraillée tandis qu'elle se précipitait vers la margelle où elle se laissa tomber à genoux, incapable de croire sa sœur capable d'une telle cruauté. Ivy, qu'as-tu fait ?

Ivy fixa sur elle un air victorieux.

— Maintenant, il n'y a plus de preuves que c'est toi qui as écrit mes chansons.

— Tu oublies que j'ai des dizaines d'autres carnets, et dans chacun d'eux, il est dit que tu as repris mes compositions à ton compte. Comptes-tu les détruire aussi ?

— Si j'en ai la possibilité, je n'hésiterai pas.

— Pourquoi ne pas organiser une conférence de presse au cours de laquelle tu confirmerais que c'est bien toi qui écris ? Ce serait plus simple, non ?

— Pourquoi faut-il que tu gâches toujours tout ? répliqua Ivy d'une voix tremblante de colère.

— Je n'ai rien fait de mal, tu le sais bien.

— Tout est ta faute, poursuivit Ivy, comme si elle se parlait à elle-même. Absolument tout.

Elle s'interrompit pour essuyer du dos de la main les larmes qui s'étaient remises à couler sur ses joues.

— Je ne peux plus te regarder en face, ajouta-t-elle.

— Ivy, si nous essayions de discuter de tout ceci calmement ?

Préoccupée par l'attitude alarmante de sa jumelle, Mia posa une main sur son bras dans un geste affectueux visant à rétablir la confiance entre elles. Mais Ivy se dégagea brusquement et recula loin d'elle, refusant ainsi cette tentative de conciliation.

— Il est inutile de parler, décréta-t-elle sèchement. Je te déteste. Je veux que tu quittes cette maison et que tu sortes de ma vie. J'en ai plus qu'assez que tu me dictes sans cesse ma conduite.

— Je ne fais que mon travail d'assistante.

— Eh bien, je ne veux plus ! Je n'ai plus besoin de tes services.

— Que dis-tu ?

— Je ne veux plus te voir tourner autour de moi. Quitte ma maison. Va-t'en !

- 10 -

Ce soir-là, après un dîner pris en solitaire, Nate ruminait sur son triste sort de célibataire tout en grattant sa guitare d'un air distrait. Il en avait plus qu'assez de rentrer tous les soirs dans une maison vide et de passer ses nuits seul dans son grand lit. La parenthèse sexy passée la veille sur Skype avec Mia, bien que l'ayant émoustillé, n'avait fait qu'accentuer ses frustrations. Il la voulait présente à ses côtés, ici et maintenant.

La sonnerie de son smartphone lui fit battre le cœur. Malheureusement, ce n'était pas Mia mais son vieux complice, Trent.

— Salut, vieux, dit-il d'une voix morne.

— Quelqu'un a lâché le morceau, annonça Trent sans préambule. Les médias racontent que ce n'est pas Ivy qui compose ses chansons.

— Quoi ?

— C'est toi ?

— Mais non ! Quand cette information a-t-elle été divulguée ?

— Cet après-midi.

— Cet après-midi ?

Pourquoi Mia ne l'avait-elle pas prévenu ? Elle devait forcément savoir.

— Tu as parlé à Javier ?

— Pas encore. Je me disais que, compte tenu de ta relation avec Mia, nous devrions d'abord en discuter entre nous.

— Je pense que nous devrions annoncer publiquement que nous l'ignorions.

— Est-ce la vérité ? s'enquit Trent d'une voix teintée d'inquiétude. Je n'ai pas la moindre idée de ce que mon père ou mon frère ont pu faire avant que nous rachetions le label.

Où peut bien être Mia ? se demanda Nate, l'esprit ailleurs.

Sans doute en train de réfléchir avec sa famille à la meilleure stratégie à adopter pour qu'Ivy ne perde pas la face. Ivy, qui, après le scandale des Music Awards, venait de commettre son deuxième faux pas en peu de temps. Elle devait être hystérique.

Pourquoi Mia n'a-t-elle pas cherché à me joindre ?

— Et si tu faisais une déclaration selon laquelle nous ignorions tout de cette affaire mais que nous allons enquêter et faire notre possible pour rectifier le tir ? suggéra-t-il.

— Ça donne l'impression de vouloir lâcher Ivy ou de vouloir la mener à sa perte, non ?

Trent s'était exprimé d'un ton neutre qui ne laissait rien deviner de ce qu'il pensait vraiment.

— Soyons clairs, Nate. Veux-tu que Mia soit reconnue comme la compositrice d'Ivy ou non ?

— Il faut que je lui parle. Peux-tu me laisser quelques heures ?

— De toute façon, je ne comptais pas agir avant demain matin.

Aussitôt que Nate eut raccroché, il appela Mia.

Comme il s'y attendait, il tomba directement sur sa boîte vocale. Après avoir laissé un message, il se mit à arpenter la pièce d'un pas nerveux, en proie à un flot d'émotions contradictoires. La sonnette de la porte d'entrée le ramena brutalement sur terre. Il alla ouvrir mais alors qu'il s'attendait à trouver Melody sur le seuil, il fut surpris de voir Mia.

Elle avait les traits tirés et semblait abattue.

— J'étais en chemin quand j'ai reçu ton message, dit-elle.

Touché au plus profond de lui-même, il la prit par la main et la tira doucement à l'intérieur.

— Comment te sens-tu ?

— Pas très bien, répondit-elle dans un murmure. Elle croit que c'est moi.

— Mais ce n'est pas toi, n'est-ce pas ?

Mia leva son visage vers lui, visiblement surprise qu'il puisse douter.

— Mais non, voyons.

— En tout cas, maintenant que la vérité a été révélée, Trent et moi te soutenons à cent pour cent.

— Elle a jeté mon journal à l'eau, poursuivit-elle comme si elle n'avait pas entendu. Il y avait là-dedans au moins six mois d'ébauches de paroles et de musique. Pour finir, elle m'a renvoyée.

Nate resserra son étreinte et enfouit son visage dans ses cheveux, heureux qu'elle ne puisse pas voir son sourire satisfait. Évidemment, sous le choc, elle ne pouvait encore admettre que c'était la meilleure chose qui pouvait lui arriver.

— Je ne peux pas croire qu'elle m'ait fait une chose pareille, reprit-elle en s'écartant légèrement de lui.

Sans répondre, il la conduisit dans le salon et la fit asseoir sur le canapé avant de s'y installer lui-même. Son visage était blême, son regard vide d'expression, mais lorsqu'elle posa la tête au creux de son épaule, il poussa un soupir heureux. Acculée au désespoir, c'était vers lui qu'elle était venue.

— J'ignore d'où vient la fuite, dit-elle au bout d'un long moment de silence. J'étais dans ma chambre quand Skylar et Riley ont déboulé comme deux folles, m'accusant d'avoir balancé aux médias que c'était moi qui écrivais toutes les chansons d'Ivy. J'ai essayé de parler à Ivy mais elle n'a rien voulu entendre. Elle ne m'a pas crue. Elle était hors d'elle et tenait des propos décousus.

— Ne t'inquiète pas. Elle saura bien que ce n'est pas toi.

— Non. Elle croira toujours que je l'ai trahie. Tu te rends compte, Nate, elle m'a jetée dehors ! J'ignore ce que cela veut dire. J'ai quasiment toujours vécu avec elle.

Malgré ce que Mia vivait comme un drame, Nate savourait ces révélations qui jouaient en sa faveur.

— Tu peux t'installer ici, si tu veux, proposa-t-il d'une voix qu'il voulait neutre. Au lieu de dramatiser, peut-être devrais-tu considérer cette rupture comme un nouveau départ dans ta vie.

— Comment pourrais-je envisager un nouveau départ quand je n'en ai pas encore terminé avec ma sœur ?

— Pourtant, tu viens de dire qu'elle t'a jetée dehors, lui fit-il remarquer avec douceur.

— Elle ne pensait pas ce qu'elle disait.

— Et si elle le pensait ? Imagine un peu. Nous pourrions travailler et vivre ensemble à Las Vegas.

L'offre ne différait pas de celle qu'il lui avait faite à Sydney et qu'elle avait poliment déclinée sans même prendre le temps d'y réfléchir.

— Je pourrais, en effet, murmura-t-elle. Mais ce n'est pas ainsi que je voulais que les choses se passent.

— Que voulais-tu ? demanda-t-il avec une pointe d'impatience. Sa bénédiction ? Elle ne se réjouira jamais de ce qui pourrait te rendre heureuse, tu le sais bien.

— Je sais mais elle a eu des mots si durs. Elle a dit qu'elle me détestait, et le fait qu'elle ait jeté à l'eau ce journal qui est si important pour moi prouve bien qu'elle le pense.

— Tout n'est pas perdu. Il te reste tes maquettes. Et puis, tu écriras encore plein de merveilleuses chansons, je n'en doute pas un instant.

Elle esquissa une moue dubitative.

— Tout a l'air tellement simple avec toi, laissa-t-elle échapper dans un soupir.

Le prenant par surprise, elle encadra son visage de ses deux mains et l'embrassa avec une poignante émotion.

— Ces chansons que j'ai perdues étaient particulièrement chères à mon cœur car elles parlaient de nous et de ce que j'éprouve lorsque je suis avec toi, expliqua-t-elle.

Le cœur de Nate se mit à battre la chamade.

— Comment te sens-tu lorsque tu es avec moi ? demanda-t-il.

— J'ai l'impression de vraiment exister.

Lorsqu'il avait quitté Los Angeles, la veille, il s'était fait la promesse de garder ses distances avec elle tant qu'il ne la sentirait pas prête à s'investir dans leur relation. Mais cette promesse se perdit dans la brume du désir qui l'enveloppa lorsqu'elle se serra un peu plus contre lui et qu'elle lui offrit ses lèvres entrouvertes. Jamais il ne trouverait le courage de la repousser. Elle avait sur lui le pouvoir de panser les plaies que son père lui avait infligées, de même que de lui faire oublier les années d'errance passées à tenter d'effacer une enfance malheureuse.

— Je voulais te dire… au sujet de l'autre nuit… Nate, il faut que tu saches quelque chose.

Il n'avait pas envie de gâcher ce moment par des mots qu'ils auraient bien le temps de se dire après. Pour l'heure, il brûlait de lui faire l'amour, rien de plus.

— Ne dis rien.

Puis il se leva et l'entraîna avec lui dans sa chambre.

— Nate…

Il scella sa bouche de la sienne avant d'enfouir son visage au creux de son cou et d'en respirer l'odeur, devenue si familière.

— Chut… Ce soir Mia, c'est juste toi et moi.

Dans la cuisine, Mia s'affairait à ranger la vaisselle sale dans la machine, tandis que dans le salon, Nate, Kyle et Trent regardaient à la télévision le troisième match de foot de la journée. Les hommes ne se lassaient donc jamais de ce spectacle qu'elle jugeait sans intérêt ?

— Que puis-je faire pour t'aider ? s'enquit Melody, venue la rejoindre.

— Rien, sinon me tenir compagnie pendant que je finis, répondit-elle.

— C'est toi qui as préparé tout le repas, dit à son tour Savannah revenue après avoir laissé Dylan aux bons soins de son père. Il est normal que nous t'aidions à ranger.

— Cela ne me dérange pas, déclara-t-elle. C'est le plus beau Thanksgiving que j'aie jamais eu.

Tout en parlant, elle remplissait des tupperwares des reliefs du repas qu'elle destinait aux invités, au moment du départ.

De peur de manquer, elle avait cuisiné pour un régiment.

— Pour moi aussi, renchérit Melody. L'année dernière, nous étions en tournée pendant que Kyle et Trent allaient fêter ça à Miami.

Elle marqua une brève pause avant de demander à Savannah :

— Et toi, tu étais avec Rafe et Siggy ?

— Malheureusement…

Mia se rappela avoir entendu Melody et Trent parler de leur père comme d'un tyran qui se plaisait à traiter à tout bout de champ Rafe, son cadet, comme le mouton noir de la famille.

Tandis qu'elle écoutait les deux femmes se raconter des histoires du passé, elle poursuivait son rangement méthodique de la cuisine. Entendre ses amies évoquer leurs problèmes familiaux dissipa un peu la boule d'angoisse qui lui nouait le ventre depuis qu'elle avait téléphoné à ses parents et à sa sœur sans qu'aucun d'eux daigne répondre à ses appels.

Il lui semblait impossible que, après toute l'abnégation dont elle avait fait preuve, sa sœur et ses parents puissent croire qu'elle les avait trahis. Pourtant, chaque heure qui passait donnait raison à Nate : Ivy l'avait véritablement chassée de sa vie tant professionnelle que familiale.

Elle tenta d'y voir une consolation. Plus d'exigences excentriques à contenter. Plus de réveils intempestifs en pleine nuit pour satisfaire une envie de gaufres ou de quesadillas, selon l'humeur du moment. Après tout, pourquoi ne verrait-elle pas que des avantages à ce revirement de situation ?

Il lui était si doux de jouer à la maîtresse de maison avec Nate à ses côtés… Son regard se posa sur les trois hommes, les yeux rivés sur l'écran de télévision. N'était-ce pas à cela que devait ressembler une journée de Thanksgiving ? Une maison remplie d'amis venus partager un bon repas et un match de foot ?

— Oh ! Je connais bien ce regard, dit Savannah à sa belle-sœur. C'est celui que tu avais lorsque Kyle et toi vous êtes connus.

Pour toute réponse, Melody haussa les épaules.

— Ne crois-tu pas qu'il est temps que vous arrêtiez de vous comporter comme des enfants ? Vous vous aimez, bon sang !

— Tu lui as dit ? s'enquit Mia en baissant la voix.

— Non. J'étais censée le faire aujourd'hui mais l'occasion ne s'est pas présentée.

— Dis plutôt que tu ne l'as pas saisie, précisa Savannah.

En effet, Melody et Kyle s'étaient retrouvés seuls à plusieurs reprises mais ils avaient paru mal à l'aise, ne sachant trop comment amorcer le dialogue.

L'insistance de Savannah renvoya Mia à ses propres hésitations. Ne s'était-elle pas fait la même promesse que Melody ? Elle aussi devait annoncer à Nate qu'il allait être père, mais entre Ivy et la préparation du repas de Thanksgiving, elle n'avait pas trouvé le bon moment.

La boule d'anxiété, tapie au creux de son ventre, resurgit. Dès qu'elle aurait parlé à Nate, sa vie allait radicalement changer.

Ensemble, ils allaient décider de la tournure à donner à leur avenir. Ses mains se mirent à trembler. Il y avait une différence énorme entre vouloir faire évoluer une relation amoureuse et se retrouver parents d'un jour à l'autre. Une différence à laquelle Nate allait être confronté sans y avoir été préparé.

De toute façon, elle ne pouvait rien faire tant qu'elle ne serait pas seule avec lui.

Melody, qui était arrivée avec son frère et sa belle-sœur, fut la première à repartir en compagnie de Kyle qui s'était proposé pour la raccompagner. Mia et Nate s'échangèrent un clin d'œil de connivence en même temps qu'ils affichaient un sourire satisfait.

Une heure plus tard, c'était au tour de Savannah et de Trent, portant son fils endormi contre lui, de prendre congé. Une fois la porte refermée sur eux, Nate se tourna vers Mia et lui dit dans un sourire où se mêlaient étroitement désir et tendresse :

— Et il n'en resta plus que deux.

Mia ne put résister à son invitation tacite. Elle se haussa sur la pointe des pieds et pressa ses lèvres sur celles de Nate. À peine leurs langues s'étaient-elles trouvées que son téléphone, dans la poche arrière de son pantalon, l'avertissait d'un message.

— Ne réponds pas, lui murmura Nate à l'oreille.

Elle se laissa fléchir. Elle noua les bras autour de son cou tandis qu'il glissait ses mains sous son chemisier et les faisait remonter doucement sur la pointe déjà dure de ses seins.

C'est alors que son téléphone se remit à vibrer. Nate rompit leur baiser et lâcha un juron entre ses dents serrées.

— Ce doit être ma famille, dit-elle, pleine d'espoir. Laisse-moi vérifier.

— Bien sûr. Tu me retrouves dans la chambre ?

Elle opina d'un signe de tête puis se rendit dans le salon pour éteindre le téléviseur et verrouiller les baies coulissantes qui donnaient sur le jardin. Alors seulement, elle sortit son téléphone de sa poche pour regarder de qui venait le message. À sa grande déception, c'était Yvonne, la styliste d'Ivy, qui lui envoyait un lien qu'elle avait accompagné d'un message aussi bref qu'énigmatique.

À la seconde où la page s'ouvrit, elle sentit ses jambes fléchir sous elle.

Ces deux derniers jours, elle n'avait pas eu le temps de consulter les réseaux sociaux pour se tenir informée des dernières frasques de sa sœur. À vrai dire, elle s'en était très bien passée, se surprenant même à n'éprouver aucun sentiment de culpabilité à l'égard d'Ivy.

La photo qui avait été publiée sur Instagram la ramena de manière brutale à la réalité. On y voyait un sac qui lui était familier. Et pour cause, c'était le sien ! Posé à côté, bien en évidence, un test de grossesse. Là encore, c'était le sien.

À quel moment Ivy avait-elle pris cette photo ? La réponse lui vint aussitôt. Le matin des Music Awards, lorsque Ivy lui avait demandé d'aller lui chercher des cafés. Elle avait alors laissé son sac sur la banquette arrière, n'emportant avec elle que son porte-monnaie.

Son sang se figea dans ses veines. Ainsi, Ivy savait depuis tout ce temps et elle ne lui avait rien dit. Pour quelle raison ? Elle eut soudain l'impression de suffoquer.

— Mia ?

Nate, bien sûr, commençait à s'impatienter.

— J'arrive dans une minute, répondit-elle d'une voix qu'elle parvint à garder neutre.

Son téléphone se mit soudain à vibrer. C'était sa mère qui tentait de la joindre, mais il y avait fort à parier que ce n'était pas pour lui souhaiter un joyeux Thanksgiving ! Elle ne répondit pas et bloqua tous les appels éventuels. Puis son regard se fixa de nouveau sur la photo.

Il était grand temps qu'elle ait avec Nate cette discussion qu'elle reportait depuis trop longtemps déjà.

— Mia ?

La voix de Nate lui parut soudain plus proche. De façon machinale, sans même réaliser ce qu'elle faisait, elle était allée s'asseoir sur l'un des tabourets qui entouraient le comptoir de la cuisine. En levant les yeux, elle vit Nate qui, à quelques mètres d'elle, posait sur elle un regard scrutateur.

— Excuse-moi, murmura-t-elle. Tu me parlais ?

— Oui. Je voulais savoir si tu te sentais bien. Tu es si pâle.

— Non, à vrai dire, je suis…

Elle s'interrompit, incapable de finir sa phrase.

— Je suis…

Tandis que Mia se ruait aux toilettes, Nate prit son téléphone portable et regarda la photo affichée sur l'écran. Il y vit un test de grossesse positif, posé à côté d'un sac à main qui lui était familier. Dans ce sac grand ouvert, on pouvait apercevoir le journal turquoise de Mia, probablement celui qu'Ivy avait jeté dans la piscine.

Que faisait ce test parmi les affaires de Mia ? Comme en réponse lui parvinrent, du bout du couloir, les haut-le-cœur de la jeune femme. Il baissa de nouveau les yeux sur la photo et lut la légende qui l'accompagnait. Elle n'était pas l'œuvre d'Ivy mais de sa grande amie, Skylar. Nulle part, le nom de Mia n'était mentionné. En revanche, celui d'Ivy accolé au sien y figurait en lettres capitales.

Il comprenait mieux à présent la fuite brutale de Mia vers les toilettes. Une vague de colère le submergea. Croyait-elle sérieusement qu'il avait couché avec Ivy ? Le pensait-elle capable d'une chose aussi ignoble ? Était-ce la raison pour laquelle elle se comportait de façon bizarre ces temps-ci ? Puisqu'elle était au courant de la grossesse de sa sœur, pourquoi ne lui en avait-elle pas parlé ? Qu'elle ait si peu confiance en lui lui broya le cœur.

Et que dire d'Ivy ? Cette petite garce s'était servie de lui pour faire souffrir sa sœur, car il était évident que derrière le nom de Skylar se cachait celui d'Ivy.

Trop d'interrogations se bousculaient dans sa tête, dont seule Mia détenait les réponses. Fort de cette certitude, il alla la rejoindre dans la salle de bains.

Elle était assise par terre, adossée à la baignoire, le

front appuyé sur ses genoux ramenés sur elle. Elle ne leva pas les yeux sur lui.

— Comment te sens-tu ? s'enquit-il.

— À vrai dire, pas très bien.

Sans plus de commentaire, elle se releva et après s'être aspergé le visage d'eau fraîche entreprit de se brosser les dents.

— Tu ne peux tout de même pas croire que j'ai couché avec ta sœur, n'est-ce pas ?

Sans réponse de sa part, il poursuivit avec plus de force :

— Je n'ai jamais posé la main sur elle, ni ne l'ai regardée de manière équivoque.

Pour toute réponse, Mia ferma les yeux et poussa un long soupir. Il attendit qu'elle rouvre les yeux pour chercher son regard, mais elle regarda ailleurs.

— Mia, pourquoi ne me crois-tu pas ?

— Je te crois.

Une larme roula sur sa joue, qu'elle écrasa du plat de la main.

— En fait, ce bébé est bien le tien.

Nate leva les yeux au ciel, incapable de croire à ce qu'il venait d'entendre.

— Mais enfin, Mia, je te dis que c'est impossible !

Enfin, elle daigna le regarder.

— C'est parce que ce que tu ignores encore, c'est que ce test de grossesse n'appartient pas à Ivy.

— Ah bon ? Mais à qui, alors ?

L'évidence le frappa soudain de plein fouet.

— Tu… Tu es enceinte ?

— Oui.

Il la regarda fixement, sous le choc.

— Depuis quand ?

— Depuis Sydney.

— Je veux dire, depuis quand le sais-tu ?

Il était tiraillé entre la joie d'apprendre qu'il allait être père et la colère de ne pas en avoir été informé plus tôt.

— Depuis le jour des Music Awards.

— Tu sais depuis tout ce temps et tu ne m'as rien dit ?

— C'est un événement tellement important, Nate. Je ne voulais pas gâcher la soirée.

— Pourquoi pensais-tu que cela allait gâcher ma soirée ?

— Parce que je n'ai rien prémédité. C'est arrivé comme ça. Je ne voulais pas que tu penses que je t'avais fait un enfant dans le dos.

— C'est le plus beau cadeau que tu pouvais me faire, Mia, assura-t-il d'une voix radoucie. Crois-moi. Puis-je espérer que, maintenant que nous allons être parents, tu vas prendre la décision de couper le cordon avec ta sœur ? reprit-il après une brève pause.

Elle resta silencieuse un long moment, semblant hésiter encore.

— Ce n'est pas juste, murmura-t-elle.

— Qu'est-ce qui n'est pas juste ? De ne pas m'avoir appris la nouvelle aussitôt que tu as su ?

— J'avais peur.

— De quoi ? De moi ?

— Peur du changement.

— Qu'y a-t-il de si affreux à changer de vie ?

— Tu ne peux pas comprendre.

Oh si ! Il ne comprenait que trop bien, même ! Elle préférait encore rester dans le sillage de sa sœur, où elle se pensait à l'abri, plutôt que de se lancer dans une vie heureuse avec lui.

— Quand cesseras-tu de te cacher dans l'ombre de ta sœur ?

— Ce n'est pas ça. Je t'ai déjà expliqué le problème. Chaque fois qu'il lui est arrivé malheur, c'est parce que je n'étais pas avec elle.

En effet, c'était bien là que se situait le cœur du problème.

— Tu ne peux pas jouer les chaperons de ta sœur toute ta vie, Mia. Elle ne se prendra jamais en charge, si ta famille et toi la surprotégez comme vous le faites depuis des années.

— Je ne veux plus parler de ça avec toi, décréta-t-elle en se dirigeant tout droit vers la porte de la chambre.

Nate, qui n'entendait pas en rester là, la rejoignit en deux enjambées et la retint par le bras.

— Mia ! Où vas-tu ?

— J'ai besoin de prendre un peu de temps pour réfléchir à tout ça.

— Tu as eu des mois et des mois pour réfléchir. Il est grand temps que tu prennes enfin une décision.

Elle croisa les bras et, bien campée sur ses jambes, le défia du regard.

— Tu crois peut-être que je ne le sais pas ? rétorqua-t-elle.

Il posa les mains sur ses épaules, dans un geste plein de tendresse.

— Nous allons avoir un bébé, dit-il articulant exagérément dans le but que chacun des mots qu'il venait de prononcer pénètre son esprit. Et j'ai bien l'intention de faire partie intégrante de la vie de cet enfant. Je ne veux pas être un père en pointillé.

Comment lui faire comprendre qu'il l'aimait, qu'il voulait l'épouser et former avec elle et leur bébé les bases d'une famille qu'il souhaitait nombreuse ? Mais au lieu d'user d'arguments persuasifs qui sauraient la rassurer, il s'entendit proférer des mots qui résonnèrent comme une menace.

— Je t'ai demandé de rester ici avec moi. Tu ne m'as toujours pas donné de réponse. Alors je te le demande à nouveau. Que comptes-tu faire, Mia ?

Elle leva vers lui ses yeux embués de larmes.

— Encore une fois, tu me demandes de choisir entre toi et ma sœur. Encore une fois je te réponds que je ne peux pas lui faire ça.

— Et entre notre bébé et elle ? Qui vas-tu choisir ?

Visiblement choquée, elle recula de deux pas et posa sur lui un regard indigné.

— Comment peux-tu me poser une question pareille ? demanda-t-elle dans un souffle.

— Je suis désolé, Mia. Asseyons-nous et prenons le temps de discuter, calmement cette fois.

Elle passa une main tremblante dans ses cheveux avant d'acquiescer.

— D'accord.

Elle le laissa la guider vers le lit où ils s'adossèrent côte à côte contre les oreillers. Ils restèrent un long moment silencieux, cherchant à apaiser leur esprit survolté.

— Excuse-moi, dit-elle la première en posant la tête contre son épaule en cherchant sa main.

— De quoi ?

— Ce n'était pas ainsi que j'aurais aimé que tu l'apprennes.

— À vrai dire, j'aurais préféré que les choses se passent différemment, moi aussi. Mais peu importe. Cette nouvelle me remplit tellement de joie.

— C'est vrai ?

— Absolument. Ce que je ressens est curieux. À chaque fois que mon père me courait après pour me donner une rouste, je me disais que lorsque j'aurais un enfant, je ferais tout pour compenser l'enfer que moi j'avais vécu.

— Tu seras un papa merveilleux, Nate. Je n'en doute pas une seconde. Nous nous en sortirons, tu verras. Mais avant, il faut que j'aie une discussion sérieuse avec ma famille. Ça ne va pas être facile mais il faut bien que j'en passe par là.

— Je peux t'accompagner, si tu le souhaites. À deux, nous serons plus forts.

Et puis, lui aussi avait des comptes à régler avec Ivy, car balancer sur des réseaux sociaux un mensonge aussi énorme était aussi inconcevable qu'inacceptable. S'il s'écoutait, il pointerait encore une fois du doigt ces parents monstrueux d'égoïsme qui avaient fait d'une de leurs filles l'odieuse Ivy Bliss. Mais à quoi bon ? Ce n'était pas de critiques que Mia avait besoin mais de soutien.

— C'est gentil mais je préfère les affronter seule, décréta-t-elle en esquissant un pauvre sourire. Je pense que ta présence ne ferait que compliquer les choses.

Nate cacha tant bien que mal sa déception. Il aurait aimé présenter à Javier Navarro un front uni avec la femme qu'il aimait. Sans compter qu'il avait, chevillée au corps, la crainte de voir Mia se laisser influencer pour de mauvaises raisons.

— Comme tu voudras. En revanche, je vais demander à mon agent de démentir la nouvelle. Il est hors de question que l'on croie plus longtemps que j'ai pu entretenir, ou que j'entretiens encore, une relation amoureuse avec Ivy.

Tout d'un coup, le seul fait de prononcer le nom d'Ivy lui donnait la nausée.

— Je voudrais que durant les heures qui suivent, nous ne parlions plus d'elle, conclut-il. T'en sens-tu capable ?

— Je l'ignore. Quoique… Je me rappelle certaines nuits où elle était le cadet de mes soucis.

Satisfait de cette réponse, il l'attira à lui et prit sa bouche dans un baiser plein de promesses.

- 11 -

Le lendemain matin, Mia fourra quelques affaires dans un sac et laissa Nate la conduire à l'aéroport pour y prendre un avion à destination de Los Angeles.

Depuis la parution de la photo sur Instagram, elle n'avait reçu aucune nouvelle de sa famille mais il n'y avait là rien d'étonnant : ils devaient tous s'affairer à tenter de régler la crise liée à « l'affaire Ivy ».

Comment sa jumelle avait-elle réagi à la publication du démenti paru la veille en réponse à ces diffamations ? Car Nate, fidèle à sa promesse, n'avait pas traîné pour faire rétablir la vérité. Ensuite, il l'avait regardée s'agiter toute la nuit, en proie à une culpabilité si bien ancrée en elle qu'elle se demandait si elle s'en libérerait un jour.

Après s'être garé devant le bon terminal, Nate prit sa main dans la sienne et la pressa dans un geste qui se voulait réconfortant.

— Es-tu bien certaine de vouloir effectuer ce voyage plutôt que de rester ici avec moi ?

Chaque minute qui la rapprochait du moment fatidique voyait sa confiance en elle diminuer un peu plus. Mais elle ne pouvait pas se permettre de repousser encore cette confrontation. Sa famille devait être mise au courant, de manière officielle, des événements qui s'étaient produits dans sa vie.

— J'apprécie beaucoup ton offre, Nate, mais je pense qu'il vaut mieux que je leur annonce la nouvelle de vive voix.

Elle sortit de la voiture et attendit que Nate aille chercher son bagage dans le coffre.

— Je t'appellerai pour te dire comment les choses se sont passées, promit-elle.

Mais au moment où elle se dirigeait vers le comptoir d'enregistrement, elle fut submergée par un flot d'émotions où se mêlaient étroitement agacement et appréhension. Depuis quatre mois maintenant, elle tenait sa relation avec Nate secrète. L'amour qu'elle lui portait lui procurait une joie et un bonheur immenses, qu'elle avait tus de crainte qu'on ne l'en prive si la vérité avait éclaté.

C'était quelque chose qu'elle n'avait pas tenté d'expliquer à Nate. Lui supposait que si elle refusait de parler à sa sœur et de la quitter, c'était par peur de devoir affronter la vie telle qu'elle était.

Rien n'était plus faux. Ivy avait besoin d'elle, point. La preuve, depuis qu'elle lui avait lâché la bride, Ivy avait enchaîné les erreurs. Hunter Graves avait beau être un bon producteur, il ne pousserait pas Ivy à sortir des sentiers battus comme l'aurait fait Nate. Et puis il y avait eu sa rechute, vécue en direct par des millions de spectateurs, suivie de ce nouveau scandale.

Elle en était là de ses réflexions lorsqu'elle s'obligea à penser à autre chose. Nate avait raison. Elle s'investissait beaucoup trop dans la vie et la carrière d'Ivy. Mais elle avait beau faire, elle avait beau tenter d'échapper à l'emprise de sa jumelle, elle resterait éternellement liée à elle.

Prise comme elle l'était dans la toile inextricable de ses émotions, elle ressentit l'envie irrépressible d'aller chercher conseil et réconfort auprès d'Eva, sa grande sœur, son refuge. La question ne se posait pas de savoir si Eva serait ou non heureuse de la voir, tant elle savait que, malgré les désaccords qui avaient pu les opposer par le passé, Eva l'accueillerait toujours à bras ouverts.

Forte de cette certitude, elle changea son billet et c'est ainsi qu'elle se retrouva dans un avion en partance pour Chicago. Juste avant le décollage, elle prit le temps d'envoyer à Eva un e-mail dans lequel elle lui racontait brièvement de quoi il retournait.

Quelques heures plus tard, elle se dirigeait vers l'arrivée des bagages, songeant que le moyen le plus simple de se rendre au cabinet d'Eva serait de prendre le bus. Mais alors qu'elle approchait du tapis roulant, elle vit la silhouette familière de sa sœur venir à sa rencontre.

Elle fut submergée par une telle émotion qu'elle en oublia de s'exprimer dans la langue des signes.

— Eva, je suis tellement heureuse ! s'exclama-t-elle en serrant son aînée contre son cœur.

Ce furent les seules paroles qu'elle prononça avant d'éclater en sanglots convulsifs. Trop de pression, depuis trop longtemps, avait eu raison de ses nerfs.

Eva ne lui posa aucune question. Elle resserra l'étreinte qui les unissait et la laissa pleurer tout son soûl.

— Excuse-moi, dit Mia lorsqu'elle fut en mesure

de parler de nouveau. Je ne m'attendais tellement pas à te trouver là.

— J'ai annulé mes deux derniers rendez-vous, expliqua Eva en adoptant aussitôt la langue des signes. Tu ne pensais tout de même pas que j'allais te laisser prendre les transports en commun.

Une fois son bagage récupéré, Mia passa son bras sous celui de sa sœur et, ainsi enlacées, elles prirent la direction du parking où se trouvait la voiture d'Eva. Sachant qu'une quelconque communication serait impossible durant le trajet, Eva prit le temps de poser à Mia certaines questions qu'elle jugeait essentielles.

— As-tu parlé à Ivy pour savoir ce qu'elle pensait ?

— Non. J'ai eu trop peur de ce que je pourrais entendre.

— Et papa et maman ? Que pensent-ils de tout cela ?

— Je ne leur ai pas parlé non plus.

— Préfères-tu que nous abordions le sujet maintenant ou une fois que nous serons arrivées ?

— Plus tard. Je préfère.

Durant le trajet, qu'elles effectuèrent dans un profond silence, Mia songea au parcours admirable accompli par sa sœur, son modèle. Un parcours qu'elle jugeait sans faute et qu'elle lui enviait.

— Tu as faim ? s'enquit Eva alors qu'elles attendaient à un feu rouge. Nous pouvons aller au restaurant si tu veux.

— Pourquoi pas chez toi ?

Eva eut une seconde d'hésitation qui plongea Mia dans une profonde perplexité.

— Je pensais que tu te sentirais plus à l'aise dans un lieu anonyme, lui répondit sa sœur.

— Ah, je vois..., dit-elle après avoir compris pourquoi Eva se montrait si réticente. Ne serait-ce pas à cause de Jeremy, plutôt ? Je suis désolée si j'ai chamboulé votre soirée.

— Mais non, qu'est-ce que tu vas chercher ? Je ne suis pas privée de Jeremy, je le vois tous les jours. Alors que toi...

Mia esquissa un sourire attendri. Elle était touchée par l'histoire d'amour que vivait Eva avec ce pédiatre qui avait d'abord été son ami durant de longues années avant de devenir son amant. Si quelqu'un méritait d'être heureux, c'était bien elle !

— C'est sérieux entre vous, alors ?

La lueur de bonheur qui brilla au fond des yeux d'Eva était éloquente.

— Nous vivons ensemble.

— Félicitations !

Mia ressentit une pointe d'envie qui accentua son sentiment d'échec à saisir l'opportunité d'une vie meilleure.

— Vous vous êtes fiancés ? demanda-t-elle.

Eva, rayonnante, acquiesça d'un signe de tête.

— Quand ?

— Il y a six semaines.

Six semaines ? Six semaines qu'Eva était fiancée et que personne dans la famille n'en savait rien. Il faut dire qu'ils s'étaient tous tellement focalisés sur le nombril d'Ivy qu'il n'y avait de place pour rien d'autre.

— Montre ta bague !

Eva tendit sa main, et Mia découvrit un magnifique solitaire auquel elle n'avait pas fait attention, perturbée comme elle l'était par les diverses émotions qui la submergeaient.

— Je suis désolée, dit Eva. J'aurais dû vous le dire.

Mais Mia ne lui en voulait pas. Ce n'était pas sa faute. Loin de là. C'était comme si, depuis qu'Eva avait décidé de faire ses études de psychiatrie puis de s'installer à Chicago, elle n'existait plus aux yeux de sa famille.

— Pourquoi ne l'as-tu pas fait ? s'enquit-elle, bien qu'elle connaisse la réponse. À cause de ce qui m'est arrivé ? Tu as cru que je ne pourrais pas me réjouir pour vous parce que je ne suis pas très douée pour le bonheur ?

Eva lui répondit par un silence éloquent.

— Allons chez toi, proposa Mia. Je ne veux pas attendre pour féliciter l'élu de ton cœur.

Mais lorsqu'elles arrivèrent, Jeremy avait déserté l'appartement. Elles lurent ensemble le petit mot qu'il avait laissé, dans lequel il expliquait qu'il sortait avec des amis et rentrerait tard. Elles sourirent devant cette preuve flagrante de délicatesse. En les laissant seules, Jeremy leur offrait l'opportunité de se confier leurs secrets les plus secrets.

Mia était heureuse de pouvoir enfin parler de sa rencontre avec Nate et de la décrire à sa sœur dans les moindres détails.

— Très romantique, dit Eva dans la langue des signes.

— Oui mais par la suite j'ai été stupide. Avec le recul, je me dis que je n'aurais jamais dû cacher cette relation comme je l'ai fait.

— Tu l'as fait pour de bonnes raisons. Tu savais qu'Ivy t'empoisonnerait la vie.

— Pourquoi est-elle comme ça ?

— Parce qu'elle se pose en victime et qu'elle pense que tout le monde est heureux sauf elle.

— Comment peut-elle penser une chose pareille quand elle a la beauté, la gloire et la fortune ?

Lorsque Jeremy revint, Mia réalisa qu'elle n'avait pas eu le temps de révéler sa grossesse à Eva. Elle trouverait bien un moment le lendemain.

Après avoir félicité Jeremy, elle alla se coucher mais, sous le coup du décalage horaire, ne trouva pas le sommeil avant de longues heures qu'elle passa à imaginer l'avenir qui l'attendait, si elle voulait bien s'en donner les moyens.

À peine Nate avait-il quitté l'aéroport qu'il culpabilisait de ne pas avoir accompagné Mia à Los Angeles. S'il n'avait pas eu autant de travail, il aurait volontiers fait demi-tour et embarqué dans le premier avion pour aller la rejoindre. *Demain*, se dit-il. S'il parvenait à réorganiser son planning, il serait aux côtés de Mia dans moins de vingt-quatre heures.

Deux heures plus tard, les choses se présentaient plutôt bien. Les artistes avec qui il avait prévu de travailler le lendemain étaient tous d'accord pour un report de quelques jours.

Le moment était venu de prévenir Mia de son arrivée. Il tomba directement sur sa boîte vocale. Évidemment, l'avion ne devait être qu'à mi-chemin. Elle n'aurait donc son message qu'à l'atterrissage.

Il en était là de ses réflexions lorsque son téléphone sonna. C'était Javier.

— Comment osez-vous traiter ma fille de menteuse ? s'écria Javier en guise de bonjour.

— Je crois qu'il est grand temps que vous ayez une petite discussion avec votre fille. Je ne suis pas le père de son enfant.

— Pourtant, elle affirme le contraire.

— C'est impossible, Javier. Pour la simple et bonne raison que nous n'avons jamais couché ensemble.

— Ce n'est pas ce qu'elle prétend.

Nate se retint de lui dire ce qu'il pensait d'Ivy, par crainte que Mia n'en fasse les frais. Il inspira profondément et s'exhorta au calme.

— Écoutez, Javier, j'ignore pourquoi Ivy cristallise ses frustrations autour de moi mais… Comment vous dire ? Je ne suis pas le genre d'homme qu'elle voudrait que je sois.

— Quel intérêt aurait-elle à mentir ?

— Je ne peux pas répondre à sa place.

Il marqua une courte pause au terme de laquelle il prit le parti de faire diversion.

— Votre fille a un talent incroyable et le potentiel pour devenir une star planétaire. Notre relation est, et restera, sur un plan strictement *professionnel.*

— Si elle est aussi exceptionnelle que vous le dites, pourquoi l'avez-vous harcelée comme vous l'avez fait ?

— Je ne l'ai pas harcelée. Je voulais le meilleur pour elle, mais nous avions des vues divergentes quant à l'orientation à donner à sa carrière.

— De toute façon, elle a choisi de continuer avec Hunter Graves.

— Trent et moi en avons déjà discuté. Je comprends. Je suis certain qu'ils vont former une bonne équipe.

La discussion se termina sur cette note positive, de manière plus cordiale qu'elle n'avait commencé.

Nate prit le temps de souffler un peu avant de recomposer le numéro de Mia. Mais de nouveau, son appel sonna dans le vide.

Il était un peu plus de 21 heures lorsque, enfin, Mia l'appela.

— Tu as eu mes messages ? s'enquit-il.

— À l'instant. J'avais oublié que mon téléphone était en mode avion.

Il la sentit plus détendue qu'au moment de son départ.

— J'ai pu m'organiser pour venir te rejoindre, annonça-t-il.

— C'est que… Je ne suis pas à Los Angeles. À la dernière minute j'ai changé d'avis et j'ai pris un avion pour Chicago. J'avais envie de voir Eva. Ses conseils me sont toujours précieux. Elle est la voix de la raison, dans cette famille.

Nate fut partagé entre frustration, soulagement et inquiétude.

Frustration car il aurait aimé faire partie des priorités de Mia et recevoir d'elle un texto lui annonçant ce changement de dernière minute.

Soulagement car, sans nouvelles d'elle depuis plusieurs longues heures, il avait échafaudé les pires scénarios.

Et enfin inquiétude car le fait qu'elle ait préféré se rendre à Chicago plutôt que d'aller affronter les siens pour clarifier la situation pouvait être le signe qu'elle se sentait moins prête à le faire qu'elle ne le lui avait laissé entendre.

— Que t'a dit Eva ?

— Rien que je ne sache déjà, à savoir qu'Ivy est instable et qu'elle se plaît à gâcher le bonheur des autres.

— En conclusion ?

— Être heureuse malgré elle ?

— Tu ne sembles pas très convaincue.

— Oh ! Nate ! Qu'est-ce qui ne tourne pas rond chez moi ?

— Rien, Mia. Tes parents t'ont chargée trop jeune d'un fardeau trop lourd pour toi, c'est tout. Mais tu n'es pas responsable. Demain, tu prendras un vol pour Los Angeles et nous irons ensemble parler à tes parents.

— D'accord, répondit-elle d'une petite voix.

— Je suis là, Mia.

— Merci.

Elle laissa passer quelques secondes avant d'ajouter avec gravité :

— Je t'aime, Nate.

— Moi aussi. Essaie de te reposer un peu. À demain.

Mia était heureuse de la présence rassurante de Nate à ses côtés, le lendemain après-midi, lorsqu'elle sonna à la porte d'Ivy.

Ce fut Clara, la fidèle gouvernante, qui vint leur ouvrir. Elle s'écarta pour les laisser passer, affichant un air éploré quand elle vit Mia fixer les cartons qui se trouvaient dans l'entrée.

— Je suis désolée, s'excusa Clara. Elle m'a demandé d'emballer toutes vos affaires.

Mia serra la vieille femme contre elle.

— Ne vous en faites pas. Tout va bien. Comment va-t-elle ?

Clara lança un regard furtif par-dessus son épaule avant de répondre :

— Elle est…

L'arrivée intempestive de Javier, visage fermé, empêcha Clara de terminer sa phrase.

— Nous sommes dans le salon, dit-il sèchement. Nous t'attendons.

Nate lui pressa l'épaule dans un geste qui se voulait réconfortant tandis que la gouvernante lui adressait un sourire encourageant. Ainsi stimulée, Mia redressa les épaules et, suivie de Nate, se dirigea vers son père.

— Je pense que ce n'est pas une bonne idée qu'il assiste à cette discussion, décréta ce dernier en jetant un regard noir à Nate.

— Pourtant il va m'accompagner, répondit Mia d'une voix assurée. Nous avons quelque chose à vous annoncer.

Lorsqu'ils pénétrèrent dans le salon, seule Sharon s'y trouvait.

— Où est Ivy ? s'enquit Mia.

— Elle ne souhaite pas te voir, répondit sa mère.

— J'imagine qu'elle a honte de ce qu'elle a fait ?

— Qu'a-t-elle fait exactement ? demanda Javier à son tour en allant se ranger aux côtés de sa femme.

— Eh bien, tout d'abord elle a menti en laissant croire qu'elle était enceinte. C'est mon test de grossesse qu'elle a posté sur Instagram.

Elle marqua une courte pause durant laquelle son regard accrocha celui de Nate.

— Nate et moi allons avoir un bébé, annonça-t-elle sans le quitter des yeux.

— Pourquoi aurait-elle fait une chose pareille ?

La gorge de Mia se serra. Alors qu'elle venait d'annoncer qu'elle allait être mère, ses parents trouvaient encore le moyen de centrer leur attention sur Ivy, et elle seule.

— J'imagine que c'est un appel au secours, répondit-elle.

— Dans ce cas, il faut que tu sois là pour l'aider, décréta Javier.

Mia sentit Nate se raidir derrière elle.

— Elle ne veut plus me voir, fit-elle remarquer.

— J'ai changé d'avis.

Tous se tournèrent vers la silhouette frêle d'Ivy qui se tenait sur le seuil. Sans maquillage et avec la tenue décontractée qu'elle portait, elle faisait moins que ses vingt-cinq ans.

— Je ne veux pas que tu me quittes, Mia, dit-elle d'une voix de petite fille.

Mia vit l'inquiétude se peindre sur le visage de Nate. Il ne le savait pas encore, mais il n'avait plus aucune raison d'avoir peur. Désormais, c'était sans lui qu'elle ne pouvait envisager son avenir. Mais avant, il lui fallait faire la paix avec sa jumelle.

— Je dois lui parler, dit-elle en se tournant vers Nate.

Un muscle de sa mâchoire tressaillit tandis qu'il acquiesçait d'un hochement de tête.

— Pendant ce temps, je vais charger ces cartons dans le coffre, proposa-t-il.

Avant de le laisser aller, Mia se blottit contre lui et l'enveloppa de ses bras.

— Je t'aime, murmura-t-elle.

— Moi aussi.

— Mon choix est fait, Nate. C'est avec toi que je veux vivre ma vie.

Son visage exprima un tel soulagement qu'elle en fondit de tendresse.

— Merci, dit-il dans un souffle. Je t'attends dehors.

Elle le laissa partir puis elle alla étreindre sa sœur.

— S'il te plaît, dit tout bas cette dernière. Ne me laisse pas.

— Tu sais bien que je dois partir, Ivy. J'aime Nate. Je ne peux pas vivre sans lui.

— Je ne vais pas y arriver, sans toi.

— Bien sûr que si. Ne laisse plus papa te mettre la pression. Prends un autre manager, s'il le faut. Et débarrasse-toi de Skylar et Riley, qui sont tes mauvais génies. Laisse tomber ton album et lance-toi dans une carrière de styliste, si c'est ce que tu veux. Sache que, quels que soient tes choix, je te soutiendrai.

— Je regrette tellement la façon dont je t'ai traitée.

— Je sais.

— Je suis heureuse pour Nate et toi.

— Cela me touche beaucoup.

— Il ne s'est rien passé entre nous, tu le sais, n'est-ce pas ?

— Oui.

— Il n'a d'yeux que pour toi. Je m'en suis aperçue au cours de la tournée et j'ai eu peur de te perdre. Puis j'ai fini par comprendre que tu devais partir. C'est moi qui ai tout raconté aux médias. Je voulais avoir une bonne raison à te donner pour pouvoir te renvoyer.

La gorge de Mia se serra en même temps que ses yeux s'embuaient de larmes.

— Tu as fait ça ? murmura-t-elle. Pour moi ?

— Je savais que sans ça, tu ne pourrais pas me lâcher.

— Mais tu viens juste de me supplier de rester.

— Parce que j'ai du mal à accepter le fait que je ne vais plus avoir à te supporter toute la journée, rétorqua Ivy avec humour. Et maintenant, va-t'en avant que je me retrouve de nouveau dans la peau de la méchante Ivy Bliss.

Mia laissa échapper un petit rire étranglé.

— Je t'aime.

— Moi aussi.

Elles se séparèrent dans une dernière étreinte chaleureuse, puis, sans un regard pour ses parents, Mia alla rejoindre Nate qui l'attendait près de la voiture.

Elle inspira profondément, ivre d'un sentiment de liberté qu'elle n'avait pas éprouvé depuis huit ans.

— Partons d'ici, dit-il aussitôt qu'elle fut installée.

— Où allons-nous ?

— Expédier ces cartons à Las Vegas puis prendre un avion pour rentrer chez nous.

Une heure plus tard, ils se dirigeaient main dans la main vers le comptoir d'enregistrement quand Nate s'arrêta brusquement au beau milieu de la foule.

— Ce n'était pas ainsi que j'avais prévu de faire les choses mais finalement, pourquoi pas ?

Il sortit de la poche de sa veste un petit écrin carré qu'il ouvrit devant elle.

— Mia Navarro, annonça-t-il d'une voix solennelle. Amour de ma vie, acceptes-tu de m'épouser ?

Mia, que la surprise rendait muette, regarda fixement la magnifique bague en diamant qui étincelait de mille feux sur son tapis de velours bleu.

— Je ne te demande pas en mariage par devoir, Mia. Je ne suis pas ce genre d'homme.

— Tu es exactement ce genre d'homme, réussit-elle à dire enfin. Et c'est pour cela que je t'aime.

— Redis-le-moi.

— Quoi ?

— Que tu m'aimes.

— Je t'aime.

— Et… ?

— Et j'accepte de devenir ta femme.

Il prit sa main dans la sienne et glissa l'anneau à son annulaire gauche.

— Tu es toute ma vie, Mia.

— Je t'aime tant, Nate.

Leurs lèvres se joignirent dans un baiser empli d'une immense tendresse et porteur de promesses infinies.

Une famille pour Becky, de Marie Ferrarella - N°1083

Steve a absolument besoin d'une gouvernante pour sa fille, Stephie ! Il sollicite alors une entreprise et ne s'attend pas à voir arriver chez lui une belle jeune femme du nom de Becky Reynolds. Steve est aux anges, car la douceur de cette dernière apaise vite les relations entre sa fille et lui. Mais il lui est impossible d'ignorer que Becky l'attire de plus en plus, menaçant ce nouvel équilibre…

Le secret de l'héritier, de Zuri Day

Trahie une nouvelle fois par son petit ami, Reign Eddington se le jure : l'amour et elle, c'est terminé ! Jusqu'à ce qu'elle rencontre Abe Baiden, qui travaille dans l'école de sa belle-sœur. Reign est séduite par sa gentillesse et sa beauté, et se laisse aller à une idylle passionnée entre ses bras. Mais elle déchante vite quand elle apprend qu'Abe lui a menti sur son identité ! Comment a-t-il pu la manipuler alors qu'elle lui avait confié son cœur ?

Une semaine dans ses bras, de Cynthia St. Aubin - N°1084

Série : Les héritiers Kane 2/3

Charlotte est sous le choc : tandis qu'elle enquête sur un club de boxe clandestin pour son roman, elle y découvre Mason Kane, le fils de son patron et l'homme qu'elle désire depuis deux ans ! Mason connaît désormais son petit secret et lui fait alors une proposition inattendue : il l'invite une semaine sur la Côte d'Azur afin qu'elle explore son monde… et les plaisirs sensuels. Charlotte accepte, intriguée et excitée, tout en sachant que cette liaison ne sera qu'éphémère…

Sous le charme d'un Irlandais, de Rachel Lee

Diane ne sait plus où donner de la tête : elle a changé de travail, déménagé à Conrad City et élève depuis peu Daphne, la fille de sa cousine, sans rien y connaître en bébés ! Mais son nouveau collègue Blaine lui vient en aide, cochant toutes les cases de l'homme parfait. Bientôt l'Irlandais ne quitte plus ses pensées, cependant Diane reste sur la défensive et se demande si elle peut à nouveau faire confiance à un homme…

Ce baiser interdit, de Maisey Yates - N°1085

Série : Irrésistibles ranchers 3/3

Le rêve de Cara ? Acheter un hôtel supposément hanté. Son problème ? Elle doit y dormir une nuit avant de l'acquérir. Jace, son meilleur ami, propose tout de suite de l'accompagner, rendant la perspective de cette nuit encore plus troublante car Cara est amoureuse du beau rancher depuis l'adolescence… Mais, alors qu'elle embrasse Jace pour la première fois, Cara est prise de doute : ne vient-elle pas de détruire leur précieuse amitié ?

Sous le feu de la passion, de LaQuette

Keely est ravie : elle est à Royal afin de créer la robe de mariée d'une célèbre actrice, une immense chance pour sa carrière de styliste ! À la suite d'une coupure de courant, elle doit séjourner dans le ranch de Jacob, un ami des mariés. Ce dernier est bien trop séduisant et la déconcentre… jusqu'à ce que la passion s'enflamme entre eux ! Mais Keely a été claire avec lui : elle veut juste une liaison sans engagement, bien que son cœur lui crie l'inverse…

Le retour de Jack Buchanan, de Maureen Child - N°1086

Série : Petits secrets, grands amour 1/4

Jack Buchanan, vivant ? Impossible. Rita est sous le choc en voyant l'homme qu'elle a tant aimé pousser la porte de sa boulangerie. L'homme qui ne lui a plus donné signe de vie depuis leur brûlante étreinte et que tous pensaient disparu en mission. Mais surtout l'homme qui toise son ventre arrondi d'un air réprobateur avant de faire volte-face. Le cœur battant, Rita se lance à sa poursuite. Il est à présent temps d'avoir la conversation qu'elle redoute… et espère à la fois.

La fuite d'une mariée, de Sarah M. Anderson

Série : Petits secrets, grands amour 2/4

Quand un homme lui tend la main pour l'extraire de sa limousine accidentée, Kate sent un violent tremblement la parcourir. Sans doute le contrecoup du choc. Après tout, elle vient de s'enfuir de son mariage, abandonnant son fiancé au pied de l'autel. Une décision qu'elle a prise difficilement, forcée de s'avouer qu'il ne ferait jamais battre son cœur. Comment, dans ces conditions, pourrait-elle ressentir des émotions aussi fortes pour un parfait inconnu ?

Pour le bonheur de Lily, de Cat Schield - N°1087

« Qui est le père ? » Quand Kyle – l'homme qu'elle aime plus que tout et dont elle vient d'apprendre qu'elle porte l'enfant – prononce ces terribles paroles, Melody sent le sol se dérober sous ses pieds. Comment peut-il l'accuser d'infidélité, pour un simple bouquet de roses envoyé par un admirateur secret ? Terriblement blessée, Melody sait qu'elle doit partir. Sa priorité est à présent de protéger ce bébé. Pourtant, la seule idée de quitter Kyle lui brise le cœur...

Un printemps à Wolff Mountain, de Janice Maynard

Dès qu'elle a croisé les yeux bleus de Larkin, Winnie a senti l'air s'embraser autour d'eux. Une sensation délicieuse, contre laquelle elle s'est promis de lutter. Car elle vient de l'engager pour qu'il assure sa protection, et il n'y aura qu'une relation professionnelle entre eux. Mais, quand il lui propose de le suivre à Wolff Mountain, sa détermination vacille. Si près de lui, sera-t-elle encore capable de résister à l'attirance qui la pousse entre ses bras ?